HEYNE <

TINA HERZ

Das Glück in allen Farben

ROMAN

WILHELM HEYNE VERLAG
MÜNCHEN

Der Verlag behält sich die Verwertung der urheberrechtlich geschützten Inhalte dieses Werkes für Zwecke des Text- und Data-Minings nach § 44 b UrhG ausdrücklich vor. Jegliche unbefugte Nutzung ist hiermit ausgeschlossen.

Penguin Random House Verlagsgruppe FSC® N001967

Originalausgabe 02/2025
© 2025 by Wilhelm Heyne Verlag, München,
in der Penguin Random House Verlagsgruppe GmbH,
Neumarkter Str. 28, 81673 München
produktsicherheit@penguinrandomhouse.de
(Vorstehende Angaben sind zugleich
Pflichtinformationen nach GPSR)

Redaktion: Dr. Annika Krummacher
Umschlaggestaltung: Favoritbuero, München
unter Verwendung von © Shutterstock.com (Supa Chan, mentalmind)
Satz: Satzwerk Huber, Germering
Druck und Bindung: GGP Media GmbH, Pößneck
Printed in Germany
ISBN: 978-3-453-42900-0

www.heyne.de

Für meine Herzensmenschen

1

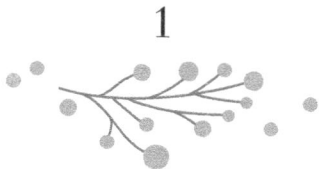

Der VW Touran parkte vor der Garage. Wie immer war Valeries Bruder früher bei ihren Eltern eingetroffen. »*Leg dich bloß nicht mit meinem Papa an*«, mahnte ein Sticker in Warndreiecksform, den Vincent auf der Familienkutsche in Standardlackierung vermutlich für witzig gehalten hatte. Das Auto war heillos überladen – er schien mit seiner Bagage länger bleiben oder im Anschluss auf einen Trödelmarkt fahren zu wollen.

Valerie stellte ihren Mini Cooper in British Racing Green vor dem Haus ab, kramte ihre Handtasche aus dem Fußraum hervor und zückte ihr Handy. Noch mal tief durchatmen, in Ruhe einen Blick auf die Jobmails werfen, ehe gleich der Sturm über sie hereinbrechen würde. Ihre Chefin hatte sich ihre mit heißer Nadel gestrickte Präsentation angeschaut und wollte nun Feedback geben.

Melde mich später zurück

tippte Valerie in ihr Handy und fragte sich, was ihr jetzt lieber wäre – der Austausch mit ihrer arbeitssüchtigen Chefin oder der Wahnsinn, der sie im Haus ihrer Eltern erwarten würde.

»Tante Veeeriiie!«, schallte es da schon vom Gartentor.

»Auf geht's«, sagte Valerie laut zu sich selbst und griff nach dem Blumenstrauß.

»Wie schön, dass du auch endlich kommst«, begrüßte ihre Mutter sie mit dem für sie typischen Unterton, der in Valerie den Drang auslöste, auf dem Absatz kehrtzumachen. Endlich – was sollte das denn heißen? Es war von Kaffee und Kuchen die Rede gewesen, und jetzt war Nachmittag. Kann ja nicht jeder so organisiert sein wie mein Superbruder mit seiner Superfrau, dachte sie.

Ihre Mutter war in dieser Woche einundsechzig geworden, und Vincent, der mit seiner Familie in Essen lebte, hatte am Vormittag einen Termin im nahe gelegenen Münster gehabt. So war die Idee eines gemeinsamen Kaffeetrinkens entstanden, zu dem Valeries Mann Tom es heute wohl nicht schaffen würde.

Valerie reichte ihrer Mutter den Blumenstrauß und bemühte sich, ihren dreijährigen Neffen Paul nicht über den Haufen zu rennen, der sich – sie kannte das von früheren Begegnungen – für den Angriff auf seine Tante bereit machte. Schon hatte er ihr rechtes Bein umschlungen, während ihr linkes noch einen Schritt nach vorne machte. Valerie geriet ins Straucheln. Ihre sündhaft teure Strickjacke verfing sich im ausladenden Trockenblumenstrauß, dessen Platzierung im Eingangsbereich Valerie noch nie verstanden hatte. Sie wankte, die Bodenvase auch. Dann gingen beide zu Boden.

»Paul!« Entsetzt eilte ihre Schwägerin Johanna zu Hilfe, warf wegen der zerstörten Porzellanvase einen nervösen Blick zu Valeries Mutter und begann, eine kleine Scherbe aus der roséfarbenen Strickjacke mit Seidenanteil zu zupfen. »Alles klar bei dir?«, fragte sie. Paul fing an zu brüllen.

Valerie verfluchte, dass ihre Eltern beim Hausbau in den Neunzigern auf damals schon nicht mehr aktuellen Waschbeton als Bodenbelag gesetzt hatten. Fassungslos starrte sie auf einen weiteren Porzellansplitter, der gerade aus ihrer Jacke gezogen wurde, gefolgt von einem langen Faden.

»Pass doch auf – die war teuer!« Schnaufend rappelte sich Valerie vom Boden auf.

»*Die* war teuer?« Der Schnappatmung nahe, weil ihre Bodenvase zerstört war, stürzte sich jetzt auch Valeries Mutter auf den Scherbenhaufen, um die größten Stücke herauszupicken. »Du musst mehr auf Qualität achten, Valerie! Der Preis allein ist es nicht.«

»In meiner Jacke stecken Scherben, Mama. Welcher Strick soll das mitmachen?«

»Schaff doch jemand die Kinder hier weg!«, polterte in diesem Moment Vincent, der aus dem Wohnzimmer kam.

»Bruderherz – schön, dich zu sehen«, begrüßte ihn Valerie.

Während Paul noch immer wie am Spieß schrie und seine Schwester Sophia aus Solidarität in das Geheul mit einstimmte, rettete sie sich in die deutlich ruhigere Küche.

»Ich mach mir schon mal einen doppelten Espresso«, kündigte sie an und beobachtete ihre Mutter, die gerade kopfüber im Vorratsschrank verschwand, um nach dem Handfeger zu suchen. »Wo ist Papa?«

»Im Garten. Geh doch mal raus zu ihm.«

Mit dem dampfenden Espresso in der Hand stellte sich Valerie in die Tür zur Terrasse und atmete tief durch. Wann immer sie von Düsseldorf ins Münsterland kam, hatte sie das Gefühl, die Landluft möglichst tief einsaugen zu müssen, um sie sich langfristig zu bewahren. Ihr Blick schweifte über das Grundstück ihrer Eltern und die Felder dahinter. Hier war, von der Jugenddisco im Pfarrheim mal abgesehen, wirklich nichts los. Entsprechend froh war sie gewesen, als sie das Abitur geschafft hatte und zum Studieren nach Münster gezogen war. In einer WG im beliebten Kreuzviertel hatte sie schnell Anschluss zu anderen Studierenden gefunden und das Leben in der Studentenstadt in vollen Zügen genossen.

Auch wenn sie Münster noch immer ein wenig vermisste, hatte sie an ihrem neuen Wohnsitz Düsseldorf auch bald Gefallen gefunden. Nach ihrem Abschluss in Kommunikationswissenschaften hatte sie bei better brands angefangen, einer der größten Werbeagenturen der Stadt, die weltweit bekannte Marken vertrat. Ihr Büro auf der Königsallee, die vielen Restaurants und Geschäfte, das Kulturangebot und die Lage direkt am Rhein – all das gefiel ihr. Sie arbeitete viel, feierte viel und schlief wenig. Das war mit Ende zwanzig kein Problem gewesen, doch in letzter Zeit merkte sie, dass die Agenturjahre Spuren hinterlassen hatten. Wenn sie morgens aufstand, fühlte sie sich alles andere als ausgeruht, schon beim Eintreffen im Büro war sie gestresst, und wenn sie nach einem langen Tag im Dienst anspruchsvoller Kunden nach Hause kam, völlig ausgelaugt. Früher hatte es ihr nichts ausgemacht, die Nächte durchzuarbeiten. In letzter Zeit schon.

Daher genoss sie die Stille, während sie den Garten ihrer Eltern anschaute. Etliche Beete blühten noch bunt, obwohl es heute schon kühler war als noch vor einigen Tagen. Der Sandkasten strahlte frisch lackiert und machte beinahe Lust, sich selbst hineinzusetzen. Förmchen, Gießkannen und Eimer waren über den Rasen verteilt. Gerade bemühte sich ihr Vater, den Schutz am Gartenteich noch etwas sicherer zu gestalten.

Alles für die Enkelkinder, dachte Valerie lächelnd und erinnerte sich zurück an die Zeit, als auch sie hier Sandkuchen gebacken und Federball gespielt hatte, aus der Hängematte gefallen und ins Planschbecken gesprungen war. Sie nippte an ihrem Espresso und stellte sich vor, wie es wäre, wenn eines Tages ihr eigener Nachwuchs hier friedlich spielen würde. Seit ihr Neffe vor drei Jahren auf die Welt gekommen war, hatte es allerdings kaum noch eine entspannte Familienzusammenkunft gegeben. Koliken überschatteten das erste Weihnachtsfest mit Kind, der erste Zahn lag wie ein Fluch über Ostern, und nach dem Geburtstag ihrer Mutter bekam die halbe Familie eine Magen-Darm-Infektion, weil Paul seinen Virus während des Kaffeetrinkens über die festlich gedeckte Tafel gespuckt hatte. Valerie musste lachen, als sie daran zurückdachte. Ihr Neffe hatte nur irritiert von einem zum anderen geschaut, während alle um ihn herum versuchten, der Lage Herr zu werden. Irgendwas musste bei ihrem Bruder und seiner Frau schieflaufen. Es konnte unmöglich immer so anstrengend sein, Kinder zu haben.

»Hast du heute früher Feierabend?« Johanna kam aus der Küche. Sie sah sichtlich erleichtert aus, dass ihre Schwiegermutter sich mit dem Bodenvasen-Dilemma beschäftigte und Paul mit eigentlich unerlaubten Süßwaren erfolgreich zum Schweigen gebracht hatte.

Wie immer wenn Valerie ihrer Schwägerin begegnete, fühlte sie sich schlecht gekleidet, was nicht nur an Johannas perfekter Figur lag. Sie hatte auch ein verdammt gutes Händchen, was Kleidung betraf. Die aufribbelnde Strickjacke und das vom Waschbeton aufgeschürfte Knie verschärften diese Umstände dramatisch, wie Valerie leidvoll feststellen musste. Wie schaffte Johanna es nur, als Mutter zweier kleiner Kinder zu jeder Zeit wie aus dem Ei gepellt auszusehen?

»Ich bin heute eher rausgekommen«, erwiderte Valerie und verschwieg, dass sie sich nur mithilfe eines Arzttermins aus den Fängen der Werbeagentur hatte retten können.

»Was beschäftigt dich denn gerade bei der Arbeit?«, erkundigte sich Johanna, während ihr Blick schon wieder in Richtung Paul abschweifte.

Valerie verspürte wenig Lust, von den Herausforderungen ihres Agenturalltags zu berichten, da Johanna selbst zwar ausgebildete Redakteurin war, dank Vincent jedoch weder für ihr Markenjäckchen noch für die Familienkutsche vor der Garage oder den teuren Kinderwagen auch nur einen Handschlag getan hatte. Dann entschied sie sich doch, etwas mehr zu berichten, um ihrer Schwägerin, wenn schon nicht modisch, wenigstens beruflich etwas entgegenzusetzen. »Wir sind gerade im Wettbewerb um einen Großkunden aus der Telekommunikationsbranche. Nächste Woche muss ich ihm unser Konzept präsentieren. Meine Chefin macht mich wegen der Layouts schon den ganzen Tag verrückt.«

»Klingt spannend.« Johanna lächelte ihr schönstes Zahnarztgattinnenlächeln, obwohl ihr Mann Unternehmensberater war. Dann seufzte sie. »Ich wünschte, bei mir würde kommende Woche auch irgendetwas Besonderes anstehen.«

»Guck mal, Mama!« Paul kam aufgeregt vom Gartenteich angelaufen, weil er an Opas Seite auf einen Regenwurm gestoßen war, den er jetzt stolz präsentierte.

»Oh, da hast du aber ein besonders schönes Exemplar gefunden«, freute sich seine Mutter mit ihm, nachdem sie ihn auf den Arm genommen hatte. Gemeinsam inspizierten sie den Fund, bevor Paul den Wurm wieder in die Freiheit entließ.

Ihre Präsentation kommende Woche kam Valerie mit einem Mal bei Weitem nicht mehr so wichtig vor.

In diesem Moment wurde ihr Vater auf sie aufmerksam. »Verie – was stehst du in der Tür herum? Komm und drück deinen alten Paps!«

Valerie war erleichtert, sich dem Gespräch mit Johanna entziehen zu können, das zweifellos wieder bei Sophias Spucktuch oder Pauls letztem Stuhlgang geendet hätte.

»Na, Papa, heute schon ein paar Kinder gezeugt?«, konterte sie grinsend.

»Freitags habe ich jetzt klinikfrei. Ich muss mal ein bisschen kürzertreten. Man ist ja schließlich keine zwanzig mehr.«

»Klingt gut«, bestätigte Valerie ihn. »So einen Tag sollte ich in der Agentur auch bald einführen.« Erneut kniete sich ihr Vater vor den Teich, um das Netz über dem Wasser noch etwas fester zu spannen. Valerie betrachtete ihn. Seine zweiundsechzig Jahre sah man ihm wirklich nicht an. Er spielte seit seiner Jugend leidenschaftlich Tennis, hatte später mit dem Laufen begonnen und war zuletzt beim Hamburg-Marathon in seiner Altersgruppe unter den besten zehn gewesen. Außerdem war er ein überaus erfolgreicher Reproduktionsmediziner und Leiter einer Kinderwunschklinik. Früh hatte er erkannt, dass nicht nur das Leben an sich ihn begeisterte, sondern auch seine Entstehung.

»Kaffee ist fertig!« Die schrille Stimme ihrer Mutter riss Valerie aus ihren Gedanken. »Jetzt kommt doch endlich. Immer sitze ich allein am gedeckten Tisch.«

Valerie musste ihrer Mutter recht geben. Ob es ums Kaffeetrinken, Mittagessen oder Abendbrot ging – kaum stand alles parat, war jedes Familienmitglied intensiv mit etwas anderem beschäftigt. In diesem Fall wurde Sophia gerade von Johanna gewickelt, während Paul und Vincent den Gartenschlauch inspizierten und Valeries Vater, noch immer nicht zufrieden mit der Teichabsicherung, in der Garage nach einer noch besseren Lösung suchte.

Valerie machte den Anfang und gesellte sich zu ihrer Mutter an den Tisch. »Das sieht gut aus. Selbst gemacht?«

»Natürlich«, entgegnete ihre Mutter, die noch immer Hoffnungen hegte, ihre Tochter eines Tages zum Backen begeistern zu können – und das, obwohl die Gäste von Toms vierzigstem Geburtstag im vergangenen Jahr nur knapp einer Vergiftung entgangen waren, weil Valerie in ihrem chaotischen Vorratsschrank, wo der Entkalker gleich neben dem Puderzucker stand, einmal danebengegriffen hatte.

»Und Tom muss tatsächlich noch arbeiten?«, fragte Valeries Mutter scheinbar beiläufig, während sie die Torte noch etwas mittiger auf der Kuchenplatte zurechtrückte.

»Ja, er hat eine dringende Abgabe. Sein Kunde braucht noch heute den Entwurf für ein Logo.«

»Am Freitagnachmittag?«, hakte ihre Mutter irritiert nach, während sie sich und Valerie eine Tasse Kaffee einschenkten.

»Wir sind Dienstleister, Mama. Dem Kunden ist es egal, ob Freitag ist.« So sehr Tom die Freiheiten liebte, die seine Selbstständigkeit mit sich brachte, so ernst nahm er es auch, wenn Kunden seine Unterstützung brauchten. Dann arbeitete er auch noch spätabends, am Freitagnachmittag und selbst am Wochenende.

»Es gibt doch wichtigere Dinge im Leben als Arbeit«, fuhr Valeries Mutter fort und blickte in den Garten. »Schau dir die zwei Kleinen von Vincent und Johanna an. Das könntet ihr doch auch haben.«

Valerie versetzte es einen Stich. Sie musste an den Arzttermin heute Mittag denken. »Es dreht sich doch nicht alles im Leben um Kinder, Mama«, sagte sie. »Wir haben Jobs, die uns Spaß machen, wir reisen gerne, und ich bin gerade mal sechsunddreißig ...«

»Double income, no kids«, bemerkte Valeries Vater, der gerade hereingekommen war und jetzt Platz nahm. »Die jungen Leute von heute haben andere Dinge im Kopf. Karriere, Selbstfindung, Freiheit – was meinst du, warum wir in der Klinik so viel zu tun haben?«

»Was hat denn das eine jetzt mit dem anderen zu tun?«, entgegnete Valerie aufgebracht. Dabei war ihr sehr wohl bewusst, was ihr Vater damit sagen wollte, nämlich dass die »Frauen von heute« Familienplanung auf die lange Bank schoben, dabei – biologisch betrachtet – ihre besten Jahre hinter sich ließen, um sich schlussendlich, wenn es eng wurde, in einer Kinderwunschklinik ein Kind »machen zu lassen«. So einfach war das – aus medizinischer Sicht.

Rums! Ein lauter Knall hielt Valeries Vater davon ab, ihre Frage zu beantworten.

»Aua!« Paul schrie wie von der Tarantel gestochen, weil er auf dem Weg vom Garten ins Haus gegen die gläserne Esszimmertür gelaufen war.

»Ach, Paulchen ...« Valeries Mutter sprang auf, um ihren Enkel zu trösten. Der jedoch kam erst richtig in Fahrt, als er sich der vollen Aufmerksamkeit seiner Oma sicher sein konnte.

»Auaaa!«, brüllte er. »Ooomaaa!«

»Ich muss noch mal kurz zum Auto«, erklärte Valerie, die von dem Lärm mehr als genervt war, und eilte in Richtung Haustür. Draußen angekommen, öffnete sie die Beifahrertür ihres Minis und kramte aus dem Handschuhfach die Tüte mit den Tests heraus, die sie schon vor einiger Zeit in der Drogerie gekauft hatte. Sie steckte einen davon in die Hosentasche und verdeckte ihn mit der Strickjacke. Sicher ist sicher, dachte sie und ging wieder zurück ins Haus.

Das Gäste-WC lag gleich hinter der Haustür links. Vom Flur aus hörte sie, dass am Tisch gerade die Vorteile von Tagesmüttern gegen die einer Großtagespflege abgewogen wurden. Sie schlüpfte in den kleinen Raum und zog den Test aus ihrer Hosentasche. Beim ersten Mal hatte sie noch die Packungsbeilage studiert und sich ewig lang in Position gebracht, damit der Teststreifen auch ja vollflächig benetzt wurde. Mittlerweile war sie Profi, zielte treffsicher und hielt den Test mit der einen Hand nach unten, während sie sich mit der anderen wieder anzog.

»Wo steckt denn Valerie?«, hörte sie ihre Mutter im Esszimmer fragen.

»Bin auf der Toilette!«, rief sie ungeduldig.

Schon wurde das Testergebnis angezeigt: *Nicht schwanger.* Valerie spürte, wie Tränen in ihr aufstiegen. War ja klar, dachte sie und ärgerte sich darüber, wieder einen Test verschwendet zu haben. Die Dinger waren teuer. Viel zu teuer, wie Valerie fand. Sie steckte den Test in die Hosentasche, wusch sich die Hände und eilte zurück zum Kaffeetisch.

Kaum saß sie wieder, war der Moment gekommen, in dem Vincent die Eltern über die bahnbrechenden Erfolge seiner Unternehmensberatung informierte. Zigtausende Euros habe er den Kunden durch wegweisende Strategien in den vergangenen Monaten erspart, erzählte er, weshalb er sich um seinen Bonus in diesem Jahr ganz und gar keine Sorgen machen müsse.

Valerie atmete tief ein und aus. Sie fand ihren Bruder immer besonders anstrengend, wenn er den Unternehmensberater raushängen ließ.

»Von dem Geld fahren wir mit den Kindern wieder in den Robinson-Club«, wandte er sich gönnerhaft an Johanna, die sogleich von der wunderbaren Babybrei-Station des zuletzt besuchten Resorts erzählte, wo es für die kleinen Gäste ausschließlich Bioprodukte gegeben hatte. Begeistert ließen sich Valeries Eltern über die Vorzüge kinderfreundlicher Hotels aus und zuckten nicht mit der Wimper, als Johanna am Tisch ihre Brust entblößte, um Sophia zu stillen.

Die Verwunderung darüber, dass ihre Nichte mit weit über einem Jahr noch immer bevorzugt Muttermilch zu sich nahm, war Valerie eine Bemerkung wert, die sie besser für sich behalten hätte. Sofort brach eine Diskussion über den richtigen Zeitpunkt des Abstillens aus, die schlussendlich von Vincent mit einer klaren Empfehlung der Weltgesundheitsorganisation beendet wurde, laut der sie selbstredend alles genau richtig machten.

»Sie möchten Ihrem Baby nur das Beste geben und die Bindung zwischen Mutter und Kind fördern? Fragen Sie Dr. Hartmann, Ihren Experten am Nippel«, beendete Valerie die Diskussion. »Ich muss los.«

Ihre Familie sah sie irritiert an, nur ihr Vater konnte sich ein Lachen nicht verkneifen.

Wenig später saß Valerie auf dem Fahrersitz und zog die Tür mit einem lauten Rums hinter sich zu. Zum Glück war ein bekannter Autohersteller der größte Kunde ihrer Agentur, weshalb sie als Senior-Beraterin günstig an ein Fahrzeug höchster Qualität gekommen war. Andernfalls wäre beim Zuknallen der Autotür wohl mindestens der Seitenspiegel in Mitleidenschaft gezogen worden. So hielt er Stand, wovon der Schaltknüppel nur träumen konnte, der jetzt ruckartig in den ersten Gang befördert wurde.

Lasst mich doch alle in Ruhe mit eurem Spießertum, dachte Valerie, während sie ihr Handy aus der Handtasche hervorkramte. Vierundzwanzig ungelesene Emails, darunter sechs vom Kunden und neun von ihrer Chefin. Auch das noch.

Sie beschloss, ihr Postfach vorerst zu ignorieren, scrollte stattdessen durch ihre Musiktitel und brüllte wenig später mit Deichkind »Krawall und Remmidemmi«, während sie am Rande der zulässigen Geschwindigkeit von Telgte über Münster auf die Autobahn und zurück nach Düsseldorf fuhr.

Auch wenn sie ihre Familie über alles liebte – die Gespräche eben hatten sie Kraft gekostet. Und die Bemerkungen ihrer Eltern trafen sie gerade heute besonders hart ...

»Ist ja gut!«, murmelte sie gereizt, während sie versuchte, in die letzte vorhandene Parklücke zu rangieren, und der Kölner hinter ihr schon hupte, als sie gerade einmal das Lenkrad eingeschlagen hatte. Noch einmal vor und zurück – jetzt war sie drin und fragte sich, wie sie hier je wieder rauskommen sollte.

Sie betrachtete das Haus, in das sie und Tom kurz vor der Hochzeit gezogen waren. Ein stattlicher, leicht maroder Altbau, in den sie sich bei der Wohnungsbesichtigung sofort verguckt hatte. Tom hatte sie damals für verrückt erklärt, weil ihre Ansprüche an die gemeinsamen vier Wände angesichts des schwierigen Wohnungsmarktes angeblich viel zu hoch waren.

Sie hatte ihn erst einige Monate vorher auf der berüchtigten Party der Sportstudenten kennengelernt. Valerie und Tom waren bis zum Ende geblieben, sich aber erst begegnet, als sie in den frühen Morgenstunden mit den letzten Feiernden die Sporthalle verlassen mussten. Er hatte verzweifelt nach seiner Jacke gesucht, sie nach dem Ausgang. Zusammen hatten sie die Nachforschungen zu Toms Parka irgendwann aufgegeben, den Weg nach draußen aber gefunden. Als sie schwankend das Gelände verließen, hatte

Valerie sich bereits in ihn verliebt. Unter dem Vordach des Mehrparteienhauses, in dem Valerie wohnte, hatten sie sich in dieser Nacht zum Abschied geküsst und sich danach Hals über Kopf in eine Beziehung gestürzt. Nach dem Studium wollten sie gleich zusammenziehen und hatten auch bald ihre Traumwohnung gefunden, in der sie immer noch lebten. Man musste an sein Glück glauben! Davon war Valerie überzeugt.

Viele ihrer Freunde wohnten im unmittelbaren Umfeld – einer ihrer besten sogar gleich nebenan. An Vito, ihrem schwulen Nachbarn, hatte sie sich gleich am Einzugstag auf eine ganz eigene Weise Gefallen gefunden, als er ihr mit Eintreffen ihres Umzugswagens freudig Salz und Brot für das Glück im neuen Heim überreichte. Er war auf Anhieb so herzlich gewesen. Neben seinem Job in einem Einrichtungsgeschäft engagierte er sich ehrenamtlich für die Düsseldorfer Kindertafel. Sie fragte sich manchmal, woher er die Energie nahm, auch am Wochenende noch Lebensmittel zu packen oder nach Feierabend die Essensausgabe zu koordinieren.

Als sie mit einem Stapel Post unter dem Arm die steilen Stufen in den dritten Stock hinaufging, fühlte Valerie sich gleich besser.

Tom wartete schon auf sie. »Na? Überlebt?« Grinsend nahm er sie in den Arm.

»Es war schrecklich«, platzte es aus ihr heraus, während sie sich an ihn drückte.

»Wie wäre es mit einem Drink zum Wochenende?« Tom ging in die Küche und warf einen Blick in den Kühlschrank.

»Ich muss noch arbeiten. Für mich ein Wasser«, bremste ihn Valerie, obwohl sie gerade alles für einen Pimm's gegeben hätte – den Drink, für dessen Mischung ihr Mann im Freundeskreis bekannt war.

»Wie war der Arzttermin heute Mittag?«, fragte Tom.

Valerie senkte den Blick und überlegte. Das Gespräch, das ihr nun bevorstand, hatte sie schon so oft geführt. Und es war immer in Streit ausgeartet. »Ich muss mal für kleine Mädchen«, sagte sie, um sich Zeit zu verschaffen, und eilte ins Bad.

Dort angekommen, konnte sie klarer denken. Wie sollte sie vorgehen? Die Sache weiter auf sich beruhen lassen oder erneut versuchen, Tom zum Handeln zu bewegen?

Zurück in der Küche spannte sie Tom nicht länger auf die Folter. »Die Ärztin sagt, die Werte seien gut«, verkündete sie mit einem Gesichtsausdruck, der auch bei einer Beerdigung angemessen gewesen wäre.

»Warum guckst du dann so? Das sind doch tolle Nachrichten.« Tom schien irritiert zu sein, während er ihr Wasser einschenkte.

»Ich bin mal wieder nicht schwanger, Tom. Was soll daran gut sein, wenn seit über zwei Jahren nichts passiert?«, erwiderte Valerie gereizt und sah offenbar so verzweifelt aus, dass Tom Wasserflasche und Glas absetzte und sie erneut in den Arm nahm.

»Es muss doch gar nicht schnell gehen, Süße«, tröstete er sie. »Uns geht es gut. Wir sind gesund. Lass uns das Leben und die Zeit zu zweit genießen. Alles andere ergibt sich dann schon von selbst.« Er küsste sie behutsam auf die Stirn.

»Ich bin sechsunddreißig Jahre alt, Tom. Jede Henne wäre jetzt schon tot, und du meinst, wir hätten Zeit? Dann frag mal meine Eltern. Für die bin ich eine welkende Primel auf zwei Beinen. Und Dr. Voss unternimmt auch nichts. Jetzt will sie mir Hormontabletten verschreiben. Was soll das bringen, wenn angeblich alles in Ordnung ist? Ich muss über all das endlich mal mit meinem Vater sprechen. Er würde garantiert sofort herausfinden, was mit uns los ist.«

»Kommt nicht infrage!« Tom ließ Valerie los und blickte von jetzt auf gleich so eisig drein, dass es ihr Angst machte.

»Du glaubst doch nicht ernsthaft, dass ich deinem Vater mein Erbgut im Glas überreiche? Vergiss es, Valerie – nicht mit mir!«

2

Eigentlich hieß Valeries Kollegin Susann, doch sie wurde von allen Stevie genannt. Ihren Spitznamen verdankte sie dem Nachnamen Wunder und ihrer über Jahrzehnte ungetrübten Liebe zu Stevie Wonder. Als das Telefon klingelte, hob sie mit rollenden Augen ab.

»Herr Knecht, ich grüße Sie«, flötete sie in den Hörer.

O nein, nicht Herr Knecht, dachte Valerie, die sich gerade auf den Weg zur Kaffeemaschine machen und Stevie anschließend mit Unterstützung eines Koffeinschubs vom gestrigen Tag berichten wollte. Nun sah sie den Vormittag wie einen leck geschlagenen Kutter in Arbeit versinken.

»Wird erledigt, Herr Knecht – bis wann benötigen Sie den neuen Entwurf?« Stevie schickte einen hoffnungsvollen Blick in Richtung Tür, wo Valerie den Ausgang des Telefonats abwartete. »Bis heute Mittag, alles klar. Versuchen wir hinzubekommen.«

Herr Knecht erwiderte etwas, während Stevie erneut mit den Augen rollte.

»Ja, wir bekommen das hin – versprochen. Wiederhören.«

»Schaffen wir trotzdem noch einen Kaffee?«, fragte Valerie.

Stevie sah auf die Uhr und überlegte. »Hol du den Kaffee, und ich briefe die Grafik. Dann können wir ein bisschen quatschen, während die anderen von Herrn Knecht geknechtet werden.«

»Was will er denn?« Valerie ahnte Schreckliches.

Herrn Knecht fehlte es an Vorstellungskraft, was das Marketing zu seinem eigenen Produkt – einem zuckerarmen Tomatenketchup in Bioqualität – betraf, weshalb er gern in blinden Aktionismus verfiel. Dann forderte er Kampagnenmotive, die so schlimm waren, dass alle Beteiligten in der Agentur sich am liebsten Tomaten auf Augen und Ohren gehalten hätten.

»Der Ketchup in der Anzeige ist nicht rot genug, und das grüne Thema, sprich, die Bioqualität, kommt angeblich nicht rüber.« Stevie griff nach Block und Kugelschreiber und verließ das Büro.

»Du siehst schlimmer aus als ich nach einer schlaflosen Nacht mit Charlotte«, bemerkte Valeries Freundin, als sie zurückkam, und griff nach einer Zuckerdose, die mit ihrem Namen versehen war. »Ich hab mich schon die ganze Woche über gefragt, was mit dir los ist.«

Valerie starrte auf die Dose, die Stevie erst kürzlich von ihren Kollegen geschenkt bekommen hatte, nachdem sie in Ermangelung der Agentur-Zuckerwürfel kurz vor Abgabe einer Präsentation einen für alle unüberhörbaren Tobsuchtsanfall bekommen hatte.

»Alles gut, Liebes? So kenne ich dich ja gar nicht«, machte Stevie einen neuen Anlauf.

Valerie schnaufte tief durch und überlegte, ob die Mutter ihres Patenkindes, der wohl süßesten Dreijährigen in Köln und Umgebung, die richtige Ansprechpartnerin für ihre Probleme war.

»Ach, bei uns klappt das alles nicht ...«, erwiderte sie leise.

Stevie hatte garantiert eine Vermutung, bohrte jedoch nie nach, was Valerie ihr hoch anrechnete. Auch jetzt lehnte sie sich in ihrem roten Hightech-Bürostuhl zurück und ließ ihrer Freundin Zeit.

»Es geht um dieses blöde Kinderthema. Wir sind offenbar zu doof, um uns fortzupflanzen«, platzte es aus Valerie heraus. Sie versuchte, sich mit einem Schluck aus ihrer XXL-Kaffeetasse Stevies Blick zu entziehen.

»Wisst ihr denn, woran es liegt?«, fragte Stevie.

»Nein, das ist ja das Schlimme.« Valeries Blick wanderte nach draußen zum Atrium des im Karree gebauten Bürogebäudes. Eine dunkle Schlucht, die ihr beinah erschreckend vor Augen führte, wie sie ihr eigenes Leben in diesem Moment wahrnahm. Durch das bodentiefe Fenster neben ihrem Schreibtisch beobachtete sie eine Amsel, die sich in den umzingelten Innenhof verirrt hatte, und stellte sich vor, wie der Vogel zu ihr herüberrief: Noch nie von Vögeln gehört? Wo liegt das Problem?

»Ach, Scheiße!« Der Kaffeelöffel war Valerie aus der Hand geglitten und in die halb volle Tasse gefallen, die daraufhin in Richtung Tastatur gekippt war. Während Stevie mit Taschentüchern herbeieilte, um die teure Hardware aus dem schwarzen Meer zu retten, versuchte Valerie sich im Zaum zu halten, denn sie wusste: Es fehlte nicht mehr viel, und der Kampf gegen die Tränen war verloren.

»Tom kümmert sich aber auch gar nicht«, ergänzte sie, während Stevie in aller Seelenruhe die letzten Rinnsale wegwischte, was für sie als Mutter vermutlich zum Standardrepertoire gehörte. »Bei mir scheint rein körperlich alles in Ordnung zu sein, aber er hat sich noch gar nicht untersuchen lassen. Und meinen Vater soll ich auch nicht informieren. Dabei hätte der garantiert einen ganzen Bauchladen an Möglichkeiten für uns im Angebot. Am Freitag haben Tom und ich uns wieder deswegen gestritten. Seitdem haben wir kein Wort mehr darüber verloren. Ich trau mich schon gar nicht mehr, das Thema anzusprechen.«

Stevie dachte nach. »Dass er sich nicht mit deinem Vater darüber austauschen will, verstehe ich. Stell dir nur mal vor, Toms Vater wäre Gynäkologe.«

»O Gott, hör auf!«, rief Valerie. Sie mussten lachen.

»Mich wundert, ehrlich gesagt, dass das für dich kein Problem ist«, meinte Stevie. »Würdest du wirklich zu deinem Vater in die Klinik gehen?«

Valerie zögerte keinen Moment. »Mein Vater ist der Beste auf seinem Gebiet. Ich würde mich keinem anderen Arzt anvertrauen.«

»Okay. Aber Tom sollte sich vielleicht wirklich mal untersuchen lassen – ob von deinem Vater oder einem anderen Experten. Wie lange übt ihr denn schon?«

»Ach, schon ewig«, erwiderte Valerie.

»Über ein Jahr?«

»Weit über ein Jahr.« Selbst vor ihrer besten Freundin mochte Valerie nicht zugeben, dass es eigentlich schon über zwei Jahre waren.

Es kam ihr sehr gelegen, dass in diesem Moment ihr Lieblingskollege Berno mit den Layouts für Herrn Knecht durch die Tür schaute. Man sah ihm an, dass er sich über den Entwürfen die blonden Haare gerauft hatte. Seine ohnehin schon strubbelige Frisur stand noch mehr zu Berge als sonst. Er sah müde aus – wie sie alle.

»Über ein Jahr?«, fragte er entsetzt. »Sagt bitte nicht, dass dieses Projekt so lange gehen soll.«

Valerie grinste. »Das kommt ganz auf deine Ideen an.«

Herr Knecht hatte das gesamte Team den ganzen Tag über in Atem gehalten und erst am Abend den Entwurf freigegeben, den er schon morgens so dringend benötigt hatte. Stevie rieb sich die Augen. »Und jetzt? Auf einen Absacker?«

»Ins La Paillette?«, schlug Valerie vor.

»Yep! La Paillette!« Stevie griff nach ihrer Tasche und schien von jetzt auf gleich wieder voller Energie zu sein.

»Allerdings könnte es sein, dass Katharina da ist.«

Valeries Augen weiteten sich. »Katharina soll sich um diese Uhrzeit in der städtischen Gastronomie befinden? An einem Donnerstag? Du machst Witze!«

Im Gegensatz zu Valerie und Stevie verbrachte ihre gemeinsame Bekannte Katharina von 365 Tagen im Jahr nahezu alle im Kreise ihrer Familie. Ihr Mann Karsten und die zwei- und fünfjährigen Söhne Franz und Emil gingen grundsätzlich vor. Entsprechend ungewöhnlich war es, dass sie nach zwanzig Uhr ohne ihren Angetrauten im Nachtleben unterwegs war – wenn auch mit ihren Sparkassenkolleginnen, wie Stevie zu berichten wusste.

»Eine Kollegin hat zum Abschied vor ihrem Mutterschutz ins La Paillette eingeladen«, erzählte Stevie. »Da darf Katharina natürlich nicht fehlen.«

»Dann ist sie wenigstens gut beschäftigt und geht uns nicht auf den Geist«, meinte Valerie amüsiert. »Los geht's. Ich schreibe Tom aus dem Auto, dass ich heute später komme.«

Das war es, was Valerie an Stevie so schätzte. Mit ihr war es auch nach der Geburt von Charlotte immer möglich gewesen, sich zu treffen und auszugehen. Dann redeten sie wie früher über alles, was sie bewegte. Dabei war Valerie sehr wohl bewusst, dass es nicht einfach für Stevie war, Familie, Freundschaften und ihren Job unter einen Hut zu bekommen. Oft genug hatte sie sie der Verzweiflung nah erlebt, wenn Charlotte mal wieder krank war, Heiko auf die Baustelle musste und sie selbst einen wichtigen Termin bei ihrer Chefin hatte. Doch Stevies Umgang mit der Mutterrolle machte Valerie Hoffnung, dass das Elterndasein und ein erfülltes Sozialleben sich nicht ausschließen mussten.

»Was macht ihr denn hier?«, kreischte Katharina aufgedreht, als Stevie und Valerie in ihrer Lieblingsbar den Tresen in Beschlag nahmen.

»Wir brauchen einen Feierabenddrink«, erwiderte Stevie und winkte dem Barkeeper zu, der sofort die Thekenseite wechselte, um sie und Valerie zu begrüßen.

»Na, ihr zwei Hübschen, wieder einen harten Tag gehabt?«

Valerie und Stevie nickten leidvoll.

»Das übliche Gedeck?«

»Unbedingt!«, rief Stevie, die nach einem Tag wie diesem ihren ersten Durst mit einem kühlen Blonden zu löschen pflegte, gefolgt von der allein für sie beide kreierten Spezialität Girl's Glow, die aus Limetten, Basilikum, Gin und einem türkischen Steckrübensaft namens Şalgam bestand, weshalb der Drink nicht nur schön betrunken machte, sondern obendrein reich an Vitamin C und Antioxidantien war.

Verdutzt schaute Katharina sie an. »Seid ihr öfters hier?«

»Unser Job ist kein Kindergeburtstag. Da braucht man nach Feierabend ab und an ein paar Umdrehungen«, erklärte Stevie und zog die obligatorischen Bruschette mit Rote-Bete-Creme heran, die auch heute wieder Mittag- und Abendessen kompensieren mussten.

»Kannst du mir einen alkoholfreien Girl's Glow machen?«, erkundigte sich Valerie beim Barmann.

»Ernsthaft? Schon wieder?« Stevie wirkte irritiert. Dann veränderte sich ihr Gesichtsausdruck. »Ach klar, ich versteh schon.«

Katharinas Blick veränderte sich schlagartig. »Sag nicht, du bist schwanger, Valerie!« Aufgeregt wendete sie sich an Stevie. »Sie ist schwanger, oder?«

Stevie sah hilflos zu Valerie. »Nicht dass ich wüsste«, meinte sie dann. »Sie ...« Stevie war sonst immer schlagfertig, aber jetzt suchte sie offenbar nach Worten. »Sie macht eine Kur«, sagte sie dann, was aber nicht ganz überzeugend klang.

»Ich hab's mit dem Magen«, behauptete Valerie. »Der Stress, du weißt schon. Ich muss mal ein bisschen kürzertreten. Dry September sozusagen.«

Katharina stand die Enttäuschung ins Gesicht geschrieben. Zugleich schien sie zu zweifeln, ob diese Erklärung der Wahrheit entsprach. Dann wechselte sie das Thema. »Und wer bringt Charlotte ins Bett?«, fragte sie mit einem Blick, als hätte Stevie soeben kundgetan, ihrem Kind regelmäßig eins mit der Bratpfanne überzuziehen, wenn es nicht auf seine Mutter hörte.

»Der Fernseher. Ich hab sie vor der Glotze geparkt, da schläft die Kleine ganz von selbst ein«, meinte Stevie und gab Valerie einen Stups in die Seite.

»Ernsthaft?« Katharina konnte ihr Entsetzen nicht verbergen.

»Natürlich nicht!« Stevie legte die Stirn in Falten. »Heiko bringt sie ins Bett. Meinst du ernsthaft, ich lasse eine Dreijährige allein zu Hause?«

»Ach, das macht sie mit? Ist ja ein Ding ...«

Valerie und Stevie warfen sich Blicke zu. Wie immer, wenn sie auf Katharina trafen, kamen sie nicht umhin, sich über ihr Verhalten zu wundern. Katharina, die Supermutter im Freundeskreis, war über ihren Freund und späteren Mann Karsten zur Runde hinzugestoßen. Während alle anderen sich bemühten, das Leben leicht zu nehmen, war sie eine ständige Bedenkenträgerin, deren Stock im Hintern gerade beim Thema Kinder die Ausmaße eines jahrhundertealten Baumstammes annahm.

»Wer hat denn Franz und Emil heute ins Bett gebracht?«, entgegnete Stevie patzig.

»Na, ich natürlich. Erst als beide eingeschlafen waren, habe ich mich auf den Weg gemacht. Sie brauchen einfach ihr Ritual. Routinen sind ja so wichtig für Kinder.«

Stevie, die sich mit zusammengezogenen Augenbrauen gerade zu fragen schien, um welche Uhrzeit der fünfjährige Emil bereits ins Bett gehen musste, begann zu strahlen, als die ersten Drinks kamen.

»Wohl bekomm's, Mädels! Das hier ist der alkoholfreie.« Valerie nahm eins der Gläser, das mit einer Physalis garniert war. Sie nippten und ließen den ungewöhnlichen Geschmack, der ihren

Tag auszulöschen pflegte, genüsslich auf der Zunge zergehen, während Katharina Valerie ins Visier nahm.

»Du fragst dich bestimmt, wovon wir reden, Valerie. Du kannst ja noch tun und lassen, was du willst. Aber wer weiß – mal sehen, wie lange noch ...« Katharina grinste verschmitzt und warf Stevie einen verschwörerischen Blick zu. »Findest du nicht auch, dass Valerie und Tom allmählich an der Reihe wären, Stevie? Das wäre doch herrlich, wenn wir alle gemeinsam mit Kind und Kegel etwas unternehmen könnten. Und die ganzen Kindersachen, die ich noch für euch hätte, Valerie! Ganze Berge könntet ihr von uns bekommen.«

Valerie spürte, wie in ihr eine Mischung aus Wut und Trauer aufstieg, und hielt einen Finger auf ihr Augenlid, das in diesem Moment nervös zu zucken begann. Für heute hatte sie definitiv genug von dem leidigen Thema. Wenn sie mit jemandem nun wirklich nicht tauschen wollte, dann war das Katharina – und das betraf nicht nur die Kindersachen, die sie im Traum nicht von ihr hätte haben wollen. Mit ihrer Teilzeitstelle in der Sparkassenfiliale und dem Vorstadt-Reihenmittelhaus in einem Örtchen, von dem Valerie zum ersten Mal gehört hatte, als Karsten bei einem ihrer abendlichen Treffen mit stolzgeschwellter Brust den Grundriss auf dem Tisch ausrollte, konnte sie sie wirklich nicht beeindrucken.

»Macht ihr mal, Katharina«, meinte Valerie. »Wir planen fürs kommende Jahr eine Reise nach Japan. Da könnten wir einen Säugling wirklich nicht brauchen.«

Stevie musste das Auto stehen lassen. Gemeinsam nahmen sie die Straßenbahn und verabschiedeten sich am Hofgarten voneinander, von wo aus Valerie nach Hause trottete. Daheim angekommen, stellte sie fest, dass Tom noch wach war. Die Wohnung war dunkel – nur der Bildschirm seines iMacs leuchtete so grell, dass der Flur in bläuliches Licht getaucht war. Ein Zeichen dafür, dass

Tom schon lange über etwas brütete und gar nicht bemerkt hatte, dass es dunkel geworden war.

»Hallo!«, begrüßte Valerie ihn. Sie hatte beschlossen, ihren Frust auch Tom gegenüber heute nicht mehr zu zeigen.

»Oha«, begrüßte er sie. »Sieht so aus, als hättest du einen harten Tag gehabt.«

Valerie setzte sich auf seinen Schoß, wie sie es gerne tat, wenn sie müde war. Sie lehnte sich an ihn und schloss die Augen.

»Herr Knecht hat uns mal wieder geknechtet. Wir mussten im La Paillette noch etwas runterkommen.«

»Meine arme Maus«, meinte Tom mitleidig und strich ihr über die halblangen blonden Haare.

»Und du arbeitest noch?«, gab Valerie ebenso mitleidig zurück.

»Ach ja, aber nichts Wichtiges. Ich hatte einfach Lust und bin dafür morgen nicht gleich im Stress.«

Valerie stieg von ihrer Komfortzone herunter. »Bin gleich wieder da!«, rief sie und machte sich in Richtung Bad auf.

Vor dem Spiegel erstarrte sie. Ihr Blick war auf die Packung mit Ovulationstests gefallen, die auf der Ablage stand. War heute etwa schon ...

Sie eilte in den Flur, um ihr Handy zu holen. Die App »Schneller schwanger« hatte sie im Ordner für Shopping-Portale versteckt. Valerie scrollte durch den Kalender. Tag elf, puh. Glück gehabt. Gewöhnlich konnte sie sich mindestens bis Tag zwölf, wenn nicht sogar Tag dreizehn, ihres Zyklus entspannen. Erst dann machte sich bei ihr ein Ei zum Sprung bereit. Ihre Eizellen mochten technisch überzeugend sein, hatten jedoch in der Kür bislang gänzlich versagt und noch nicht eine Medaille nach Hause geholt.

»Sicher ist sicher«, flüsterte sie und griff zu einem der Teststreifen, von denen sie in den letzten zwei Jahren wohl schon an die hundert verbraucht hatte. Jedes Mal ärgerte sie sich in der Drogerie über den unangebrachten Preis für ein Produkt, auf das man urinierte, um lediglich zwei Aussagen hervorrufen zu können: »tote Hose« oder »Brunftzeit«.

Sie führte den Test durch und wartete. Von der toten Hose inspiriert, begann sie ein Lied der fast gleichnamigen Band zu singen: »Es kommt die Zeit, oh, oh, in der das Wünschen wieder hilft ...« Wenn es doch so einfach wäre. Nur ein Wunsch, und ihr wäre geholfen. Nicht gleich jetzt oder morgen – aber vielleicht in zehn Monaten. Es konnte doch nicht so schwer sein ...

Valerie starrte auf den Test. Der Smiley! Brunftzeit! Ein Ei zum Sprung bereit! Jetzt schon? O nein! Wie sollte sie Tom heute noch rumkriegen? Er hatte seinen Rechner heruntergefahren und machte sich fürs Bett fertig – in dieser ganz alltäglichen Manier, die rein gar nichts mit einem kurz bevorstehenden Sexualakt zu tun hatte.

Sie hauchte in ihre Hände. Warum hatte sie nur mit Stevie noch an der Dönerbude haltgemacht? Jetzt hatte sie eine Knoblauchfahne und trug obendrein den bequemsten aller Slips. Und ja, es war einer dieser Fälle von »bequem«, der »sexy« ganz klar ausschloss. Hektisch begann sie im Wäschekorb zu wühlen. Da musste doch noch irgendwo ...

Hurra! Da war er, der schwarze Spitzen-BH, den Tom ihr zum letzten Geburtstag geschenkt hatte. Dann sollte auch der passende Slip dazu in der Nähe sein. Tatsache! Sie schlüpfte aus ihrem Kleid und wechselte derart schnell die Dessous, dass selbst Dita Von Teese ins Staunen geraten wäre. Fix das Kleid wieder übergestülpt und gegen den Knoblauchdunst den Zungenschaber aktiviert, zu dem ihr bei der letzten Zahnreinigung geraten worden war. Schließlich einen Hauch Parfum aufgetragen – nur nicht zu viel, das wäre auffällig.

Die Badezimmertür öffnete sich.

»Wo steckst du denn?« Tom stapfte in Boxershorts und Unterhemd zum Waschbecken und griff nach seiner Zahnbürste. Valerie guckte ihn versteinert an, während sie sich darüber den Kopf zerbrach, wie sie aus dieser Situation eine sexuell anregende machen könnte.

»Ist was?« Tom begann die elektrische Zahnbürste in seinem Mund zu rotieren. Valerie beobachtete seine Arme. Man sah ihm an, dass er sportlich war. Er spielte Fußball und ging – ganz im Gegensatz zu ihr – gerne schwimmen.

»Ach nichts, nur...« Valerie umarmte ihn von hinten. »... mir ist gerade so nach ... Kuscheln.«

»Wir sind ja gleich im Bett«, erwiderte Tom.

»Und was machen wir da?« Valerie fuhr lächelnd an seinen Boxershorts herunter.

»Schlafen – es ist halb zwei, Valerie. Ich muss morgen früh raus.«

»Ich auch, aber ...« Noch einmal machte sie sich an den Boxershorts zu schaffen und musste feststellen, dass Toms Zahnbürste das Einzige war, was hier noch energiegeladen daherkam.

»Jetzt lass das doch, Valerie – ich bin echt müde. Mach dich auch bettfertig. Ich warte auf dich.« Tom spülte sich den Mund aus und verließ das Bad.

»Shit«, entfuhr es Valerie. Sie kannte ihren Mann, der maximal zwei Atemzüge brauchte, um in Tiefschlaf zu verfallen. Von wegen Warten ...

Als sie ins Schlafzimmer kam, war das Licht schon gedimmt. Noch schaute Tom aber auf sein Handy, auf dem er vor dem Schlafengehen gerne noch Nachrichten las.

Valerie setzte sich auf ihn. »Könnten wir nicht noch ... ein bisschen Spaß haben?«

»Valerie, was soll das? Wir hatten beide einen harten Tag, und morgen ist wieder viel los. Ich möchte jetzt schlafen.« Tom wurde langsam ungehalten. Er legte sein Handy weg, zog die Decke noch etwas höher und drehte sich demonstrativ auf die Seite.

Es half nichts, sie musste raus mit der Sprache. »Aber heute ist Smiley-Tag!«

Tom legte das Handy zur Seite. »Valerie, hör endlich auf damit. Das kann so nicht weitergehen. Seit Monaten, ach, was sage ich, seit Jahren diktiert uns dieser Fruchtbarkeitsfahnder, wann wir Sex haben sollen. Und in den Wochen dazwischen läuft gar nichts. Das ist doch absurd. Ich mach das nicht mehr mit.«

»Aber es gibt eben nur wenige fruchtbare Tage im Monat – was weiß ich, wer sich das ausgedacht hat«, rechtfertigte Valerie sich.

»Viel sinnvoller wäre es, regelmäßig Sex zu haben, und zwar dann, wenn einem danach ist. Dabei würde man diese Tage ganz automatisch irgendwann erwischen«, entgegnete Tom. »Guck dir doch die Tiere an. Meinst du, eine Löwin hat schon mal auf einen solchen Teststreifen gepinkelt?«

»Eine Löwin erwartet von ihrem Löwen, dass er sie in der Brunftzeit alle fünfzehn bis zwanzig Minuten besteigt – und zwar fünf Tage lang durchgehend!«, rief Valerie, die Tierdokumentationen liebte und jetzt froh war, über das Sexualverhalten von Großkatzen gut informiert zu sein. »Und ich? Ich muss darum betteln, ein einziges Mal begattet zu werden.«

Tom starrte sie entgeistert an. »Du tickst nicht mehr richtig, Valerie. Schlaf jetzt.«

Valerie schluckte, krabbelte unter ihre Decke und kämpfte nicht mehr gegen ihre Tränen an.

In der Wohnung war es still. Keine milchschäumende Kaffeemaschine. Kein Duschstrahl. Kein Gepolter im Flur. Valerie hatte Mühe, die Augen zu öffnen. Auch wenn sie keinen Alkohol getrunken hatte, kam es ihr so vor, als müsste ihr Kopf gleich platzen.

Ihr fiel der positive Ovulationstest vom Vorabend ein. Sie sprang aus dem Bett. Auf einen Teststreifen mehr oder weniger kam es jetzt auch nicht mehr an. Hoffentlich war die fruchtbare Phase noch nicht vorbei …

»Glück gehabt«, murmelte Valerie wenig später. Noch strahlte der Smiley, als wäre dies schon das Babypinkeln.

Aber wo war Tom? Sie konnten doch nicht einen ganzen Zyklus ins Land ziehen lassen, nur weil er mal wieder den Ernst der Lage nicht erkannte. Bestimmt plagte ihn schon das schlechte Gewissen, weil er sie so hart angefahren hatte. Sie sah im Wohnzimmer nach. Auch hier: nichts. Dann entdeckte sie einen handgeschriebenen Zettel auf der Kücheninsel.

Guten Morgen, Val! Nimm's mir nicht übel, aber ich musste mal raus. Werde den Tag über beim Kunden arbeiten und treffe mich heute Abend mit Karsten. Vielleicht bleibe ich über Nacht. Wir sehen uns dann spätestens morgen Abend zum Essen bei Berno.
LG Tom

Erst morgen Abend? War Tom von allen guten Geistern verlassen? Bis dahin hatte ihr vollreifes Ei doch längst den Sprung gewagt und wollte sich unverrichteter Dinge schon wieder verabschieden. Der Kosename Val regte sie in diesem Zusammenhang noch zusätzlich auf. Schließlich nannte Tom sie sonst so, wenn er besonders liebevoll wirken wollte. Und was, bitte schön, war an dieser Nachricht liebevoll?

Valerie griff zum Handy. Tom war unter den Favoriten mit einem Foto von ihrem letzten Thailandurlaub abgespeichert. Er hatte sie damals zu der Fernreise überreden müssen. Sie hatte Angst vor dem langen Flug und dem für sie unbekannten Kontinent gehabt, er aber hatte ihr versichert, dass mit ihm an ihrer Seite rein gar nichts passieren könne, da er in Asien auf sie achtgeben werde. Und er hatte Wort gehalten – ob beim Schnorcheln, als sie beim Anblick einer gewaltigen Wasserschildkröte kurzfristig in Angststarre verfallen war, oder bei einer Tuk-Tuk-Fahrt durch Bangkok, auf der sie dachte, dass sie das Gefährt niemals lebend wieder verlassen würden. Selbst als sie beim Lichterfest in Chiang Mai frittierte Insekten probiert und kurz darauf mit Diarrhö daniedergelegen hatte, war er an ihrer Seite geblieben, wobei sie auf diesen Teil der Reise lieber verzichtet hätte. Niemals würde sie seinen Blick vergessen, als sie zum x-ten Mal von der Toilette kam und feststellte, dass die Wand, die das Bad vom Schlafbereich ihrer Strohhütte trennte, in Sachen Schallisolierung so wirkungsvoll war wie eine Wollmütze beim AC/DC-Konzert. Trotz allem war es der Urlaub gewesen, der ihr gezeigt hatte, dass Tom ihr Mann fürs Leben war. So stur er auch sein konnte, sie wollte partout keinen anderen …

Valerie wählte seine Nummer und ließ es klingeln. Nichts – dann die Mailbox. Sie legte auf und probierte es noch einmal. Wieder nichts. Tom schien es ernst zu meinen – oder er wollte beim Kunden nicht privat telefonieren. Sie warf einen Blick auf die Uhr. O Gott, schon nach neun! Sie musste dringend in die Agentur. Das lang ersehnte Golden Goal würde wohl noch mindestens einen Monat auf sich warten lassen müssen.

»Vielen Dank auch, Tom«, fluchte Valerie im Flur in Richtung ihres Hochzeitsfotos und huschte unter die Dusche.

3

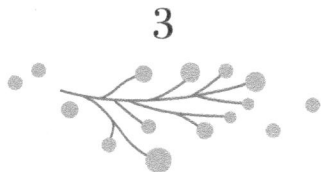

Am Samstagmorgen saß Valerie allein am Küchentisch und kratzte die Reste ihres geliebten Milchschaums aus der Kaffeetasse. Während sie mit Tom am Wochenende meist ausgiebig und üppig frühstückte, hatte sie sich heute nur ein Brot mit viel zu fettiger Erdnussbutter geschmiert. Allein machte es ihr keinen Spaß, Rührei zu wenden, Saft zu pressen oder Lachs mit Schnittlauch hübsch anzurichten. Sie schaute auf ihr Handy. Noch immer keine Nachricht von Tom. Wann würde er nach Hause kommen? War es wirklich sein Ernst gewesen, dass sie sich erst abends bei Berno wiedersehen würden?

Ping! Endlich eine Nachricht!

Moin Val! Gut geschlafen? Hatte einen netten Abend mit Karsten und werde in die Stadt gehen, bevor ich zu Berno fahre. Er weiß Bescheid, dass ich eher komme. Hab ihm gesagt, dass du arbeiten musst und ich mich langweile. 😊 Bis später dann zum Essen! Tom

Valerie fixierte den Smiley. Was genau war daran witzig? Sie wusste gar nicht, worüber sie sich zuerst aufregen sollte. Darüber, dass Tom offenbar nicht kapierte, dass nun wieder ein Monat verschenkt war? Darüber, dass er die Zeit ohne sie offenbar auch noch genoss? Oder darüber, dass er ihrem gemeinsamen Freund Berno, den er nur durch sie überhaupt kennengelernt hatte, irgendeinen Humbug erzählte, ohne auf die Idee zu kommen, die Notlüge vorher mit ihr abzustimmen?

Heute Morgen hatte Valerie den dritten Teststreifen zum Einsatz gebracht. Das Ergebnis war vorhersehbar: ein großer, leerer Kreis, dem es gelang, ganz ohne Gesicht eine hässliche Fratze zu schneiden. Wie lang sollte das noch so weitergehen?

Nervös stand Valerie ein paar Stunden später im Norden der Stadt vor Bernos Tür. Sie schaute an sich hinunter. Ihr Top brachte das Dekolleté zum Vorschein, für das Tom schon immer geschwärmt hatte. So sehr sie sich über ihn ärgerte – auf eine Art war es schön gewesen, sich ohne ihn fertig zu machen und allein aufzubrechen. Das alles hatte etwas von einem Date, wenn auch der Grund eher unerfreulich war. Sie klingelte. Die Wohnungstür flog auf. »Frau Kollegin!« Berno zog Valerie an seine gut trainierte Brust. »Wie schön, dich zu sehen! Hast du alles fertig bekommen?«

Jetzt war Valerie froh, von Tom eingeweiht worden zu sein. »Alles fertig und beim Knecht. Ich hoffe, du konntest meinen Mann heute Nachmittag bei Laune halten?«

Sie legte ihre Jacke ab. Wann immer sie auf Berno traf, fühlte sie sich besser, ob in der Agentur oder im privaten Umfeld. Er hatte so eine ruhige und positive Ausstrahlung. Sie war froh, dass Tom akzeptierte, dass sie manchmal stundenlang mit Berno telefonierte, wenn der eine Frau kennengelernt, sich wieder mal getrennt oder irgendwelche beruflichen Themen hatte.

Sie folgte ihm in die Küche. Katharina und Karsten waren schon eingetroffen und sahen Tom bei der Zubereitung des Pimm's zu. Er schnitt gerade die Gurke klein, als er Valerie bemerkte. Sofort legte er das Messer ab, bewahrte die ins Rollen gekommene Gurke vor dem Absturz und kam auf sie zu.

»Hi Schatz!« Überschwänglich nahm er Valerie in den Arm und drückte ihr einen Kuss auf den Mund. Sie konnte riechen, dass der Pimm's nicht sein erster Drink heute war. Vermutlich hatte er mit Berno bereits das ein oder andere Bier gekippt, wie die beiden es zu tun pflegten, wenn sie sich außerhalb der Arbeitszeit trafen.

»Hi«, antwortete Valerie, für die die Begrüßung in Anbetracht der Situation auch weniger überschwänglich hätte ausfallen können, und machte sich daran, Karsten und Katharina zu drücken, die zum Glück nicht informiert zu sein schienen. Während Valerie Karsten noch zugetraut hätte, eine Mitwisserschaft mit Pokerface zu verbergen – wäre das für Katharina ein Ding der Unmöglichkeit. Ohnehin konnte sich Valerie nicht vorstellen, dass Tom beim gestrigen Treffen mit Karsten das Kinderwunschthema angesprochen hatte.

Es klingelte. Vorfreudig machte sich Berno erneut auf den Weg zur Tür. »Dann wären wir komplett. Stevie, Heiko, hereinspaziert!«

Auch wenn Valerie Stevie täglich im Büro sah, freute sie sich riesig, als ihre Freundin hereinkam. Am liebsten hätte sie sich gleich mit ihr auf den Balkon verzogen, um ihr von den neuesten Geschehnissen zu berichten, am besten bei einer den besonderen Umständen geschuldeten Zigarette. Zugleich war sie froh, dass es nicht dazu kam, denn Rauchen war derzeit nun wirklich keine gute Idee. Der Pimm's auch nicht – aber in dieser alteingesessenen Runde auf Alkohol zu verzichten, würde ihr wohl erst dann gelingen, wenn sie tatsächlich rein gar nichts mehr trinken durfte.

Schon erhob Berno sein Glas. »Schön, dass wir mal wieder alle beisammen sind. Zum Wohl, ihr Lieben – auf einen schönen Abend!«

Wenig später hatten alle am Tisch Platz genommen. Bei Berno standen einfache Gerichte auf dem Menü. Es sollte einen Salat vorab geben, gefolgt von Käsefondue und etwas Obst zum Nachtisch. Valerie war dankbar, dass er angesichts der Kalorienbombe zum Hauptgang zumindest bei Vorspeise und Dessert auf leichte Kost gesetzt hatte.

Sie warf Tom einen Blick zu, der ihr schräg gegenübersaß. Er zwinkerte, als hätten sie ein süßes Geheimnis. Sie erwiderte sein Zwinkern nicht – zu tief saß der Ärger über den verschenkten Monat.

Katharinas schrille Stimme eröffnete das Tischgespräch. »Wir haben etwas zu verkünden«, sagte sie strahlend und schaute verschmitzt zu Karsten.

Valerie warf Stevie einen Blick zu, die in diesem Moment sicherlich genau dasselbe dachte wie sie: Entweder war das dritte Kind im Anmarsch, wogegen allerdings der Drink sprach, den auch Katharina dankend entgegengenommen hatte, oder Karsten war befördert worden. Vielleicht gab es auch eine Neuerung im Fuhrpark, die aber eher unwahrscheinlich war, weil Katharina gerade neulich erst erklärt hatte, dass ihr VW Sharan in Komfort, Stauraum und Kindertauglichkeit nicht zu übertreffen sei.

Katharina genoss die Aufmerksamkeit und gönnte sich noch einen Moment Stille, um die Spannung zu steigern. Alles wartete ...

»Wir haben einen Baum gepflanzt!«, verkündete sie und schaute in die Runde, als hätte sie soeben das Geheimnis gelüftet, dass eigentlich sie die erste Frau im Weltall gewesen sei. Die nachfolgende Gesprächspause fühlte sich an wie eine Ewigkeit.

Während Karsten peinlich berührt in sein Glas schaute, brach Berno, als Gastgeber um gute Stimmung bemüht, schließlich das Schweigen. »In eurem Garten?«

»Ganz genau!« Katharina war geradezu euphorisch. »Mir ist es leider erst viel zu spät eingefallen. Es heißt doch, ein Mann müsse im Leben ein Haus bauen, einen Sohn zeugen und einen Baum pflanzen. Und da mein Göttergatte zwei der drei Aufgaben ja bereits bravourös abgearbeitet hat, blieb nur noch der Baum übrig. Nun haben wir einen Apfelbaum im Garten und möchten euch schon jetzt zur ersten Ernte einladen.«

Valerie warf Tom einen entgeisterten Blick zu und wandte sich dann an Berno. »Apropos Apfel – hast du noch diesen Rosen-Apfel-Schnaps vom letzten Mal?«

Irritiert sah Katharina sie an. »Ich dachte, du hast Dry September?«, sagte sie verdutzt, woraufhin auch Tom Valerie einen fragenden Blick zuwarf.

Stevie sprang ein: »Sie macht heute eine Ausnahme. Der Schnaps passt perfekt zum Käsefondue. Her damit!«

Auch Heiko und Tom schienen erleichtert, dass die gartenbaulichen Schilderungen beendet waren.

Ganz so schnell ließ Katharina sich jedoch nicht abwimmeln. »Und was ich noch sagen wollte ...« Sie rückte ihren Stuhl zurecht. »Von nun an möchte ich für jedes Kind unserer Runde einen Strauch um den Baum herum pflanzen. Franz und Emil haben schon jeweils einen Blaubeerstrauch bekommen, für Charlotte haben wir einen Himbeerstrauch gepflanzt. Und jetzt bin ich so gespannt, wie es weitergeht!« Sie schaute erst zu Tom und dann zu Valerie.

»Ich finde, es reicht langsam mit den Sträuchern, Katha«, bemerkte Karsten in einem Versuch, seine Frau zu bremsen. »Wer soll sich um das ganze Gestrüpp eigentlich kümmern?«

Endlich hatte Berno die Flasche gefunden. »Ich hab ihn, ihr Lieben. Hier kommt der rosige Apfel! Eigentlich ein Digestif, aber es gibt offenbar Bedarf.« Er füllte die Schnapsgläser. »Prost, ihr Säcke!«, rief er, wie es Tradition bei ihnen war.

»Prost, du Sack!«, erwiderte die Runde unisono.

Valerie spürte, wie ihr Hals wohlig warm wurde, und stellte sich vor, wie sie den Klaren auf das leere Fleckchen Erde neben Katharinas Apfelbaum spuckte.

Es war noch ein lustiger Abend geworden. Katharina war bei ihren Treffen stets bemüht, in Sachen Alkoholkonsum nicht das Schlusslicht der Runde zu bilden, schaffte es wie immer nicht und musste sich noch während der Veranstaltung übergeben. Während sie den Rest des Abends im Schlaf stöhnend auf Bernos Couch verbrachte, lief Karsten zur Höchstform auf, erzählte von Ex-Liebschaften und durchzechten Nächten mit Tom, den er schon aus Studienzeiten kannte. Berno, der seit Jahren mit Stevie und Valerie Überstunden in der Agentur machte, bemühte sich, mit Geschichten ihrer berühmt-berüchtigten Mitarbeiterpartys mitzuhalten – tat Stevie jedoch den Gefallen, die Feier auszulassen, bei der sie mit dem Leadsänger der hierfür gebuchten Band in flagranti erwischt worden war. Der Umstand, dass ihr oberster Chef damals auf der Suche nach seinem Burberry-Mantel sturzbetrunken in die Garderobe gefallen und auf dem schwer beschäftigten Groupie nebst Idol gelandet war, blieb weiterhin unter Verschluss. Sie lachten Tränen, tranken sich durch Bernos reich bestückte Bar und lagen sich in den Armen, als sie im Morgengrauen das Haus verließen.

Die frische Luft draußen tat gut – führte bei Valerie jedoch auch zur prompten Ernüchterung. Gleich würde sie mit Tom alleine nach Hause laufen. Was würde er wohl sagen? Wie sollte sie sich verhalten? Oder war es nach dem schönen Abend und in ihrem Zustand ratsamer, den Konflikt beiseitezuschieben und erst morgen mit Tom zu sprechen, wenn sie hoffentlich ihr gemeinsames Frühstück nachholten? Andererseits sagten Betrunkene immer die Wahrheit, und manchmal war es einfacher, über Gefühle zu sprechen, wenn der Sanitäter in der Not, auf den schon Herbert Grönemeyer im Song »Alkohol« baute, dabei Erste Hilfe leistete.

Sie verabschiedeten sich von Stevie und Heiko und wünschten Karsten eine gute Heimfahrt, der sich bemühte, die nur noch in Umlauten kommunizierende Katharina ins Taxi zu befördern, das bei ihrer Wohnlage sicherlich um die vierzig Euro kosten würde.

Tom sah Valerie an. »Na, du Schnapsdrossel?« Er drückte ihr einen Kuss auf die Nase. »Ich hab dich den Tag über vermisst.«

»Ich dich auch«, musste Valerie zugeben, schmiegte sich an ihn und ergänzte: »Und das, obwohl die Drossel in diesem Monat nicht brüten darf.«

Tom musste lachen. »Immerhin hat sie ein schönes Nest. Und da bringe ich dich jetzt hin.«

Sie liefen los. »Aber das Nest ist für die Brut da«, konnte sich Valerie nicht verkneifen.

»Das ist unser Nest doch auch, Süße«, entgegnete Tom und zog sie an sich. »Deine Bluse macht mich schon den ganzen Abend heiß ... Wir könnten ja gleich noch ...«

»Können wir nicht, Tom!« Valerie versetzte ihrem Mann, der sich gerade mit Hundeblick annähern wollte, einen kleinen Schubs. »Wir haben den richtigen Zeitpunkt schon wieder verpasst, Tom – wegen dir!«

»Mir ging es nicht darum, dich heute Nacht zu befruchten, Valerie.« Er trat einen Schritt zurück. »Ich wollte einfach nur mit meiner Frau schlafen. Und genau das, Valerie, ist das Problem. Es ist nicht mehr möglich, einfach Sex mit dir zu haben. Einfach mal so, wie früher, ohne Gedanken an springende Eier.«

Das saß. Valerie schluckte. Sie fühlte sich elend, weil ihr Mann sie nun nicht mehr wollte. Weil sie immer noch nicht schwanger war. Und weil sie nicht einmal einen lachhaften Strauch in Katharinas Garten verdiente.

4

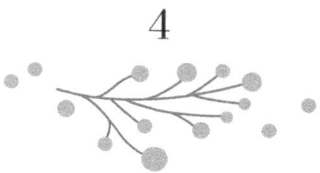

Stevie fuhr ihren Rechner runter. »Feierabend«, sagte sie und machte sich daran, ihre über das gesamte Büro verteilten Sachen in der XXL-Handtasche zu verstauen, die für ihre Besitzerin noch immer zu klein war. »Manic Monday geschafft. Und jetzt? Sollen wir noch eine Kleinigkeit essen gehen?«

»Nee, heute lieber nicht«, entgegnete Valerie. »Ich brauche mal ein bisschen Zeit mit Tom. Die letzten Tage waren etwas stressig.«

»Immer noch das leidige Thema? Da hat Katharina mit der Eröffnung ihrer privaten Baumschule am Samstag ja wieder voll ins Schwarze getroffen.«

»Allerdings. Eins steht jedenfalls fest – in diesem Monat haben wir den Samen für unseren Busch in die Luft gepustet.«

Stevie schaute auf. »Wie meinst du das?«

»Tom wollte nicht. Ich hatte meine fruchtbaren Tage, und er einfach keinen Bock. Daraufhin haben wir uns so gestritten, dass auch der nächste Tag gelaufen war, und – zack! – war der Zauber schon wieder vorbei. Das war vor dem Abend bei Berno. Am Freitag und Samstag haben wir uns gar nicht gesehen, weil Tom Zeit für sich wollte.«

»Dein Ernst? Ich habe euch gar nichts angemerkt!«

Valerie war ein bisschen stolz. Obwohl ihre Freundin sie in- und auswendig kannte, hatte sie keine Lunte gerochen.

»Gestern hatte ich den ganzen Tag über so schlechte Laune, dass ich nicht in der Lage war, vernünftig mit ihm zu sprechen«, fuhr Valerie fort. »Ich hoffe, dass ich mich heute überwinden kann. So kann es jedenfalls nicht weitergehen – mich macht das echt fertig, Stevie.«

»Das kann ich gut nachvollziehen, Liebes.« Stevie kam um den Tisch herum, um ihre Freundin zu drücken. »Du musst ihn überzeugen, sich untersuchen zu lassen. Das ist wirklich nicht zu viel verlangt. Notfalls setze ich Heiko auf ihn an – okay?«

»Okay. Aber sag ihm noch nichts, ja?«

»Ehrenwort.« Stevie hob Zeige- und Mittelfinger in die Luft. »Und jetzt lass uns abhauen.«

Zu Hause roch es nach Pizza. Valerie freute sich, dass Tom schon Essen zubereitete, und war umso mehr begeistert, als sie sah, wie liebevoll er den Tisch gedeckt und sogar Kerzen angezündet hatte.

»Was ist denn hier los?«, fragte sie verblüfft und schaute ihm am Herd über die Schulter.

»Ich wollte dich nach den letzten Tagen ein bisschen verwöhnen. Ich war ein Idiot, Valerie. Es tut mir leid.«

Erstaunt über die plötzliche Einsicht ihres Mannes legte Valerie die Hände auf Toms Hüften und bewegte ihn dazu, dem Herd den Rücken zu kehren und sich ihr zuzuwenden.

»Und woher kommt diese plötzliche Einsicht? Hat dich der Kunde heute etwa darauf gebracht?« Valerie fragte sich, wie er im Laufe eines Arbeitstages, zu dem er heute Morgen schon außergewöhnlich früh aufgebrochen war, einen solchen Sinneswandel hatte durchmachen können.

»Natürlich nicht. Nur war heute nicht so viel los, und da hatte ich Zeit nachzudenken. Es war wirklich dämlich, in unserer Situation nicht die wenigen Tage zu nutzen, an denen es klappen kann. Ab jetzt bin ich jeden Monat dabei, okay?«

»Okay ...« Irgendetwas störte Valerie an Toms plötzlicher Zusicherung. »Wieso bist du mit einem Mal so willig?«

»Ich habe mich ein bisschen umgehört. Offenbar sind wir nicht die Einzigen, bei denen es nicht auf Anhieb klappt.«

»Sag jetzt bitte nicht, dass du Karsten von unserem Problem erzählt hast?« Valerie spürte, wie ihr Blut zu pulsieren begann, und war sicher, dass ihr Dekolleté hektische rote Flecken bekam.

»Nein«, versuchte Tom sie zu beruhigen. »Er hat selbst damit angefangen, als ich ihn am Sonntag wegen der Jacken angerufen habe, die wir bei Berno vertauscht hatten. Irgendwie kam er im Zusammenhang mit dieser Baum- und Buschthematik von Katharina auf das Thema. Da hat er erzählt, dass sie eine Zeit lang ernsthaft daran gezweifelt hätten, ob sie überhaupt Kinder bekommen können. Das hätte ihm zwei Büsche erspart, hat er noch gemeint. Natürlich war das ein Scherz. Um uns ging es dabei gar nicht.«

Valerie beäugte Tom, als wollte sie ihn einer Röntgenuntersuchung unterziehen. Dann seufzte sie tief auf und beruhigte sich. Er schien die Wahrheit zu sagen. Selbst wenn er mit Karsten über ihr Problem gesprochen hätte, wäre das gar nicht so schlimm gewesen. Aber Katharina durfte auf gar keinen Fall davon erfahren.

»Echt? Bei den beiden hat es auch nicht auf Anhieb geklappt?« Valerie wunderte sich. Katharina hatte immer so getan, als wäre bei ihrem Mann jeder scharfe Schuss auch ein Treffer gewesen.

»Sie sind dann einfach drangeblieben, und siehe da, schlussendlich hat es funktioniert«, erzählte Tom.

»Aha. Ich fände es aber trotzdem sinnvoll, wenn du dich mal durchchecken lassen würdest. So gehen wir auf Nummer sicher, dass wir nicht womöglich mit Platzpatronen auf der Jagd sind.« Sie grinste, musste aber feststellen, dass Tom ihre Anmerkung offenbar weniger witzig fand. »Ich war schon so oft beim Arzt – da kannst du wenigstens ein einziges Mal hingehen. Soll ich für dich einen Termin machen, oder bekommst du das alleine hin?«

»Natürlich bekomme ich das hin«, erwiderte Tom genervt und setzte sich als Erster an den Tisch, auf den er mittlerweile die Pizza und einen Salat gestellt hatte. »Ich halte das nur nicht für nötig.«

»Das ist mir völlig egal, Tom!« Warum war ihr Mann nur so schrecklich stur? Und warum dachte jeder Kerl, dass er der fruchtbarste Hengst im Stall sei? »Deinetwegen gucken wir einen Monat in die Röhre. Jetzt erwarte ich, dass du mal einen Schritt auf mich zugehst. Die Untersuchung ist ein Witz gegen all die Arzttermine, die ich schon hinter mir habe. Wenn du jetzt nicht gehst, bekommen wir hier langsam wirklichen Stress.«

Tom schien zu merken, dass es ihr ernst war. Er schenkte ihr ein Glas Rotwein ein und legte ein Stück Pizza auf ihren Teller.

»Okay, Val. Du hast recht. Ich mache diese Untersuchung noch bevor der Smiley dich das nächste Mal angrinst. Versprochen. Aber nur, wenn wir jetzt das Thema wechseln und in Ruhe essen.«

5

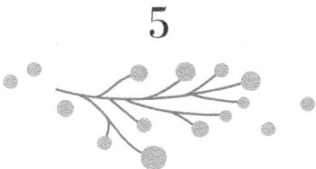

Als Johanna im Büro anrief, klang sie so panisch, dass Valerie erst dachte, es sei etwas Schlimmes passiert. Der Grund für ihre Aufregung wirkte dann eher banal auf sie: Vincent war nach Feierabend von einem wichtigen Auftraggeber spontan zum Abendessen eingeladen worden. Der Kunde hatte nun vorgeschlagen, in Begleitung der Ehefrauen zu dinieren. Was für den kinderlosen Auftraggeber kein Problem war, stellte Johanna vor große Herausforderungen. Nicht nur, dass sie bislang niemanden für die Kinderbetreuung hatte, sie wusste auch nicht, was sie zu diesem Anlass anziehen und wie sie dorthin kommen sollte. Angesichts von Johannas Kleiderschrank, ihrer Stilsicherheit, dem privaten Fuhrpark und dem vorhandenen Kleingeld für ein Taxi dämmerte Valerie, dass der einzige Grund für ihren Anruf der fehlende Babysitter sein konnte.

»Ich bitte dich wirklich ungern, Valerie, aber könntest du heute Abend vielleicht auf Sophia und Paul aufpassen?«

Valerie überlegte, was sie als Ausrede nutzen könnte. Sie hatte eigentlich einen romantischen Abend mit Tom im Sinn. Knapp einen Monat war ihr missglückter Annäherungsversuch nun her. Dieses Mal wollte sie alles richtig machen. Das konnte sie ihrer Schwägerin gegenüber aber schlecht als Begründung anführen. »Was genau heißt denn aufpassen? Sind die beiden dann schon im Bett? Und wie lange müsste ich bleiben?«

Essen lag nicht weit von Düsseldorf. Ihr Bruder betonte bei jeder Gelegenheit, wie genial es sei, in der Nähe seiner diversen Kunden im Ruhrgebiet *und* Rheinland zu sein. Valerie hatte jedoch gar keine Lust, sich überhaupt noch einmal ins Auto zu setzen – geschweige denn auf eine Couch, die nicht ihre eigene war.

»Ja, die zwei sind dann bestimmt schon im Bett«, antwortete Johanna eifrig. »Du weißt ja, wir haben da unsere ...«

»Rituale?«, fiel Valerie ihr ins Wort und fragte sich, wie oft sie das noch zu hören bekommen würde.

Johanna ging über ihren Einwurf hinweg, um auch den zweiten Teil von Valeries Frage zu beantworten. »Das Essen wird sich bestimmt nicht bis in die Morgenstunden hinziehen. Wenn du vielleicht bis spätestens Mitternacht bleiben könntest – ginge das?«

Valerie schaute in ihren Kalender. Der Kundentermin am nächsten Morgen um acht Uhr stellte noch das geringste Problem dar. Viel schlimmer war, dass sie förmlich spürte, wie die Fruchtbarkeit über sie kam und der Smiley entweder schon da sein musste oder nicht mehr lange auf sich warten lassen würde. Gerne hätte sie daher an diesem Abend schon einmal die Gelegenheit genutzt – gerade jetzt, wo Tom beim Arzt und das Ergebnis so gut gewesen war.

Geradezu euphorisch war er vom Termin heimgekommen und hatte berichtet, wie zufrieden der Spezialist auf dem Gebiet der Fortpflanzung mit der Qualität seiner Probe gewesen sei. Valerie war so erleichtert gewesen. Sie hätte darauf gewettet, dass der Grund für ihren noch unerfüllten Kinderwunsch in der Qualität seines Spermas lag. Auch wenn das gute Ergebnis ihr Problem noch nicht löste, war sie nun sicher: Mit der Gewissheit, dass sie beide gesund waren, würde sich in Kopf und Körper ein Schalter umlegen. Jetzt musste es klappen!

»Valerie – bist du noch dran?«

»Entschuldige – ich musste noch kurz etwas im Kalender nachsehen.« Valerie überlegte ein letztes Mal. »Ja, das sollte klappen.

Ich würde Tom fragen, ob er mitkommt. Wir wollten heute Abend noch ein paar Dinge besprechen.«

»Was denn für Dinge?« Johanna war wie immer über die Maßen an ihrem Privatleben interessiert.

Valerie rettete sich auf sicheres Terrain. »Nichts Wichtiges – es geht um unsere Steuererklärung.«

Da Johanna von derlei Dingen keine Ahnung und alles rund um das Thema Finanzen in die Hände ihres Mannes gelegt hatte, würde sie sich damit zufriedengeben.

»Aber natürlich könnt ihr auch zusammen herkommen. Halb acht bei uns? Passt das?«

»Das sollte hinhauen«, bestätigte Valerie. »Bis nachher dann.«

Tom zeigte sich am Telefon wenig begeistert. »Muss das sein?«

»Ach, Tom – ich hab auch keinen Bock. Aber das ist Familie, und allein ist es noch viel langweiliger. Bitte, komm mit! Wir schauen uns einen schönen Film an und machen es uns gemütlich, ja? Bitte!« Sie setzte auf den weinerlichen Unterton, mit dem sie bei ihrem Mann häufig gute Karten hatte, und wusste, dass sie nun abwarten musste, damit er sich nicht allzu bedrängt fühlte.

»Aber du fährst! Dann kann ich wenigstens Vincents Bar plündern«, grummelte Tom.

Valerie überlegte kurz. Sie hatte seit dem Treffen bei Berno keinen Alkohol getrunken und wollte aus gegebenem Anlass weiter darauf verzichten. »Von mir aus«, erwiderte sie daher.

»Und ich muss heute Abend das Champions-League-Finale sehen«, erinnerte Tom.

»Ja, ja.« Die Bedingungen ihres Mannes erstickten Valeries ohnehin nicht vorhandene Lust auf das Babysitten im Keim. Zudem fragte sie sich, wie sie unter den erschwerten Bedingungen etwas annähernd Lustvolles daraus machen sollte. Hoffentlich würden sie nach dem Fußballspiel noch genügend Zeit haben.

»Wir müssen um kurz vor sieben aufbrechen«, fügte sie bestimmt hinzu, da Tom es nicht nur privat, sondern zum Leidwesen vieler Kunden auch im Job mit der Pünktlichkeit nicht allzu genau nahm. »Ich komme jetzt nach Hause, und dann machen wir uns gleich auf den Weg. Wenn wir zu spät sind, bringt sie uns um.«

»Endlich kommt ihr!« Johanna stand schon fertig gestylt in der Tür, als Tom und Valerie eintrafen.

Valerie schaute auf die Uhr. »Es ist kurz vor halb acht, oder?«

Ihre Schwägerin hatte sich für ein dunkelblaues Etuikleid mit farblich passenden Pumps entschieden und eine Handtasche gewählt, die perfekt mit ihrem Lippenstift harmonierte. Sie sah toll aus, das musste Valerie neidlos – oder, wenn sie ehrlich war, mit einem Hauch von Neid – anerkennen.

»Ja, ja, alles gut«, sagte Johanna, »ich hatte nur Sorge ...«

»... dass wir zu spät kommen?« Valerie merkte, wie ihr Puls hochging, weil ihre Schwägerin ihnen offenbar nicht zutraute, eine Verabredung einzuhalten.

»Tante Veeerie!« Paul kam im Schlafanzug die Treppe heruntergerannt. »Ich will heute mit dir Zähne putzen. Mit der neuen Zahnbürste von Paw Patrol. Und du musst mir eine Gute-Nacht-Geschichte vorlesen. Und ich muss dir vorher noch das Auto von Feuerwehrmann Sam zeigen.«

Irritiert wandte sich Valerie an ihre Schwägerin. »Ich dachte, die Kids würden schon schlafen?«, fragte sie so leise, dass Paul es nicht hören konnte.

»Das dachte ich auch.« Johanna schaute beschämt lächelnd zu Tom, dessen genervter Gesichtsausdruck ihr nicht entgangen war. »Aber als Paul gehört hat, dass ihr beide zum Babysitten kommt, war er so aufgeregt, dass er sich nicht mehr dazu bewegen ließ, ins Bett zu gehen. Sophia ist aber schon lange im Land der Träume, und in letzter Zeit hat sie immer gut durchgeschlafen. Ich müsste dann jetzt auch los.«

Johanna kramte in ihrer Handtasche nach ihrem Lippenstift und trug noch eine Schicht der garantiert trendigsten Farbe irgendeines hochpreisigen Kosmetiklabels auf.

»Vielen Dank, ihr zwei. Wir werden uns beizeiten revanchieren und kommen auf jeden Fall bis zwölf zurück. Fühlt euch wie zu Hause!« Mit einem Luftkuss verschwand sie aus der Tür.

Valerie sah ihr nach und fragte sich, womit sich Johanna revanchieren wollte. Es gab schließlich nichts, worauf sie im Gegenzug hätte aufpassen können.

»Tante Veeerie, kommst du?« Paul zog an Valeries Ärmel – während Tom längst ins Wohnzimmer vorgedrungen war, um Vincents TV-Technik zu inspizieren. Das Spiel ging gleich los.

Valerie stapfte nach oben in Richtung Kinderzimmer. Daneben befand sich das Kinderbad – laut Johanna ein entscheidender Wohlfühlfaktor für den Nachwuchs, da die Kinder WC und Waschbecken hier in erreichbarer Höhe nutzen konnten. Dass das aussah wie hinter den sieben Bergen, störte dabei offenbar niemanden.

Oben angekommen, stand Paul mit heruntergelassener Hose vor dem Zwergen-WC. »Ich muss Aa.«

»Ja, und? Du kannst doch schon allein auf die Toilette gehen. Oder etwa nicht?« Valerie wurde unsicher. Sie konnte beim besten Willen nicht abrufen, was hier der Stand der Dinge war, auch wenn Johanna das garantiert beim letzten Familientreffen erwähnt hatte.

»Aber du bleibst hier, Tante Verie!«

»Wenn's sein muss.« Valerie war klar, dass Verweigerung zwecklos war.

»Ich will auch Teddy dabeihaben!«, fiel Paul ein, der sich noch immer nicht in Richtung Toilettenschüssel bewegte.

»Das ist doch Quatsch, Paul. Setz dich jetzt bitte auf die Toilette.«

»Ich will mit Teddy Aa machen!«, entgegnete Paul in der für ihn bekannten Lautstärke.

»Schrei nicht so«, zischte Valerie leise. »Deine Schwester schläft. Wo ist denn dein Teddy?«

»Im Bett.« Paul stand immer noch da wie angewurzelt und begann jetzt, an seinem kleinen Freund herumzuspielen, als ob er damit seinen Stuhlgang regulieren könnte. Valerie stürmte aus dem Zwergenbad, um in Pauls Zimmer nach dem Teddy zu suchen.

»Herrje, wo ist dieses Mistviech?«, fluchte sie, während sie sich durch einen Berg aus Stofftieren wühlte, die teils so grotesk aussahen, dass sie auf Stephen Kings Friedhof der Kuscheltiere besser aufgehoben gewesen wären.

»Ich finde den Teddy nicht«, erklärte sie ihrem trotzigen Neffen, als sie zurück ins Bad kam – und erstarrte im selben Augenblick.

»Paul – nein! Was machst du denn?« Das Toilettentraining ihres Neffen war offenbar weniger weit fortgeschritten, als Valerie angenommen hatte. Wie er es hinbekommen hatte, seine Notdurft von der Tür bis zur Toilette zu verteilen, war ihr ein Rätsel. Mit Johannas Hausschuhen, in die sie zuvor wegen kalter Füße geschlüpft war, steckte sie buchstäblich in der Scheiße und hatte nicht die geringste Ahnung, wie sie dieses Dilemma nun in den Griff bekommen sollte.

»Tom? Tooom? Kommst du mal?«, schrie sie in Richtung Treppe – und wusste im selben Moment, dass dies zu laut für ein schlafendes Baby gewesen war. Prompt begann Sophia, erschrocken von den fremden Stimmen, zu schreien.

»Das kann jetzt nicht wahr sein.« Verzweifelt kehrte Valerie Paul den Rücken zu, um zu Sophia zu eilen – vergaß jedoch, dass nur das Bad gefliest und der gesamte Flur nebst Kinderzimmern mit hochwertigem cremefarbenem Teppich ausgelegt worden war. Eine Farbe, für die Valerie schon bei der Hauseinweihung kein Verständnis gehabt hatte, da Kinderzimmerböden aus ihrer Sicht strapazierfähig sein sollten, wenn bunte Filzstifte zu Boden gingen oder wie jetzt braune Spuren den Weg vom WC zu Sophias Bettchen markierten.

»Tom! Komm sofort hoch!«

»Was ist denn?«, rief Tom. Er schien das Fußballspiel mit Vincents Surround-Sound-System in Stadionatmosphäre genossen und seine Frau erst jetzt wahrgenommen zu haben.

»Frag nicht! *Komm!*«

Tom stapfte die Treppe herauf. »Holy Shit«, entfuhr es ihm, als er das Desaster am oberen Treppenabsatz sah. »Hier ist ja die ...«

»... Kacke am Dampfen, genau!« Valerie, die Sophia jetzt auf dem Arm hatte und versuchte, sie mit einem Schnuller zu beruhigen, sah ihn flehend an. »Kannst du dich bitte um Paul kümmern? Er muss in die Badewanne, und der Schlafanzug sollte am besten gleich in die Waschmaschine. Johanna flippt aus, wenn sie die Sauerei hier sieht. Ich hoffe, wir bekommen die Flecken aus dem Teppichboden raus.«

Obwohl Tom mit offenem Mund dastand, atmete er offenbar weiter durch die Nase, was jetzt akuten Brechreiz in ihm auszulösen schien. Er würgte. »Du willst, dass ich mich um den Hosenscheißer kümmere?«

»Scheiße sagt man nicht«, entgegnete Paul empört.

»Schon klar, sorry. Aber das meinst du nicht wirklich, Val?«

»Dann wieg Sophia in den Schlaf!«, zischte Valerie ihn an. »Aber tu irgendwas! Ich kann nicht alles gleichzeitig machen.«

Sichtlich erleichtert angesichts der nach Penaten duftenden Alternative im roséfarbenen Babystrampler übernahm Tom Sophia und überließ Valerie das Fäkalienfiasko.

»Na, super«, stöhnte die und stellte ihren Neffen in die Wanne, um ihn abzubrausen. Als der nach einigem Schrubben duftend in einem neuen Schlafanzug steckte, stellte sie ihn auf einen Hocker am Waschbecken, was in dem Fall nicht wegen der Höhe, sondern ob des Desasters am Boden vonnöten war. »Hier die Paw-Patrol-Zahnbürste, bitte lange und gründlich.« Während Paul begeistert zu seinem offenbar liebsten Badutensil griff, beseitigte Valerie um ihn herum die Spuren und kümmerte sich dann um den Teppich.

Derweil hatte Tom es noch immer nicht hinbekommen, Sophia zu beruhigen.

»Ich krieg das nicht raus«, stöhnte Valerie und rieb verzweifelt auf dem Teppichboden herum, dessen Flecken – vom Geruch mal ganz abgesehen – zwar mittlerweile heller, aber immer noch deutlich sichtbar waren. »Ich geh mal runter und such nach Teppichschaum. Meinst du, du schaffst es, die beiden zum Schlafen zu bringen?«

Tom, der zwischenzeitlich mit sonorer Stimme »La-Le-Lu« zum Besten gab, was Sophia zu gefallen schien, sah nun zuversichtlicher aus und schaute zu Paul. »Bekommen wir hin, Paul, oder?«

»Logo«, erwiderte Paul, während Valerie fix und fertig die Treppe hinunterschlappte.

Diverse Schlaflieder, eine Dose Teppichschaum und drei Mama-Muh-Bücher später wurde es still in den Kinderzimmern. Valerie, die sich auf den Boden neben Sophias Babybett gelegt hatte, wäre beinahe selbst eingeschlafen. Als ihre Nichte tief und fest schlummerte, stand sie auf, um nach Tom und Paul zu sehen. Mit möglichst großen Schritten ging sie über den noch klitschnassen Teppich zum anderen Kinderzimmer.

Tom hatte sich an Paul gekuschelt, der selig schlief, und strich ihm sanft über den Kopf. Valerie blieb in der Tür stehen, um ihren Mann zu beobachten. Ihre Blicke trafen sich. Sie lächelten sich zu.

Valerie war sicher, dass er in diesem Moment dasselbe dachte wie sie: Ein eigenes Baby wäre – trotz allem – schon schön.

Kurz drauf sanken sie erschöpft und müde auf die Couch. Im Fernsehen lief bereits die Sportschau – das Spiel hatte Tom verpasst.

»Na toll«, sagte er gespielt verärgert und griff zu einem Drink, den er sich gemixt hatte. »Ist das immer so?«

»Keine Ahnung.« Valerie schenkte sich ein Wasser ein.

»Vielleicht doch keine Kinder?«, fragte er grinsend.

»Doch! Auf jeden Fall!«, entgegnete Valerie. »Ich finde, wir haben uns gut geschlagen.«

Sie hatte keineswegs vergessen, weshalb sie Tom heute Abend unbedingt mitnehmen wollte. Sanft hauchte sie ihm einen Kuss aufs Ohr und flüsterte: »Noch ist es nicht so weit, aber vielleicht üben wir schon mal?«

Tom, der offenbar gar nicht fassen konnte, dass seine Frau auch ohne die Aufforderung eines grinsenden Ovulationstests und im Haus ihres Bruders für alles bereit zu sein schien, überlegte nicht lange und lehnte sich zurück.

»Ihr scheint ja einen entspannten Abend gehabt zu haben.« Johanna stand in der Wohnzimmertür und hatte wohl sofort durchschaut, was los war.

Als Tom und Valerie den Schlüssel in der Tür gehört hatten, waren sie gerade noch dazu gekommen, die nötigsten Körperteile zu bedecken, stellten nun jedoch fest, dass Valeries Bluse falsch geknöpft und Toms Hosenstall offen war.

»Ihr seid schon zurück?« Valerie, der das Szenario unglaublich unangenehm war, bemühte sich mit hochrotem Kopf, ihre Haare zusammenzuraffen und die angebrachte Seriosität eines Babysitters zurückzugewinnen.

»Es ist gleich elf. Wir dachten, wir trinken noch einen Absacker mit euch.«

»'n Abend!« Vincent kam zur Tür herein und war ebenfalls sofort im Bilde. »Nicht euer Ernst, oder? Die Couch hat über zehntausend Euro gekostet.«

»Jetzt ist sie noch mehr wert«, entgegnete Tom, der seine Schlagfertigkeit zurückgewonnen hatte und wohl genau wie Valerie zu dem Schluss gekommen war, dass es hier nichts mehr zu vertuschen gab. »Irgendwie muss man die Zeit ja rumbekommen.« Er grinste.

»Dann haben Sophia und Paul also schön geschlafen?«, erkundigte sich Johanna und sah diskret weg, während Valerie und Tom die letzten Korrekturen an ihren Outfits vornahmen.

»Abgesehen von einem kleinen Unfall«, erwiderte Valerie jetzt aufgeräumter. »Paul hat sich in die Hose gemacht, und leider blieb der Teppichboden oben davon nicht verschont.«

»Groß oder klein?«, hakte Johanna nach – sichtlich bemüht, dabei lässig zu wirken.

Valerie schaute zu Tom. »Groß!«, erwiderten beide gleichzeitig und konnten sich bei Johannas schockiertem Gesichtsausdruck ein Glucksen nicht verkneifen.

6

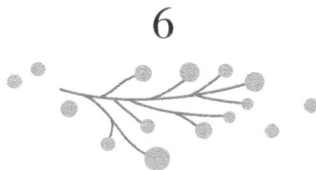

Kawumm. Knappe zwei Wochen später fiel die Haustür bei Valeries Heimkehr so laut ins Schloss, dass sie vor Schreck zusammenfuhr.

»Herrgott, wann kümmert sich der Vermieter endlich um diese dämliche Verriegelung?«, fluchte sie und durchforstete auf der Suche nach dem Briefkastenschlüssel die diversen Anhängsel ihres Schlüsselbundes. Das Ungetüm hätte jeden Hausmeister vor Neid erblassen lassen.

Schließlich wurde sie fündig und öffnete das antiquierte Holzkästchen mit Messingschild. Werbung, noch mehr Werbung, ein Branchenblatt und ein paar Briefumschläge.

Auf dem Weg nach oben sichtete sie die Post. Bei einem der Briefe schien es sich um eine Arztrechnung zu handeln. Sie kam vom Urologen Dr. Schmitthausen, bei dem Tom wegen des Tests gewesen war.

»Valerie, Liebes!«

Eigentlich hätte sie es längst riechen müssen. Der Duft »Bonbon« der Marke Viktor & Rolf machte seinem Namen im Treppenhaus alle Ehre, und Valerie kannte niemanden, zu dem er gepasst hätte – mit Ausnahme ihres Nachbarn Vito, der gerade die Treppe herunterkam. Im nächsten Moment polterten auch die nach Vitos Lieblingsdrink benannten Möpse Kir und Royal hinterher und sprangen an Valeries Beinen hoch. Die beiden Hündchen rochen nicht im Entferntesten nach Tier, sondern dufteten mindestens so süß wie ihr Herrchen.

»Wie geht's dir, Schnucki?« Valerie hauchte ihrem Lieblingsnachbarn zwei Küsschen über die linke und rechte Schulter, wie Vito es gleich bei ihrer ersten Begegnung zum Einzug eingeführt hatte.

»Bisschen untervögelt, aber ansonsten gut.« Vito rollte die Augen und machte sich am Kragen seiner langen Strickjacke zu schaffen, der nach innen gekehrt war und sich mit Hundeleinen und einer Herrenhandtasche in der Hand nicht ohne Weiteres richten ließ.

Valerie kam ihm zur Hilfe. »Ist Erik nicht da?«, fragte sie grinsend und stellte fest, dass sie den Lebensgefährten ihres Nachbarn schon eine Weile nicht gesehen hatte.

»Ach, Liebchen, es ist so viel passiert. Höchste Zeit für ein Update. Die neue *Bachelor*-Staffel geht nächste Woche los. Dann kommst du wieder jeden Mittwoch rüber, ja?«

Valerie strahlte. Obwohl sie bei der Arbeit beharrlich so tat, als hätte sie keine Ahnung, was beim *Bachelor* vor sich ging, wenn unter den Praktikantinnen heiße Diskussionen über abservierte Kandidatinnen ausbrachen – sie liebte die Sendung, zusammen mit Vito noch viel mehr.

»Ist es schon wieder so weit? Großartig! Ich bin dabei! Aber sag mal – ist alles klar bei euch? Du wirkst ein bisschen geknickt.«

»Klar ist nur, dass nichts klar ist, mein Schatz. Aber das erzähle ich dir, wenn du da bist. Nächsten Mittwoch um halb acht zur Vorbesprechung?«

»Steht!« Valerie drückte ihn. »Ich freu mich!«

Vito, Kir und Royal verließen das Haus. Ihre Duftwolke blieb. Kawumm.

Wenig später schloss Valerie ihre Wohnungstür auf.

»Tom? Bist du da?«, rief sie in den Flur.
Keine Antwort.
Sie begann die Einkäufe auszupacken, während sie rätselte, wo ihr Mann stecken könnte.
Da fiel es ihr wieder ein. Tom war heute zu einer Preisverleihung eingeladen, weil ein von ihm mitgestaltetes Kundenmagazin für sein Design ausgezeichnet wurde. So sehr Valerie ihm den Abend gönnte – sie hätte sich jetzt gerne mit ihm auf die Couch gekuschelt, sich an seine Schulter gelehnt und bei einer Tafel Schokolade das Fernsehprogramm geprüft. Dann hätten sie sich eine halbe Stunde durch die Mediathek gezappt, sich über die Auswahl des besten Films in die Haare bekommen und schlussendlich gar nichts geschaut, um bei einem Gläschen gemeinsam den Tag ausklingen zu lassen. Die Woche war nicht ohne gewesen. Gut, dass morgen Freitag war.

Den Schwangerschaftstest, den sie in der Drogerie gekauft hatte, legte sie gleich ins Bad. Noch ein paar Tage, und sie sollte Bescheid wissen, ob die Couch von Johanna und Vincent fruchtbarer Boden gewesen war.

Ihr Blick fiel auf die Post. Dann würde sie die Zeit eben für Papierkram nutzen. Sie schlüpfte in ihre Jogginghose und schmierte sich zwei Brote. Anschließend begutachtete sie die Kiste, die mal für schnelle Bearbeitung vorgesehen, jedoch mit der Zeit zum Grab für alles Unerfreuliche geworden war. Hier stapelten sich Rechnungen, Versicherungsschreiben und Steuerunterlagen. Valerie hatte keine Ahnung, wann sie zuletzt einen Blick in diese Gruft geworfen hatte.

Mit etwas Alkohol würde es besser gehen, dachte sie, griff aber doch lieber zur Wasserflasche. Vielleicht war sie sogar schon schwanger? Sie versuchte, den Gedanken abzuschütteln, um nicht wieder enttäuscht zu sein, wenn der zweite Strich auf dem Test ausblieb.

Als Erstes machte sie sich an die Rechnungen. Bei all den Arztterminen, die Valerie in letzter Zeit über sich hatte ergehen lassen, war es geradezu erstaunlich, dass sich die Kiste noch schließen ließ. Erst kürzlich hatte sie sich von ihrer Versicherungsberaterin Frau Kremer zu einer privaten Krankenversicherung überreden lassen, die auch Tom seit seiner Selbstständigkeit hatte, weil das günstiger für ihn war. Hätte sie gewusst, was für ein bürokratischer Aufwand das war – sie wäre definitiv weiter in der Gesetzlichen geblieben. Rechnungen ihres Hausarztes, Rechnungen von Dr. Voss, Rechnungen vom Labor und über Akupunktursitzungen, die ein Vermögen kosteten, aber zum Glück von der privaten Krankenkasse übernommen wurden. Und zu guter Letzt die Rechnung von Dr. Schmitthausen, die heute im Briefkasten gewesen war.

Tom hatte Valerie gleich nach dem Einzug gebeten, auch seine Briefe zu öffnen und ihn nur dann zu informieren, wenn damit ein Handlungsauftrag für ihn verbunden war. Also griff sie zum Küchenmesser, weil ihr Haushalt bis heute nicht über einen Briefoffner verfügte.

769,50 Euro? Bislang hatte Valerie gedacht, nur Zahnärzte würden es vom Lebendigen nehmen. Während die Rechnungen ihrer Gynäkologin meist human ausfielen, fand ihr Zahnarzt grundsätzlich einen Weg, jede Untersuchung gegenüber der Versicherung ganz besonders kompliziert aussehen zu lassen. Eine kurze telefonische Rückfrage erschien in der Abrechnung wie ein umfassendes therapeutisches Gespräch von inhaltlicher Tiefe. Zack – war ein weiterer Posten fällig. Valerie war froh, dass ihre Kasse bislang dennoch die Leistungen all ihrer Ärzte übernommen hatte, und hoffte nun, dass dies auch für Tom zutraf.

Sie nahm die Arztrechnung genauer in Augenschein. Wahnsinn, was da alles aufgelistet wurde. Wenn sie sich das genau durchsah, würde sie heute nie mit dem Berg an Papieren durchkommen.

Erst jetzt fiel ihr der Arztbrief auf, der der Rechnung beigefügt war. Sie nahm einen weiteren Schluck aus der Wasserflasche und begann zu lesen.

»Fruchtbarkeitsuntersuchung der Samenflüssigkeit, Prüfung der Beweglichkeit, Bestimmung des pH-Wertes, Erstellung eines Spermiogramms« stand fett gedruckt im Betreff. Dann folgte der eigentliche Brief.

Sehr geehrter Herr Wiegand,
hiermit bestätigen wir Ihnen die Durchführung der oben genannten Untersuchungen und empfehlen Ihnen, sofern Ihr Kinderwunsch weiterhin besteht, aufgrund der Ergebnisse – wie im Gespräch bereits erwähnt – zur Einleitung weiterer Schritte den Besuch einer Kinderwunschklinik. Verweisen Sie bei einer Konsultation auf die oben aufgeführten Punkte sowie die Laborergebnisse im Anhang. Für weitere Fragen stehen wir den Kolleginnen und Kollegen Ihrer Wahl jederzeit gern zur Verfügung. Wir wünschen Ihnen alles Gute.

Mit freundlichen Grüßen
Ihr Praxisteam Dr. Schmitthausen

Valerie schluckte. Synapse für Synapse sickerten die Informationen durch ihren Kopf und bahnten sich von dort aus den Weg in Richtung Herz. Konnte das sein? Was sollte das? Wieso schrieben die das? Und warum ...

Sie wusste ganz genau, warum.

»Ich bring dich um, Tom!« Sie sprang auf und begann wie ein Löwe im Käfig in der Wohnung auf und ab zu gehen. Dann lief sie in den Flur und baute sich vor ihrem Hochzeitsfoto auf. Jetzt hatte sie ihren Mann vor sich – so ließ sich ihre Wut noch besser entladen. Sie nahm das Bild in die Hand und war kurz davor, es auf den Boden zu schmettern.

»Wie kannst du mir das antun? Mich im Dunkeln lassen, während du längst weißt, was Sache ist? Mir vormachen, dass alles gut wird, obwohl nichts, aber auch wirklich gar nichts stimmt?«

Eine erste Träne rollte über Valeries Wange, und sie begann zu wimmern. »Wie kannst du mich so hintergehen?« Sie spuckte in Richtung des Bildes. »Du kannst mich mal, Tom! Du kannst mich kreuzweise! Auf so einen Mann kann ich verzichten! Und auf so einen Vater erst recht!«

Valerie überlegte, was sie jetzt tun sollte. Ob Vito schon zurück war? Wo war er überhaupt hingegangen? Wahrscheinlich nur eine Runde mit den Hunden. Hier hielt sie es keine Sekunde mehr aus. Entschlossen griff sie nach ihrem Schlüsselbund.

Warum Vito im Slip die Wohnung saugte, war Valerie unklar. Aufgeregt sprangen Kir und Royal um das Haushaltsgerät herum, als handle es sich um eine läufige Hündin. Valerie ignorierte das Trio und steuerte ohne Begrüßung auf direktem Weg das rote Sofa ihres Nachbarn an. In ihrer Wut übersah sie das Staubsaugerkabel. Sie stolperte, konnte sich aber gerade noch fangen, weil über Vitos Flur ein Porzellanleopard wachte, dessen in die Höhe gerichteter Schwanz ihr willkommenen Halt gab.

Valerie begann auf ihren entgeistert dreinschauenden Nachbarn einzureden. »Ich bin wütend, Vito! Ich bin so unglaublich wütend!«

Vito, dem sein Porzellanleopard am Herzen lag, weil er das Geschenk einer gut betuchten Ex-Liaison war, schien sich nun ernsthaft Sorgen um das Vorzeigeobjekt aus dem Hause Meissen zu machen. Kir knurrte leise, als wolle er die Raubkatze verteidigen. Royal stimmte mit ein.

»Könntest du bitte ...?« Vito deutete auf die teure Porzellanfigur.

Valerie presste ihre Finger noch fester um die Schwanzspitze. »Könntest *du* vielleicht mal den Staubsauger ausstellen?«

Vito seufzte, schaltete das Haushaltsgerät aus und zog den Stecker. Dann löste er Valeries Hand vom Schwanz des Leoparden, legte sie behutsam in seine und führte sie geradewegs zur Couch.

»Setzen.« Er warf sich einen Bademantel über, schlüpfte in seine Birkenstocks aus Filz und öffnete die von cognacfarbenem Leder ummantelte Vintage-Bar, die das Zentrum seines Appartements darstellte.

Valerie, die eigentlich nicht mehr trinken wollte, ahnte, dass Vito jetzt keine Widerworte dulden würde. Zudem pfiff sie in diesem Moment auf den Dry October, der sich an den (fast) Dry September gereiht hatte.

»Ich bin am Ende, Vito. Mein Traum von einem Baby ist am Ende. Tom ist ein Arschloch. Ich will ihn gar nicht mehr als Vater meiner Kinder. Ich will ihn überhaupt nicht mehr.«

Vito schien bewusst zu werden, dass dieses Gespräch länger dauern würde. Nachdem er zwei Gläser mit Kir Royal gefüllt hatte, nahm er auch den restlichen Champagner nebst Cassisflasche aus der Bar und brachte alles zum Sofa.

»Du willst ein Baby?«, fragte er erstaunt.

Valerie hatte völlig vergessen, dass ihr Nachbar von ihrem Kinderwunsch noch nie gehört hatte. Bislang hatte sie lediglich Stevie eingeweiht.

»Jetzt atme erst mal tief durch, Liebes«, sagte er ruhig. »Und dann nimmst du einen ordentlichen Schluck, ja?«

Valerie gehorchte aufs Wort. Anschließend holte sie Luft und schilderte ihrem Nachbarn die ganze Misere von A wie Anfang bis Z wie Zyklus. Vito lauschte so gebannt, dass er um ein Haar vergaß, an seinem Kir Royal zu nippen – so anregend fand er offenbar die Schilderungen von Stimulationsverfahren, Ovulationstests und monatlichem Kalendersex. Selbst Kir und Royal hatten sich ohne weiteres Murren im Körbchen zusammengerollt und spitzten die Ohren.

»Ich bin … schockiert«, gestand Vito. »Das hätte ich Tom wirklich nicht zugetraut.«

Valerie nahm einen großen Schluck aus der Champagnerschale. »Immerhin ein Mann, der mich versteht.«

»Glaub mir, ich verstehe dich noch viel besser, als du denkst«, stöhnte Vito und griff nach den Macadamianüsschen. Dann blickte er zur Decke, wie er es häufig tat, ehe er etwas mehr oder weniger Bedeutsames zu einem Gespräch beisteuerte. »Ich fühle so mit dir. Das kannst du dir keinesfalls bieten lassen. Tom hat dich auf übelste Art und Weise hintergangen. So etwas darf in einer Ehe nicht passieren. Wir betrinken uns jetzt, und dann sehen wir weiter.«

Kawumm. Der zweite Champagnerkorken knallte – ein Geräusch, auf das Kir und Royal schon lange nicht mehr reagierten.

Dass Valerie und Vito zwei Flaschen Champagner köpften, wäre früher nichts Außergewöhnliches gewesen. Aber eine dritte, und das jetzt, da sie eigentlich nicht mehr trinken wollte? Das sprach für besondere Umstände, in denen sie sich nun zweifelsohne befanden. Vito, noch immer in Slip und Bademantel, hatte im Verlauf der teils hitzigen Krisenbesprechung einen seiner Birkenstocks in Richtung Kommode geworfen – weil dort unter vielen weiteren Bildern des Freundeskreises auch ein Porträt von Tom im Einhornkostüm stand, zu dem Vito Valeries Mann zum Erstaunen aller beim letzten Karneval überredet hatte. Der Hausschuh hatte jedoch nicht nur sein Bild getroffen, sondern auch einige weitere Rahmen und Dekoartikel, weshalb es nun aussah, als hätte ein Einbrecher im Eingangsbereich sein Unwesen getrieben.

Valerie, deren Blase das Fassungsvermögen eines Schnapsglases hatte, kam gerade zum wiederholten Male von der Toilette zurück und ließ sich nach einem weiteren beherzten Griff in die Nüsschen neben Vito aufs Sofa fallen.

»Aua!« Ihr Nachbar fuhr zusammen wie ein aufgeschrecktes Huhn, verzieh Valerie aber, dass sie teils auf ihm gelandet war, und bemühte sich mit ihr zusammen, eine für beide komfortable Position inmitten von Kissen und Decken zu finden.

»Let's get back to bed – boy! Let's get back to bed – boy!«, schlug Sarah Connor in der Musikanlage gerade vor, was in Valeries Ohren wie Hohn klang. Ganz sicher nicht!, dachte sie und streckte ihr leeres Glas in Vitos Richtung aus. Nichts konnte sie sich gerade weniger vorstellen, als ein Bett mit ihrem Mann zu teilen. Sie hatte das Lied noch nie gemocht, fand es jedoch wenig überraschend, dass der Titel es auf Vitos Playlist geschafft hatte.

Jetzt war sie erschöpft vom vielen Erzählen, vom Weinen, vom Hin- und Herwenden der immer selben Geschichte. Und sie war wütend. Wütend, dass ausgerechnet ihr all das passieren musste – dass sie den Traum von einer Familie noch immer nicht in die Realität umsetzen konnte und jetzt auch noch feststellen musste, dass sie den falschen Mann geheiratet hatte.

»Ich will einen Shot!«, rief sie plötzlich in den Raum hinein. Und Vito kannte sie anscheinend lange genug, um zu wissen, dass gut gemeinte Ratschläge jetzt keinen Anklang finden würden. Er rappelte sich vom Sofa hoch und humpelte auf einem Schlappen in Richtung Bar, wo er offenbar überlegte, was in Verbindung mit drei Flaschen Champagner auf Cassis die harmloseste Variante sei.

»Cuarenta Y Tres?«, schlug er vor. »Dieser spanische, Likör mit Vanille?«

Valerie, der völlig egal war, um welchen Likör es sich handelte, nickte und ruckelte sich in Position, um kurz darauf das golden verzierte Gläschen entgegenzunehmen, welches von irgendeinem Glasdesign-Guru ganz sicher in feinster Manier mundgeblasen war.

»Cheers!« Sie kippte das Glas in einem Zug herunter und hielt es Vito gleich wieder hin. »Einer geht noch.«

»Ach Schätzchen, das bringt doch nichts«, versuchte ihr Nachbar sie von der nächsten Runde abzuhalten.

»Doch, Vito – genau das bringt es! Ich trinke jetzt noch einen, und dann ...«

»Und dann?«

»... geh ich rüber!« Valerie stellte zufrieden fest, dass Vito sich daraufhin auch selbst noch ein Glas einschenkte.

»Ist er schon zu Hause?«, erkundigte er sich.

»Denke schon. Er war auf einer Preisverzeihung. Ich meine Preisverleihung«, erklärte Valerie und nippte noch einmal an dem Likör. »So ein Award ist eh nicht sein Ding. Der hat vielleicht noch einen mit seinem Kunden getrunken und dann die Biege gemacht – hundertpro.« Sie kramte ihr Handy heraus, um nachzusehen, ob Tom ihr geschrieben hatte. »Akku leer«, stöhnte sie und konnte sich schon vorstellen, wie ihr Mann sich aufregen würde, dass sie mal wieder nicht erreichbar gewesen war. Er hatte noch nie verstanden, dass sie zwar andauernd auf ihr Handy schaute, aber dennoch nicht merkte, wie sich die Akkuanzeige von Grün auf Rot färbte, oder diesen Umstand hartnäckig ignorierte, bis ihrem Telefon mitten in einem Gespräch der Saft ausging.

»Und was willst du ihm dann sagen?«, wollte Vito wissen.

»Dass er ein Arschloch ist. Ein riesiges, hinterhältiges Arschloch.« Sie drückte sich mit beiden Händen von der Couch hoch und geriet ins Wanken. »Huch!«

Vito eilte herbei, um sie aus dem Engpass zwischen Glastisch und Couch zu befreien.

»Geht schon.« Valerie tat so, als hätte sie die Lage unter Kontrolle, musste sich aber ein paar Schritte weiter neuen Halt suchen. Schon wieder kam der Porzellanleopard im Flur wie gerufen. Sie trommelte mit den Fingern ihrer linken Hand auf den willkommenen Griff und starrte in Richtung Wohnungstür. Mit dem Schwanz der Wildkatze in der Hand fühlte sie sich sicher.

»Übernachte doch lieber hier«, schlug Vito vor. »Dann kannst du eine Nacht drüber schlafen und morgen in Ruhe nüchtern mit ihm sprechen.«

»Nix da!«

»Dann geh wenigstens noch mal ins Bad, und mach dich frisch. Mein Augen-Make-up-Entferner steht im Regal, und eine Bürste müsste da auch irgendwo liegen.«

Valerie war dankbar, dass ihr Nachbar ihr nicht nur mit Rat, sondern auch mit einer Kosmetikpalette zur Seite stand, die ihresgleichen suchte. Während sie die verschmierte Wimperntusche unter ihren stahlblauen Augen entfernte, ihre Haare in Form brachte und nochmals Puder und Lippenstift auftrug, murmelte sie: »Es reicht, Tom! Ich komme jetzt rüber, und dann kannst du was erleben!«

7

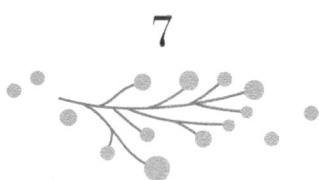

Es dauerte einen Moment, ehe Valerie das Schlüsselloch getroffen und es zu ihrer eigenen Überraschung lautlos in die Wohnung geschafft hatte. Die Tür zum Wohnzimmer war geschlossen, sie hörte aber Musik. In der Wohnung war es kalt, als stünde die Balkontür offen. Valerie bemühte sich, lautlos in Richtung Toilette zu tapsen. Aufregung äußerte sich bei ihr nicht nur in Herzrasen und nervösen Flecken, sondern vor allem in akutem Harndrang, der durch den vorausgegangenen Alkoholexzess noch verstärkt wurde.

Beckenboden entspannen, dachte sie, da sie diesen in Vorbereitung auf eine mögliche Schwangerschaft bereits trainierte und dabei gelernt hatte, dass gerade die bewusste Anspannung in Fällen wie diesen zum Gegenteil dessen führte, was sie sich wünschte: eine trockene Hose.

Rumms. Sie war geradewegs in Toms Laptoptasche gelaufen und vor Erschrecken darüber im Rückwärtsgang gegen die Garderobe geprallt.

»Scheiß doch den Schmeiß nicht immer hier hin«, stöhnte sie und verharrte kurz in der Überlegung, was an ihrer Satzbildung nicht in Ordnung gewesen war. Sie drückte sich an der Stange der offenen Garderobe ab und musste jetzt aufpassen, in Richtung Bad nicht den Hannawald zu machen. In Bewegung fühlte sie sich wie auf der Schanze von Garmisch. Das Regal, das ihre ungewollt erhöhte Geschwindigkeit zum Ende des Flures rüde drosselte, konnte froh sein, dass es vom Schreiner aus massiver Eiche gefertigt worden war. Im Anflug mit ausbaufähiger Haltung und mangelnder Eleganz in der Landung wäre Valerie nicht nur bei der Vierschanzentournee durchgefallen, sondern hätte auch jedes industriell produzierte Sideboard eines schwedischen Möbelherstellers zerlegt.

Fluchend riss sie die Badtür auf und drehte von innen den Schlüssel herum, damit Tom sie nicht überraschen konnte. Schlimm genug, dass sie beide schon seit Jahren nicht mehr mit der Wimper zuckten, wenn sich einer von ihnen im Beisein des anderen auf die Brille hockte.

Kein Wunder, dass wir nur noch Kalendersex haben, dachte Valerie. Wie soll man sich anziehend finden, wenn man sich gegenseitig beim Pinkeln zusieht?, analysierte sie weiter, während die Spülung rauschte und sie versuchte, sich wieder in ihre Jeans zu pressen. Sie hätte wirklich eine Größe größer nehmen sollen...

»Herrgott, jetzt geh doch zu!«, murmelte Valerie und hüpfte mit dem Bund in beiden Händen auf und ab, um den Sitz der Hose zu optimieren. Der Knopf ließ sich noch immer nicht schließen.

»Valerie?« Die Türklinke wurde heruntergedrückt. »Bist du da drin?«

»Nein!« Valerie starrte auf die Tür, als wäre sie gebeten worden, im nächsten Moment als Frontfrau vor Publikum zu singen. Ihr Blick fiel auf den Schwangerschaftstest. Ob sie ihn machen sollte? Und dann? Egal, welches Ergebnis – nichts war mehr richtig. Sie zog den Bauch ein, um die zwei Enden ihres Hosenbundes mit aller Kraft aufeinander zuzubewegen. Endlich rückte das Knopfloch in erreichbare Nähe ... Peng! Der Hosenknopf wurde an der Badewanne vorbei in Richtung Dusche katapultiert und kullerte nun über die Fliesen, als suche er nach dem passenden Loch für einen Putt.

Valerie blickte ihm hinterher, dann sah sie an sich hinunter. Nicht nur dass jetzt ihr Hosenbund weit offen stand – sie trug ausgerechnet heute einen in Knallfarben gepunkteten Slip darunter.

»Valerie! Hallo?«

»Was willst du denn?«

Es gab keine andere Möglichkeit – sie musste das Gespräch durch die geschlossene Tür führen. Valerie setzte sich auf den Rand der Badewanne, nahm jedoch zu viel Schwung und rutschte rücklings hinein. »Autsch!« Hans Grohe hatte ihr von hinten eins übergebraten. Die qualitativ hochwertige Armatur, die Tom bei der Wohnungsbesichtigung mehr als die Badewanne an sich in Euphorie versetzt hatte, war derart heftig an ihren Hinterkopf geprallt, dass Valerie sich in die Haare fuhr, um zu prüfen, ob ihre Kopfhaut unversehrt geblieben war. Mühsam versuchte sie, sich wieder hochzuziehen.

»Was ist denn los mit dir?«, fragte Tom durch die Tür. »Komm doch mal raus – ich hab eine Überraschung für dich!«

Valerie, die sich im dritten Versuch aus der Wanne befreit hatte, starrte in den Spiegel. Das Bild verschwamm ein wenig, aber was sie sah, war dank der Erste-Hilfe-Maßnahmen in Vitos Badezimmer gar nicht so übel, wie sie gedacht hatte. Nur die Aussprache bereitete ihr Sorge. Sie atmete tief durch. Es musste jetzt einfach raus – nur wie?

»Was für eine Überraschung?«, keifte sie die verschlossene Tür an.

»Komm einfach raus, dann zeig ich sie dir«, entgegnete Tom, der keine Ahnung zu haben schien, was ihm blühte.

Valerie streckte ihr Kinn in die Höhe, weil sie sich erhobenen Hauptes stärker fühlte, und holte tief Luft. »Du meinst wohl eine Verarschung?«

Schon wieder wurde die Türklinke heruntergedrückt. »Wie bitte? Was faselst du da, Valerie? Hast du getrunken? Jetzt komm da raus.«

»Was ich fasle?« Valerie war außer sich. »Ich könnte zum Beispiel von müden Schwimmern faseln, die du seit über zwei Jahren ins Rennen schickst!« Immer noch Stille. »Oder vom unterirdischen Ergebnis deines Urologen, von dem du mir wohl vergessen hast zu berichten! Oder von welcher Überraschung redest du? Von der, dass du ein hinterhältiger Nutznichts bist, der seine Frau belügt und betrügt? Du kannst mich mal, Tom Wiegand. Steck dir deine Überraschung in deine tote Hose – ich pfeif drauf.«

Stille.

Valerie starrte auf die Türklinke und hoffte inständig, dass Tom noch immer dort stand, da sie sowohl mit dem Inhalt als auch mit der Artikulation ihres letzten Beitrages durchaus zufrieden war. Ein zweites Mal würde sie das nicht hinbekommen. Hieß es Nutznichts? Oder Nichtsnutz? Egal.

Sie streckte den Kopf in Richtung Tür und lauschte. Die Wohnzimmertür war zwischendurch offen gewesen. Jetzt schien sie wieder geschlossen zu sein, die Musik war im Bad kaum noch hörbar. War er etwa gegangen?

»Das glaube ich jetzt nicht«, brummte Valerie. Entschlossen ging sie auf die Tür zu, wobei sie so unglücklich mit der Hüfte ans Waschbecken stieß, dass ihr für einen Moment schwarz vor Augen wurde. Angestrengt suchte sie nach der Klinke. Wut kochte in ihr hoch. Konnte es wirklich wahr sein, dass ihr Mann nichts Besseres zu tun hatte, als sich inmitten ihrer einwandfrei vorgetragenen Ansprache aus dem Staub zu machen? »Ich hab die Schnauze so voll von dir, Tom!«, rief sie, als sie den Schlüssel zu fassen bekam und umdrehte. Die Tür flog auf. »Wie kannst du es wagen, du Verräter?«, schrie sie in den Flur, stürmte aus dem Bad – und erstarrte.

Vor ihr stand nicht nur Tom, der sie jetzt wie vom Donner gerührt ansah. Gleich hinter ihm machten Katharina und Karsten den kläglichen Versuch, sich in Richtung Wohnungstür zu verdrücken. Sie sahen aus, als wünschten sie sich, dass ihnen die Flucht schon zuvor gelungen wäre. Stattdessen starrten sie jetzt auf die offene Hose ihrer Freundin.

Valerie kreuzte die Hände über ihrem gepunkteten Slip. »Was macht ihr denn hier?«, stammelte sie.

Während Katharina sich bemühte, möglichst zügig in ihre Pumps zu kommen, versuchte sie sich an einem Lächeln, das ihr gründlich misslang. »Wir haben uns auf der Preisveranstaltung ... ich meine, auf der Preisverleihung, getroffen ... Wir wollten nur kurz vorbeischauen, um Karstens Jacke abzuholen.«

Valerie, die sich mit ihrer offenen Hose innerlich abgefunden hatte und angesichts der plötzlichen Konfrontation mit Katharina entschied, die Coole zu geben, stellte belustigt fest, dass Super-Mom es noch immer nicht in ihre High Heels geschafft hatte.

»Wir haben versucht, dich anzurufen, aber du bist nicht drangegangen«, ergänzte Katharina und unternahm einen weiteren Versuch, der sie nach einigem Hin und Her ihrer Füße endlich in ihre Schuhe beförderte. Die Pumps hatten Stevie und Valerie mit Katharina für ihre standesamtliche Trauung ausgesucht. Seither trug sie sie zu jedem Anlass, der sie weder auf einen Spielplatz noch in den Garten führte – also so gut wie nie, da war Valerie sicher.

Katharina stieß Karsten in die Seite. »Komm, wir können meine Eltern nicht noch länger warten lassen.«

»Wieso? Die übernachten doch bei uns«, antwortete Karsten verständnislos. Ganz offensichtlich hatte er nicht begriffen, dass die Notlüge seiner Frau nur dazu dienen sollte, den gemeinsamen Abflug zu beschleunigen. Verwirrt sah er von einem zum anderen – sichtlich gewillt, den Umständen gemeinsam näher auf den

Grund zu gehen. »Kann mir mal jemand erklären, was hier abgeht?«

»Meine Frau hat sie nicht alle«, meldete sich Tom zu Wort und bedachte Valerie mit einem verächtlichen Blick. »Was fällt dir ein? Bist du noch ganz bei Trost?«

»Komm, Karsten!« Nervös spielte Katharina, der nicht entging, wie beschämend die Situation nun für alle Beteiligten wurde, an ihrem Schal herum und stieß ihrem Mann erneut in die Seite. »Wir lassen euch dann mal lieber allein …« Sie öffnete die Tür.

»Ihr bleibt!«, rief Tom völlig unvermittelt durch den Wohnungsflur, womit auch Valerie nicht gerechnet hatte, die ungewollt Haltung annahm, als mache sie sich bereit für den nächsten Schanzensprung.

Fassungslos starrte Katharina Tom an, und auch Karsten war zusammengezuckt, versuchte nun aber, seinen entgleisten Gesichtszügen die Weichen zu stellen.

Katharina schloss die Wohnungstür wieder. Offenbar schien sie sich selbst dann um das Wohl der Nachbarn zu sorgen, wenn es nicht ihre eigenen waren.

»Ist heute eigentlich Tag der offenen Hose?« Bemüht belustigt schaute Karsten in Richtung Valerie, die seinen Kommentar jedoch zunächst unbeantwortet ließ – so beschäftigt war sie innerlich mit der Frage, wie sie mit der unerwarteten Situation umgehen soll.

»Nicht ganz, eher Tag der toten Hose«, konterte sie und schaute zu Tom herüber. »Seine Hose ist tot. Tot, töter, am tötesten.«

Tom holte Luft. Während Katharina noch immer dastand, als sei sie vom Buckingham Palace zum diensthabenden Soldaten ernannt worden, bemühte sich Karsten, seinem Freund zur Seite zu stehen.

»Herrje, Valerie, wir Kerle können halt auch nicht immer. Sei doch deswegen nicht so hart zu deinem Mann.«

Jetzt schwiegen sie alle vier. Das Fragezeichen in Katharinas Gesicht zog sich inzwischen über beide Augenbrauen, fand seine Mitte auf ihrer Nasenspitze und endete mit dem Punkt in ihrem offenen Mund.

»Komm, Karsten, wir müssen jetzt wirklich gehen«, sagte sie. »Meine Eltern machen sich sicher schon Sorgen.« Sie öffnete abermals die Wohnungstür.

»Ich werde meinem Freund ja wohl noch die Stange halten dürfen«, entgegnete Karsten und erkannte im selben Moment die unglückliche Wortwahl. »Nur weil er mal keine Lust hat, muss ja nicht gleich auf seinen Schwimmern herumgehackt werden.« Karsten schlüpfte in seine Jacke und ging für den obligatorischen Rückenklopfer zum Abschied auf Tom zu. »Ist doch so, oder?« Er trommelte so laut auf Toms Schulterblatt, dass Valerie wünschte, es würde ihm wehtun. Noch mehr aber wünschte sie sich, dass Katharina und Karsten nun endlich gingen. Es gefiel ihr, die beiden in der Annahme zu verabschieden, dass es ihr nur um mehr Sex ginge. Mit der Rolle der lüsternen Mittdreißigerin konnte sie sich anfreunden.

»Wie auch immer.« Katharina dirigierte ihren Mann zur Tür. »Tschüss, ihr zwei, schlaft gut!« Sie winkte übertrieben in ihre Richtung, bereit zur Flucht in den Hausflur.

»Moment mal!«, rief Tom da so laut, dass es ins Treppenhaus hallte, und sah jetzt derart wütend aus, dass Valerie sich wünschte, die beiden würden doch noch ein bisschen bleiben. Erschrocken schloss Katharina wieder die Tür.

»Ich soll keine Lust haben?« Tom nahm Valerie ins Visier. »Keine *Lust*?« Seine Stimme bebte.

Valerie kannte ihren Mann gut genug, um zu wissen, dass dies nur der Anfang eines längeren Monologs war. Langsam wankte sie einige Schritte Richtung Regal, um sich daran festzuhalten. Ihr war schlecht, das hatte sie schon im Bad bemerkt. Jetzt bemerkte sie zudem, dass es nicht besser, sondern – im Gegenteil – massiv schlechter geworden war.

»Wer soll denn bitte schön Lust haben, wenn sich der Beischlaf mit der eigenen Ehefrau am Grinsen eines digitalen Messgerätes orientiert?«, fuhr Tom wütend fort.

Valerie krallte sich noch fester in das Vollholzregal. War Tom von allen guten Geistern verlassen?

»Wer verspürt sexuelle Erregung, wenn vor, bei und nach dem Sex ein- und dasselbe Thema immer und immer wieder durchgekaut wird?« Er setzte eine weinerliche Stimme auf. »Ich will ein Kind. Ich will unbedingt ein Kind, uäää …«

Valerie war vor Scham wie gelähmt. Er konnte doch nicht …
Katharina unternahm einen weiteren Versuch, die Wohnung zu verlassen, und öffnete die Tür.

»Ich bin noch nicht fertig!«, schrie Tom, und Katharina drückte die Tür schnell wieder zu, da im Hausflur Schritte zu hören waren.

»Können wir das vielleicht unter uns klären?«, versuchte Valerie Tom in die Schranken zu weisen und die peinliche Situation zu beenden.

Katharina warf ihr einen mitleidigen Blick zu und nickte beipflichtend.

»Nein!«, fuhr Tom Valerie an. »Ich freue mich sogar, dass Katharina und Karsten hier sind. Sie sollen ruhig wissen, wie verrückt du nach einem Kind bist.«

Valerie atmete durch. Ihr war schwindelig.

Tom wandte sich ihren Freunden zu. »Ich bin ihr nämlich eigentlich total egal. Es geht nur um den Nachwuchs. Hauptsache ein Kind. Alles andere zählt nicht. So sieht es nämlich aus.«

»Ist gut, Tom. Das ist wirklich eine Sache zwischen euch. Wir gehen jetzt.« Erneut griff Katharina zur Türklinke, diesmal mit Nachdruck.

»Huch!« Vito, der offenbar von außen an der Wohnungstür gelehnt hatte, stolperte nun, da diese geöffnet wurde, in die Diele. Sein Blick fiel auf Valerie, die sich noch immer an das Regal am anderen Ende des Korridors klammerte. »Geht's dir gut, Hase?«, fragte er besorgt und eilte, noch immer mit Bademantel und Birkenstocks bekleidet, zu ihr.

Valerie atmete tief ein, dann wieder aus, noch mal tief ein … und dekorierte das maßgefertigte Möbelstück auf unschöne Weise.

»Mir war so schlecht«, stöhnte sie, als sie nicht mehr würgen musste, und schaffte es mit Hilfe von Vitos Ärmel zurück in die Vertikale.

»Ich weiß, Hase, ich weiß.« Vito legte den Arm um sie und warf Tom einen verächtlichen Blick zu.

Kawumm. Karsten und Katharina waren gegangen.

»Was um alles in der Welt …?« Tom stand in der Badezimmertür und starrte Valerie an. Nachdem Vito ihr aus den nicht unversehrt gebliebenen Kleidungsstücken geholfen, ihr langes Lieblingssweatshirt herbeigeholt und sie noch einmal in Richtung Toilette begleitet hatte, war er nach Reinigung des Regals und dreimaliger Nachfrage, ob es okay für sie sei, in seine Wohnung zurückgekehrt.

»Wir sind am Ende, Tom.« Valerie merkte, dass ihre Stimme zu zittern begann. »Was ist nur aus uns geworden?«

»Was ist aus *dir* geworden?«, fragte Tom. »Stellst mich hier vor versammelter Mannschaft als unfruchtbar hin, nur weil wir bislang kein Kind gezeugt haben. Was ist los mit dir, Valerie? Bist du krank?«

»Frag doch mal deinen Dr. Schmitthausen, was los ist. Er hat dir sehr nett geschrieben. Der Brief liegt in der Ablage. Die Kinderwunschklinik deiner Wahl freut sich schon auf einen Anruf. Die Nummer von meinem Vater hast du ja.«

Tom antwortete nicht, sondern verließ wortlos das Bad in Richtung Küche. Dann wurde es still. Vielleicht hatte er den Arztbrief gefunden und las, was Dr. Schmitthausen geschrieben hatte.

Valerie machte sich auf den Weg ins Schlafzimmer. Sie brauchte jetzt nur noch zwei Dinge: ihre Kuschelsocken und ein Bett.

Kurz darauf stand Tom neben ihr an der Kommode. »Ich kann dir das erklären, Val«, begann er in versöhnlicherem Ton.

Valerie wandte sich von ihm ab und kramte in einer der Schubladen nach ihren Wollsocken. »Du musst mir gar nichts erklären, Tom«, sagte sie, während sie an einem Knoten herumfuchtelte, den ihr einziges Paar Leggings mit einer Netzstrumpfhose gebildet hatte. »Ich habe genug gelesen und gehört, um zu wissen, dass du verlogen, egoistisch und gefühlskalt bist.« Sie feuerte das Strumpfknäuel zurück in die Schublade und schaute ihren Mann an. »Willst du hier schlafen oder im Wohnzimmer?«

Tom antwortete nicht.

»Du kannst auch ins Hotel gehen, es ist mir egal. Aber ich will dich jetzt nicht mehr sehen.«

Tom holte Luft, als wollte er noch einen Versuch unternehmen, sich zu rechtfertigen. Aber Valerie winkte ab. »Dann bleib ich hier, und du kannst ins Wohnzimmer gehen. Wenn ich das Meeting mit Herrn Knecht morgen überlebt habe, lass ich mich krankschreiben und überlege mir, wie es weitergehen soll. Vielleicht muss ich auch einfach mal raus.«

Tom schien einzusehen, dass es jetzt keinen Sinn mehr hatte, irgendetwas klären zu wollen. Lautlos schloss er die Tür.

Valerie schlüpfte unter die Decke. Sie war froh, dass ihr nicht mehr übel war. So würde sie wenigstens schlafen können.

8

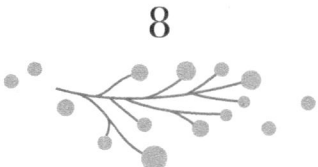

Als Valerie am nächsten Morgen aufwachte, wusste sie sofort, dass etwas nicht stimmte. Je wacher sie wurde, desto miserabler fühlte sie sich. Mühsam setzte sie sich im Bett auf. In ihrem Kopf pochte und hämmerte es. Sie brauchte Magnesium und ein Aspirin. Ihr Blick fiel auf den Sonnenlicht-Wecker, den sie sich kürzlich gegönnt hatte, weil sie es hasste, sich wie ein Huhn von einem lauten Ton aufschrecken zu lassen. Jetzt allerdings bemerkte sie, dass ein akustischer Weckruf zielführender als der simulierte Sonnenaufgang gewesen wäre – sie hatte verschlafen.

»Zwanzig nach neun. Scheiße ...«, stieß sie erschrocken hervor. Das Meeting mit Herrn Knecht hatte vor zwanzig Minuten begonnen. Sie musste sofort in der Agentur anrufen.

Valerie lauschte in die Wohnung hinein. Ob Tom da war? Egal, dachte sie und wühlte Kissen und Bettdecke durch, weil sie sicher war, mit ihrem Handy ins Bett gegangen zu sein. Fehlanzeige. »Wo ist das verdammte Ding?«, fluchte sie.

Wie immer, wenn sie ihr Handy nicht sofort fand, erhöhte sich Valeries Puls, und sie kam ins Schwitzen. Dafür, dass sie einfach nicht erschienen war, gab es keine Entschuldigung. So etwas hatte sie sich noch nie erlaubt. Womöglich würden die Kollegen denken, ihr sei etwas zugestoßen. Sie musste das umgehend klären!

Valerie stand auf – und setzte sich gleich wieder auf die Bettkante, weil ihr schwindelig wurde. Ihre Füße waren kalt. Sie sehnte sich nach den Wollsocken, die sie gestern Nacht vergeblich gesucht hatte. Barfuß tapste sie in Richtung Tür – vorbei an der Kommode, deren Sockenschublade noch offen stand. Strumpfhosen und Kniestrümpfe hingen nach ihrer erfolglosen Suche heraus und sahen aus, wie Valerie sich fühlte – schlaff, leblos, depressiv.

Es war einer dieser Momente, in denen sie Toms Selbstständigkeit verfluchte. Wahrscheinlich war er noch zu Hause. Dann hätte er sie wenigstens wecken können, fand sie. Noch lieber wäre es ihr allerdings gewesen, wenn er das Weite gesucht hätte. Konnte er nicht wie all die anderen Kerle von all den anderen angeblich so glücklichen Frauen einfach morgens in ein Büro gehen?

Gerade als Valerie die Schlafzimmertür öffnen wollte, drehte sie sich noch einmal um und sah zwischen zwei Sockenpaaren ein Display leuchten. Sie kramte ihr Handy aus der Schublade. Sieben Anrufe in Abwesenheit – alle von ihrer Chefin, der letzte kurz vor Beginn des Termins. Valerie drückte spontan auf Rückruf, legte dann aber gleich wieder auf. Ihre Vorgesetzte saß jetzt schließlich in dem Meeting, in dem sie sie hätte unterstützen sollen. Wenn sie nun noch die Präsentation störte, würde das die Stimmung ihrer Vorgesetzten sicher nicht heben. Valerie scrollte durch ihre Kontakte und wählte die Nummer der Zentrale.

»Frau Wiegand – guten Morgen«, trällerte die immer gut gelaunte Empfangsdame Frau Büdesbach in den Hörer. »Na, Sie können aber froh sein, dass Sie nicht die Chefin an der Strippe haben.«

Wie aufmunternd, dachte Valerie und fragte sich, wie sie auf die absurde Idee kommen konnte, dass sich in dieser Legebatterie von Agentur jemand um sie hätte sorgen können.

»Ich hoffe, Ihnen geht es auch gut, Frau Büdesbach«, sagte sie. »Ich bin heute Morgen in Ohnmacht gefallen und habe es leider nicht geschafft, dabei anzurufen. Als ich wieder bei Sinnen war, hatte das Meeting bereits begonnen. Ich gehe jetzt zum Arzt, um mich untersuchen zu lassen. Es wäre sehr nett, wenn Sie Frau Heinrich dies ausrichten würden.«

»Oh, Frau Wiegand, das klingt aber gar nicht gut«, stotterte Frau Büdesbach. »Dann lassen Sie sich am besten gleich krankschreiben. Ich regle das hier schon. Gute Besserung.«

Valerie erwiderte nichts mehr und legte erleichtert auf. Erneut horchte sie in die Wohnung hinein. Alles still. Sie brauchte dringend einen Kaffee, wollte aber erst dann auf Tom treffen, wenn sie sich darüber im Klaren war, was sie nun tun würde – und nicht mehr aussah wie ein Strupphuhn auf Speed. Erneut griff sie zum Handy und scrollte auf der Suche nach einem Kontakt durch ihre Anrufliste, bis sie den Eintrag *Heimat* gefunden hatte.

»Hartmann«, meldete sich Valeries Mutter kurz darauf förmlich. Seit mindestens einem Jahrzehnt regte sich Valerie darüber auf, dass ihre Mutter sich grundsätzlich mit ihrem Nachnamen meldete – auch dann, wenn sie genau wusste, dass ihre Tochter anrief.

»Hallo Mama.«

»Ist was passiert, Mäuschen?« Ihre Mutter klang besorgt. Valerie stellte sich vor, wie sie in der Küche stand, während ihr Vater um diese Zeit meist noch beim Frühstück saß. Er hatte seine Stunden in der Klinik schon seit mehreren Jahren und immer mehr reduziert.

»Du willst zu uns kommen – allein und unter der Woche? Auf einen Kaffee, oder wie meinst du das jetzt?«, fragte ihre Mutter erstaunt, nachdem Valerie ihr Anliegen vorgetragen hatte. Schließlich war sie in der letzten Zeit nur noch selten und wenn, dann zusammen mit Tom zu ihren Eltern gekommen.

»Ich brauche eine Auszeit, Mama. In der Agentur geht es drunter und drüber, alle reißen an mir herum, ich mache viel zu viele Überstunden, die kein Mensch bezahlt, mein Ohr fiept, und ein Augenlid zuckt permanent. Hinzu kommt erschwerend, dass mein Mann unfruchtbar ist und vergessen hat, mir das zu sagen.«

Stille. Valerie horchte in den Hörer hinein und begann sich Sorgen zu machen, dass ihre Mutter vor Schreck in Ohnmacht gefallen sein könnte.

»Jetzt sag doch nicht so was, Valerie«, kam es da zurück.

Valerie stellte sich darauf ein, dass das Telefonat nun einen schwierigeren Verlauf nehmen könnte, als dies in ihrer Verfassung für sie erträglich war. Sie musste die Rückmeldung umgehend im Keim ersticken. Zu spät.

»Das kann ich mir bei unserem Tom nun wirklich nicht vorstellen, Valerie«, begann ihre Mutter, und Valerie fragte sich, ob sie damit seine Unfruchtbarkeit meinte oder die Tatsache, dass er ihr die Wahrheit vorenthalten hatte. »Wie kommst du denn überhaupt auf so was? Jetzt beginn mal von vorne. Du hast da ganz sicher was falsch verstanden.«

Schon immer hatte Valeries Mutter ein Talent gehabt, schockierende Nachrichten in Lichtgeschwindigkeit zu verdrängen und postwendend den Versuch zu unternehmen, sie ins Positive zu verkehren. Bitte bloß keine Umstände, die ihr auf Harmonie bedachtes Familienleben störten oder bei der Nachbarschaft ein kritisches Bild vom Hartmann-Clan hätten abgeben können.

»Tom ist ein hinterlistiger, hinterhältiger, verlogener Dreckskerl, der auf meinen Gefühlen herumtrampelt wie ein Nilpferd beim Step Aerobic. Du hast ein völlig falsches Bild von ihm«, erklärte Valerie ihr.

»Jetzt atme mal tief ein und aus, Mäuschen«, kam es besänftigend durch den Hörer, was Valerie aber nur umso aggressiver machte.

»Es ist genau so, Mama. Ich muss hier umgehend raus, um nicht vollständig durchzudrehen. Kann ich jetzt kommen, oder nicht?« Valerie wurde ungehalten. Ihr Herz schlug bis zum Hals.

»Natürlich kannst du kommen, Liebes«, besänftigte ihre Mutter sie. »Für nächstes Wochenende hatten wir dich ja ohnehin schon längst eingeplant. Dann kommst du eben schon heute. Wir freuen uns.«

»Was ist nächstes Wochenende?« Valerie hatte keine Ahnung, wovon sie sprach.

»Na, euer Jahrgangstreffen! Hast du das etwa vergessen?«

»Stimmt ja.« Valerie hatte seit ihrer Zusage vor einigen Monaten kaum noch an das Ehemaligentreffen ihres Jahrgangs gedacht. Zu viele andere Themen waren in ihrem Kopf gewesen. Jetzt fiel ihr ein, dass auch eine Nachricht ihrer früheren Klassenkameradin Barbara unbeantwortet geblieben war, die sich um deren Outfit für diesen Anlass drehte. Sie nahm sich fest vor, ihr noch zu antworten, auch wenn Barbara sicher längst das Kleid gekauft hatte, das auf dem Foto aus der Umkleidekabine zu sehen gewesen war. Ob Manuel auch zu dem Treffen kommen würde? Was wohl aus ihrem Jugendfreund geworden war?

»Unser Haus steht dir immer offen«, riss ihre Mutter sie aus ihren Gedanken. »Nun komm erst mal her, und dann reden wir über alles. Aber fahr bitte vorsichtig, mein Schatz. Du bist ja völlig durch den Wind. Bis nachher, okay?«

»Okay, Mama. Bis nachher. Ciao.«

»Mann, fahr doch, du Penner!«

Valerie war außer sich. Obwohl sie heute deutlich vor der Rushhour am nördlichen Zubringer unterwegs war, schien genau jetzt jeder Lkw dieses Landes in Düsseldorf irgendetwas von A nach B bringen zu müssen. Ein Schwertransport nach dem anderen versperrte die Straße. Erst war nur eine Fahrbahn mit kriechenden Lastzügen blockiert, dann gleich zwei.

Valerie nutzte den Stillstand, um Vito noch eine Nachricht zu schicken. Er würde sich Sorgen machen, wenn er sie über Tage hinweg nicht sähe, zumal sie bei ihren Eltern meist wenig zum Telefonieren kam. Sie entschied sich für eine kurze Sprachnachricht: »Moin, Schnucki. Bin auf dem Weg zu meinen Eltern. Ich muss mal aus allem raus und Abstand gewinnen. Ich melde mich, wenn ich zurückkomme! Hab eine gute Woche – und den *Bachelor* holen wir nach!«

In Valeries Kopf hämmerte es. Gerade noch hatte sie sich gänzlich leer gefühlt. Jetzt rauschten wieder so viele Gedanken auf einmal durch ihr Gehirn, dass sie sich wünschte, sie könnte auf dieser Datenautobahn einen Stau verursachen, wie es der Fahrer vor ihr gerade tat. Stattdessen stand sie nun still und hatte so noch mehr Zeit, über das Geschehene nachzudenken.

Tom war am Morgen wie erwartet zu Hause gewesen. Sie hatte gehört, wie er mit einem Kunden telefonierte, und unbemerkt Taschen und Tüten gepackt, die sie im Schlafzimmer vorgefunden hatte. Leider war keiner von ihnen in den letzten Tagen dazu gekommen, die Wäsche zu machen, sodass sie die Überreste ihrer gereinigten Garderobe durch Schmutzwäsche ergänzen musste, die sie bei Ankunft im Hotel Mama dem dort allzeit bereiten Wäschedienst überlassen würde. Zum Schluss hatte sie noch eine besonders gut sitzende Jeans und ein eng anliegendes schwarzes Oberteil für die Abiturfeier eingepackt. Auch das Bad konnte sie unbemerkt erreichen, sodass die Kosmetik vollständig sein dürfte. Aber als sie gerade schon in der Tür stand – ungeduscht und noch immer in dem durch Leggings und Sneakers ergänzten Sweatshirt, das Vito ihr letzte Nacht angezogen hatte, fiel ihr ein, dass ihr Portemonnaie in der Küche lag. »Shit«, hatte sie geflucht – zu laut, wie sich herausstellen sollte.

»Valerie?« Tom war offenbar gleich von seinem Schreibtisch aufgesprungen, denn im nächsten Moment stand er in der Tür. »Wo willst du hin?«, hatte er sie gefragt und an ihr herabgesehen, als zweifle er daran, dass es sich bei dem übermüdeten Wesen mit ungewaschenem Haar und einem Sammelsurium an Handgepäck tatsächlich um seine Frau handeln konnte.

»Ich fahre zu meinen Eltern«, hatte Valerie nur erwidert, die Türklinke schon in der Hand – als ihr das Portemonnaie wieder einfiel. Sie setzte die Sporttasche, zwei Plastiktüten und einen Baumwollbeutel ab, um in der Küche nach ihrer Geldbörse zu sehen. Hektisch hatte sie begonnen, Schubladen aufzureißen, dieses hochzuheben und jenes umzuwerfen – als Tom mit einem Mal hinter ihr stand und seine Hände auf ihre Oberarme legte.

»Jetzt mach doch mal halblang, Valerie«, hatte er sie zur Ruhe bringen wollen und wohl ebenso wenig wie sie damit gerechnet, dass dies der Tropfen war, der ihr Fass zum Überlaufen brachte. Mit einem Ruck hatte sie sich aus seinem Griff befreit, war herumgefahren und – klatsch. Die Backpfeife hatte gesessen.

Weil sie ihm nicht in die Augen sehen konnte, war ihr Blick hinter ihn gefallen. Da war der Geldbeutel, der aus ihr unerklärlichen Gründen in einer Rührschüssel neben dem Herd lag. Sie war nicht nur zu müde gewesen, um sich einer weiteren Konfrontation zu stellen, sondern hatte auch Angst vor Toms Reaktion auf die Ohrfeige gehabt. Also hatte sie schnell die Geldbörse geschnappt und war aus der Küche gerannt, um mitsamt ihrem Gepäck die Treppe hinunterzulaufen.

Lautes Hupen schreckte sie auf. Der Stau vor ihr hatte sich aufgelöst.

Zwei weitere Staus später entschied Valerie, die A1 zu nehmen und über Land zu fahren. Die Strecke gefiel ihr ohnehin besser. Das Gedankenkarussell in ihrem Kopf war zwar längst nicht zum Stillstand gekommen, drehte sich beim Anblick der Münsterländer Felder jedoch langsamer. Über Hiltrup und Wolbeck führte sie die Telgter Straße schließlich in ihre Heimatstadt. Hier hatte sie manch einen »Fußabdruck hinterlassen«, wie ihr Vater zu sagen pflegte. Geboren in Münster, war sie in einer kleinen Siedlung am Stadtrand von Telgte aufgewachsen, der heute kein Rand mehr war, weil sich der Ort gerade bei jungen Familien zunehmender Beliebtheit erfreute und rundherum gebaut wurde.

»Telgte« – das sprachen Münsterländer mit »ch« aus, wie in »Elche«. Bei Vito musste Valerie das jedoch immer korrigieren, weil er es wie »schwelgte« artikulierte. Ein kleiner Kindergarten, eine dörfliche Schule – ihre Eltern hatten die Entscheidung, mit der Geburt der Kinder vom Zentrum Münsters hierher zu ziehen, nie bereut. Valerie hingegen fand ihre ländliche Herkunft spätestens im Teenageralter nicht mehr so wünschenswert.

»Muuuh!« Sie schreckte auf. Die letzte Ampel vor der Siedlung ihrer Eltern befand sich unmittelbar neben einer Weide. In der Rotphase hatte eine Kuh ihren Kopf über den Zaun gestreckt und unternahm nun offenbar den Versuch, sich Aufmerksamkeit zu verschaffen. Das war ihr gelungen. Valerie war einem Herzinfarkt nahe und musste doch lachen, so skurril war der Eindruck des gefleckten Kuhkopfes durch die offene Seitenscheibe ihres Minis.

»Ein Muh am Morgen vertreibt Kummer und Sorgen«, murmelte sie und fuhr wenig später auf die Auffahrt ihres Elternhauses, die heute ausnahmsweise mal nur für sie bestimmt war.

Hilfe suchend schaute ihre Mutter zu ihrem Vater, als Valerie ihren langen Monolog beendet hatte. »Jetzt wisst ihr, was euer Schwiegersohn für ein Schwein ist«, hatte sie zuletzt gesagt. Selbst ihr Vater, der von den beiden der Bessere in Sachen Krisenkommunikation war, räusperte sich nervös, wohl ebenfalls unentschlossen, was er zu dieser Abfolge unerfreulicher Ereignisse im Leben seiner Tochter von sich geben sollte.

»Ich dachte, du wolltest noch gar kein Kind und erst einmal reisen?«, meinte ihre Mutter schließlich, während sie betreten in ihrer Kaffeetasse rührte, den Löffel immer langsamer werden und schließlich losließ, um sich im nächsten Moment an der Tasse festzukrallen.

Entgeistert schaute Valerie sie an. Sie hatte nicht bedacht, dass ihre Eltern noch keine Ahnung von ihren Plänen hatten. Gerade vor ihnen hatte sie stets so getan, als sei sie noch längst nicht so weit.

Schließlich holte auch ihr Vater, der sich seinen klinikfreien Freitag sicher stressfreier vorgestellt hatte, tief Luft. »Valerie, du weißt, dass die Aussage von diesem Dr. Schmitthausen keine Sackgasse sein muss.«

Valerie, die gerade noch intensiv verfolgt hatte, wie der Schuss Milch ihren Kaffee mit einem Marmormuster versah, blickte nun zu ihrem Vater auf. »Mein ganzes Leben ist eine Sackgasse«, stellte sie frustriert in den Raum.

»Ist es nicht«, versuchte ihr Vater sie zu besänftigen. »Die empfehlen in dem Schreiben ja nicht umsonst eine Klinik. Wir könnten da noch viel mehr untersuchen und sicherlich auch mehr für euch tun.«

Valeries Mutter nickte eifrig und löste jetzt erstmals wieder ihre leicht zitternde Hand von der Kaffeetasse, um zu den Keksen zu greifen, die in Valeries Familie häufig hinzugezogen wurden, wenn es am Tisch etwas zu beratschlagen gab.

»Es gibt kein *euch* mehr, Papa. Du musst rein gar nichts für *uns* tun.« Sie unterstrich ihre Aussage mit einer Wischbewegung ihrer Hand, die ihren Anteil an Kekskrümeln von der Tischdecke in Richtung Fußboden fegte.

Stirnrunzelnd verfolgte ihre Mutter, wie die Überreste der Butterkekse sich in den Rillen des Waschbetons verfingen, und schien auf ihre innere To-do-Liste zu schreiben, dass sie diese schnellstens wegsaugen musste. »So«, sagte sie dann in die eingetretene Stille hinein. »Jetzt ruhst du dich erst mal aus, Valerie. Ich bring dir eine Decke, und dann machst du auf dem Sofa einen Mittagsschlaf.«

Entgeistert starrte Valerie ihre Mutter an – hin- und hergerissen, ob sie vor Rührung weinen oder wegen ihres übergriffigen Verhaltens toben sollte. Sie entschied sich dafür, es einfach hinzunehmen. Aus dem Auto hatte sie ihren Hausarzt angerufen, der ihr die Zustellung der Krankschreibung per Post an ihre Eltern zugesagt hatte. Tatsächlich hatte er ihr auch Ruhe empfohlen. Warum also nicht mal einen Mittagsschlaf machen?

Die Agentur rechnete heute nicht mehr mit ihr. Also stand Valerie vom Tisch auf, ohne wie sonst ihre Tasse in die Küche zu bringen, schlurfte in Richtung Wohnzimmer und ließ sich auf die Couch fallen, auf der sie schon als Kind und Jugendliche gelegen hatte, wenn sie krank war. Sie schnappte sich zwei Kissen, noch immer dieselben wie vor zwanzig Jahren und mittlerweile schon wieder modern. Da kam ihre Mutter bereits mit der Decke herein. Valerie war jetzt dankbar, dass sie von ihr verwöhnt wurde.

»Danke, Mama«, sagte sie mit kindlicher Stimme und ruckelte sich die Kissen zurecht. »Ich bin echt froh, dass ich hier sein kann.«

9

»Rolf? Rooolf!«

Valerie drehte sich, mehr schlafend als wach, in Richtung Nachttisch – nur dass hier im Wohnzimmer ihres Elternhauses kein Nachttisch war und das Sofa in der Breite nicht mit ihrem Bett daheim mithalten konnte. Schon war sie heruntergerutscht und unsanft mit der Schläfe gegen den Glastisch geprallt.

»Autsch!« Sie rappelte sich hoch. »Mama?«

»Ach, Mäuschen, entschuldige, ich wollte dich nicht wecken.«

»Schon gut – was ist denn los?« Sie hatte sich eigentlich nur kurz hinlegen wollen. Dass sie nach einem Kaffee so tief geschlafen hatte, überraschte sie.

»Ich wollte deinem Vater nur sagen, dass ich jetzt losmuss, aber der hört ja im Keller wieder mal nichts. Richtest du ihm aus, dass ich jetzt bei Rike und erst am frühen Abend zurück bin?«

Valerie robbte sich mühsam zurück auf die Ledercouch. »Bei Rike? Wer ist das?«

»Rike Schumann, kennst du doch!«

»Du meinst Frederike Schumann? Die garstige Frau, die uns Kinder immer vom Hof gejagt hat?«

Bei Valerie kamen Erinnerungen hoch, wie sie mit ihrer Sandkastenfreundin Susanne ein Kätzchen auf Frederike Schumanns Hof entdeckt und verfolgt hatte, wodurch sie immer weiter auf deren Grundstück vorgedrungen waren – bis die Landwirtin sie entdeckt und mit einem Eimer Wasser nicht nur die Katze, sondern auch sie für immer vertrieben hatte.

»Was willst du denn bei der?«

Ihre Mutter lachte. »Rike ist nicht mehr die, die sie einmal war, Mäuschen. Sie hat sich völlig verändert und betreibt jetzt ein Café auf ihrem Hof, das total beliebt ist. Ist ja auch kein Wunder, hier ist ja sonst kaum was los. Aber es ist auch wirklich schön. Heute findet ein Gitarrenkonzert dort statt. Willst du nicht mitkommen?«

Valerie, die sich noch immer bemühte, wach zu werden, fuhr sich durch die Haare. Eigentlich hätte sie sich am liebsten verkrochen. Andererseits hatte sie nie die Gelegenheit, an einem Freitagnachmittag etwas mit ihrer Mutter zu unternehmen, und wenn sie nun schon mal da war, warum nicht?

Der Weg war nicht weit. Sie liefen durch das Gartentor und dann über das Feld in Richtung Ortskern. Valerie hatte rein gar keine Erwartungen, da Telgte ihrer Erfahrung nach nicht gerade mit gesellschaftlichen Hot Spots aufwarten konnte und ihr Geschmack keineswegs immer mit dem ihrer Mutter übereinstimmte. Doch als sie an Friederikes Hof eintrafen, blieb ihr fast der Mund offen stehen. Am Zaun hing eine hübsch gestaltete Schiefertafel mit der Aufschrift *Bei Rike* und Highlights ihres Angebots, das durchaus mit dem von Düsseldorfer Cafés mithalten konnte. Flat White, auch mit Hafermilch, Chai Latte, Matcha ... hausgemachte Kuchen, Lillet Wildberry und Aperol Spritz.

Wenig später standen sie im ehemaligen Pferdestall. Das Tor war durch große Glastüren ersetzt worden, alte Hofmöbel gesellten sich zu schicken Designobjekten in allerlei Farben. Eine moderne Theke zierte die Rückwand des Raumes. Dahinter stand eine Siebträgermaschine, die für vielseitige Kaffeespezialitäten sprach. Die Pendelleuchten, die vom alten Fachwerk des Gebäudes herunterhingen, erhellten angenehm warm die kleinen Tischchen. Darauf waren in hübschen Vasen Blumen dekoriert, die den Anschein machten, gerade auf dem Feld gepflückt worden zu sein. Die ersten Gäste waren schon eingetroffen: Mütter mit Kinderwagen, ältere Damen und einige Jugendliche saßen bereits.

»Dieses Café wird von Frederike Schumann betrieben?«, flüsterte Valerie ihrer Mutter zu.

»Ich sag doch, sie hat sich verändert«, bestätigte diese lächelnd und winkte einer Bekannten zu. »Das Gitarrentrio wird von Rikes Partner geleitet. Da vorne sitzt er schon. Er heißt Ron.«

Valerie betrachtete den stattlichen Mann im Karohemd. Südländisch sah er aus – und gut. Irgendwie beeindruckend, wie er da mit den strubbeligen, dunklen Haaren und seinem Instrument auf dem Barhocker saß.

»Der ist mit Frederike zusammen? Wo ist sie überhaupt?«

»Da vorne!« Angelika deutete in Richtung der Theke. »Gleich neben der Kaffeemaschine.«

Viel fehlte nicht und Valeries Kinnlade wäre auf den jahrhundertealten Dielenboden des Fachwerkhauses gefallen.

»Das ist Frederike?« Sie konnte nicht glauben, dass es sich bei dieser Endfünfzigerin um den früheren Kinderschreck handelte. Sie sah heute jünger aus als damals, obwohl zwanzig Jahre vergangen sein mussten, seitdem Valerie sie zuletzt gesehen hatte. Seinerzeit war Frederikes Haar stets in einem Knoten zusammengefasst, heute hingegen trug sie sie halblang und offen, in einem schönen Mahagoniton gefärbt, der ihrer blassen Haut schmeichelte, die sich gut gehalten hatte. Sie trug Jeans, die auch Valerie angezogen hätte, ein schlichtes Shirt und eine hippe Schürze. Ihre Brille kam garantiert nicht vom lokalen Optiker, sondern war ein echter Hingucker irgendeines angesagten Labels. Frederike strahlte ihren Freund an und machte ihm Zeichen, dass es gleich losgehen könne.

Da ertönten schon die ersten Riffs an der Akustikgitarre. Valerie wusste nicht, ob es an der Landluft, den Gitarrenklängen oder der ungewöhnlichen Situation mit ihrer Mutter lag – noch dazu an einem Freitagnachmittag, an dem sie sonst mit Schnappatmung in der Agentur saß, weil die Kundschaft zum Ende der Woche unbedingt noch ein Ergebnis auf dem Tisch haben wollte … Sie hatte das Gefühl, als würde gerade ein Stück Freiheit durch den Raum schweben. Sie war hier, weil sie entschieden hatte, herzukommen – und nun in einem Café, das so schön war, wie sie es in Telgte nie für möglich gehalten hatte. Auch hätte sie nicht erwartet, dass so viele Leute um diese Zeit ein Café oder Konzert besuchten, und sie genoss es, ein Teil dieser bunten Runde zu sein, die so viel Ruhe und Zufriedenheit ausstrahlte.

Als das Konzert kurz unterbrochen wurde, weil einer der drei Gitarristen, wie er anmerkte, einen »Cafelito« wegbringen musste, überkam sie das Bedürfnis, dasselbe zu tun. Ihre Mutter wies ihr den Weg zur Damentoilette. Vorbei an Bildergalerien mit alten Fotos vom Hof, ging es gleich hinter einem großen Spiegel und einer noch größeren Pinnwand mit Veranstaltungshinweisen in Richtung Damen-WC. Sie hatte schon zu Hause das Gefühl gehabt, dass sie ihre Tage bekommen würde und sich entsprechend vorbereitet. Nun wurde sie bestätigt, und es war ihr erstaunlich egal. Das wäre jetzt wirklich ein denkbar ungünstiger Zeitpunkt für eine Schwangerschaft gewesen. Auf dem Rückweg hielt sie kurz an dem schwarzen Brett an, das sie an ihre Schulzeit erinnerte, und entdeckte, dass tatsächlich auch ihre frühere Schule hier Aushänge machte. Sie begann zu lesen: *Schülerkonzert in der Aula, Malkurs für zukünftige Fünftklässler, 15 Jahre Abi, Ferienfreizeit* … 15 Jahre Abi! Das war ihr Jahrgang! Die Party, zu der sie Ende kommender Woche ohnehin gekommen wäre. Sie hätte nicht für möglich gehalten, dass sie schon so viel früher anreisen würde.

Drinnen erklang wieder Gitarrenmusik. Schnell machte sie ein Foto von dem Aushang und eilte an ihren Platz, wo ihre Mutter gerade zwei Latte Macchiato in Empfang nahm. Zurück am Tisch schaute Valerie auf ihr Handy. Fünf Anrufe in Abwesenheit – alle von Stevie.

»Ich muss mal kurz telefonieren, Mama«, flüsterte Valerie und stand erneut auf, während Ron die Saiten seiner Gitarre zupfte, als sei er vom Hersteller gebeten worden, einen Stresstest mit ihnen durchzuführen. Draußen hörte sie ihre Mailbox ab.

»Valerie – wo, zum Teufel, steckst du? Ich mach mir Sorgen! Ruf mich bitte mal zurück«, zischte Stevie darauf, gefolgt von: »Die machen mich hier alle irre, weil du angeblich zusammengeklappt bist.« Dann eine weitere Nachricht: »Ich habe gerade mit Tom gesprochen und weiß jetzt, dass du abgehauen bist. Was ist denn passiert? Ruf mich jederzeit an, wenn du Hilfe brauchst. Ich bin immer für dich da!«

Valerie betätigte die Rückruftaste und war nicht überrascht, dass ihre Freundin nicht dranging. Wenn in der Agentur die Hölle los war, drang selbst die Nachricht vom Tod eines Familienangehörigen – so geschehen bei ihrer Kollegin Nina – erst Stunden später vor, weil man im Stress das private Handy missachtete. Mailbox. Valerie hinterließ eine Nachricht.

»Hey Stevie, mach dir keine Sorgen. Mir geht es so weit gut. Erzähl ich dir alles in Ruhe ... Ich bin bei meinen Eltern. Es ist irgendwie echt schön, hier zu sein. Meine Mutter und ich sind gerade auf einem Konzert in einem supersüßen Hofcafé – mitten am Nachmittag, ich kann's gar nicht glauben. Melde dich wieder, wenn du einen Moment hast. Ich drück dich. Ciao.«

Schnell eilte sie wieder zur Tür, hinter der gerade geklatscht wurde. Hoffentlich war das Konzert noch nicht vorbei.

»Zu-ga-be!«, ertönte es schon vom begeisterten Publikum. Ron und seine Jungs ließen sich nicht lange bitten, noch einen Song zum Besten zu geben, den Valerie von einer Portugalreise mit Tom kannte. Beim Klang von »125 Azul« der portugiesischen Band Trovante wurde sie kurz sentimental. Konnte das Zufall sein, dass dieses in Deutschland eigentlich völlig unbekannte Lied hier gespielt wurde? Sie überlegte, was sie gegen das Gefühl tun konnte, das ihr Herz in die Mangel nahm und zunächst nicht mehr loslassen wollte.

»Gibt's hier Prosecco?«, fragte sie ihre Mutter. Verzicht üben musste sie vorerst schließlich nicht mehr.

»Ja, was denkst du denn? Dass es Prosecco nur in Düsseldorf gibt?« Ihre Mutter lachte. Mit der Tochter nachmittags Prosecco trinken – das hätte sie sich wohl öfter vorstellen können. »Rike, bringst du uns zwei Proseccöchen?«

Rike nickte und lächelte Valeries Mutter zu. Routiniert nahm sie zwei Sektgläser aus der Vitrine, öffnete die Proseccoflasche und begann einzuschenken. Valerie beobachtete, wie Rike hier eine Frage einer Mitarbeiterin beantwortete, da über den Kommentar eines Gastes lachte und immer wieder im Takt der Musik wippte. Zwischendurch warf sie Ron Blicke zu, die von so viel Liebe und Respekt zeugten, dass es Valerie zugleich freute und betrübte. Warum hatte sie keinen Mann, den sie so ansehen konnte? Warum machte der nichts, was es wert wäre, mit einem solchen Blick gewürdigt zu werden?

Ihre Gedanken wurden unterbrochen, als Rike an den Tisch trat. »So, die Damen.« Sie stellte das Tablett auf den Tisch. »Hier kommt was Prickelndes – für Mutter und Tochter, nehme ich an?«

Valeries Mutter nickte bestätigend. »Unsere Kleine ist endlich mal wieder im Lande und bleibt, wie es aussieht, sogar länger«, erklärte sie, während Rike den Prosecco abstellte.

»Tatsächlich?« Rike schien sich wirklich zu freuen. »Das ist ja toll! Wir haben bis auf Montag täglich von elf bis siebzehn Uhr geöffnet, und WLAN gibt es auch.«

Erstaunt blickte Valerie auf. »Ehrlich? Das ist ja super! Dann kann ich auch mal hier arbeiten.«

»Du sollst erst mal gar nicht so viel arbeiten, Mäuschen«, meinte ihre Mutter. »Die jungen Leute haben einen Stress heutzutage, Rike, du machst dir kein Bild.«

Mitleidig schaute Rike auf Valerie herunter, zog dann einen Stuhl zurück und setzte sich zu den beiden an den Tisch. »Tatsächlich? Was machst du denn beruflich, Valerie?«

Sie wirkte so warmherzig und interessiert. Ein Mensch, dem man gleich sein Herz ausschütten wollte. Valerie entschloss sich zu Offenheit. »Ich arbeite in einer Werbeagentur. Meine Chefin ist irre und mein Mann ein Idiot. Deshalb bin ich jetzt länger hier.«

»Rede nicht so über meinen Schwiegersohn«, mischte sich Valeries Mutter ein. »Er hat schließlich auch gute Seiten.« Offenbar wollte sie das Bild der harmonischen Familie aufrecht halten.

Rike lachte. »Ach Kindchen, im Leben geht's immer auf und ab. Ich kann dir ein Lied davon singen.«

»Du scheinst aber jetzt sehr zufrieden zu sein«, erwiderte Valerie. »So ein tolles Café, total schöne Musik, all die Leute – ich bin richtig neidisch. Dagegen ist mein Büro der reinste Knast.«

»Wie du vielleicht noch weißt, war das nicht immer so«, entgegnete Rike. »Erinnerst du dich noch an meinen Mann von damals?«

Valerie überlegte. Ihr fiel ein, dass ihre Mutter Rikes mürrisches Verhalten damals damit begründet hatte, dass ihr der Mann weggelaufen sei – weil sie sich beide Kinder gewünscht hätten, Rike aber keine bekommen konnte. Damals war sie allein auf dem Hof mit dem kleinen Hofladen zurückgeblieben, den ihre Eltern ihr überschrieben hatten.

»Ja, ich erinnere mich«, antwortete Valerie. »Ron gefällt mir aber besser.« Sie kannte ihn zwar nicht, aber wer so gut Gitarre spielte und derart charmant wirkte, konnte einfach kein schlechter Mensch sein.

Rike lachte. »Es kommt die Zeit im Leben, wo man merkt, was einem wirklich wichtig ist, wer einem guttut und wer nicht.«

Dass Rike trotz ihres unerfüllten Kinderwunsches jetzt so glücklich zu sein schien, imponierte Valerie. Sie wollte dringend wieder herkommen, um in einer ruhigeren Minute länger mit ihr über dieses Thema zu sprechen.

»Wohl bekomm's«, meinte Rike lächelnd und sprang dann auf, um einem Gast zu Hilfe zu eilen, der nach einem geeigneten Platz für seinen Rollator suchte.

Später setzte sich Frederike noch einmal zusammen mit Ron an ihren Tisch. Die beiden plauderten aus dem Nähkästchen. Frederike war schon über vierzig gewesen, als sie Ron kennenlernte, erfuhr Valerie, und wusste aus leidvoller Erfahrung mit ihrem vorherigen Mann, dass ihre Chancen auf eine natürliche Schwangerschaft schlecht standen. Ron hingegen hatte nie den Wunsch nach Kindern verspürt. Mit dem Café hatten sich die beiden einen Lebenstraum erfüllt – ein kleines Idyll für sich und andere.

Rike wirkte so frisch, strahlend und wach, fand Valerie und beobachtete insgeheim, wie sie ab und an ihre Hand auf Rons Knie legte oder mit den Fingern durch sein dunkles, leicht grau meliertes Haar glitt. Ganz natürlich und unbeschwert. Valerie konnte sich gerade beim besten Willen nicht vorstellen, mit Tom an einem Cafétisch zu sitzen und erst recht nicht, solche Zärtlichkeiten mit ihm auszutauschen.

10

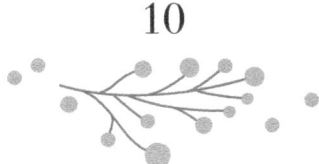

Valerie stand im Flur ihres Elternhauses und prüfte im verspiegelten Garderobenschrank noch einmal den Sitz ihrer Frisur. Fünfzehn Jahre nach dem Abitur wollte sie optisch überzeugen, wenn sie ihren früheren Schulkameraden begegnete.

»Ich muss los!«, rief Valerie. »Den Schlüssel hab ich dabei. Wartet nicht auf mich, es wird sicher spät!« Noch immer gingen ihre Eltern im Arbeitszimmer irgendeiner WLAN-Frage nach, nachdem Valerie ihnen erklärt hatte, dass hierzu keines der Kabel, das Rolf in die Höhe gehalten hatte, die Lösung sein konnte.

»Viel Spaß, Mäuschen, und bleib sauber!«, rief ihre Mutter zurück, und Valerie fühlte sich wie eine Jugendliche, die zu ihrer ersten Party aufbrach.

Sie stieg auf das Fahrrad, das sie von ihrer Mutter ausgeliehen hatte, und radelte in Richtung Schule, wo das Event beginnen sollte. Was Tom jetzt wohl machte? Ob er allein war? Sollte sie ihn doch mal anrufen? Was würde er sagen? Vielleicht konnten sie das Geschehene »rausschneiden«, wie ihr Vater zu sagen pflegte, und einfach noch mal neu anfangen? Es hatte doch schließlich auch gute Zeiten gegeben. Eigentlich war ganz schön viel ganz schön gut gewesen, bis dieses blöde Kinderthema dazwischengekommen war. Aber waren Kinder alles im Leben? Rike zum Beispiel war auch ohne Kinder glücklich geworden …

Wenige Minuten später erreichte Valerie das Gymnasium im Ortskern und sah schon von Weitem, dass sich auf dem Schulhof Menschen tummelten. Ihr Herz schlug höher. Sie ärgerte sich, dass sie nicht bei Barbara angerufen und sich vorab mit ihr verabredet hatte. Dann müsste sie jetzt nicht ganz allein nach all den Jahren auf die Gruppe zugehen, die bereits in ihre Richtung schaute.

Valerie stellte das Fahrrad etwas entfernt ab, um sich einen Überblick zu verschaffen, während sie umständlich mit dem Schloss hantierte. Es half nichts: Sie musste sich der direkten Konfrontation stellen. Noch einmal hier und da gezupft – ihr Outfit saß.

»Valerie?« Das war Barbara!

Valerie fiel wieder ein, dass sie vergessen hatte, auf ihre Nachricht zu antworten. »Sorry, dass ich mich wegen des Kleids nicht zurückgemeldet habe. Es steht dir hervorragend, eine sehr gute Wahl!«

Barbara strahlte. »Danke! Hab ich mir auch ohne deine Rückmeldung gekauft. Ich muss dir jetzt erst mal erzählen, wer alles da ist. Hast du Herrn Horst schon gesehen?«, fragte sie, während sie in Richtung Schulhof gingen.

»Unseren Englischlehrer? Was will der denn hier?«

»Er wird uns durch die Schule führen!«

Barbara schien besser in die Abläufe eingeweiht zu sein als Valerie. Vielleicht hätte sie doch ab und an in die WhatsApp-Gruppe ihres Jahrgangs schauen sollen.

»Guck an, Manuel ist auch schon da.« Barbara grinste und deutete mit dem Kopf auf Valeries früheren Schulfreund.

»Ja und?« Valerie bemühte sich, gelassen zu wirken. Wenn sie ehrlich war, machte ihr Herz aber einen mächtigen Sprung bei der Vorstellung, Manuel wiederzusehen. Jeder wusste von ihrem Verhältnis, das immer nur platonisch geblieben war – wobei sich alle immer gefragt hatten, warum da nie mehr gelaufen war. Manuel war nicht nur gut aussehend gewesen, sondern hatte auch einen ähnlichen Humor wie sie und war ein interessanter Typ ... Valerie beobachtete ihn und stellte fest, dass er sich zumindest vom Äußeren her kaum verändert hatte.

Als hätte sie Valeries Gedanken gelesen, fuhr Barbara fort: »Ich hab ja immer gedacht, dass ihr irgendwann zusammenkommen würdet, Valerie. Irgendwann, dachte ich, kommt es wie in dem Song, wie war das noch? ›Tausend Mal berührt, tausend Mal ist nichts passiert!‹« Barbara sang jetzt laut über den Schulhof. In Valerie stieg der Verdacht auf, dass ihre Klassenkameradin sich vor dem Jahrgangstreffen Mut angetrunken hatte. »Tausend und eine Nacht – und es hat Zoom gemacht!« Der Zischlaut von »Zoom« kam nicht mehr ganz einwandfrei über Barbaras Lippen.

Mittlerweile hatte Valerie den ganzen Schulhof gescannt. Etliche erkannte sie wieder und wusste auch ihre Namen. Andere kamen ihr nur noch vage bekannt vor. Vielleicht würden ihr die Namen im Lauf des Abends noch einfallen. Ihr Blick blieb schon wieder an Manuel hängen. Schlank, groß, im Holzfällerhemd. Zur perfekt sitzenden Jeans trug er locker geschnürte Boots, genau ihr Fall. Er hatte eine Hand in der Hosentasche und gestikulierte mit der anderen herum, während er mit einem Schulkameraden plauderte, bei dem Valerie immer Mathe abgeschrieben hatte, dessen Namen ihr aber trotzdem nicht mehr einfiel.

»Sieht immer noch so gut aus wie früher, oder?« Barbara schien Valeries Detail-Scan nicht entgangen zu sein. »Sollen wir mal rübergehen?« Sie war offenbar Feuer und Flamme, das Wiedersehen zwischen Valerie und Manuel live zu verfolgen. Schließlich war sie schon immer nicht nur sehr liebenswert, sondern auch extrem neugierig gewesen.

»Nee, später vielleicht.« Valerie winkte ab. Sie wollte erst mal in Ruhe ankommen und mehr von ihrer Schulfreundin erfahren. Valerie war immer gern mit ihr zusammen gewesen. Häufig hatten sie auch versucht, gemeinsam zu lernen, obwohl es für jede von ihnen ratsam gewesen wäre, sich an jemanden zu halten, der mehr Ahnung von Fächern wie Chemie, Physik oder Biologie hatte. Sie wusste, dass Barbara als Steuerfachangestellte arbeitete, doch dass sie sich vor einigen Monaten mit ihrem langjährigen Freund verlobt hatte, war ihr neu. Ein bisschen neidisch stellte sie fest, dass Barbara vor Glück zu strahlen schien.

»Und du, Valerie? Wie geht's dir so?«

Valerie winkte ab. »Das klären wir später an der Theke. Gibt's hier was zu trinken?«

»Ja klar!« Barbara eilte in Richtung einer mit Eis gefüllten Plastikbox, in der sich mehrere geöffnete Piccolos mit Strohhalm befanden.

»Sogar mit Branding – Hut ab!« Valerie hob eine der Flaschen mit Aufschrift *oll, doll, voll* aus dem Eiswasser, was offenbar das Motto der Veranstaltung war. »Jetzt genehmigen wir uns erstmal ganz in Ruhe ein Sektchen, und dann klappern wir alle ab. Prost!«

Der Nachmittag verging wie im Flug, während sich eine imaginäre Zeitkapsel vor Valeries Füßen entleerte. Sie wusste gar nicht, mit wem sie sich zuerst befassen sollte, weshalb sie sich einfach treiben ließ. Die Führung durch ihre frühere Schule mit den Pennälern von damals – legendär! Herr Horst legte sich mächtig ins Zeug, ermöglichte sogar eine Tour durch das Lehrerzimmer und ignorierte auf dem Weg dorthin nicht nur das Jugendkammerkonzert in der Aula, sondern auch die stirnrunzelnden Eltern der musikbegabten Kinder, während der angetrunkene Trupp von Mittdreißigern vorbeitrottete.

Valerie erinnerte sich noch gut an den Zigarettendunst, der damals durch den Lehrertrakt wehte, als sie mal eine Krankschreibung ins Sekretariat bringen oder sich zur mündlichen Nachprüfung in Mathe anmelden musste.

Während sich alle ins Lehrerzimmer drängelten, erfuhr sie von einer früheren Klassenkameradin, dass einer ihrer Stufenkollegen heute in einer TV-Soap den Doktor gab und ihr Mathelehrer, der glücklicherweise nicht gekommen war, auf der Leistungskursfahrt mit jener Mitschülerin knutschen wollte, die schon damals Frauen bevorzugte.

Da stand plötzlich Manuel vor ihr.

»Genauso hübsch wie früher – alles klar bei dir?«, fragte er grinsend.

Vor Schreck suchte Valerie Halt an einem Flipchart, das vor dem Lehrerzimmer stand. Sie ahnte nicht, dass das Ungetüm Rollen hatte, die sich nun nebst ihrem Körper in Richtung Manuel in Bewegung setzten. Dieser konnte nicht rechtzeitig reagieren, weshalb erst das Flipchart und dann sie selbst auf seinen Oberarm prallten. Manuel geriet ins Wanken und fiel, gefolgt von Valerie, und dem Flipchart mit einem lauten Knall zu Boden.

Die Anwesenden fuhren herum. Herr Horst, der gerade langatmig auf die Historie der rostigen Schulfassade eingegangen war, stockte.

»Alles gut da hinten? Nicht so stürmisch, es geht doch gerade erst los.«

Nach einigem Gestrauchel kamen sie wieder zum Stehen. Herr Horst vollendete ungeachtet der Tatsache, dass kaum noch jemand zuhörte, den Bericht zur Fassade. Anschließend wurden auf dem Schulhof die letzten Getränke geleert. Dann machte sich der Tross erwachsener Ex-Schüler zu Fuß oder mit dem Fahrrad auf den Weg zum Pfarrheim, in dem früher die wildesten Partys stattgefunden hatten. Valerie fiel ein, wie sie hier versehentlich ihren Nachbarjungen geküsst hatte, dessen Ungelenkigkeit in der Zunge bis heute unübertroffen geblieben war. In diesem kleinen Haus neben der Kirche war getanzt, gelacht, geweint und getrunken worden.

Sie versuchte gerade, die vielen Erinnerungen zu verarbeiten, die mit dem Eintreffen an diesem an sich gänzlich unauffälligen Gebäude in ihr hochkamen, als Manuel ihr von hinten auf die Schulter tippte.

»Beantrage hiermit den ersten Drink auf der Party mit dir«, forderte er mit charmantem Lächeln. Und Valerie konnte sich Schlimmeres vorstellen, als mit diesem gut gebauten Mann in den Abend zu starten.

»Ich schließ noch mein Rad ab und komme dann nach.«

Die heimische Dorfkneipe hatte wie damals den Zapfhahn gestellt, der bereits von den Anwesenden umzingelt war. Als Valerie den Raum im ersten Stock betrat, hatte Manuel schon zwei Bier geholt und winkte sie zu sich auf eine Bank.

»Für dich. Cheers!«

Valerie nahm einen großen Schluck des nicht ganz kalten Bieres ohne Schaumkrone. »Wohl bekomm's«, sagte sie erst jetzt.

Manuel grinste und trank ebenfalls von seinem Bier. »Und? Gehen wir nachher wieder Oblaten naschen?«

Valerie zuckte zusammen. Seit dem Abitur hatte sie kein einziges Mal daran gedacht, dass sie sich – bevorzugt mit Manuel – bei jeder Party hier in die Kammer im Erdgeschoss geschlichen hatte, um den Oblatenvorrat für die Messe zu plündern.

»Auf keinen Fall!«, gab sie grinsend zurück und erfreute sich an Manuels verdutztem Gesicht. »Das machen wir nicht nachher, sondern jetzt gleich.«

Manuels Gesichtsausdruck hellte sich auf. »Here we go!« Sie sprangen von der Bank hoch und machten sich auf den Weg ins Treppenhaus. Ihr Bier nahmen sie mit. Valerie trank noch einen Schluck, während sie nach links und rechts schaute. »Wo war das jetzt noch mal?«

»Treppe runter und dann links um die Ecke«, meinte Manuel und ging vor.

»Stimmt! Warte – mein Becher ist so voll.« Valerie nippte noch einmal am Bier und folgte Manuel nach unten, wo gerade die letzten Nachzügler das Gebäude betraten.

»Ist hier unten die Garderobe?«, fragte der TV-Doc.

»Nee, die ist oben«, rief Valerie ihm zu und verschwand schnell mit Manuel hinter der Treppe, damit nicht noch mehr Mitschüler auf sie aufmerksam wurden.

»Die Tür ist offen«, stellte Manuel fest.

»Alles wie immer«, freute sich Valerie. »Jetzt müssen nur noch die Oblaten da sein.« Sie betraten den kleinen Raum mit dem winzigen Schreibtisch und dem Sechzigerjahre-Stuhl, der hier schon immer gestanden hatte. Valerie war sicher, dass sich in dem Zimmer bis auf den Jahreskalender, der noch immer an derselben Stelle über dem Schreibtisch hing, rein gar nichts verändert hatte. Dann würden auch die Oblaten noch im untersten Fach des Aktenschranks zu finden sein.

»Bingo!« Manuel hatte den Schrank mit dem Schlüssel geöffnet, der geradezu einladend im Schloss steckte. »Unser Abendmahl ist angerichtet.«

Valerie kicherte und rollte mit dem Bürostuhl in Richtung Schrank. »In diesem Kaff hat sich wirklich nichts verändert. Krieg ich eine?« Sie führte ihre Hände zusammen, als wolle sie vom Pfarrer eine Oblate entgegennehmen.

Manuel legte ihr eine in die Hände. »Selbstverständlich.« Dann griff er selbst zu.

Valerie hatte Probleme, ihre Zunge vom Gaumen zu lösen, weil das Esspapier daran festklebte. »Waren die schon immer so trocken?«, brachte sie mühsam hervor und brach in Gelächter aus.

Auch Manuel schien Probleme beim Kauen zu haben. »Hatte ich irgendwie leckerer in Erinnerung«, bemerkte er und griff noch mal in den Beutel. »Komm – zwei gehen noch. Auf die guten alten Zeiten.«

Valerie hielt ihm wieder beide Hände hin. »Amen«, sagte sie und grinste ihn an. Sie kauten wieder.

Dann verstaute Manuel den Oblatenbeutel an seinem ursprünglichen Ort, schloss den Schrank ab und setzte sich davor auf den Boden. »Und? Was hast du in der Zwischenzeit so getrieben? Verheiratet? Kinder? Haus? Pferd?«

Valerie nahm noch einen Schluck von ihrem mittlerweile schalen Bier, um den Rest der zweiten Oblate herunterzuspülen, und überlegte, was sie ihm anvertrauen sollte. Ja, sie hatte einen guten Job, eine schöne Wohnung, nette Freunde und ein ganz angenehmes Leben. Aber so wirklich erfüllend war ihr Beruf nicht ... und privat war nur Brachland in Sicht, von ihrer Ursprungsfamilie in Telgte mal abgesehen. Dennoch entschied sie sich für Offenheit.

»Verheiratet, aber gerade nicht glücklich. Kein Kind, da sich die Produktion schwierig gestaltet. Kein Haus, da Häuser in Düsseldorf nicht bezahlbar sind. Und kein Pferd, weil ich Pferde nicht mag.«

»Produktion schwierig?«, wiederholte Manuel und grinste. »Du wirst doch mittlerweile wissen, wie es geht?«

Valerie sah ihn entgeistert an. Was für ein unsensibler Kommentar! Normalerweise wäre sie aufgestanden und gegangen, doch Manuel nahm sie die Bemerkung nicht allzu übel. Bestimmt war er einfach nicht auf die Idee gekommen, dass es in diesem Punkt tatsächlich ein Problem geben könnte.

»Ich nehme an, du hast noch nicht versucht, dich fortzupflanzen?«, fragte sie ihn.

Manuel schüttelte den Kopf.

»Glaub mir, da kann alles Mögliche schiefgehen. In unserem Fall liegt's nicht an mir, sondern an meinem Mann, wie ich jetzt zufällig herausgefunden habe.«

»Wie jetzt, zufällig?«

»Ja, zufällig halt! Er ist so gut wie unfruchtbar und hatte wohl vergessen, mir das zu sagen.« Valerie biss sich innerlich auf die

Zunge. Warum erzählte sie ihm das überhaupt? Das war jetzt wirklich kein Thema für Smalltalk – und Tom gegenüber respektlos, auch wenn Manuel ihn nicht kannte.

»Das ist echt asozial«, stellte Manuel fest und wirkte ernsthaft empört. »Und jetzt?«

»Jetzt bin ich von zu Hause abgehauen und bei meinen Eltern untergekommen. Mein Doc hat mich krankgeschrieben. Ich brauch mal 'ne Auszeit, sonst dreh ich noch durch.«

»So schlimm? Was machst du denn eigentlich?«

»Ich bin Beraterin in einer Werbeagentur. Sie heißt better brands und macht einen krank. Viel Arbeit, zu wenig Geld – wenn man den Lohn auf die Stunde umrechnet. Und jede Menge unbezahlte Überstunden. Keine Ahnung, warum ich mir das antue. Und du?«

»Gar nicht so weit weg von dir, nur selbstständig – ich bin Grafiker und gerade in ein Megaprojekt involviert. Lass uns wieder hochgehen, dann hol ich noch zwei Bier und erzähl dir mehr.«

Wenig später waren sie wieder oben im Partyraum angekommen. Valerie verfolgte Manuel mit Blicken, als er sich Richtung Theke in Bewegung setzte, auf dem Weg eine Schulkollegin kurz begrüßte und jemandem High Five gab. Lässig war er. Sie hatte keine Ahnung, warum da nie was gelaufen war. Auf der provisorischen Theke standen mittlerweile viele Biere ohne Schaumkrone. Manuel schnappte sich zwei davon und kam zurück zu der Holzbank. Ein Lied der früheren Schulband wurde zum Besten gegeben. Hier und da begann jemand mit dem Fuß zu wippen, die Stimmung war ausbaufähig.

»Also, was ist das für ein Projekt?«, knüpfte Valerie an das Gespräch von zuvor an.

Manuel nahm einen Schluck von seinem Bier. »Du kennst doch das Münsteraner Schloss, oder?« Valerie nickte. »Das ist jetzt aber topsecret, okay?«

Er machte eine Reißverschlussbewegung über seine Lippen, und Valerie tat es ihm gleich, um Stillschweigen zu signalisieren. Sie schaute nach links und rechts. Niemand beachtete sie.

»Das Schloss soll nicht mehr nur von der Uni genutzt werden, sondern auch als Kulturzentrum für zeitgenössische Kunst«, erzählte Manuel. »Wir sind gerade dabei, ein Marketingkonzept für die erste Ausstellung zu entwickeln, was allein schon eine Hammeraufgabe ist. Aber jetzt kommt's: Wenn die Ausstellung stattgefunden hat, wird sie europaweit durch die großen Kulturmetropolen touren, um Münster als Kulturstandort bekannt zu machen. Wien, Paris, London, Lissabon ... Urban Art, Street Art – das volle Programm. Und weißt du, was das Beste ist? Die Kreativen, die die Ausstellung konzipieren und umsetzen, dürfen alle mit! Wir werden von den wichtigsten Kunstschaffenden des jeweiligen Landes empfangen, erhalten Führungen durch die dortigen Kulturstätten und tauchen richtig tief ein in das kulturelle Geschehen vor Ort. Das Projekt wird von Münsteraner Unternehmen gesponsert. Es ist der totale Hit.«

Valerie war perplex. So sehr sie sich einerseits für Manuel freute, so jämmerlich erschien ihr im selben Moment ihr eigenes Leben. Wo stand *sie* denn gerade? Täglich ließ sie sich von einer wild gewordenen Chefin in den Hintern treten, die ihr nicht einmal einen »Guten Morgen« wünschte und jeder Saftpresse Konkurrenz machte, wenn es darum ging, möglichst viel Leistung aus möglichst anspruchslosen Mitarbeitern herauszuholen. Valeries Projekte waren profitorientiert, nur schlug sich das in ihrem eigenen Portemonnaie nicht so nieder, als dass ihre Arbeitszeiten gerechtfertigt wären. Manuel verdiente als freier Grafiker vielleicht weniger als sie, tat aber immerhin etwas Sinnvolles – für die Menschen und für sich selbst. Für Kunst und Kultur konnte er sich schon immer begeistern. Von solcher Begeisterung konnte sie nur träumen. Ein Kind hätte ihrem Leben vielleicht Sinn geben können, ihr Job aber nicht. Ob man sich bei dem Schlossprojekt noch bewerben konnte?

»Machst du das hauptberuflich?«, fragte sie interessiert.

»Nicht wirklich. Die meisten von uns machen noch etwas nebenher oder treten in ihrem bisherigen Job kürzer, um das Projekt zeitlich zu wuppen. Es gibt eine Aufwandsentschädigung von der Stadt und den Sponsoren, die aber nicht vergleichbar mit einem üblichen Honorar als Grafiker oder Texter ist. Da muss jeder selbst entscheiden, wie er über die Runden kommt.«

»Und wie viele seid ihr in dem Team?« Valerie wollte es jetzt genauer wissen.

»Derzeit acht, nach zwei weiteren Personen wird gerade noch gesucht.«

»Da muss man suchen?« Überrascht zog Valerie die Augenbrauen in die Höhe. »Ich wüsste mindestens eine Handvoll Leute, die sofort ihre Koffer packen würden – mich selbst eingeschlossen.«

»So einfach ist das nicht«, erklärte Manuel. »Das Projekt ist in kommunaler Hand, auch das Land NRW ist involviert – da ticken die Uhren trotz der Sponsoren aus der Wirtschaft langsamer. Es liegen wohl schon Bewerbungen vor, und bald sollte die Truppe komplett sein, aber die Frist läuft, meine ich, erst kommende Woche ab.«

Valeries Blick schweifte durch den Raum. Barbara hatte inzwischen ihren Cardigan abgelegt, wodurch ihre imposante Oberweite zur Geltung kam. Gerade beugte sie sich über die Theke, um einen Drink zu bestellen, weshalb Tobias, der wohl als Barkeeper abgestellt worden war, nicht recht zu wissen schien, wo er hinschauen sollte. Da enterte Henning das DJ-Pult. Hoffentlich hatte er die Anlage noch immer im Griff. Als er kurz darauf den einzigen Hit einer Band aus Telgte spielte, wurde er von einigen Stufenkameradinnen kreischend dafür gefeiert.

Valerie musste lachen. Konnte es wirklich sein, dass sie gerade in diesem Pfarrheim saß? In ihr kam ein Gefühl von Sturm und Drang auf. Sie dachte kurz an Tom, nur um festzustellen, dass sie ihn nicht vermisste. Im Gegenteil: sie genoss es, allein unterwegs zu sein und nicht darüber nachdenken zu müssen, ob sie in ein paar Stunden oder erst morgen früh nach Hause gehen sollte. Den Moment leben – das tat ihr jetzt gut. Vielleicht war ein Kind gar nicht das, was ihrem Leben gerade fehlte. Vielleicht war es ein ganz anderes Projekt. Das von Manuel? Sollte es Schicksal sein, dass sie ihm hier begegnet war?

Manuel stieß ihr in die Seite. »Hey, was ist los? Schon müde? Komm mit!«

Henning spielte den Abisong »Never forget«. Valerie griff nach Manuels Hand. Schon standen sie auf der Tanzfläche und sangen laut mit den anderen mit.

11

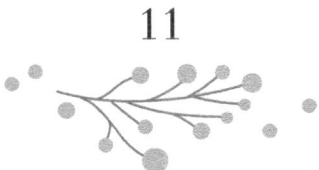

»Kennst du den Film *Klassentreffen*?«, fragte Valerie lallend, als sie am Arm von Manuel in den frühen Morgenstunden die Treppe des Pfarrheims hinuntertorkelte.

»Ist das der mit Til Schweiger?« Manuel bemühte sich um eine deutliche Aussprache, scheiterte jedoch am Nachnamen des deutschen Schauspielers, da sich das W nicht gleich an das Sch anschließen wollte.

»Nein, nicht der!«, verneinte Valerie vehement. »Ich mein diesen Improfilm, in dem Charly Hübner Anja Kling um ein Haar in die Bluse kotzt. Kennst du den etwa nicht?« Manuel wirkte ahnungslos, und Valerie fuhr fort: »Ich fühle mich gerade genau wie in diesem Film! Die Party war so crazy!«

»Wurdest du angekotzt?«, fragte Manuel verwundert.

»Zum Glück nicht«, winkte Valerie ab. »Aber Caro musste kotzen, nachdem sie mit Henning geknutscht hat.«

»Dafür habe ich vollstes Verständnis«, rutschte es Manuel heraus, während er selbst eine Treppenstufe tiefer rutschte, die er eigentlich noch gar nicht nehmen wollte. »Ist der nicht verheiratet?«

»Ja, klar!« Valerie griff jetzt, da sie auf Manuel als Stütze nicht mehr zählen konnte, nach dem Geländer. »Erzähl mir noch von seiner ach so hübschen Frau und der Geburt seines zweiten Kindes, um im nächsten Moment an seiner ersten Liebe rumzufummeln. Wo sind die beiden eigentlich abgeblieben? Hat die ihn ernsthaft mit nach Hause genommen? Die wohnt doch noch hier, oder?«

Manuel, der weniger am Verbleib von Caro und Henning interessiert zu sein schien als an der Frage, wo sein Fahrrad abgeblieben war, irrte auf der Suche nach dem Drahtesel hin und her.

»Ich muss noch mal pinkeln. Fahren wir dann zusammen nach Hause?«, fragte er.

»Gesetzt den Fall, dass du dein Fahrrad heute noch findest – von mir aus«, entgegnete Valerie und machte es sich auf dem Treppenabsatz bequem, um ihre Handtasche nach ihrem Fahrradschlüssel zu durchsuchen. »Da ist das Ding!«, rief sie, als sie endlich fündig geworden war.

»Wie bitte?«, tönte es aus dem Busch neben dem Pfarrhaus.

»Dein Ding doch nicht!«, entgegnete Valerie. »Ich meinte den Schlüssel.«

»Sag mal, welcher Idiot hat mein Rad in den Busch geschmissen?«, rief Manuel aus dem Dickicht neben dem Gebäude. Er schloss erst seinen Hosenstall und dann das Fahrrad auf, um es nach einigem Straucheln aus dem Gestrüpp zu ziehen.

»Ich tippe auf Henning«, rief Valerie. »Und jetzt lass uns fahren. Ich bin hundemüde.«

Gemeinsam radelten sie los.

»Wohin musst du eigentlich?«, fragte Valerie, als die Abstände zwischen den Laternen größer wurden und sie sich dem dunklen Feldweg näherten.

»Ich hab's nicht weit. Kennst du die Scheune auf dem Hof von Rike Schumann?«

»Ja!«, entgegnete Valerie überrascht. »Jetzt sag nicht, du wohnst da?«

»Doch, ich miete die seit einigen Monaten. Da hab ich mein Atelier und ein Bett.«

»Echt jetzt – bei Rike? Ich war vor Kurzem noch in ihrem schönen Café. Ihr Freund Ron hat an dem Tag ein Konzert gegeben.«

»Hab gehört, dass es gut gewesen sein soll, ich hatte an dem Tag zu viel mit dem Projekt zu tun. Komm doch noch mit, dann zeig ich dir, wie ich da wohne. Es ist echt nett. Auf jeden Fall besonders.«

Kurz musste Valerie an Tom denken. Was würde er davon halten, wenn er wüsste, dass sie allein mit einem gut aussehenden Mann durch die Nacht radelte? Wäre er eifersüchtig? Würde er sich Sorgen machen, dass etwas zwischen ihnen laufen könnte? Könnte denn etwas zwischen uns laufen?, fragte sich Valerie, während sie stoisch in die Pedale trat und dabei Manuels muskulösen Hintern in Augenschein nahm. Dass ihr früherer Schulfreund bei Rike auf dem Hof wohnte, war so ein Zufall. Sie hatte schon Lust zu sehen, wie er dort lebte. Niemand würde mitbekommen, wenn sie jetzt mitginge und sich mal umsah. Selbst wenn sie länger bliebe – wen sollte es stören? Es war fast vier Uhr morgens. Ihre Eltern würden nicht merken, ob sie jetzt oder erst in einer Stunde nach Hause käme. Auf dem Dorf war um diese Zeit ohnehin nichts mehr los. Sie könnte einfach mitgehen, und was auch immer passierte, würden nur Manuel und sie in Erinnerung behalten.

»Achtung, es ist glitschig hier«, rief er da und schlitterte in Schlangenlinien weiter den Weg entlang. »Bist du noch hinter mir, Valli?«

Offenbar war er in seinem Zustand nicht mehr dazu in der Lage, im Fahren rückwärts zu schauen. Den Spitznamen hatte außer ihm niemand je benutzt. Zuletzt hatte Valerie ihn vor einer gefühlten Ewigkeit aus seinem Mund gehört. Es klang so vertraut und, ehrlich gesagt, auch ein bisschen schön …

»Na klar, ich knutsch gleich dein Schutzblech«, warnte sie.

»Knutsch mich ruhig«, konterte Manuel von vorne. »Hab ich nichts gegen. Ich weiß nur nicht, was deine Luftpumpe zu Hause dazu sagen würde.«

Valerie verspürte einen Stich in der Brust. Dass sie ihm von Tom und ihrer privaten Situation erzählt hatte, war nicht richtig gewesen. Manuel hatte damit rein gar nichts zu tun und kein Recht sich so über ihren Mann zu äußern.

»Wobei, der hat dich ja eh verarscht«, fuhr ihr alter Schulfreund lallend fort, während er weitere Schlangenlinien auf dem Feldweg markierte.

Stimmte auch wieder. Scheiß drauf, Valerie Wiegand, dachte sie, jetzt bist du mal dran. Und auf einmal waren ihre Bedenken wie weggewischt.

Sie musste darauf achten, nicht vom Weg abzukommen, da es am Vortag geregnet hatte und noch nicht alle Pfützen versickert waren. Langsam manövrierte sie ihr Rad durch den Schlamm und bemühte sich, weder stecken zu bleiben noch auszurutschen. Du musst ihn ja nicht gleich küssen, dachte sie, aber mitgehen – was ist schon dabei?

Manuel hielt an einer Weggabelung. »Ich muss hier links ab«, sagte er. Rechts wäre es zum Haus von Valeries Eltern gegangen.

»Ich komm noch kurz mit«, erwiderte Valerie und bemühte sich, es möglichst belanglos klingen zu lassen, als wolle sie nur einen schnellen Blick in die Scheune werfen und dann die Biege machen.

Manuel schien überrascht zu sein. »Okay – mir nach!« Er schwang sich wieder auf den Sattel.

Vielleicht war bei ihm zu Hause noch ein Drink nötig, um der unvorhergesehenen Situation mit angemessener Gelassenheit zu begegnen, dachte Valerie. Oder sollte sie umkehren? Noch war es nicht zu spät.

Der Weg zu Rike zog sich. Sie genoss das Freiheitsgefühl, das in ihr aufkam, während ihr die kühle Luft um die Nase wehte. Wie zu Schulzeiten fühlte sie sich: jung, wild, mit allen Optionen. Zugleich nagte schon jetzt das schlechte Gewissen an ihr. Sie war eine verheiratete Frau. Was machte sie hier?

In diesem Moment verkeilte sich ihr Vorderrad zwischen zwei Steinen. Das Hinterrad ging in die Höhe, während der Lenker sich abwärts senkte. Valerie bremste hart, was den Effekt noch verstärkte, ging über den Lenker und landete im Schlamm.

»Valli, alles gut bei dir? Warte, ich komme!« Manuel ließ sein Rad fallen und ging ihr entgegen, was angesichts des glitschigen Untergrunds nicht ganz einfach zu sein schien.

»Soll das ein Moonwalk sein?«, fragte Valerie belustigt, denn genau hinter ihm stand der Mond, und Manuel kam trotz seiner Bemühungen kaum von der Stelle.

Valerie verzichtete auf seine Unterstützung und war schon wieder aufgestanden, als er bei ihr eintraf.

»Hast du dir wehgetan?«, wollte Manuel wissen. Er schaute an ihr herunter. »Deine Hose sah heute schon mal besser aus.«

»Sehr witzig. Mir geht's gut, aber mitkommen tu ich jetzt nicht mehr.« Genervt hob sie ihr Fahrrad auf und befreite den Vorderreifen aus den Steinen. »Ich fahr jetzt besser zu meinen Eltern, sonst versau ich bei dir noch alles.«

»Ach, Quatsch. Ich geb dir 'ne Jogginghose, und gut ist. Komm, Valli, so jung kommen wir nicht mehr zusammen.«

Valerie dachte nach. Das war *die* Gelegenheit, der Situation zu entkommen. Andererseits aber auch *die* Gelegenheit, mit jemandem mitzugehen, den sie attraktiv fand, ohne dass irgendjemand es mitbekommen konnte. Zugegeben, sie hätte sich in der Situation einen vorteilhafteren Look gewünscht – aber hey! Das hier war Manuel, mit dem sie schon Dutzende Male betrunken nach Hause gefahren war – und das auch schon damals nicht immer in optimaler Verfassung. Ihr Mann war ein Idiot. Dann konnte sie doch wenigstens Spaß haben.

»Okay, ich komm noch kurz mit – aber wirklich nur kurz.« Sie wartete, bis Manuel losfuhr, stieg wieder auf ihr Rad und trat in die Pedale.

Erst jetzt, da sie sich dem Hof näherten, fiel Valerie ein, dass Rike sie hier sehen könnte. Ihre Eltern waren Bauern gewesen. Sie hielt immer noch Tiere – ob sie deswegen vielleicht in aller Herrgottsfrühe aufstand? Rike schien recht gut mit ihrer Mutter bekannt zu sein. Das Letzte, was Valerie wollte, war, ihren Eltern morgen erklären zu müssen, was sie nachts allein mit Manuel in einer Scheune trieb – oder auch nicht. Sie wollte ja gar nichts ... treiben.

Valerie beobachtete Manuel, der sich gerade am Hoftor zu schaffen machte. Offenbar fiel es ihm nicht ganz leicht, dessen Schloss zu öffnen.

»Manuel«, sagte sie leise, damit sie nicht womöglich Rike oder einen Hund weckte, der hier garantiert auch irgendwo schlummerte. »Ich hau doch schon ab, ich hab Kopfschmerzen.«

Manuel schaute auf. »Ach, hör auf, Valli, komm lieber her und hilf mir mit diesem dämlichen Schloss.«

Valerie stieg ab und lehnte ihr Rad an den Zaun. Dabei merkte sie erst, wie nass ihre Hose war. »Das Loch ist riesig! Das kann jetzt nicht sein, dass du das nicht triffst«, sagte sie mit noch immer gedämpfter Stimme. Sie nahm ihm den Schlüssel ab und schob ihn auf direktem Wege ins Schlüsselloch. Dann drückte sie ihren Schulfreund zum Abschied. »Schlaf gut, es war schön, dich wiederzusehen.«

Weil sie ahnte, dass Manuel versuchen würde, sie zum Bleiben zu überreden, wollte sie sich sogleich in Richtung Fahrrad in Bewegung setzen. Dabei verhedderte sich der Gürtel ihres Mantels irgendwie mit dem Schlüssel im Schloss. Unsanft wurde sie ausgebremst und musste jetzt aussehen wie ein dreckiges, flüchtendes Pferd, das mit dem Schweif im Zaun hängen geblieben war. Warum konnte sie sich nicht einmal gelassen von A nach B bewegen?

Schon als Kind war ihre Tollpatschigkeit immer Thema gewesen. »Unsere kleine Bruchpilotin«, hatte ihr Vater gesagt, wenn sie stolperte, sich irgendwo verhakte oder bei einer Party den Zahn ausschlug, weil sie durch die geschlossene Terrassentür in den Garten gelangen wollte.

Manuel freute sich: »Das ist Schicksal – du sollst bleiben!«

»Ach, Manuel, ich bin müde, mein Kopf brummt, und ich will mich jetzt nur noch in meinem früheren Kinderzimmer unter die Bettdecke kuscheln«, jammerte Valerie.

Sie fing an, an dem Gürtel herumzuhantieren, was sich schwierig gestaltete, weil sich die hängen gebliebene Schnalle in ihrem Rücken befand. »Jetzt hilf mir doch mal«, beschwerte sie sich, woraufhin auch Manuel versuchte, sie zu befreien.

»Warte, ich hab's gleich, geh mal ein Stückchen nach vorne«, sagte er. »Siehst du, geht doch. Und als Dank für diese schnelle Befreiung kommst du jetzt noch auf ein Gläschen mit rein.«

Valerie zögerte, dann ließ sie sich breitschlagen. »Na gut. Ich nehm ein Glas Wasser und eine Aspirin.«

»Hab ich da«, versicherte Manuel, und machte sich mit ihr auf den Weg zur Scheune.

Das schwere Scheunentor öffnete er problemlos. Einen Moment tappte er auf der Suche nach dem Lichtschalter im Dunkeln. Dann gingen mit einem Schlag so viele Glühbirnen auf einmal an, dass Valerie blinzeln und die neu gewonnenen Eindrücke erst einmal verarbeiten musste.

»Wow! Wie genial ist das denn?«, entfuhr es ihr. Valeries Blick richtete sich nach oben, wo mehrere große Pendelleuchten von der Decke hingen. Wie hoch dieser Raum war! Die alten Fenster waren wie im Café modernisiert worden, hatten sich den Look von früher aber bewahrt. »Wahnsinn!«

Sie schaute sich weiter um. Alles befand sich in einem Raum: hier eine kleine Küche mit Theke, dort das Bett, eine kleine Sitzgruppe mit gemütlicher Couch und zwei Ledersesseln. Mitten im Raum stand ein großer Schreibtisch, um den herum mehrere

Pinnwände mit einem Sammelsurium aus Notizen, Fotos und Farbmustern aufgebaut waren. Valerie kniff die Augen zusammen. Sie konnte beim besten Willen nicht erkennen, was diese Anhäufung an Material darstellen sollte. Vielleicht ein Moodboard für das Projekt? Auf dem Boden stapelten sich Bücher – manche aufgeschlagen, andere mit Post-its versehen. Ein Laptop und ein großer Bildschirm bildeten neben einem Drucker das Zentrum des chaotischen Geschehens.

»Hier arbeitest du?«, fragte Valerie, für die das Setting gewöhnungsbedürftig war, folgte sie doch in ihrem Büro dem Leitsatz »äußere Ordnung, innere Ordnung«. Sie konnte keinen klaren Gedanken fassen oder gar Ideen entwickeln, wenn auf ihrem Tisch Unordnung herrschte, wusste aber, dass andere Kreative das Gegenteil befürworteten. Ihr Mann gehörte beispielsweise zu den Menschen, die erst im Chaos Geniales entwickeln konnten.

Zu gerne hätte Valerie die Papierstapel durchforstet, die sich überall türmten, doch auf den ersten Blick entdeckte sie leider nichts Spannendes, was über das Projekt, von dem Manuel so begeistert erzählt hatte, hätte Aufschluss geben können.

»Gibt's hier ein Bad?«, fragte sie.

»Du musst dafür einmal über den Hof, da ist ein Toilettenraum. Soll ich dir eine Jogginghose mitgeben?«

»Über den Hof? Ist das dein Ernst? Gibt's hier einen Hofhund?«

»Ja, aber den kann man nicht ernst nehmen. Balu bekommt zu viele Reste im Café und ist fett wie ein Zuchtschwein. Der regt sich nur, wenn's was zu essen gibt. Solange du also keine Wurst in der Hosentasche hast, kannst du los.«

»Hab ich nicht – aber ich will nicht extra über den Hof zur Toilette gehen. Kann ich mir die Jogginghose hier irgendwo anziehen? Ich kann mich in dieser Jeans leider nirgendwo mehr hinsetzen.«

»Ja klar. Geh einfach dahinter.« Manuel deutete auf den Paravent, der den Schlafbereich vom Wohnbereich trennte.

»Okay, dann gib mir die Hose.«

Manuel durchwühlte sein Bett und warf ihr dann eine dunkle Jogginghose mit dem Emblem irgendeines Footballteams zu. Sie war auf den ersten Blick viel zu groß, hatte aber glücklicherweise eine Kordel am Bund.

»Hast du darin etwa schon gepennt?«, wollte Valerie wissen.

»Ja, kann sein – ist doch egal. Jetzt zieh das Teil an. Du wirst schon keinen Ausschlag davon bekommen.«

Als Valerie sich zu ihm umdrehte, stellte sie fest, dass er sie beobachtete. »Du bleibst, wo du bist!«, sagte sie mit erhobenem Zeigefinger.

»Schon gut.« Manuel wirkte genervt. »Beim Schwimmen hab ich dich früher auch beinahe unbekleidet gesehen.«

»Dass wir zusammen schwimmen waren, ist über zwanzig Jahre her. Das war etwas völlig anderes.«

Valerie fing an, sich aus ihrer Jeans zu pellen, indem sie ihre Beine wie ein Storch im Salat auf und ab bewegte, bis sich die Hose zu ihren Füßen auf links drehte und zuletzt die Fersen – das war der schwierigste Part – von dem engen Textil befreite. Im nächsten Schritt befasste sie sich mit der Jogginghose. Sie stülpte das viel zu weite Hosenbein über ihren rechten Fuß und bemühte sich sodann, mit dem linken in das noch freie Hosenbein zu gelangen, verfing sich jedoch mit dem Zeh im Bündchen. Sie schwankte und ging zu Boden.

»Valli? Was machst du denn?« Manuel kam um den Paravent herum und war im ersten Moment sichtlich schockiert über den Anblick. Dann konnte er sich ein Grinsen nicht verkneifen. »Gerade noch vom Fahrrad gestürzt, dann bleibst du am Hoftor hängen, und jetzt liegst du im Schlüpfer bei mir auf dem Scheunenboden. Du hast dich echt nicht verändert, Valli. Genauso liebenswert wie früher. Warte, ich helfe dir hoch.« Er streckte ihr eine Hand entgegen.

»Nein!« Erschüttert von Manuels Unverschämtheit, ihren Princess-Tam-Tam-Slip als Schlüpfer zu bezeichnen, bemühte sich Valerie, noch am Boden schnellstmöglich in die Jogginghose zu kommen.

»War was?«, fragte sie betont locker. »Und könntest du mir jetzt vielleicht endlich eine Aspirin geben? Dann möchte ich wirklich los.«

»Okay …« Manuel begann in diversen Schubladen zu kramen, fand die Schachtel mit den Kopfschmerztabletten dann aber erstaunlich schnell und machte sich daran, eine der Tabletten in einem Glas Leitungswasser aufzulösen.

»Bist du schon mal fremdgegangen?«, fragte er aus heiterem Himmel, während er das Glas noch etwas in der Hand hin und her schwenkte.

»Wie kommst du denn darauf? Natürlich nicht!« Valerie war empört, dass ihr Schulfreund ihr offenbar einen Seitensprung zutraute, und fragte sich gleichzeitig, was der Hintergrund seiner Frage war. Wollte er abklären, wie gut seine Chancen standen?

Manuel reichte ihr das Glas mit der Aspirin. »Hier, Bruchpilotin.« Er lächelte wieder. Etwas zu liebevoll für Valeries Geschmack.

»Schnauze.«

»Wie meinen?« Er sah sie überrascht an.

»Mein Vater hat mich immer so genannt. Ich hasse das. Herrje, ich bin ein bisschen tollpatschig. Muss das immer thematisiert werden?«

»Ein bisschen ist gut …« Manuel schmunzelte. »Ich find's süß.«

»Schön für dich.« Valerie wendete sich von ihm ab.

»Nein, ehrlich, ich fand dich schon immer süß. Warum sind wir eigentlich nie zusammengekommen?« Manuel kam um die Küchentheke herum und stellte sich vor sie.

»Weil dein Hintern weniger trainiert war als heute und du nicht mit mir zum Pur-Konzert gegangen bist«, vermutete sie schlagfertig.

»Hast du mir etwa auf den Hintern geschaut?« Manuel kam näher und legte seine Hände auf ihre Hüften.

»Nur kurz.« Sie grinste.

»Du darfst ihn auch anfassen.« Er griff nach ihrer Hand und legte sie auf seinen Po.

»Träum weiter.« Schnell zog Valerie die Hand wieder weg.

Manuel ließ sich nicht beirren und kam jetzt noch näher.

»Kannst du gut küssen?«

»Ja.«

Sie schauten sich direkt in die Augen.

»Darf ich mal testen?«, machte er einen Versuch.

»Nein.«

Valerie musste sich eingestehen, dass ihr jetzt warm geworden war. Vermutlich erreichte der Farbton ihres Kopfes gerade den einer reifen Fleischtomate, wie sie ihn kürzlich für das Logo von Herrn Knecht definiert hatten. Hektisch begann sie ihre Sachen zusammenzusuchen. Handtasche, Handy, die verdrehte Hose. Sie hatte keine Ahnung, wie in so kurzer Zeit ein so großes Chaos um sie herum entstehen konnte.

»Ich muss jetzt echt los.«

»Wenn du meinst.« Manuel gehörte zu der Kategorie Männer, die offenbar nichts aus der Ruhe brachte. Während sie mit hochrotem Kopf durch die Scheune fegte, nahm er auf der Couch Platz, ohne weitere Anstrengungen zu unternehmen, sie zum Bleiben zu überreden. Hätte sie sich jetzt auf ihn gestürzt – er wäre womöglich zu allem bereit gewesen. Und wenn sie es nicht tat, war es ihm wahrscheinlich auch egal. Dann würde er sicher gleich da, wo er nun saß und sie beobachtete, in Tiefschlaf verfallen und morgen früh aufwachen, ohne an sie zu denken. Sie musste jetzt schleunigst Land gewinnen.

»Meld dich, falls du noch was von mir findest«, bat sie ihn, während sie zur Tür ging.

»Ich melde mich so oder so«, gab er grinsend zurück.

Verdutzt schaute Valerie ihn an. War er etwa doch daran interessiert, das Ganze hier fortzuführen? Sie hatte keine Ahnung, was sie davon halten sollte, und wich aus.

»War lustig mit dir heute.«

»Dito.« Manuel stand auf.

Valerie griff schnell zur Türklinke, in der Hoffnung, dass sie es einmal schaffen würde, einfach geradewegs hinauszugehen. Es glückte.

»Soll ich nicht lieber kurz mitfahren?« Jetzt wurde er auch noch zum Gentleman!

»Nee, lass mal, es wird ja schon hell.« Sie wollte nur noch ins Bett. Das Schlimmste, was ihr jetzt noch hätte passieren können, wäre, dass ihre Eltern schon am Frühstückstisch saßen, wenn sie nach Hause kam. »Schlaf gut.«

»Du auch.« Manuel schloss die Tür hinter ihr.

Valerie stolperte über den Hof. Gut, dass es schon dämmerte. So konnte sie den Weg zum Eingangstor gut erkennen, wo ihr Fahrrad hoffentlich noch am Zaun lehnte. Abgeschlossen hatte sie es nicht, sonst hätte die Suche nach dem Schlüssel aufs Neue begonnen. Sie wich einem Trog aus, der sich kurz vor dem Zaun befand – und trat auf etwas Spitzes, das sie selbst durch die Schuhsohle hindurch schmerzte. Im nächsten Moment folgte ein Schlag auf ihren Kopf. Valerie schrie laut auf. Was war das hier? Ein Horrorhof? Völlig benebelt bemühte sie sich zu rekonstruieren, was passiert war.

Eine Harke hatte offenbar mit den Spitzen nach oben gelegen. Und natürlich musste die »kleine Bruchpilotin« mittig drauftreten. Sie fasste sich an die Stirn. Blutete das etwa? Inständig hoffte sie, dass Manuel sie nicht gehört hatte und rauskommen würde.

Da fing plötzlich ein Hund an zu bellen. Balu! Der fehlte jetzt gerade noch. Er wurde lauter. Der Hofhund bellte sich regelrecht in Rage.

Gerade schwang sich Valerie aufs Fahrrad, als im Haus gegenüber Licht anging und sich die Tür öffnete. »Ist da jemand?«

Valerie erkannte die Stimme. Das war Rike, die sicher vom Hundebellen wach geworden war. Was sollte sie tun? Einfach abhauen? Würde Rike sie erkennen? Wenn ja, wäre das noch unangenehmer, als sich jetzt zu erkennen zu geben. Wenn nicht, wäre sie fein raus, und Rike würde nie erfahren, dass sie ihrem Hof einen nächtlichen Besuch abgestattet hatte.

»Wer ist denn da? Hallo!« Valerie sah, wie Rike zurück ins Haus ging und wenig später mit einer Taschenlampe wieder herauskam. Sie leuchtete ihr direkt ins Gesicht. »Valerie, bist du das? Ist was passiert? Du blutest ja!«

Valerie hatte keine Ahnung, wie sie Rike erklären sollte, was passiert war. »Wir hatten ein Jahrgangstreffen im Pfarrheim, und Manuel, dein Mieter, war in meiner Stufe. Wir sind zusammen zurückgefahren und haben noch kurz gequatscht. Und jetzt bin ich offenbar auf eine Harke getreten, deren Stiel mir ins Gesicht geknallt ist.« Valerie deutete auf das Gartengerät, das auf dem Boden lag.

Rike sah an ihr herunter. »Die Hose kommt mir irgendwie bekannt vor«, bemerkte sie.

»Ich bin auf dem Weg hierher in den Schlamm gefallen und hab mich deshalb bei Manuel ausgezogen – ich meine, umgezogen.« Valerie merkte selbst, wie unglaubwürdig die Geschichte klang. Garantiert dachte Rike, mit Manuel sei etwas gelaufen, womit sie nicht grundsätzlich falsch lag. Viel hatte nicht gefehlt, und sie wäre schwach geworden.

»Wie auch immer – du brauchst dringend ein Pflaster«, war Rike sicher. »Komm doch kurz rein.«

Eigentlich war Valerie hundemüde und wollte nur noch nach Hause. Andererseits konnte sie schlecht blutend durch die Gegend fahren. Was, wenn sie jemand sah oder sie ihren Eltern womöglich so in die Arme lief?

»Na gut«, sagte sie. »Jetzt ist es auch schon egal.«

Sie gingen ins Haus.

»Komm mit, Balu, kriegst ein Stück Wurst«, meinte Rike.

Balu, der sich mittlerweile beruhigt hatte, trottete hinter ihnen her.

Der Flur war warm und gemütlich. Valerie kannte das Wohnhaus nicht, weil es ein Stück hinter dem Café lag, genau wie die Scheune, in der Manuel wohnte. Der Boden war in schwarz-weißem Schachbrettmuster gefliest. Valerie warf im Vorübergehen einen Blick in den Wandspiegel. Auf ihrer Stirn hatte sich eine heftige Beule gebildet. Es blutete nur ein wenig, aber ein Pflaster war sicherlich eine gute Idee. Geradeaus schien es ins Wohnzimmer zu gehen. Valerie erkannte einen smaragdgrünen Kachelofen, den sie sich in ihrer Altbauwohnung in Düsseldorf gewünscht hätte, wo es im Winter immer so kalt vom Flur hereinzog.

Rike öffnete die Tür auf der linken Seite, während Balu wie wild um ihre Beine herumtanzte. Valerie folgte ihr in die Küche. Auch hier war der Boden im Schachbrettmuster gefliest. Der große Holztisch am Fenster war sicherlich so alt wie dieser Hof und zur Hälfte von einer Sitzbank umrahmt, die sich in der Ecke des kleinen Raumes befand.

»Setz dich.« Rike deutete auf die Bank und holte einen Verbandskasten aus dem Küchenschrank. Sie schnitt ihr ein Pflaster ab. »Darf ich?« Valerie nickte und fühlte sich kurz in ihre Kindheit zurückversetzt, wenn ihre Mutter sie nach einem Sturz auf die Küchentheke gesetzt hatte, um sie mit Salbe und Bandage zu versorgen. »Fertig. Hast du Lust auf einen Kaffee? Die Brötchen sind schon geliefert worden. Wir könnten uns eins davon mopsen.«

Valerie überlegte. Eigentlich wollte sie endlich nach Hause. Andererseits hatte Rike sie so nett verarztet, und außerdem knurrte ihr Magen.

»Gern, danke.«

Sofort machte Rike sich an einem alten Herd zu schaffen und setzte Wasser in einem Kessel auf, den sicher schon ihre Großmutter benutzt hatte. Die Küchenschränke waren neu, passten aber trotzdem gut zu dem alten Fliesenspiegel mit Jagdmotiven.

»Schwarzer Kaffee mit einem Schuss Milch? Eine Siebträgermaschine habe ich hier leider nicht zu bieten«, meinte Rike.

»Ja, klar. Hauptsache Koffein.«

»Hafermilch oder Kuhmilch?«

»Gern Hafermilch, wenn du welche dahast.«

Rike mahlte die Bohnen in einer alten Kaffeemühle und gab das Kaffeepulver mit kochendem Wasser in eine French Press. Als der Kaffee fertig war, stellte sie die Kanne nebst Hafermilch auf den Tisch, an dem Valerie es sich schon bequem gemacht hatte.

»Magst du ein Croissant?«, fragte sie.

Valerie konnte ihr Glück kaum fassen. »O ja – ich habe seit Stunden nichts mehr gegessen.«

»Wie war es denn? Erzähl mal.«

Valerie überlegte. »Wie ein Jahrgangstreffen so ist. Manche haben sich zum Positiven verändert, andere weniger und viele einfach überhaupt nicht. Insgesamt war es ein wirklich netter Abend. Ich hatte Spaß.«

»Auch mit Manuel?« Rike grinste.

»Allerdings. Wir waren früher gute Freunde. Nach der Schulzeit haben wir uns total aus den Augen verloren. Es war schön, die alten Zeiten wieder aufleben zu lassen. So lustig, dass er hier wohnt.«

»Ich mag ihn. Er kommt auch öfter mal ins Café.«

Rike kramte in einem Korb, den sie mit ins Haus genommen hatte, und zog zwei Croissants aus einer Tüte. »Noch warm.«

Valerie griff sofort nach dem duftenden Gebäck und biss beherzt hinein. Sie schloss die Augen und kaute.

»Wart ihr mal zusammen?«, fragte Rike interessiert.

»Nein, das nicht. Irgendwas hat uns abgehalten. Er hat sich vorhin noch gefragt, was das war.«

»Jetzt bist du verheiratet. Da hat der liebe Manuel wohl Pech gehabt. Optisch hättet ihr ein gutes Paar abgegeben.«

Jetzt sagte Rike das auch noch! Vielleicht war ja doch etwas dran?, dachte Valerie. Wenn sie sich vorstellte, was eben alles hätte passieren können …

Rike goss Kaffee in zwei Becher und gab für Valerie einen Schuss Hafermilch dazu. »Seitdem er hier wohnt, habe ich noch nie Damenbesuch gesehen. Bestimmt findet er es schade, dass du schon vergeben bist. Oder hast du's ihm gar nicht erzählt?«

»Doch! Ich hab ihm viel mehr erzählt, als ich wollte.« Valerie rührte in ihrem Kaffee. Jetzt fing sie schon wieder an, ihr Herz auszuschütten! Warum konnte sie nicht einfach mal innehalten und andere reden lassen?

»Bist du eigentlich mit Ron verheiratet?«, erkundigte sie sich bei Rike, um deren Interview zu beenden.

»Nein, sind wir nicht. Ich war schon einmal verheiratet, wie du weißt. Das hat mir genügt. Der Kerl hat mich verlassen, als klar wurde, dass ich keine Kinder bekommen konnte.«

Jetzt hätte sich Valerie gewünscht, keine Frage gestellt zu haben, weil sie nicht wusste, wie sie reagieren sollte.

»Warst du sehr verletzt?« Was für eine blöde Frage!

»Natürlich war es eine harte Zeit. Aber ich denke, dass alles im Leben seinen Sinn hat. Nur weil all das genauso passiert ist, bin ich heute da, wo ich bin, und das ist gut so.«

»Ich bewundere dich für dein schönes Café und den tollen Hof. Vermieterin bist du auch und hast mit Ron einen netten Mann an der Seite, der auch noch wunderbar Gitarre spielen kann. Sei froh, meiner ist ein Idiot.« Jetzt tat sie es schon wieder! Warum konnte sie nicht einfach mal *nichts* von sich erzählen?

»Bist du deswegen länger hier?«

»Ja, aber ich schaffe es jetzt nicht mehr, dir das im Detail zu erzählen.« Valerie war ein bisschen stolz auf sich, dass sie es nun hinbekommen hatte, ein Gespräch proaktiv zu beenden, was ihr normalerweise in zehn von zehn Gesprächen nicht gelang. »Ich muss jetzt los, Rike. Wenn Mama aufwacht und ich nicht da bin, bekommt sie einen Herzinfarkt.«

Rike lachte und stand auf. »Hat mich gefreut, dass du da warst. Komm doch später noch mal ins Café, wenn du ausgenüchtert bist. Ich mache dir dann einen doppelten Espresso – schwarz!«

12

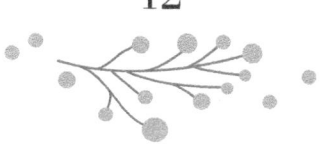

Irgendetwas pochte. Valerie fragte sich, ob das Geräusch nur in ihrem Kopf oder real war. Sie entschied, die Augen vorerst geschlossen zu halten. Auch weil sie ahnte, dass nichts besser werden würde, wenn sie sie aufmachte – ganz im Gegenteil.

Das Hämmern wurde lauter und schien tatsächlich aus dem Haus zu kommen. Vielleicht arbeitete ihr Vater in der Werkstatt. Jetzt hörte sie klappernde Geräusche in der Küche. Klang eher nach Mittag als nach Morgen. Sie hatte keine Ahnung, wie spät es war. Stöhnend wälzte sie sich zur Seite. Ihre schmerzende Stirn weckte gleich mehrere Erinnerungen an den gestrigen Abend: die Harke, Rike, Manuel. Jetzt war sie wach.

Gähnend schlüpfte sie aus der Frotteebettwäsche mit Blumenmotiv, die ihre Mutter seit vielen Jahren für Gäste verwendete. Bei ihr zu Hause wäre sie längst aussortiert worden, gemütlich war sie aber – das musste sie zugeben. Valerie machte sich auf den Weg ins Bad, das sich glücklicherweise gleich neben ihrem früheren Kinderzimmer befand. Zu verbaler Kommunikation fühlte sie sich noch nicht fähig, schon gar nicht mit ihrer Mutter, die sie garantiert gleich mit neugierigen Fragen löchern würde.

Valerie begutachtete ihr Spiegelbild. Die Beule, die ihr die Harke versetzt hatte, war größer als erwartet und über Nacht dunkelblau geworden. Das Pflaster von Rike deckte davon höchstens ein Drittel ab. Valerie mochte sich die Reaktion ihrer Mutter nicht vorstellen, wenn sie so in die Küche käme. Auch trug sie noch immer die Hose von Manuel. Sie beschloss, nach dem gestrigen Schlammbad zunächst unter die Dusche zu gehen.

»Mäuschen? Bist du wach?«, rief ihre Mutter von unten.

»Ja, Mama, ich komm gleich. Ich dusche nur eben.«

Als Valerie wenig später frisch geduscht in eine saubere Jeans stieg und sich ein frisches T-Shirt anzog, fühlte sie sich um Längen besser. Wo war eigentlich ihre dreckige Hose von gestern geblieben? Sie wühlte sich durch die Sachen, die auf dem Boden lagen, wurde aber nicht fündig. Hatte sie die bei Manuel liegen lassen? Bei Rike hatte sie die Hose nicht mehr dabeigehabt, daran konnte sie sich jetzt erinnern. Dann hing sie wohl immer noch über dem Kopfende von Manuels Bett. Mist …

»Valerie! Mäuschen! Jetzt komm doch mal runter!«

Noch nie hatte Valerie verstanden, warum ihre Mutter so schrecklich ungeduldig war – eine Eigenschaft, die sich potenzierte, wenn Valerie müde, verkatert oder gleich beides war. Sie wusste doch von dem Stress, den Valerie in Düsseldorf hatte. Ihr Aufenthalt hier sollte, wie ihre Mutter selbst in jedem zweiten Satz betonte, auch der Erholung dienen.

»Alles gut bei dir? Es ist schon gleich zwölf!«

»Und wenn es halb drei wäre – ich hab heute eh nichts zu tun«, murmelte Valerie und zog dicke Socken an, da sie den Waschbetonboden ihrer Eltern mit nackten Füßen so unangenehm fand.

»Ich komme ja!« Sie warf sich noch schnell eine Strickjacke über, dann ging sie nach unten in die Küche.

»Du meine Güte, Valerie, wie siehst du denn aus?«, rief ihre Mutter erschrocken. »Was ist passiert? Warum hast du uns denn nicht geweckt? Rolf! Rooolf! Komm mal bitte!«

Im Keller hämmerte es.

»Reg dich ab, Mama. Das ist nur eine Beule.«

»Rooolf!«

»Mama, jetzt lass Papa doch. Das ist wirklich nichts Wildes.«

»Bist du gestürzt? Geschlagen hat dich doch wohl hoffentlich niemand?«

»Ich bin auf eine Harke getreten. Könntest du mir einen Kaffee machen? Den letzten hatte ich im Morgengrauen bei Rike.« Valerie hatte unter der Dusche überlegt, ob sie ihrer Mutter erzählen sollte, dass sie bei Rike gewesen war. Dann hatte sie gedacht, dass sie es ohnehin von ihr erfahren würde. Es war ja auch nichts dabei. Wenn sie es verschwieg und ihre Mutter dann von Rike darauf angesprochen wurde, wäre es umso erklärungsbedürftiger geworden.

»Also, jetzt mal von vorne. Mein letzter Stand ist, dass du zum Ehemaligentreffen aufgebrochen bist. Du kamst also dort an, und dann?«

»War ich da.«

Ihr Mutter rollte genervt die Augen. »Geht's etwas genauer?«

Valerie holte Luft. Ihre Mutter würde es ohnehin nicht zulassen, nur bruchstückhaft informiert zu werden. Also setzte ihre Erzählung am Nachmittag ein und hörte im Morgengrauen auf.

»Das finde ich aber sehr nett von Rike, dass sie dich sogar verarztet hat. Dafür werde ich ihr eine Kleinigkeit schenken«, meinte ihre Mutter.

»Ja, das hatte ich auch vor. Vielleicht gehen wir später zu ihr ins Café und bringen einen Blumenstrauß vorbei? Sie hatte eh angeboten, mir dort heute einen doppelten Espresso zu machen, falls ich müde sein sollte.«

»Und bist du müde?«, fragte ihr Vater, der gerade aus dem Keller gekommen war und sich zu ihnen an die Küchentheke gesellte. »Hallo, mein Schatz.« Er beugte sich vor, wohl um ihr einen Kuss auf die Stirn zu drücken, hielt dann jedoch inne. »Was ist da denn los?«

»Deswegen ruf ich dich doch die ganze Zeit«, erklärte ihre Mutter.

»Es ist nur eine Beule, Papa. Setz dich bitte und trink mit mir einen Kaffee.« Valerie war langsam wirklich genervt vom Theater um diese Lappalie. Am liebsten hätte sie ihre Tasse genommen, um sich allein damit vor den Fernseher zu setzen. Die Hosts ihrer Lieblingseinrichtungsshow *Schöner Wohnen mit Nate & Jeremiah* würden ihr keine Fragen stellen.

»Jetzt lass mich mal sehen.« Ihr Vater machte Anstalten, das Pflaster zu entfernen.

»Kann ich erst mal meinen Kaffee austrinken, Papa?«

»Von mir aus.«

Trotz allem Sträuben hielt ihr Vater es für nötig, die Wunde neu zu verarzten. Nachdem Valerie daraufhin zwei Stunden in ihrem früheren Kinderzimmer vor sich hin gedöst hatte, fühlte sie sich einigermaßen fit für den Tag.

»Ich schau jetzt mal bei Rike vorbei«, informierte sie ihre Mutter, als sie sie in der Küche vorfand. »Willst du mitkommen? Wir könnten am Pflückfeld noch Blumen für sie besorgen.«

Wenig später kreuzte Valerie das Feld, über das sie einige Stunden zuvor mit dem Rad gekommen war – diesmal zusammen mit ihrer Mutter. Die Oktoberluft war erstaunlich mild. Der Spätsommer schien noch einmal auf sich aufmerksam machen zu wollen, ehe der Herbst ihm schon bald endgültig den Rang ablaufen würde. Selbst die tiefen Pfützen, die Valerie letzte Nacht noch die Fahrt erschwert hatten, waren verdunstet.

»Zum Pflückfeld müssen wir hier rein.« Ihre Mutter deutete auf einen kleinen Weg, der links abging. »Wir haben Glück! Ein paar Gladiolen blühen noch.« Sie suchten die schönsten Blumen für den Strauß zusammen, den sie Rike mitbringen wollten, und warfen das Geld in die Spardose, die der Besitzer des Feldes bereitgestellt hatte. Sie schien schon recht voll zu sein. Die letzten Sommerblüher waren offenbar gut verkäuflich.

Trockenen und beinah sauberen Fußes näherten sie sich ihrem Ziel.

»Hast du Tom schon mal angerufen?«, fragte Valeries Mutter mit nach vorne gerichtetem Blick. Trotz ihrer guten Beziehung tat sie sich manchmal schwer, Persönliches mit ihrer Tochter zu besprechen.

»Wieso sollte ich?«, antwortete Valerie bockig, weil sie wenig Lust verspürte, sich mit ihrer Mutter über ihre Ehe auszutauschen.

»Weil er dein Mann ist. Vielleicht hatte er Angst, dir zu sagen, dass er unfruchtbar ist – aus Sorge, du könntest dich von ihm trennen.«

»Er ist höchstwahrscheinlich unfruchtbar, Mama, und lässt mich darüber einfach im Dunkeln. Das ist absolut indiskutabel. Ich verstehe nicht, dass du ihn in Schutz nimmst.«

»Ich nehme ihn ja gar nicht in Schutz. Ich versuche mich nur in seine Lage hineinzuversetzen. Ich an seiner Stelle hätte auch Bedenken gehabt, dir davon zu erzählen. Vielleicht wusste er auch einfach nicht, wie er es anstellen sollte, und hat sich dazu noch Gedanken gemacht.«

»Du meinst, dass er sich einfach noch etwas länger angeschaut hat, wie ich von einem Arzt zum anderen renne, Hormone in mich hineinpumpe und Akupunkturnadeln in meinem Körper versenke, während der feine Herr über seinen viel zu lahmen Samen nachdenkt und darüber, wie er mir davon berichten soll? Halte ich sogar für möglich, Mama. Aber macht das jetzt irgendwas besser? Papa ist Leiter einer Kinderwunschklinik. Wie bescheuert ist es da, sich im Schneckenhaus zu verkriechen und offenbar ernsthaft zu glauben, das Thema könnte sich von allein lösen? So blöd kann doch echt keiner sein.« Sie schnaufte vor Wut.

»Dass er sich von Papa nicht untersuchen lassen will, überrascht dich ja wohl nicht«, entgegnete ihre Mutter und untermalte ihre Aussage mit einem allwissenden Blick, der Valeries eigentlich sanftes Gemüt auf den obersten Wipfel einer ausgewachsenen Palme katapultierte.

»Er ist ein Mann, Mama! Ein Mann, der kein Problem damit hat, beim Kunden neben dem Vorstandsvorsitzenden sein Geschlechtsteil in ein Pissoir zu halten. Aber sich bei Papa in der Klinik untersuchen zu lassen ist ein riesiges Problem? Er muss ja nicht zu ihm gehen. Da sind doch noch Dutzende weitere Kolleginnen und Kollegen.«

»Vielleicht geht es ja gar nicht um die Untersuchung selbst. Es ist ihm vielleicht eher unangenehm, dass er ... wie soll ich sagen ... nicht so fruchtbar ist wie ...«

»... Papa zum Beispiel?«, fügte Valerie hinzu. Sie konnte der These ihrer Mutter nicht viel abgewinnen.

»Ach Valerie, du weißt doch, was ich sagen will. Für einen Mann ist das nicht so einfach, glaube ich.«

»Für mich ist auch vieles nicht einfach, Mama. Hast du schon mal auf einen erniedrigenden Ovulationstest gepinkelt, gefolgt von einem noch erniedrigenderen Schwangerschaftstest, der immer negativ ist? Und weißt du eigentlich, was diese Dinger kosten? Ich bräuchte allein deswegen schon eine Gehaltserhöhung.«

»Nein, das weiß ich alles nicht, Mäuschen, und das tut mir sehr leid. Ich bin einfach nur der Meinung, dass ihr noch mal reden solltet.«

»Mag sein, Mama. Aber nicht jetzt. Ich bin mental gerade so weit weg von einem Kind mit Tom wie du von einem dritten Kind mit Papa. Wir haben gar keine Basis mehr, Mama. Unser Kind ist ... in den Brunnen gefallen.«

Sie gingen durchs weit offen stehende Hoftor. Valerie musste daran denken, dass sie in der vergangenen Nacht mit dem Gürtel ihres Mantels hier hängen geblieben war. Wie sie das geschafft hatte, konnte sie sich heute nicht mehr so recht erklären. Vor dem Café parkten schon wieder Fahrräder und Buggys – nicht so viele wie beim Konzert, aber beachtlich viele für ein Hofcafé in dieser Gegend. Heute allerdings nervten Valerie die Kinderwagen. Konnten diese Mütter sich nicht stattdessen zu Hause treffen, wo ihre Kinder laut herumtoben und den Tisch mit Brei vollkleckern konnten? Beim Betreten des Cafés schämte sich Valerie schon für ihre Gedanken. Gerade mal zwei Mütter saßen an einem Tisch und unterhielten sich, während die Kinder erstaunlich ruhig malten.

Ihre Mutter hatte Rike gleich beim Betreten des Cafés hinter dem Tresen entdeckt und winkte ihr so übertrieben mit den Gladiolen zu, dass eine der Pendelleuchten bedenklich ins Schwanken geriet. Eine Servicekraft ging in Deckung. Erneut musste Valerie feststellen: Der Apfel fällt nicht weit vom Stamm. Es lag zweifelsohne am Erbgut ihrer Mutter, dass sie selbst immer wieder filmreife Auftritte hinlegte, die sie so gar nicht geplant hatte.

Während Valerie und ihre Mutter auf den Tresen zugingen, schwenkte auch Rike freudig ihren Arm nebst Spültuch, mit dem sie gerade noch Gläser poliert hatte. Dann bedachte sie Valerie mit einem prüfenden Blick.

»Na, Schätzchen – wie geht's dir? Hast du ein bisschen geschlafen?«

Valerie nickte. »Ich fühle mich schon wieder ganz gut«, versicherte sie.

»Hast du schon gehört, dass dein Kind nachts auf meinem Hof unterwegs war?«, wandte sich Rike an Valeries Mutter, die bestätigend nickte.

Valerie war froh, dass sie ihr alles erzählt hatte. Spätestens jetzt wäre sie aufgeflogen.

»Da denkst du, sie sei aus dem Gröbsten raus – und dann kommt sie im Morgengrauen mit diesem Horn auf der Stirn nach

Hause. Ich war schockiert, als ich sie heute Mittag gesehen habe.«
Valeries Mutter setzte sich an die Theke. »Sehr lieb übrigens, dass du sie versorgt hast. Wir haben dir ein paar Blumen als Dankeschön mitgebracht.« Sie reichte Rike die Gladiolen. »Bitte schön!«

»Die duften ja herrlich! Das wäre jetzt aber echt nicht nötig gewesen!«

»Das Croissant heute Morgen auch nicht«, erwiderte Valerie lächelnd. »Das war der perfekte Abschluss. Bekomme ich jetzt meinen doppelten Espresso?«

»Aber klar! Außerdem ist was für dich abgegeben worden.«

»Meine Hose!« Valerie freute sich – und fragte sich dann, wie das wohl auf Rike und ihre Mutter wirken mochte. Hatte sie ihr überhaupt davon erzählt? »Ich war unterwegs in den Schlamm gefallen und musste mich umziehen«, erklärte sie vorsichtshalber.

»Manuel hat sie heute Mittag gebracht, als er auf eine Linsensuppe reinkam«, sagte Rike. »Sah etwas zerknittert aus, der Gute.«

Valerie war froh, dass er die Hose abgegeben hatte. Sie wollte ihm heute lieber nicht begegnen, zu frisch war die Erinnerung an den gestrigen Abend. Er hätte vermutlich versucht, dort weiterzumachen, wo sie aufgehört hatten. Zum Glück war die Hose immer noch auf links gedreht, sonst wäre noch mehr von dem mittlerweile getrockneten Schlamm auf den schönen Caféboden gebröselt. Valerie fiel ein Zettel auf, der aus einer der Hosentaschen hervorlugte. Sie zog ihn heraus. Es war eine Nachricht von Manuel.

Hey Valli, war schön, dich gestern wiederzusehen. Schade, dass du losmusstest. Ich würde dir gern noch mehr vom Projekt erzählen. Wir könnten dich da gut gebrauchen. Hier meine Nummer, wenn du Interesse hast. Manu

Darunter war in fetter Schrift eine Handynummer notiert.

Rike ließ einen doppelten Espresso aus der Siebträgermaschine laufen. »Hat Manuel dir eine Nachricht hinterlassen?«, fragte sie neugierig.

»Ja, aber nur wegen so einem Projekt in Münster, an dem er gerade arbeitet. Die können mich da vielleicht auch gebrauchen.«

»Ach, ehrlich?«, hakte Valeries Mutter nach. »Ein Job hier im Münsterland – das wäre ja toll. Dann kannst du noch öfter bei uns sein.«

»Jetzt bin ich ja erst mal hier, Mama.« Offenbar hatte ihre Mutter immer noch nicht die Hoffnung aufgegeben, dass ihre Tochter irgendwann wieder in ihre Heimatstadt ziehen würde. »Was macht Manuel denn beruflich?«

»Er ist Grafiker«, erwiderte Rike. »Ich hab ihm die Scheune damals vermietet, weil er mir beim Besichtigungstermin ein neues Logo und ein anderes Layout für meine Speisekarte versprochen hat, falls er den Zuschlag bekommt. Gesehen habe ich beides bis heute nicht. Er ist ein lieber Kerl, aber leider etwas unzuverlässig. Immerhin ist die Miete bislang immer gekommen – wenn auch nicht immer pünktlich.« Sie stellte Valerie den doppelten Espresso hin. »Der bringt dich auf Touren. Was bekommst du, Geli?«

»Ein Wasser. Mit Sprudel, bitte.« Der Koffeinbedarf von Valeries Mutter war offenbar gedeckt. »Ich kann mich an Manuel gar nicht erinnern. War der früher mal bei uns?«

»Nee, Mama. Und er ist auch echt nicht so wichtig. Vielleicht melde ich mich mal bei ihm wegen des Projekts. Vielleicht auch nicht. Jetzt erzählt ihr doch mal – was ist in Downtown Telgte kommende Woche so los?«

Valeries Mutter warf einen fragenden Blick zu Rike, die auch nicht den Anschein machte, gleich einen Veranstaltungskalender herunterrattern zu wollen.

»Ich fürchte, nicht allzu viel«, meinte die. »Wir sind hier schließlich nicht in Düsseldorf.«

In diesem Moment klingelte Valeries Handy. Sie schaute kurz drauf, dann entschuldigte sie sich. »Das ist Stevie. Ich geh mal kurz raus, Mama, okay?«

Ihre Mutter nickte verständnisvoll.

»Kann ich den Espresso mitnehmen?«, wandte sich Valerie an Rike.

»Na klar!«

Valerie stand auf und nahm den Anruf schon mal entgegen. Ihre Freundin Stevie war nicht gerade bekannt für ihre Geduld.

»Ich empfange urbane Signale«, meldete sich Valerie, ehe sie das Café verließ und sich davor auf die alte Bank setzte.

»Ich bin grad nicht zum Scherzen aufgelegt«, erwiderte Stevie.

»Oh, so gereizt? Sag nicht, du bist am Sonntag in der Agentur?«

»Nee, bin ich nicht. Stattdessen verbringe ich den Tag allein mit einer schlecht gelaunten Dreijährigen, weil Heiko letzte Nacht offenbar so mit Tom abgestürzt ist, dass er es nicht mehr nach Hause geschafft hat.«

»Wie bitte?« Valerie war schockiert. »Das glaube ich jetzt nicht.«

»Doch, ernsthaft! Um kurz nach eins hat er mir geschrieben, dass es Tom dreckig geht. Dann schicken sie mir noch so ein dämliches Foto mit ehemaligen Kommilitoninnen von Heiko, die sie in der Altstadt offenbar nach Jahren wiedergetroffen haben, und mit einem Mal heißt es: ›Ich schaff's nicht mehr nach Hause und bleib bei Tom.‹ Ich könnte ausrasten, Valerie. Das sollte ich mir mal erlauben!« Im Hintergrund war Charlotte zu hören, die nach ihrer Mutter brüllte.

»Das tut mir echt leid, Stevie. Kommst du denn klar? Sonst fahre ich zu dir.«

»Ach, Quatsch, das ist doch viel zu weit. Ist ja nicht das erste Mal, dass ich allein klarkommen muss, aber mal ehrlich – das geht doch gar nicht, oder?«

»Nein, das geht echt nicht. Falls er irgendwann zurückkommt und du wieder mit ihm sprichst – könntest du ihn fragen, was Tom so erzählt hat?« Valerie fühlte sich etwas schlecht, da sie so schnell von Stevies Problem ablenkte und ihre Freundin nun auch noch für ihre eigenen Zwecke einsetzen wollte.

»Bevor ich das tue, wäre es schön, wenn du mir mal was erzählst, meine Liebe! Was war denn eigentlich der Grund für dein plötzliches Verschwinden?«

Valerie kannte ihre Freundin gut genug, um zu wissen, dass in ihrem spitzen Tonfall neben Enttäuschung auch eine Portion Wut mitschwang. Sie konnte das nachvollziehen. Seit ihrer überstürzten Abreise hatten sie nur einmal kurz telefoniert, und geschrieben hatte sie ihrer Freundin auch nicht – obwohl sie sonst täglich im Büro plauderten und Stevie jetzt, da Valerie krankgeschrieben war, sicher für zwei arbeiten musste.

»Tut mir leid, Stevie. Ich war so mit mir selbst beschäftigt, dass ich einfach vergessen hab, mich bei dir zu melden. Verzeihst du mir?«

Stevie zögerte einen Moment. »Kommt drauf an, was du mir jetzt erzählst.«

Valerie wartete kurz ab, bis eine Mutter mit Babytrage an ihr vorbei in Rikes Café gegangen war. Es musste nicht jeder mitbekommen, in welch desolater Lage sie war.

»Ich habe einen Briefumschlag von Toms Urologen geöffnet, in dem die Arztrechnung steckte, die ich begleichen wollte. Im beiliegenden Schreiben bezieht sich der Arzt auf ein Gespräch mit Tom, in dem er ihm wohl mitgeteilt hat, dass er höchstwahrscheinlich unfruchtbar ist. Der Arzt empfiehlt ihm zum Ende des Schreibens den Besuch einer Kinderwunschklinik. Das Blöde ist nur: Tom hatte wohl vergessen, mir das zu sagen.«

Am anderen Ende herrschte Stille.

»Stevie – bist du noch dran?«

»Das glaube ich jetzt nicht«, kam da endlich die Reaktion aus Düsseldorf. »Spinnt der komplett?«

»Weißt du, Stevie, ich habe gelitten wie ein Hund und jeden Eisprung herbeigesehnt. Und er macht einfach mit, ohne mir mitzuteilen, dass wir so gut wie gar keine Chance haben, seine Schwimmer ins Ziel zu bringen?« Valerie versuchte, durchs Fenster einen Blick auf ihre Mutter zu erhaschen. Sie tippte auf ihrem Handy herum. Offenbar hatte Rike keine Zeit mehr für sie. Lange wollte Valerie sie nicht mehr allein im Café sitzen lassen.

»So kann er doch nicht mit dir umgehen.« Stevie klang ehrlich betroffen. »Und was ist dann passiert?«

Valerie erzählte, wie sie zu Vito geflüchtet war und anschließend Tom vor den Augen von Karsten und Katharina eine Szene gemacht hatte.

»Das muss ich dir aber noch mal in Ruhe erzählen. Meine Mutter wartet auf mich. Also – du gibst mir Bescheid, wenn Heiko irgendwas zu berichten hat, ja?« Valerie stand auf.

»Ja, klar«, versprach Stevie. »Ich will ja selbst wissen, was da los war. Meinst du, da ging was mit diesen Mädels?«

»Ach, Quatsch«, meinte Valerie. »Die wollten uns bestimmt nur ärgern.«

»Heiko kann sich echt warm anziehen, wenn er nach Hause kommt. Aber sag noch mal eben – geht's dir bei deinen Eltern gut?«

»Heute nicht so. Ich bin völlig platt von dem Jahrgangstreffen gestern.«

»Jahrgangstreffen? Mega! Hast du mit deiner ersten Liebe geknutscht?«

Valerie hielt kurz inne. Wie kam Stevie darauf? Sie musste grinsen. »Nee, nur fast. Außerdem war das gar keine Liebe, falls du Manuel meinst.«

»Ja genau, den meine ich. Dafür, dass er keine Liebe von dir war, hast du mir aber ganz schön viel von dem erzählt.«

»Wann hab ich dir denn von Manuel erzählt?« Valerie konnte sich nicht erinnern.

»Noch gar nicht so lange her! Das ist doch der mit den krausen dunklen Haaren, an den Heiko dich immer erinnert hat.«

»Stimmt! Ja, genau der. Er hat meine Hose von gestern Abend hier im Café abgegeben.« Jetzt wollte sie ihre Freundin mit Absicht in die Irre führen.

Stille am anderen Ende.

»Nicht, was du jetzt denkst!« Valerie musste lachen.

»Ich denke gar nichts«, behauptete Stevie.

»Tust du wohl«, war Valerie sicher.

»Was soll ich denn denken, wenn meine Freundin vom Jahrgangstreffen ohne Hose nach Hause gekommen ist?« Stevie schien belustigt.

»Dass sie in den Schlamm gefallen ist und sich daher eine Hose ausborgen musste. Ganz einfach.«

»Aha.«

»Ich muss jetzt wirklich rein. Finde du erst mal raus, wo die Männer stecken, und dann gib mir Bescheid. Und grüß Tom auf keinen Fall von mir! Ich bin immer noch stinksauer und hab keine Ahnung, wie das zwischen uns jemals weitergehen soll.«

»Eine Frage noch. Wissen deine Eltern Bescheid?«

»Ja.«

»Was sagen sie?«

»Dass ich noch mal mit Tom reden soll. Dazu habe ich aber noch keine Lust. Sag ihm das bitte, falls er nach mir fragen sollte.«

»Aber ihr seid verheiratet, Valerie. Du kannst dich nicht einfach in Luft auflösen und ihm nie wieder begegnen.«

»Ja, schon klar. Aber jetzt nehme ich mir einfach mal diese Auszeit. Nächste Woche bin ich ohnehin noch krankgeschrieben, und danach schaue ich mal, ob ich von hier aus weiterarbeite oder ob es mich zu dir ins Büro zieht.«

»Ich hab dich diese Woche schon sehnsüchtig vermisst.«
»Ich vermiss dich auch, Stevie, aber nicht das Büro.«
Beide lachten.
»Ich glaub, ich hab die Tür gehört«, zischte Stevie.
»Echt, kommt er?«
»Ich glaub, sogar beide.«
»Ich leg auf. Halt mich auf dem Laufenden!«
»Okay, mach ich!« Stevie flüsterte jetzt.
»Bis bald. Ciao.«
»Ciao.«
Valerie legte auf und starrte auf ihr Handy. Da war immer noch das Bild von ihr und Tom im Thailandurlaub. Wie er da aussah – so ausgelassen, fröhlich und verliebt. Und sie genauso. Jünger wirkte sie auch. Warum hatte es nicht einfach geklappt, schwanger zu werden, als sie sich noch fühlten wie auf diesem Bild? Ein kleiner Unfall im Urlaub – boom! Tom hätte sich ganz sicher mit ihr für das Kind entschieden, und es wäre nie zu dieser ganzen Misere gekommen. Dann hätte sie auch nicht gestern allen erklären müssen, warum ausgerechnet sie noch kein Kind hatte. Wo alle doch in ihr offenbar die geborene Mutter sahen. Nervig war das gewesen und schmerzhaft.

Sie musste an den Film *Sliding Doors* mit Gwyneth Paltrow denken, in dem die Protagonistin am Anfang eine U-Bahn verpasst – in einem zweiten Handlungsstrang jedoch nicht. Die Zuschauer verfolgen, wie ihr Leben verlaufen wäre, wenn sie diese U-Bahn bekommen hätte – oder eben nicht.

Was wäre aus ihr und Tom geworden, wenn sie einfach gleich schwanger geworden wäre? Vermutlich eine ganz normale Familie – überwiegend glücklich, manchmal am Rande des Nervenzusammenbruchs, aber zufrieden mit dem, was sie hatten. Und jetzt? Jetzt war alles anders.

Unverhofft kommt oft – oder auch nicht.

Natürlich würde sie irgendwann mit Tom reden müssen. Aber auf keinen Fall hier und jetzt. Die Ruhe, die Natur und sogar ihre Eltern taten ihr gut. Der Aufenthalt hier war keine Dauerlösung, aber sie hatte sich vorgenommen, einfach mal nur im Jetzt zu leben.

13

Am Mittwoch meldete sich Manuel bei ihr. Genauer gesagt, meldete er sich bei ihrer Mutter auf dem Festnetz, um nach ihr zu fragen. Ein Umstand, den es im Zeitalter der Mobiltelefonie eigentlich gar nicht mehr gab.

»Mäuschen! Kommst du mal? Telefon für dich!« Das »Mäuschen« hatte sich seit Valeries Ankunft im Sprachgebrauch ihrer Mutter manifestiert. Irgendwie war die Maus wie in einer mit Käse gespickten Falle in ihrem Wortschatz stecken geblieben – auch jetzt, da eine familienfremde Person am Telefon mithörte.

»Ich heiße Valerie, Mama.«

»Das weiß ich doch. Telefon für dich.«

»Hab ich mitbekommen. Danke.« Sie kam die Treppe herunter und nahm das schnurlose Telefon entgegen. »Hallo?«

»Valli, du treulose Tomate. Hast du deine Hose etwa gleich in die Wäsche gesteckt?«

»Nein, hab ich nicht.« Valerie hatte nicht das Gefühl, sich dafür rechtfertigen zu müssen, dass sie Manuel noch nicht angerufen hatte. Es war gerade mal Mitte der Woche.

»Hast du meinen Zettel denn gefunden?«

»Ja, hab ich. Muss ich deswegen gleich anrufen?« Das war jetzt ein bisschen zickiger rausgekommen als geplant. »Woher hast du eigentlich diese Nummer?«

»Aus dem Telefonbuch. Das ist so ein gedrucktes Werk, in dem die Telefonnummern der Bewohner einer Stadt verzeichnet sind.« Sie schmunzelte. »Stimmt, da war was. Benutzt man hier so was tatsächlich noch?«

»Rike hat zumindest ein Exemplar hinterm Tresen.«

»Was für eine Papierverschwendung. Aber jetzt sag mal, warum rufst du an?«

»Um dich zu fragen, warum du kein Interesse an dem Projekt hast.«

»Das stimmt doch so gar nicht.«

»Aber du hast nicht angerufen.«

»Och, Manuel. Ich hätte mich im Lauf der Woche auf jeden Fall noch gemeldet.« Valerie war nicht ganz sicher, ob das stimmte. Das Projekt hatte sie durchaus gedanklich beschäftigt, sie wusste nur nicht, ob es gut für sie war, den Kontakt zu Manuel noch einmal zu intensivieren. Irgendwas war da in der Luft gewesen. Abenteuerlust? Einfach mal über die Stränge schlagen, sich gehen lassen, ohne Hintergedanken, ohne Liebe, ohne Kinderwunsch – das reizte sie. Erst recht, nachdem sie von Stevie erfahren hatte, dass Tom mit Heiko um die Häuser zog und sich mit irgendwelchen Mädels ablichten ließ.

»Jetzt sprechen wir ja.« Manuel schien nicht nachtragend zu sein. »Länger kann ich auch nicht warten, weil morgen ein Meeting stattfindet. Wir sprechen da über die Bewerbungen für den letzten Platz in der Gruppe. Wenn du Lust darauf hättest, könnte ich dich ins Rennen bringen. Noch ist nichts entschieden. Hast du einen Lebenslauf, den ich mitnehmen könnte?«

»Meinen letzten Lebenslauf habe ich vor Jahren geschrieben. Den müsste ich erst mal aktualisieren. Reicht nicht der Link zur Agentur? Da werde ich unter ›Team‹ mit einigen Details zu meinem Werdegang vorgestellt. Allerdings weiß ich noch gar nicht, was ihr genau macht.«

»Das wissen wir doch im Detail auch noch nicht, Valli. Das Münsteraner Schloss soll zu einer bedeutenden Kulturstätte werden, und wir erarbeiten mit einer Truppe von Kreativen das Konzept dafür. Mehr gibt es noch gar nicht zu erzählen. Es beginnt doch erst alles, und du kannst dabei sein! Kann ich dich jetzt vorschlagen oder nicht?«

Valerie überlegte. Falsch machen konnte sie damit eigentlich nichts, und wenn sie ihm keinen Lebenslauf schickte, konnte auch niemand behaupten, dass die Bewerbung ihre Idee gewesen sei.

»Also gut, schlag mich vor. Ich kann dir aber noch nicht versprechen, dass ich dann auch Zeit hätte mitzumachen. Ich weiß ja noch gar nicht, wie es mit mir in der Agentur weitergeht, und überhaupt ...«

»Verstehe ich. Dann schlag ich dich vor, und wenn sie Interesse haben, kannst du dir das immer noch überlegen. Nächstes Thema: Wann gehst du mit mir essen? Jetzt schon oder erst wenn wir in einem Team sind?«

»Erst wenn wir in einem Team sind«, antwortete Valerie kurz entschlossen. Sie atmete auf. Valerie gegen Versuchung: eins zu null.

»Was siehst du so rosig aus?« Ihre Mutter steckte den Kopf durch den Türspalt zum Arbeitszimmer, das sich gleich neben der Küche befand. Valerie hatte sich für das Telefonat hierher zurückgezogen – war sich aber bewusst gewesen, dass weder der separate Raum noch die geschlossene Tür ihre Mutter davon abhalten würden, das Gespräch zu belauschen. Damit, dass sie gleich im Anschluss hereinkommen würde, hatte sie allerdings nicht gerechnet.

Seit jeher litt Valerie darunter, dass sie errötete, sobald sie etwas auch nur annähernd anregte oder – noch schlimmer – erregte. So auch jetzt, da ihre Gedanken im Gespräch mit Manuel abgedriftet waren und sie sich, wenn auch in Jogginghose, auf seiner Couch in der Scheune hatte liegen sehen.

»Mir ist warm! Habt ihr schon mal davon gehört, dass zwanzig Grad eine angemessene Raumtemperatur sind? Die klimatischen Bedingungen hier ähneln einer finnischen Sauna.«

»Du übertreibst.« Ihre Mutter öffnete das Fenster. »Was wollte denn dieser Manuel jetzt von dir?« Schon immer hatte sie Antennen für zwischenmenschliche Beziehungen gehabt. Bereits als Teenager war Valerie genervt davon gewesen, weil es ihr nie möglich war zu verheimlichen, wenn eine Liebelei im Gange war oder sich auch nur anbahnte.

»Ach, er ist an diesem Projekt dran und meint, dass ich da gut reinpassen würde. Ich halte das für ein Hirngespinst. Er meldet sich, falls die tatsächlich Interesse an mir haben sollten.«

Ihre Mutter nickte bestätigend. »Kann doch nicht schaden, sich das mal anzuhören.«

Valerie hatte keine Lust, sich mit ihrer Mutter noch weiter zu dem Thema auszutauschen. »Ich mach jetzt mal 'nen Spaziergang. Bald muss ich wieder in der Agentur schuften. Da kann ich vorher gar nicht genug frische Luft schnappen.«

»Lassen die dich nächste Woche noch von hier aus arbeiten?« Ihre Mutter bemühte sich, so zu tun, als sei es ihr nicht so wichtig. Dabei wusste Valerie genau, wie sehr sie es genoss, ihr »Töchterchen« bei sich zu haben.

»Kommende Woche auf jeden Fall«, meinte Valerie. »Danach kann es sein, dass mich ein Kunde öfter sehen will, der in Hilden sitzt. Vielleicht muss ich dann zurück.«

»Dann solltest du kommende Woche mal mit Tom sprechen, Mäuschen. Diese Funkstille zwischen euch gefällt mir gar nicht.«

»Überleg ich mir. Bis nachher!« Valerie zog sich die Schuhe an und griff nach ihrem Mantel. Sie brauchte etwas Zeit für sich.

Seit sie hier war, war das Wetter meist auf ihrer Seite. Auch heute funkelten Sonnenstrahlen über die herbstlich aussehenden Felder. Gerade noch so warm, dass man nicht fror, aber kühl genug, um einen klaren Kopf zu bekommen. Irgendetwas war anders als vor ihrem Aufenthalt hier. Sie fühlte sich so heimisch und vermisste Düsseldorf kaum. Dass sie so gut wie keine Termine hatte – beruflich nicht, aber auch privat –, tat ihr gut. In Düsseldorf fühlte sie sich oft fremdbestimmt. Permanent wollte irgendjemand irgendetwas von ihr. Ihre Chefin stellte Ansprüche, Tom hatte Bedürfnisse, und auch ihre Freunde, die sie über alles schätzte, fragten nach Terminen, warteten auf Antwort zu diversen Nachrichten, planten Gemeinschaftsgeschenke, an denen sie sich beteiligen sollte, brauchten Hilfe beim Umzug und, und, und ... Dabei traf sie sich eigentlich nur noch mit Menschen, die ihr – von Katharina einmal abgesehen – wirklich am Herzen lagen, doch es war einfach immer von allem zu viel.

Wenn Tom abends fernsah, beantwortete sie die Nachrichten von gemeinsamen Freunden, die sich genauso gut an ihn hätten wenden können. Das taten sie aber nicht, weil er nicht geantwortet hätte – oder erst in ein paar Tagen. Es gab so gut wie keinen privaten Termin, den nicht sie ausgemacht hatte. Die Jungs scherzten immer, dass ihre »Freizeitmanagerinnen« schon das nächste Treffen regeln würden, und genauso war es. Ihr Privatleben zu managen war wie ein eigener Job – nur dass sie schon einen Job hatte ...

Valerie entschied sich für den kleinen Wanderweg, der am Fluss entlangführte. Der Blick aufs Wasser würde ihr guttun und ihren Gedanken freien Lauf lassen. War der Wunsch nach einem Kind vielleicht auch der Wunsch, zumindest der Arbeit in der Agentur für eine Zeit lang zu entkommen? Den Job als Freizeitmanagerin würde sie, wenn dies der einzige Job war, bestimmt hinbekommen. Wobei sie sich dank Stevie durchaus bewusst war, dass Elternzeit nicht Freizeit bedeutete und die Herausforderungen einer Familienmanagerin die der Freizeitmanagerin bei Weitem übertrafen. Trotzdem stellte sie es sich aufregend und abwechslungsreich vor, Verantwortung für etwas wirklich Wichtiges zu übernehmen und sich selbst in eine ganz neue Rolle einzufügen.

Ihre Gedanken wanderten zu dem kleinen Wesen, das sie von Beginn an begleiten, an die Hand nehmen und so sehr lieben würde wie nichts anderes auf der Welt ... Tief in sich drin wusste sie, dass sie eine gute Mutter sein würde. Sicher keine perfekte, aber eine gute.

Und jetzt? Jetzt wusste sie nicht einmal mehr, ob der Mann, den sie geheiratet hatte, der richtige Vater für dieses unbekannte Geschöpf war – geschweige denn, ob er es jemals würde zeugen können. Sie wusste eigentlich überhaupt nichts mehr.

Sie blickte in die Landschaft, deren Weite sie schon immer geschätzt hatte. Wäre es nicht schön, immer so nah bei ihren Eltern zu sein? Toms Familie kam aus Recklinghausen, seine Eltern verbrachten aber ohnehin drei Viertel des Jahres auf Mallorca und verpassten bis auf Weihnachten beinahe jede Gelegenheit für ein Wiedersehen.

Ihre Eltern aber waren hier. Was, wenn sie doch noch Kinder bekämen? Wäre es nicht auch dann gut, sie in der Nähe zu haben? Oder wenn ihre Eltern einmal pflegebedürftig würden? Auch dann wäre es doch sinnvoll, nah bei ihnen zu sein.

Valerie setzte sich auf eine Bank am Wegesrand und starrte auf den Schotter zu ihren Füßen. Wo war ihr Platz im Leben? Ihr rechter Fuß zeichnete ein Herz in die kleinen Steinchen. Würde sie das Glück noch finden? Wenn nicht jetzt, dann vielleicht in der Zukunft?

14

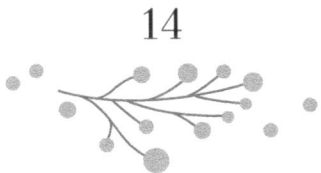

Am nächsten Morgen hingen dichte Wolken über der Landschaft. Valerie hatte den Bus nach Münster genommen, da sie sich während der Fahrt noch auf das Projektmeeting vorbereiten wollte. Ein Schauer prasselte auf ihren Schirm, als sie von der Bushaltestelle in Richtung Schloss ging. Der Regengott schien beweisen zu wollen, dass er es auch nach mehreren trockenen Tagen noch draufhatte. Valerie verfluchte ihre Kleiderwahl. Jetzt waren die Sneakers durchnässt, obwohl sie Stiefel gehabt hätte, und ihr Mantel würde der Feuchtigkeit auch nicht mehr lange standhalten, da er nur wasserabweisend, nicht aber wasserdicht war. Sie hätte die gelbe Regenjacke doch anziehen sollen, die ihre Mutter noch in die Höhe gehalten hatte. Der rote Mantel war ihr in Kombination mit dem nachhaltig produzierten Schuhwerk an ihren Füßen jedoch ideal für einen Kreativtermin vorgekommen. Nun badete sie die Konsequenzen aus – im wahrsten Sinne. Sie hielt den Schirm noch etwas tiefer ins Gesicht.

»Pass doch auf!«

Ein Fahrradfahrer hatte sie beim Kreuzen der Promenade fast umgefahren und keine Rücksicht auf die riesige Pfütze genommen, die sich jetzt auf ihr ergoss.

»Mann!« Triefend watete sie weiter. Sie hob den Schirm kurz in die Höhe. In der Ferne konnte sie das barocke Schloss sehen, das mit dem Mix aus hellem Baumberger Sandstein und rotem Backstein ein architektonisch bedeutendes Wahrzeichen der Stadt war. Valerie legte noch einen Schritt zu, um schnell ins Trockene zu kommen, und erreichte wenig später das Hauptportal. Sie versuchte, die schwere Tür des Schlosses zu öffnen, was sich mit einer ebenfalls schweren Laptoptasche in der einen und einem Schirm in der anderen Hand als beinahe unmöglich erwies. Wenn das ein Schloss war – wo war das Personal, wenn man es brauchte? Ächzend schaffte sie es, den Knirps ihrer Mutter einhändig zu schließen und wohlbehalten ins Innere des Gebäudes zu gelangen.

Sie warf einen Blick auf ihre Armbanduhr, die ihre Eltern ihr zum dreißigsten Geburtstag geschenkt hatten. Auch sie war offenbar nicht wasserdicht und nach der unerwarteten Dusche nun stehen geblieben. Es konnte unmöglich halb drei sein.

Ob sie noch pünktlich war? Der Termin sollte um drei stattfinden, aber warum war hier dann niemand? Sie drehte sich einmal um die eigene Achse. Kein Schild, kein Mensch. »Shit«, brummte sie und kramte in ihrer Tasche nach dem Handy. 14.56 Uhr! Und eine Nachricht von Manuel:

Bist du gleich da? Wir haben schon Kaffee bestellt.

Kaffee? Schnell diktierte sie in ihr Handy:
»Wo seid ihr denn? Ich stehe unten im Schloss.«
Ein Äffchen mit zwei vorgehaltenen Händen erschien im WhatsApp-Verlauf. Was sollte das denn jetzt?

Wir sind doch im Café Malik. Das ist gegenüber. Hau rein! Hier sind schon alle ganz gespannt auf dich.

»Valerie ist zuweilen etwas flüchtig«, hatte schon ihre Grundschullehrerin einmal in ihr Schulheft notiert, nachdem sie mal wieder die Aufgabe nicht richtig gelesen und daher auch unzureichend gelöst hatte. Warum konnte sie nicht einmal in Ruhe eine Information aufnehmen – zumindest dann, wenn es wichtig war?

Bald stand sie wieder draußen vor dem Hauptportal. Wo sollte dieses Café liegen? Gegenüber? Die Allee vor dem Schloss war endlos lang! Jetzt war es gut, dass sie Sneakers trug. Auch wenn sich das Laufen darin anfühlte, als würde sie über Wasser gehen – und so klang, als ginge sie durchs Watt. Immerhin würde sie vom Laufen keine schmerzenden Zehen bekommen, die sie in den spitz zulaufenden Stiefeln ganz sicher gehabt hätte.

Endlich erreichte sie die Fußgängerampel vor dem Café. Noch mal ein Blick aufs Handy: 14.59 Uhr. Gerade noch rechtzeitig. Valerie schaute sich um. Es gab nur einen großen Tisch, an dem viele Leute saßen. Von hinten erkannte sie Manuels Lederjacke und seine Locken. Sie tippte ihm auf die Schulter. Er fuhr herum.

»Valli!« Manuel sprang auf und drückte sie – für ihr Gefühl in Anbetracht der vielen Zuschauer etwas zu lang. Dennoch freute sie sich, ihn zu sehen. Weil sie ihm nicht zu viel Aufmerksamkeit widmen und sich den anderen vorstellen wollte, löste sie sich schnell aus der Umarmung, um in die Runde blicken zu können.

»Hallo zusammen«, sagte sie, und alle grüßten freundlich zurück.

Acht Kreative saßen zusammen mit Manuel am Tisch. Sie war die Neunte – sollten es nicht zehn werden?

»Kommt noch jemand, oder bin ich die Letzte?«, wandte sie sich an Manuel.

»Es gibt einen Wackelkandidaten, den wir noch nicht kennen«, erklärte er. »Der schafft es heute wohl nicht zum Termin und hat sich Bedenkzeit erbeten, weil er generell nicht sicher ist, ob er das Projekt mit seinem Job und einigen privaten Herausforderungen vereinbaren kann. Umso besser, dass du jetzt hier bist! Alle waren begeistert von deinem Profil auf der Agentur-Website, und die Stadt hat auch schon signalisiert, dass du als Kandidatin willkommen wärst. Die wissen Bescheid, dass du heute da bist. Danach sollst du dich entscheiden. Das sind dann nur noch ein paar Formalitäten – und schon bist du dabei!«

»Okay, freut mich.« Die anderen sahen sympathisch aus. Es waren Menschen mit teils besonderen Looks, wie sie auch bei ihr in der Agentur hätten arbeiten können. »Soll ich mich mal kurz vorstellen?«

»Mach das«, entgegnete Manuel. »So lange bestell ich dir einen Kaffee, ich kenne dich ja schon.«

Irgendwie schien es ihm wichtig zu sein, vor der Gruppe hervorzuheben, dass er Valerie bereits kannte.

»Ja, also, mein Name ist Valerie Wiegand, ich bin sechsunddreißig Jahre alt, arbeite in Düsseldorf in einer großen Werbeagentur als Consultant und mache gerade eine kleine Auszeit in der Heimat bei meinen Eltern.«

»Ach, du kommst von hier?« Ein Mädchen mit rot-blau gestreiftem Hemdblusenkleid und Dutt zeigte sich besonders interessiert.

»Ja genau. Ich bin in Münster geboren und in Telgte aufgewachsen. Umso spannender finde ich das Projekt. Ich hab hier auch studiert. Im Schloss da drüben hab ich für mein Latinum gebüffelt.«

Die Gruppe stöhnte kollektiv. Offenbar hatten sich mehrere durch die lateinische Grammatik gequält. Bis heute fragte sie sich, ob ihr das irgendwas gebracht hatte. Aber, na ja – »Errare humanum est«.

Zwei Gläser Latte Macchiato und einen Prosecco später summte es Valerie in den Ohren. Die Mitwirkenden hatten sich einstimmig für ihre Teilnahme am Projekt ausgesprochen und überschlugen sich jetzt regelrecht in ihren Schilderungen dessen, was aus dem Schloss werden könne, wie es die Reputation der Stadt Münster in den Metropolen Europas fördern würde und auf welche Weise sie dann selbst dafür sorgen könnten, die Kunde vom neuen Kulturmagneten zu verbreiten.

»Stellt euch mal vor, wenn wir dann alle im Flieger sitzen und zum Beispiel nach Bilbao fliegen«, träumte Kunststudentin Ida.

»Mit einer 1A-Kampagne im Ärmel, die wir dann auf der Messe vorstellen – wie heißt die noch mal?«, wetterte Manuel.

»Bilbao Bizkaia Design Week – BBDW«, mischte sich ein anderer ein, dessen Namen Valerie wieder vergessen hatte. Er trug einen viel zu großen Pullover mit dem Aufdruck »Make Art not War«, hatte diese Form von Frisur, bei der man den Menschen hinter dem Pony nur erahnen konnte, und kaute in Slow Motion auf einem Kaugummi.

»Wie lang geht die Reise dann eigentlich?«, sprach sie einen für sie nicht ganz unwesentlichen logistischen Aspekt an.

»Drei Monate«, antwortete Ida, der man ihre Kreativität schon auf Entfernung angesehen hätte. Sie trug eine auffällige Brille mit breitem schwarzem Rahmen, einen Ringelpullover wie Picasso und einen dunklen Pixie Cut.

Valerie war beeindruckt und zugleich ein bisschen schockiert. »Und ihr könnt alle einfach so abhauen? Was sagt euer Arbeitgeber dazu oder auch eure Familie? Hat überhaupt schon jemand Kinder?«

Die Runde tauschte fragende Blicke.

»Glaub nicht, oder?«, brach Ida das Schweigen, schob ihre Brille herunter und blickte fragend über den Rand. Die anderen schüttelten den Kopf. »Wir machen das einfach. Kinder kann man schließlich immer noch bekommen oder auch gar nicht, wenn du mich fragst«, fuhr Ida fort. »Meine Chefin wird mich schon freistellen. Sie weiß, dass ich sonst gegangen wäre. Mal ehrlich: Drei Monate durch Europa, noch dazu bezahlt – wer würde sich das entgehen lassen?«

Katharina und Stevie zum Beispiel, dachte Valerie. Als Mütter könnten die beiden nicht einfach alles stehen und liegen lassen, selbst wenn die Väter daheim einen tollen Job machten. Sie kannte im Grunde keine intakte Familie, in der alles seinen normalen Gang gegangen wäre, wenn einer über längere Zeit fehlte – egal, um welchen Elternteil es sich handelte. Und sie kannte Alleinerziehende, für die dieser Zustand ein Alltag am Limit war.

Sie aber hatte die Möglichkeit, sich in ein solches Abenteuer zu stürzen. Im Moment war sie nur noch für sich verantwortlich. Selbst ihre Ehe konnte jetzt mal warten – wenn das überhaupt noch eine richtige Ehe war, in der man so hintergangen wurde. Wenn sie wirklich die Chance haben sollte, an dieser Reise teilzunehmen, dann würde sie sie ergreifen. Dann sollte es so sein, da war sie sicher.

»Und du? Würdest du das hinbekommen, oder hast du Verpflichtungen? Job? Familie? Würde dich jemand vermissen?«, wollte Ida wissen und jonglierte einen Stift um die Finger ihrer rechten Hand. Valerie fielen die rot lackierten Nägel auf.

»Mag sein, aber das wäre mir derzeit egal«, entgegnete Valerie abgeklärt. »Kinder haben wir keine. Und wenn meine Chefin sich aufregt, kündige ich halt notfalls. Ich hab gerade ohnehin die Schnauze voll von dem Laden.«

Die Gruppe sah sie beeindruckt an. Hatte sie das gerade wirklich gesagt? Valerie wunderte sich über sich selbst. Aber die Leute, die Ideen, das Projekt … Lange hatte sie sich nicht mehr so wohl in ihrer Haut und am richtigen Ort gefühlt. Ein Hoch auf Manuel, dass er sie vorgeschlagen hatte! Sie würde vorerst versuchen, in der Agentur, notfalls mithilfe ihres Arztes, eine Viertagewoche zu beantragen und zukünftig den Freitag dem Projekt in Münster widmen. Diese Woche konnte sie schon mal loslegen. Sie war ja ohnehin noch krankgeschrieben.

»Das freut uns sehr, Valli – willkommen an Bord«, sagte Manuel. Sie stießen mit dem zweiten Glas Prosecco an und verbrachten den Rest des Nachmittags damit, eine To-do-Liste für die kommenden zwei Wochen zu erstellen. Bald würde ein Treffen mit der Stadt anstehen, bei dem sie erste Ideen präsentieren mussten. Kurz kam die Überlegung auf, ob man im Malik noch etwas essen sollte, doch man entschied sich dagegen.

Die Truppe verließ das Café. Dann zerstreuten sich die anderen in alle Himmelsrichtungen. Nur Manuel und Valerie blieben zurück.

»Wie kommst du nach Hause?«, wollte Manuel wissen.

»Mit dem Bus«, antwortete Valerie. »Fahren wir zusammen?«

»Gern!« Manuel schien sich zu freuen. »Wollen wir bis zur Haltestelle einen E-Roller nehmen?«

Valerie hasste die Dinger, die immer öfter irgendwo am Straßenrand herumflogen, Gehwege blockierten und ihrem Mini schon manches Mal beinah vor die Stoßstange gerast wären.

»Nee, lass mal, ein paar Schritte tun uns jetzt gut.« Dass sie es auch romantischer fand, nebeneinander herzugehen als hintereinander zu fahren, behielt sie für sich. Die Anziehungskraft, die Manuel auf sie ausübte, war nicht mehr wegzudiskutieren.

Gemeinsam spazierten sie die Promenade entlang in Richtung Hauptbahnhof. Eine ganze Weile sagten sie nichts. Nach dem intensiven Gruppengespräch eben brauchten sie eine Pause.

»Und? Wie lief die Woche bei deinen Eltern?«, brach Manuel das Schweigen.

»Ach, ganz gut.« Valerie hatte keine allzu große Lust, die letzten Tage zu rekapitulieren. Viel mehr interessierte sie Manuels Stand der Dinge beim Projekt. »Sag mal, die To-dos, die wir eben besprochen haben – hast du da schon was in petto?«

»Wie in petto? Es geht doch gerade erst los!« Irritiert schaute er sie an.

»Hätte ja sein können, dass du dir schon Gedanken gemacht hast. So was wie einen Slogan wirst du doch wohl schon haben, oder?«

»Nee, dazu bin ich noch nicht gekommen. Ich hatte ein paar Ideen, aber noch eher diffus. Da muss jetzt mal Fleisch ran.«

»Fleisch?«

»Na, Fleisch halt. Butter bei die Fische, du weißt schon. Sollen wir das nicht zusammen angehen?«

»Den Slogan sollte sich doch dein Team überlegen. Meins kümmert sich erst mal um Best Practices anderer Kulturprojekte in der Welt.«

»Ist doch egal. Ich kann ja bei dir mitmachen und du bei mir. Es kommt doch letztlich nur auf das Ergebnis an.« Er wollte offenbar unbedingt mit ihr zusammenarbeiten.

»Stimmt, aber wir haben das jetzt so besprochen. Wenn jeder alles macht, kommen wir nicht voran.«

»Na gut, schauen wir mal. Und was ist dann der Grund für unser nächstes Date?«

Valerie lachte. »Dass du mich noch mal in deiner Jogginghose sehen willst?«

Manuels Gesicht veränderte sich. Er lächelte.

O nein, jetzt glaubt der noch, ich will mit ihm auf der Couch kuscheln, dachte Valerie. Warum konnte sie nicht einmal nachdenken, ehe die Worte aus ihr heraussprudelten?

»Das war ein Scherz«, fügte sie hinzu und spürte innerlich, dass sie auch sich etwas vormachte.

»Das ist gut, denn die Jogginghose ist überflüssig.« Er warf ihr einen prüfenden Blick zu und grinste, dann sah er wieder geradeaus.

»Lass uns einfach auf einen Kaffee treffen«, versuchte Valerie die Situation zu entschärfen. Sie konnte sich einfach noch nicht auf ihn einlassen, obwohl es so einfach gewesen wäre. Auch wenn es reizvoll war, sich von ihm verführen zu lassen – sie würde sich danach garantiert furchtbar fühlen.

»Von mir aus.« Manuel war sichtlich enttäuscht. »In ein paar Tagen bei Rike?«

Jetzt war Valerie auch enttäuscht. Sie hätte heute noch mehr Zeit mit ihm verbringen können. Offenbar war er auf die Idee gar nicht gekommen. Dann eben nicht.

»Lass uns noch mal schreiben, wenn wir ein paar Ergebnisse zu unseren Aufgaben beisammenhaben. Dann können wir uns dazu austauschen.«

»Machen wir so«, bestätigte Manuel. »Da kommt der Bus!«

15

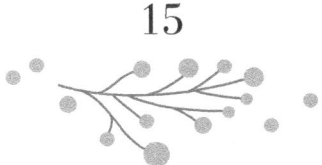

Müde und mit noch immer klammen Füßen ging Valerie wenig später die Straße zu ihrem Elternhaus entlang. Was macht der denn hier?, dachte sie erstaunt, als sie den Van ihres Bruders auf der Auffahrt stehen sah. Waren etwa alle vier hier? Oh, bitte nicht …

»Tante Veeerie!«, rief Paul ihr entgegen.

O nein, das schaff ich jetzt nicht, dachte sie.

»Haaallooo! Veeerie!«

Konnte es wirklich sein, dass sie lieber träge auf der Couch liegen wollte, als mit ihrem Neffen zu spielen? Sie war so müde, wollte einfach nur essen, irgendein Fernsehprogramm schauen und danach gleich ins Bett fallen, um zu schlafen. Selbst Lesen wäre ihr heute Abend zu anstrengend gewesen.

Ihre Gedanken wurden von Paul unterbrochen, der sie so heftig ansprang, dass sie beinah hintenübergekippt wäre. Sie konnte gar nicht anders, als ihre Tasche fallen zu lassen, um ihn zu stützen, sonst hätte sein Gewicht ihre gerade mal schmerzfreien Bandscheiben ans Limit gebracht.

»Paul! Nicht!« Mühsam löste Valerie die Arme ihres Neffen von ihrem Körper und setzte ihn auf dem Gehsteig vor dem Haus ab, um ihre Tasche aufzuheben. »Was machst du denn hier? Bist du mit Mama und Papa da?«

»Nur mit Papa«, erklärte Paul, was in Valerie einen Hauch von Erleichterung auslöste. Sie hatte in ihrem Zustand keine Lust, ihrer perfekten Schwägerin Rede und Antwort zu dem Projekt zu stehen, in das sie sich selbst gerade erst einarbeitete, oder – noch schlimmer – zu dem Umstand, dass sie ohne Tom für längere Zeit bei ihren Eltern wohnte.

»Seid ihr gerade erst gekommen?«, quetschte sie ihren Neffen weiter aus. Dies war eher die Zeit, in der Johanna und Vincent sonst abfuhren, wenn sie den Tag bei ihren Eltern verbrachten. Dass sie am späten Nachmittag oder Abend erst kamen, war ungewöhnlich.

»Papa braucht eine Bohrmaschine«, erklärte Paul. Und Valerie amüsierte sich, dass er kleine Sachverhalte wie diese jetzt schon artikulieren konnte.

»Ah!« In Valerie keimte die Hoffnung auf, dass Vincent und Paul gleich wieder abdüsen würden und sie es sich auf dem Sofa gemütlich machen konnte. »Na komm, dann gehen wir mal rein.«

»Schwesterschmerz!«, begrüßte Vincent sie in alter Manier und fand sich wie immer sichtlich lustig dabei.

»Tag.« Valerie schaute ihren Bruder fragend an. »Du fährst eine Stunde für eine Bohrmaschine? Hast du keine Freunde?« Sie ließ ihre Tasche auf das Sideboard im Flur fallen und zog ihre Schuhe aus. Ihre Socken waren noch immer nicht trocken.

»Johannas Mutter ist bei uns zu Besuch. Ich musste mal raus, und Paul wollte zu Oma und Opa.«

»Oma, Opa«, bestätigte Paul, der sich schon wieder an Valeries Bein zu schaffen machte.

»Dann ist die Bohrmaschine nur ein Vorwand?«

»Leider nein. Johanna stresst mich mit einer Designerlampe, die eigentlich schon vor dem Besuch ihrer Mutter im Flur hängen sollte. Egal, was sie irgendwo anbringen will, sie sucht sich garantiert eine Wand aus Beton dafür aus. Dafür habe ich keinen Bohrer und brauche Papas Makita.«

»Bleibt ihr zum Essen?«, wollte Valerie wissen.

»Klar! Mama macht mir Frikadellen. Ein positiver Nebeneffekt des Besuchs.« Vincent grinste.

»Die sind ja wohl für uns alle«, war Valerie sicher.

»Ich gebe dir welche ab«, versicherte Vincent. »Und? Wie läuft's hier so? Ich würde ja ausflippen, wenn ich mehr als eine Nacht unter diesem Dach verbringen müsste.«

»Du hast ja auch eine bessere Alternative«, gab Valerie zu bedenken.

»Wie meinst du das denn?« Ihr Bruder war irritiert und versuchte, Paul für ein Spielzeug zu begeistern, das glücklicherweise interessanter zu sein schien als Valeries Bein.

»Ich habe gerade null Komma null Bock auf zu Hause, da Tom ein Idiot ist.«

»Aha.« Vincent sah sie fragend an.

»Haben dir Mama und Papa das wirklich noch nicht erzählt?« Valerie war davon ausgegangen, dass auf den familiären Flurfunk Verlass war.

»Was denn?« Ihr Bruder schien wirklich unwissend zu sein.

»Sie haben nur erzählt, dass du von der Agentur gestresst bist und mal rausmusstest. Gibt's noch mehr Gründe?«

»Ach so, nee – das ist der Grund. Genau. Außerdem geht mir Tom total auf die Nerven.« Valerie war froh, dass ihre Eltern dichtgehalten hatten.

»Normal. Johanna geht mir auch jeden Tag auf die Nerven.«

»Ist das so?« Etwas nicht Perfektes im Leben ihres Bruders – Valerie war überrascht.

»Du hast ja keine Ahnung, was es bedeutet, den Alltag mit einem Baby und einem Kleinkind zu bestreiten.«

Da war sie wieder: Diese Art von Anmerkung, die in Valerie akute Aggressionen auslöste. Überhaupt störte sie diese Angewohnheit vieler frischgebackener Eltern, ihr Leben bei jeder Gelegenheit mit dem von Kinderlosen zu vergleichen. Und natürlich standen sie selbst in jedem Fall wesentlich schlechter da. Schon klar – sie bekamen wenig Schlaf, trugen viel Verantwortung, hatten kaum Zeit, sich um sich selbst zu kümmern, und die Kosten waren bestimmt höher als in einem Zweipersonenhaushalt. Aber erstens hatten sie sich das selbst ausgesucht, und zweitens schienen sie in keiner Sekunde zu reflektieren, dass ihr Gegenüber sich auch ein Kind wünschen könnte, aber womöglich keines bekommen konnte.

»Wann legt ihr eigentlich los?« Vincent sah sie fragend an.

Fing er jetzt auch damit an?

»Nerv mich nicht und kümmere dich lieber um Paul! Oder ist Blumenwasser jetzt der neueste Öko-Hype für Dreijährige?«

Ihr Neffe hatte die neue Bodenvase, die das letztens zerbrochene Exemplar ersetzte, außer Acht gelassen und sich stattdessen an einer kleineren Vase mit Chrysanthemen zu schaffen gemacht. Die Blumen hatte er schon herausgerupft und führte gerade das Keramikgefäß, das ihre Eltern auf Bornholm erstanden hatten, in Richtung Mund.

»Paul!« Erschrocken hastete Vincent zu seinem Sohn und riss ihm die Vase aus der Hand. »Bäh, Paul! Das ist bäh!«

»Wäre es nicht mal an der Zeit für vollständige Sätze?« Valerie war jetzt auf Krawall gebürstet.

»Das war ein vollständiger Satz. Wie oder was ist es? Bäh.« Seinem Gesicht nach merkte Vincent nun selbst, wie albern das klang. »Wie auch immer«, fuhr er fort und rief dann: »Mama, hier ist was auf die Kommode getropft!«

»Dafür muss Mama doch jetzt nicht kommen.« Kopfschüttelnd ging Valerie in die Küche, um ein Geschirrtuch zu holen, und fand ihre Mutter beim Formen der zugesagten Hackbällchen vor.

»Ist es nicht schön, dass dein Bruder hier ist?« Ihre Mutter fühlte sich wohl in alte Zeiten zurückversetzt.

»Wunderschön«, entgegnete Valerie so überschwänglich, dass ihrer Mutter die Ironie nicht entgehen konnte.

»Was ist denn mit dir?«, erkundigte sie sich.

»Ach, ich wollte mich einfach nur auf die Couch legen und mich von dem Meeting erholen. Es war übrigens gut, falls es dich interessiert.«

Ihre Mutter holte eine weitere Packung Hackfleisch aus dem Kühlschrank. Die Sorge, dass ihr Sohn nicht satt werden könnte, war anscheinend groß. »Ach entschuldige, Mäuschen. In all dem Durcheinander habe ich gerade gar nicht daran gedacht, dich zu fragen. Was ist das denn nun für ein Projekt?«

Valerie hatte keine Lust, zwischen zwei Pfund Hack von dem Meeting zu erzählen. »Kümmere dich erst mal um die Jungs. Ich berichte dir später.«

Eingeschnappt machte sie sich auf die Suche nach einem kindersicheren Ort.

Vincent und Paul blieben nicht lange. Während Valeries Bruder eine Frikadelle nach der anderen verzehrte, nörgelte ihr Neffe erst an den Zwiebeln, dann an den Kräutern und schlussendlich an dem gesamten Gericht herum, das er partout nicht essen wollte. Ihre Mutter, die es kaum aushalten konnte, wenn ein Familienmitglied nicht auf seine kulinarischen Kosten kam, hatte ein halbes Büfett um Paul herum angerichtet – von Joghurt über Knäckebrot mit Kinderwurst bis hin zu Obstbrei und Müsli –, was Vincent noch mehr Zeit gab, ausführlich zu schildern, wie genial sein Berufsleben gerade wieder einmal verlief. Und obwohl Valeries Eltern wussten, was für einen spannenden Termin ihre Tochter heute gehabt hatte, kam niemand auf die Idee, Vincents Alphatiergehabe etwas entgegenzusetzen.

Valerie ist da übrigens auch an einer interessanten Sache dran, hätte ihre Mutter beispielsweise sagen können. Sie pudert zwar nicht geleckten Unternehmern den Po, kümmert sich aber um die kulturelle Reputation unserer Stadt in Europa.

Ganz kurz überlegte sie, ob sie sich selbst ins Spiel bringen sollte, dann aber beschloss sie, dass sie dies weder nötig hatte noch Lust empfand, ihrem Bruder den Sinn eines Projekts zu erklären, das nicht in erster Linie profitorientiert war. Viel zu sehr genoss Vincent die Aufmerksamkeit seiner Eltern, als er in epischer Breite das Golfspiel mit irgendeinem Vorstandsvorsitzenden schilderte, der doch tatsächlich wie ein Profigolfer mit Caddie angereist war. Stolz berichtete er, dass er mit ihm nun ab und an ein Bier trinken gehe.

»Mit dem Caddie oder mit dem Vorstandsvorsitzenden?«, hatte Valerie nachgehakt und war davon ausgegangen, dass ihr Bruder den Vorstand im Visier hatte.

»Mit dem Caddie!«, erklärte Vincent.

Valerie war überrascht. Ließ sich ihr werter Herr Bruder tatsächlich dazu herab, Zeit mit einem Untergebenen zu verbringen?

»Der Job ist gar nicht so doof«, fuhr Vincent fort. »Die Caddies der Top-Golfer kassieren bis zu zehn Prozent des Preisgelds, und das zusätzlich zum Grundgehalt von hundertzwanzigtausend Dollar. Aus dem wird noch was, ich sag's euch.«

War ja klar. Wenn für diesen Typen nicht zumindest die Aussicht bestünde, mal sechsstellig zu verdienen, wäre ihr Bruder doch nicht auf die Idee gekommen, sich mit dem an eine Theke zu setzen. Vermutlich war er ohnehin nur auf das Netzwerk scharf, das so ein Caddie womöglich hatte. Valerie würde nie verstehen, wie einem Status so wichtig sein konnte.

»Valerie! Hallo?«

Valerie schreckte hoch. Sie hatte gar nicht bemerkt, dass ihre Mutter ins Wohnzimmer gekommen war. Nach Vincents und Pauls Abfahrt hatte sie sich schnell auf die Couch verzogen und den Fernseher angemacht. Noch immer lief Home & Garden TV, der Sender, den sie für ihr Leben gern zum Runterkommen sah.

Ihre Mutter lachte. »Schon als Kind hast du beim Fernsehen immer die Ohren auf Durchzug gestellt.«

»Ich konzentriere mich auf das Fernsehprogramm – ist das schlimm?« Valerie war genervt. Warum konnte man sich in diesem Haus nicht einfach mal auf dem Sofa entspannen?

»Das ist überhaupt nicht schlimm«, versuchte ihre Mutter sie zu besänftigen. »Papa und ich sitzen nur gerade im Esszimmer bei einem Gläschen Wein und wollten fragen, ob du dich zu uns gesellen möchtest.«

»Von mir aus«, antwortete Valerie knapp.

»Jetzt gleich?« Ihre Mutter sah sie freudig an.

Valerie nickte. Irgendetwas störte sie an der Tatsache, dass das gemeinsame Gläschen Wein im Esszimmer angesiedelt wurde. Üblicherweise hätten sich ihre Eltern einfach zu ihr ins Wohnzimmer gesetzt, ein bisschen mitgeschaut und danach noch mit ihr geplaudert. Dass das Gespräch an einem Tisch stattfinden sollte, machte es irgendwie offiziell, dachte Valerie. Sie ahnte Böses – und sah sich kurz darauf bestätigt, als ihr Vater unbehaglich auf seinem Stuhl herumrutschte.

»Valerie, wir wollten noch mal mit dir reden«, leitete er das Gespräch ein.

»Ich bin müde, Papa, geht das schnell?« Valerie hatte keine Lust mehr, ihren Eltern vom Projekt zu erzählen, an dem den ganzen Tag niemand interessiert gewesen war.

»Du bist jetzt fast zwei Wochen hier und hast noch kein einziges Mal mit Tom telefoniert. Findest du nicht, dass es an der Zeit wäre, mit deinem Mann das Gespräch zu suchen?«, fuhr ihr Vater fort. Es ging gar nicht um das Kulturprojekt – noch schlimmer.

»Ohne Rotwein verweigere ich jede weitere Aussage«, versuchte sie, die negativen Energien in Leichtigkeit umzuwandeln.

Ihre Mutter stand auf, um auch für sie ein Rotweinglas zu holen, das so groß war, dass Valerie sich nun ernsthaft Sorgen über die geplante Länge der Unterhaltung machte. Ihre Müdigkeit war nicht nur vorgeschoben gewesen. Sie wollte wirklich ins Bett ...

»Mir ist klar, dass ich mit ihm reden muss«, erklärte sie daher gleich. »Ich finde das nur besser im persönlichen Gespräch, und solange ich nichts von ihm höre, werde ich mich garantiert auch nicht bei ihm melden.«

Ihre Eltern wechselten vielsagende Blicke. Sie hatten diese Unterhaltung garantiert vorbereitet, während sie am Nachmittag in Münster gewesen war.

»Ist das nicht ein bisschen ... teenagermäßig?«, erwiderte ihre Mutter.

Das war wieder typisch. Valerie war wirklich gewillt gewesen, ein vernünftiges Gespräch mit ihren Eltern zu führen. Aber ihre Mutter schaffte es wieder einmal, Valeries guten Willen durch eine einzige Bemerkung in Abwehr umzukehren.

»Teenagermäßig ist das Ganze hier sicher nicht, Mama! Ich wollte eine Familie gründen. Ich hab keine Ahnung, was daran teenagermäßig sein soll.«

»Ich meinte ja nur, dass du ihn nicht anrufst, sondern darauf wartest, dass er sich bei dir meldet.«

»Och, Mama, das ist doch wirklich egal, ob ich jetzt mit ihm spreche oder nächste Woche. Ohnehin hab ich nicht die geringste Ahnung, was der Inhalt dieses Gesprächs sein könnte. Falls du eine Idee hast, Papa, gib sie mir gerne mit auf den Weg nach Düsseldorf.«

Rolf zuckte zusammen, weil er offenbar nicht mit der Bitte um einen Beitrag seinerseits gerechnet hatte, und richtete sich auf, um ein Statement abzugeben.

»Du kannst ihm mitgeben, dass ich Fälle wie euren zu Hunderten in der Klinik hatte. Nicht alle waren lösbar, aber viele davon schon. Und es wäre schade, die Möglichkeiten nicht zu prüfen, wenn es doch um etwas so Wichtiges wie eure gemeinsame Zukunft und die Erweiterung unserer Familie geht.« Ihr Vater schien zufrieden zu sein, dass er etwas mit Tragweite von sich gegeben hatte, und besiegelte seine Worte mit einem Schluck Rotwein.

Tatsächlich hatte er damit in Valerie etwas ausgelöst. Kurz hatte sie gespürt, wie es sein könnte, ihm mitzuteilen, dass er ein drittes Mal Opa würde. Diese Emotion, die da plötzlich in seiner Stimme gelegen hatte. Es gab nur ein Problem: Tom war immer dagegen gewesen, ihren Vater in die Sache zu involvieren. Und das noch größere Problem: Sie wusste gar nicht mehr, ob sie Tom nach allem, was passiert war, noch als Vater ihrer Kinder wollte. Eine Frage, die sich heute nicht mehr klären lassen würde. Sie beschloss daher, das Gespräch mit einem Hoffnungsschimmer für alle Beteiligten zu beenden.

»Ich bleib für die ersten Aufgaben im Schlossprojekt noch bis Sonntag hier und sehe am Montag im Büro nach dem Rechten. Danach überlege ich mir, ob ich nach Hause fahre, um mit ihm zu sprechen. Okay?«

Ihre Eltern schienen mit diesem vorläufigen Ergebnis ihrer Initiative zufrieden zu sein.

»Ihr schafft das schon, Mäuschen«, versuchte ihre Mutter sie aufzumuntern. »Da bin ich ganz sicher.«

»Eins geht allerdings nicht«, ergänzte Valerie noch. »Ich kann deinen Rat nicht an ihn weitergeben, Papa, und werde ihn auch nicht zu dir in die Klinik schicken können. Tom darf auf keinen Fall wissen, dass ich mit euch über dieses Thema gesprochen habe. Er wollte das ums Verrecken nicht.«

»Das kann er doch nicht von dir erwarten.« Ihre Mutter legte die Stirn in Falten.

»Das tut er aber, Mama, und es ist sein gutes Recht. Ich verlasse mich auf euch und muss jetzt wirklich schlafen. Gute Nacht.«

16

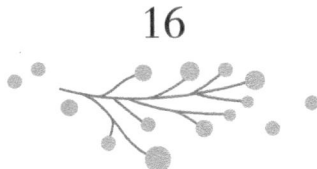

Am Sonntagmorgen war es noch still vor dem Hofcafé. Keine Buggys, kaum Fahrräder, nicht mal die Bank hatte Rike rausgestellt. Valerie hatte freie Platzwahl für das Rad ihrer Mutter, das sie nur mit dem Ringschloss verriegeln und nicht wie in der Stadt anketten musste, wo es ansonsten schon mal als »to go« wahrgenommen wurde. Heute Morgen hatte Manuel ihr geschrieben, ob sie sich nicht auf einen Kaffee treffen wollten, um ihre Ideen und Rechercheergebnisse auszutauschen. Das kam ihr gelegen. Die Arbeit war gestern und vorgestern bei ihren Eltern zu Hause etwas eintönig gewesen. Auch hatte sie festgestellt, dass es sich nicht wirklich positiv auf ihre Stimmung auswirkte, wenn sie zu viel Zeit mit ihnen zu dritt unter einem Dach verbrachte.

Valerie schaute auf die Uhr. Kurz vor elf. Das Café müsste geöffnet sein. Anders als sonst stand die Tür nicht mehr weit offen. Der Herbstwind hätte vermutlich das Laub in den Laden geweht und die hübsche Tischdekoration ins Wanken gebracht.

»Moin!«, sagte sie beim Betreten des Gastraums. Sie freute sich darüber, Rike selbst und nicht nur eine ihrer Servicekräfte zu sehen, und ging in Richtung Theke. »Na? Alles gut bei dir?«

Wie immer wirkte Rike entspannt. Über ihrem T-Shirt trug sie heute eine bunte Strickjacke. Das Geschirrtuch auf der linken Schulter komplettierte den Look einer zufriedenen Gastronomin.

»So weit schon.« Rike schob ein paar Gläser zur Seite. »Setz dich. Wie geht's dir?«

»Och ja, geht so. Heute fiel mir bei meinen Eltern die Decke auf den Kopf. Ich brauche mal eine Auszeit bei dir. Manuel will später auch herkommen. Wir sind ja jetzt beide in dieses Projekt involviert.«

Rike sortierte einige Servietten auf einen Stapel hinter der Theke. »Worum ging es da noch?«

»Es geht um das Münsteraner Schloss. Die Details sind noch streng vertraulich, aber du kannst dich auf mehr Kultur in der City freuen.«

»Mehr Kultur ist immer gut. Käffchen?« Rike wandte sich schon der Siebträgermaschine zu.

»Gerne! Ich nehm einen Latte Macchiato.«

»Mit Hafermilch«, sagten sie beide gleichzeitig und lachten.

»Wie lange bleibst du noch?«, wollte Rike wissen, während sie ein Kännchen unter den Milchschäumer hielt, aus dem es nun laut rauschte.

»Bis morgen«, erwiderte Valerie umso lauter, um die Kaffeemaschine zu übertönen. »Danach muss ich mal zu Hause nach dem Rechten sehen.«

»Bei dem angeblichen Idioten, meinst du?«

Valerie fiel erst jetzt wieder ein, dass sie Rike eingeweiht hatte. Die Cafébesitzerin kannte zwar keine Details, aber dass ihre Ehe nicht rundlief, wusste sie.

»Ja, genau – kann ja sein, dass er sich in meiner Abwesenheit zum Positiven verändert hat.«

Rike machte sich wieder an der Kaffeemaschine zu schaffen.

Valerie überlegte, ob sie sich ihr anvertrauen sollte. Schließlich hatten sie ein gemeinsames Thema. »Wir können keine Kinder kriegen«, platzte es da schon aus ihr heraus – so unvermittelt, dass Rike beinahe die Milchkanne entglitten wäre.

»Oh, das tut mir leid«, entgegnete sie dann. »Habt ihr schon alles versucht?«

Valerie beobachtete, mit welcher Hingabe Rike ihren Kaffee zubereitete. »Nein, das ist ja genau das Problem. Mein Mann will nicht wahrhaben, dass er so gut wie zeugungsunfähig ist. Ich habe das nur zufällig herausgefunden, und jetzt will er nichts weiter unternehmen, obwohl mein Vater ja eine Kinderwunschklinik leitet. Das war der Grund, warum ich mal einen Tapetenwechsel brauchte.«

»Verständlicherweise«, sagte Rike, während sie sich auch einen Kaffee machte. »Habt ihr, seit du hier bist, mal wieder gesprochen?«

Valerie schüttelte den Kopf. »Ich hab nur von einer Freundin gehört, dass es ihm nicht gut gehen soll und dass er sich mit ihrem Mann heillos betrunken hat. Ansonsten hatten wir die letzten zwei Wochen keinen Kontakt.«

Rike kam um die Theke herum und setzte sich zu ihr auf einen Barhocker. »Weißt du, es ist nicht einfach, zu akzeptieren, dass ein Wunsch an natürlichen Umständen scheitert – noch dazu, wenn man selbst die Ursache ist. Ich spreche da, wie du weißt, aus Erfahrung. Vielleicht braucht dein Mann einen Moment, das zu verarbeiten.«

»Das mag sein, aber er kann mir so eine wichtige Information doch nicht vorenthalten, während ich wie eine naive Henne Monat für Monat auf unbefruchteten Eiern herumbrüte.« Valerie griff nach dem Keks, den Rike ihr zum Kaffee gelegt hatte, und stopfte ihn wütend in sich hinein.

»Vielleicht ist ihm die Dringlichkeit nicht ganz so bewusst wie dir, und er hofft einfach, dass es doch noch funktioniert. Mir hatten die Ärzte damals eine ganz kleine Chance eingeräumt, und ich habe gedacht: Egal, wie groß die Chance ist – Hauptsache, ich nutze sie. Aber meinem Mann ging auf der Langstrecke die Puste aus. Genau wie ich wollte er so schnell wie möglich ein Kind. Irgendwann hat er sich aus fadenscheinigen Gründen von mir getrennt und wenig später eine andere geschwängert. Ob unsere Liebe gehalten hätte, wenn ich schwanger geworden wäre?« Rike starrte eine Weile auf die polierten Gläser auf der anderen Seite der Theke, dann wandte sie sich wieder Valerie zu. »Meinst du, dass ein Kind die Bedingung für das Glück zweier Menschen sein kann? Wenn es wirklich Liebe ist – würden sie dann nicht zusammenbleiben, auch wenn ihr Kinderwunsch nicht erfüllt wird?«

Valerie nahm einen Schluck von ihrem Latte Macchiato und überlegte. »Ich denke schon, dass das so sein sollte, aber es ist verdammt schwer, sich von einem Wunsch zu lösen, der so ... existenziell ist wie der Kinderwunsch. Außerdem müssten wir uns ja noch gar nicht davon verabschieden. Und bedeutet Liebe nicht auch, dass man ehrlich miteinander ist? Tom hat einfach alles mit sich ausgemacht. Hätte er mir die Ergebnisse seines Arztes mitgeteilt, wäre ich natürlich an seiner Seite gewesen. Jetzt frage ich mich, wen ich da geheiratet habe, wenn er so mit meinen Gefühlen umspringt und einfach weitermacht wie zuvor.«

»Ich verstehe deine Wut, Mäuschen.«

Jetzt fing Rike auch noch mit dem Mäuschen an ...

»Aber sprich noch mal mit ihm, und frag ihn, wie er die Dinge jetzt sieht, nachdem du einige Tage weg warst. Sicher hat er dich vermisst und sich ein paar Gedanken gemacht. Vielleicht ja sogar in deinem Sinne.«

»Ich weiß gar nicht mehr, was in meinem Sinne ist«, erwiderte Valerie betrübt.

»Wie meinst du das?« Rike sah sie fragend an. »Willst du kein Kind mehr?«

Valerie rutschte auf ihrem Stuhl herum. Die konkrete Nachfrage machte sie nervös. »Doch, eigentlich schon, aber ich sehe ja auch, wie glücklich du ohne Kinder geworden bist. Und deinen Traum hättest du so nicht leben können, wenn da noch ein, zwei Kinder gewesen wären.«

Rike lachte. »Wer weiß – vielleicht doch. Aber du hast schon recht. Man muss sich sehr genau überlegen, ob man bereit ist, seine eigenen Bedürfnisse über viele Jahre hinweg hintanzustellen. Kinder sind nicht nur als Babys betreuungsintensiv. Man hat sie im besten Fall ein Leben lang an der Backe. Sie werden größer und selbstständiger, aber schau dich selbst an: Du bist über dreißig, aber wenn's Probleme gibt, gehst du noch immer zu deinen Eltern.« Sie schmunzelte. »Das Elterndasein hat zweifellos auch sehr herausfordernde Seiten. Nicht jeder ist dem gewachsen. Vielleicht wäre ich es gewesen, vielleicht auch nicht. Jetzt ist es so, wie es ist, und ich bin zufrieden damit. Wer weiß, was sonst im Leben noch auf mich zugekommen wäre.«

Valerie rührte in ihrem Hafermilchschaum. »Hast du schon mal von dieser Studie gehört, aus der hervorgeht, dass es beim Glücksgefühl keinen Unterschied zwischen denen gibt, die Kinder haben, und jenen, die sich bewusst gegen Kinder entscheiden?«

Rike schüttelte den Kopf. »Nee, die kenne ich nicht, klingt aber interessant.« Sie wischte über die Theke, weil sie etwas Kaffee verschüttet hatte. »Ich habe ja eher aus der Not eine Tugend gemacht, und glaub mir, das war ganz und gar nicht einfach. Jetzt bin ich glücklich mit dem, was ich habe. Ich finde es aber auch völlig in Ordnung, dass sich manche bewusst gegen Kinder entscheiden – vielleicht sogar verantwortungsvoll, wenn sie sich der Aufgabe nicht gewachsen fühlen. Ich glaube, das Glück kann in allen Farben daherkommen.«

In diesem Moment flog die Tür auf. Gleich mehrere Servietten wurden von einer Windböe erfasst und von den Tischen gefegt.

»Moinsen!« Manuel betrat das Café mit einer Selbstverständlichkeit, als wäre dies sein zweites Wohnzimmer. »Na, die Damen?« Er gab Rike links und rechts ein Küsschen. Dann kam er auf Valerie zu und wiederholte diese Begrüßung.

Charmant, musste Valerie sich eingestehen.

»Krieg ich auch einen Kaffee?«

»Ja, klar«, meinte Rike und begann erneut an der Siebträgermaschine herumzuhantieren.

»Na, kleine Bruchpilotin, was hast du bei deiner Projektrecherche herausgefunden?« Manuel griff nach dem Barhocker, auf dem Rike vorhin noch gesessen hatte, und setzte sich zu Valerie.

»Dass es viele tolle Projekte gibt, von denen wir ganz viel lernen können. Und dann machen wir es noch besser.«

»Ach, echt? Was denn zum Beispiel?«

»Alles Mögliche – vor allem digital müssen wir Gas geben, um in ganz Europa für Aufmerksamkeit zu sorgen. Allein durch die Reise wird uns das nicht gelingen«, meinte Valerie.

»Klingt gut. Und wie lautet unser Slogan?« Manuel nahm die Tasse entgegen, die Rike ihm reichte.

»Das ist deine Baustelle – hast du noch keine Idee?«

»Doch, klar! Was hältst du zum Beispiel von ...« Er sprang vom Barhocker und richtete sich vor ihr auf wie ein Zirkusdirektor bei der Ankündigung des nächsten Stars in der Manege. »Kultour!«

»Wie Kultur? Wo ist der Slogan?«

»Er steckt in der Schreibweise. Wir schreiben ›tour‹ mit ›ou‹. Cool, oder?«

»Hm ... Aber damit haben wir noch immer keinen Slogan. Ist das dein einziges Ergebnis der letzten Tage?«

»Nein, natürlich nicht. Wir stellen in der Kampagne verschiedene Fragen und Antworten dann jeweils mit dem Hashtag #kultour. Das wird gut, glaub mir. Aber lass doch mal hören, was du vorzuweisen hast. Du kannst mich sicher noch etwas ... inspirieren.«

»Wenn du meinst ...« Valerie nippte an ihrem Latte Macchiato und überlegte. »Was, wenn wir prominente Botschafter fänden, die jeweils eine Aussage zum Thema Kultur treffen?«

Manuel sah sie begeistert an. »O ja – gute Idee! Wen könnten wir nehmen?«

Valerie überlegte weiter. »Vielleicht europäische Künstlerinnen und Künstler, die in Münster gearbeitet haben? So hätten wir einen schönen Bezug zum Thema ›Europa in Münster und von Münster nach Europa‹ beziehungsweise ›Europa zu Gast in Münster‹. Und in den Heimatstädten der betreffenden Personen gäbe es schon einen guten Aufhänger für die Presse.«

Manuel wippte auf seinem Stuhl hin und her. »Das ist es! Sie sagen dann Sachen wie: ›Erlebe mein Lissabon in Münster – #kultour‹ – und die Leute fragen sich, was damit gemeint ist.«

Valerie nickte. »Genau so. Die Antworten finden sie bei uns im Schloss. Wir schießen tolle Schwarz-Weiß-Porträts von den Personen und plakatieren damit hier und in ihrer Heimat viel besuchte Orte. Könnte sogar Strahlkraft über Europa hinaus erzeugen.«

»Mann, Valli, das ist echt gut.«

Valerie war davon überzeugt, dass dies die Basis einer richtig guten Kampagne werden könnte.

»Wollt ihr einen Tisch?«, fragte Rike, der es offenbar unangenehm wurde, bei einem Gespräch zuhören zu müssen, das laut Valerie eigentlich vertraulich war.

»Nee, lass mal, wir gehen gleich zu mir rüber, da können wir besser arbeiten«, erwiderte Manuel.

Valerie schaute ihren Schulfreund irritiert an. Sie war nicht zum Arbeiten, sondern auf einen Kaffee hergekommen.

»Ich will heute nicht mehr arbeiten«, protestierte sie. »Ich wollte hier einen Kaffee trinken, vielleicht noch eins der leckeren Croissants essen und ein bisschen quatschen.«

Manuel kam jetzt ganz nah an sie heran. So nah, dass seine Wange beinah ihre berührte, und flüsterte in ihr Ohr:

»Sicher?«

»Nein. Äh ja. Ich meine, ja, ich bin sicher: Ich will nicht. Herrgott, du weißt schon, was ich meine.« Sie spürte, wie rote Flecken ihr Dekolleté eroberten, als würde man ein weißes Laken in Blutorangensaft tauchen. Musste er sie jetzt auch noch so anschauen und dabei so verdammt gut aussehen? Hätte er nicht etwas weniger attraktiv und dafür ein bisschen smarter bei der Entwicklung eines Slogans sein können? Was wollte er denn eigentlich von ihr? Hilfe bei der Arbeit oder Hilfe bei ... ganz anderen Dingen?

»Komm, wir frühstücken hier noch, und dann muss ich auch los«, schlug Valerie vor.

»Na gut, aber ich lad dich ein.«

»Damit kann ich leben.«

Valerie gegen Versuchung – 2:0.

Das Frühstück war noch richtig nett gewesen. Ein bisschen zu nett, wie Valerie jetzt auf dem Rückweg zu ihren Eltern fand. Sie hatten Rührei mit Speck gegessen – wie früher, wenn sie im Morgengrauen von einer Party gekommen waren und in der Küche irgendeines Elternhauses noch nach etwas Essbarem gesucht hatten. Manuel hatte sie mit Joghurt und Früchten gefüttert. Das sah im Film immer so verführerisch aus – und war es jetzt im echten Leben auch gewesen. Rike war zwischendurch an den Tisch gekommen und hatte gebannt den Geschichten aus ihrer Jugend gelauscht – bis sie offenbar bemerkt hatte, dass Manuels Hand Valeries Knie unter dem Tisch berührte, und schnell noch etwas hinter der Theke erledigen musste.

Da war etwas zwischen ihr und Manuel, was nicht wegzudiskutieren war. Ob das jetzt Schmetterlinge im Bauch waren oder ein Nachtfalter auf Abwegen, musste sie noch herausfinden. Nun wollte sie aber erst mal zu ihren Eltern und langsam damit beginnen, ihre Sachen zu packen.

Tom?! Valerie betätigte alle Bremsen des Hollandrades gleichzeitig, als sie den VW-Bus ihres Mannes in der Auffahrt ihrer Eltern stehen sah. Was machte der denn hier? Ihr Herz schlug bis zum Hals. Sie war drauf und dran, wieder umzukehren, um bei Rike einen Schlachtplan für die unvorhergesehene Konfrontation mit ihrem Mann zu schmieden. Warum hatte ihre Mutter sie nicht gewarnt?

Sie kramte ihr Handy hervor. Drei Anrufe in Abwesenheit, drei Nachrichten – alle von ihr. Die letzte lautete: Komm jetzt nach Hause, Valerie. Es bringt doch nichts, sich zu verstecken.

Anscheinend hatte das Frühstück mit Manuel sie so in Beschlag genommen, dass sie nicht mal ihr Handy im Blick behalten hatte. Und jetzt? Sie hatte keine Ahnung, wie sie Tom begegnen sollte. Was wollte sie? Eine Pause? Vorübergehend hier bei ihren Eltern wohnen? Eine Paartherapie? Eine Kinderwunschbehandlung? Gar kein Kind mehr? Eine berufliche Auszeit? Eine Reise? Trennung? Leidenschaftliche Stunden mit Manuel?

O Gott, sie wusste es wirklich nicht! Und zum ersten Mal spürte sie, dass der Aufenthalt bei ihren Eltern eine Flucht war. Umhüllt von Heimat, Familie und der Krankschreibung ihres Hausarztes, hatte sie sich auf diesem Fleckchen Erde vor allem beschützt gefühlt, was sie eigentlich regeln musste.

Was besprachen die da drinnen jetzt? Hatte ihre Mutter Kaffee gekocht und betüdelte gerade ihren Schwiegersohn, als sei nichts gewesen? Redeten sie über das, was geschehen war? Wenn sie ihm jetzt erzählten, dass sie schon Bescheid wussten ... Hilfe!

Valerie fuhr mit dem Fahrrad auf die Auffahrt. Durchs Küchenfenster sah sie ihre Eltern mit Tom am Esstisch sitzen. Tatsächlich hatte ihre Mutter Kaffee gekocht. Gerade reichte sie ihrem Schwiegersohn eine Schale, in der vermutlich die Waffelröllchen lagen, die Tom bei jedem Besuch hier verschlang – selbst dann, wenn sie von einer Torte begleitet wurden, von der er dann auch noch zwei bis drei Stücke aß. Plötzlich sah ihre Mutter durchs Fenster. Aufgeregt begann sie zu winken.

»Mist«, brummte Valerie.

Im nächsten Moment öffnete sich schon die Haustür.

»Da bist du ja endlich!«

»Du weißt doch, dass ich bei Rike zum Frühstücken war. Was meinst du, wie schnell das geht? Und was will der hier?« Valerie deutete auf Toms Bulli.

»Nach dir sehen. Ist doch nett, oder?«

»Nett wäre eine frühzeitige Ankündigung gewesen. Ich will jetzt nicht mit ihm sprechen.«

»Ach, Valerie. Tom ist dein Mann, und er ist den ganzen Weg hierhergefahren, um mit dir zu reden. Stell dich nicht so an.« Ihre Mutter drehte sich um und ging zurück ins Haus. Als sie bemerkte, dass Valerie ihr nicht folgte, kam sie zu ihr hinaus und zog sie am Arm.

Valerie riss sich los. »Ich wollte ja auch mit ihm reden, Mama, aber weder jetzt noch hier. Was soll das werden? Eine Paarmediation unter Aufsicht der Eltern beziehungsweise Schwiegereltern? Das bringt doch nichts.«

Ihre Mutter legte jetzt sanfter die Hand auf ihren Arm. »Komm erst mal rein, und trink einen Kaffee mit uns.«

Diesmal verharrte Valerie in ihrer Haltung, auch wenn sie die Hand ihrer Mutter eigentlich gern abgeschüttelt hätte.

»Wie stellst du dir das denn vor, Mama? Wir können doch jetzt nicht so tun, als wäre nichts gewesen.«

»Doch, Valerie, das können wir. Du kommst jetzt rein, setzt dich hin, und trinkst einen Kaffee. Sei nett zu ihm, und reg dich nicht auf.«

Valerie verdrehte die Augen. Das war wieder so typisch für ihre harmoniesüchtige Mutter. Es war doch so schön, als Familie an einer Kaffeetafel zu sitzen und sich vorzumachen, dass alles im Leben toll war. Genereationsübergreifendes Glück, wohin man blickte - das hätte sie sich gewünscht. Widerwillig folgte sie ihr ins Haus. Wo hätte sie sonst bleiben sollen?

»Hi Papa«, grüßte sie kurz darauf ihren Vater und warf Tom nur einen verächtlichen Blick zu. »Was machst du hier?«, fügte sie in dumpfem Tonfall hinzu.

»Nach dir sehen«, erklärte Tom. »Gut siehst du aus.«

Jetzt machte er auch noch auf harmonisch. War ja klar, schließlich saßen ihre Eltern mit am Tisch. Ihnen gegenüber wollte er wohl noch immer den Vorzeigeschwiegersohn geben, während der Vorzeigeehemann längst auf der Strecke geblieben war.

»Hast du genug gesehen?«, konterte sie. »Ich lebe. Mir geht's gut. Den Rest können wir ja dann in Düsseldorf klären. Ich muss nächste Woche eh mal in der Agentur vorbeischauen. Dann können wir uns auf einen Kaffee treffen.«

Betreten schaute Tom seine Schwiegereltern an.

Valeries Mutter war sichtlich schockiert. So verhärtet hatte sie sich die Fronten zwischen den beiden wohl nicht vorgestellt. »Was heißt denn auf einen Kaffee, Valerie? Du wirst doch dann sicher erst mal zu Hause bleiben?«, hakte sie nach.

Tom versuchte seine Schwiegermutter zu beruhigen. »Wir gehen oft extern Kaffee trinken, wenn dicke Luft ist.«

Valerie entschied sich, ihre Mutter in dem Glauben zu lassen, dass sie in ihre Wohnung zurückkehren würde.

»Dann habt ihr euch wohl einiges über mich angehört?«, fragte Tom seine Schwiegereltern, nachdem Valerie auf Anweisung ihrer Mutter hin neben ihm hatte Platz nehmen müssen. Er wollte offenbar genauer wissen, welchen Kenntnisstand ihre Eltern hatten. Valerie wurde nervös. Sie würden doch nicht etwa ...?

»Och – nein«, antwortete ihre Mutter verlegen und schaute Hilfe suchend zu ihrem Mann.

Bitte, Papa, erzähl ihm irgendwas, aber lass Mama nicht mehr zu Wort kommen!, flehte Valerie ihren Vater im Stillen an.

»Ach nein, Tom, du musst dir da keine Sorgen machen«, meinte ihr Vater. »Dass es mal Stress in der Ehe gibt, ist doch normal.«

Danke, Papa, bitte lass das jetzt einfach so stehen. Valerie überlegte, was sie jetzt Unverfängliches sagen könnte, aber ihr Vater holte schon wieder Luft.

»Und dass Kinder nicht immer von heute auf morgen gezeugt werden, weiß ich wohl am besten.«

Eiserne Stille.

Tom warf ihr einen vernichtenden Blick zu, der sich wie ein Pfeil durch Valeries Körper bohrte. Ihr war bewusst, wie wichtig es ihm gewesen war, dass sie ihre Eltern nicht in diese Thematik einweihte. Es war ihr in ihrer Wut nur egal gewesen. Tom konnte allerdings noch nicht wissen, wie sehr sie ihren Eltern gegenüber ins Detail gegangen war. Hatte sie noch Chancen, die Situation zu retten?

»Falls du dich fragst, wie mein Vater darauf kommt: Vincent war hier und hat nervige Fragen zu unserer Fortpflanzung gestellt. Ich glaube, Papa hat da irgendwas falsch verstanden«, versuchte Valerie, ihren Kopf aus der Schlinge zu ziehen.

»Mit Vincent haben wir doch gar nicht über das Thema gesprochen«, entgegnete ihre Mutter und sah sie verständnislos an.

Hallo? Erde an Mama? Houston, wir haben ein Problem! Valerie war fassungslos. Ihre Mutter hatte offenbar überhaupt nicht begriffen, was hier gerade auf dem Spiel stand! Wenn sie wirklich wollte, dass Valerie noch mal zu ihrem Ehemann zurückfand, war das der garantiert schlechteste Weg.

Valerie spürte förmlich, wie ihr die Röte in den Kopf stieg. Sie versuchte, nicht zu Tom herüberzuschauen, der sie lange genug kannte, um zu erkennen, dass sie sich auf unsicherem Terrain befand.

»Was ich damit nur sagen will«, setzte ihr Vater wieder an.

»Nein, Papa, du sagst jetzt gar nichts mehr!«, rief Valerie.

Ihre Eltern starrten sie entgeistert an.

»Ach nein? Wieso denn nicht?«, mischte sich Tom ein. »Ich bin sehr interessiert daran, was dein Vater zu sagen hat. Nur zu, Rolf. Ich höre.«

»Papa, nein!« Valerie wurde geradezu panisch. Hilflos schaute sie sich im Raum um – in der Hoffnung, irgendeinen Hebel zu finden, um diese unerträgliche Situation zu beenden. Ihr Blick fiel auf die Sahne. »Papa möchte sagen, dass er noch Sahne auf seinem Apfelkuchen haben will. Bitte schön, Papa, da ist sie. Gehen wir mal raus, Tom?« Mit Schwung stellte sie ihrem Vater die Sahne hin. Dabei fiel der Löffel aus der Schale, wodurch ein Schwung Sahne in den Schritt ihres Vaters katapultiert wurde.

»Auf keinen Fall, dein Vater war noch nicht fertig«, unterbrach Tom das Schweigen und lehnte sich mit einem süffisanten Lächeln zurück.

Valeries Vater, der mit einer Serviette versuchte, seiner befleckten Hose Herr zu werden, schaute erschrocken hoch und holte tief Luft. »Was ich sagen wollte, Tom: Du bist nicht der Einzige, dem das so geht. Das ist nichts Außergewöhnliches, aber absolut therapierbar. Du kriegst bei uns die beste Behandlung des Landes. Kommt doch einfach mal zu einem Beratungstermin vorbei, dann sehen wir weiter.«

Tom warf Valerie einen bitterbösen Blick zu. »Jetzt können wir rausgehen, Valerie – und zwar SOFORT!« Noch nie war Tom in Anwesenheit seiner Schwiegereltern laut geworden.

Valeries Mutter verschluckte sich vor lauter Schreck und eilte hustend in die Küche, während ihr Vater sprachlos am Kaffeetisch sitzen blieb.

Tom schob Valerie nach draußen auf die Terrasse. »Bist du komplett irre? Was bildest du dir ein, deinen Eltern von meinen ärztlichen Untersuchungen zu erzählen? Hast du schon mal was von Datenschutz gehört? Oder von Persönlichkeitsrechten? Du tickst ja wohl nicht mehr richtig! Wie oft hab ich dir gesagt, dass ich das Thema auf keinen Fall mit deinen Eltern besprechen will – insbesondere nicht mit deinem Vater?«

Valerie krallte sich an das Geländer, das die Terrasse vom Garten trennte, und hatte kurzfristig das Gefühl, in Schockstarre zu verfallen. Kürzlich hatte sie noch gelesen, dass dies eine Angstreaktion sei, die sich zu Zeiten von Jägern und Sammlern bewährt habe, wenn einem beispielsweise ein wildes Tier im Wald begegnet war. So fühlte sie sich jetzt auch. Das Blöde an der Schockstarre war nur, dass sie auch sprachlos machte.

»Ich hab ... die wollten ... ich konnte ...«

»Willst du mir jetzt etwa erzählen, dass du nicht anders konntest? Bullshit, Valerie! Du hättest ihnen doch irgendwas erzählen können, warum wir aneinandergeraten sind, aber nicht das! Ich bin hergekommen, um nach dir zu sehen und weil ich mir sicher war, dass wir eine Lösung für alles finden. Aber das setzt dem Ganzen jetzt wirklich die Krone auf.« Er hielt kurz inne und atmete tief durch. »Denkst du denn gar nicht mehr an alte Zeiten zurück? Unsere Reisen, die erste gemeinsame Wohnung, unsere Hochzeit? Ist dir das alles von heute auf morgen egal? Du bist meine Frau, Valerie Wiegand. Schon vergessen?«

Jetzt sah er wirklich verzweifelt aus. Valerie hatte kurz das Bedürfnis, in seine Arme zu fallen, sich schluchzend an ihn zu schmiegen und ihm beizupflichten: Du hast recht, Tom. Ich habe dir meine Liebe versprochen, und ich werde mein Versprechen halten. Durch dick und dünn, in guten wie in schlechten Zeiten. Lass uns alles vergessen und noch mal neu anfangen.

»Du scheinst überhaupt kein Interesse mehr an unserer Ehe zu haben«, fuhr Tom fort. »Such dir irgendeine Bleibe für kommende Woche, oder gib mir rechtzeitig Bescheid, wann du kommst, damit ich das Weite suchen kann. Du solltest dich schämen!«

»Wie bitte?« Valerie hatte ihren Wortschatz wiedergefunden. Sie holte noch mal tief Luft. »Ich soll mich schämen? Wenn sich hier irgendwer schämen sollte, dann ja wohl du! Hier einfach aufzukreuzen, ohne Vorankündigung. Erst den ach so netten Schwiegersohn spielen und mich dann in die Falle locken. Ich habe im Gegensatz zu dir eben ein gutes Verhältnis zu meinen Eltern. Während deine Erzeuger auf Mallorca hocken und sich um nichts scheren, reden wir in meiner Familie über die Dinge, die uns bewegen. Und da gibt es einiges, was mich bewegt, Tom. Natürlich erinnere ich mich an die guten Zeiten. Weißt du, wie oft ich mir Bilder von unseren Reisen anschaue? Was ist seitdem aus uns geworden? Es ist doch nicht allein das Kinderthema, Tom. Wenn bei uns alles in Ordnung wäre, würden wir die Sache doch ganz anders angehen. Mit Respekt und Verständnis. Und mit Liebe, Tom!« Beim Wort »Liebe« hatte sie ungewollt theatralisch ihre Hände in die Höhe gehoben. »Wo ist denn, bitte schön, unsere Liebe geblieben?«, setzte sie noch einen drauf. »So wie wir geht man doch nicht miteinander um, wenn man sich wirklich liebt! Und ja, mein Verhalten war nicht okay. Aber deins auch nicht. Also hör auf, dich hier wie ein Heiliger aufzuführen.«

Valerie fand, dass dies ein guter Abschluss für das Gespräch war, und wollte ins Haus zurückkehren.

»Jetzt hör du mir mal zu, Valerie! Ich hab mir Sorgen um dich gemacht, und du hast nichts Besseres zu tun, als mich vor deinen Eltern bloßzustellen! Ich mach diese Spielchen nicht mit. Dein Kinderwahn geht mir so was von auf den Senkel. Ich hab überhaupt keinen Bock mehr auf das Thema.«

»Trifft sich gut, ich nämlich auch nicht«, gab Valerie patzig zurück. »Erst recht nicht mit dir. Ich bin hier an einem Projekt dran, das sich mit einem Kind ohnehin schlecht vereinbaren ließe. Und weißt du, was? Ich fühle mich gut dabei. Sehr gut sogar. Nur jetzt, wo du da bist, fühle ich mich mies. Also fahr wieder nach Hause. Ich komme dann nächste Woche irgendwo anders unter.« Sie öffnete die Terrassentür. Ihre Eltern hatten sich offenbar zurückgezogen, allerdings war sie davon überzeugt, dass ihre Mutter in einem Nebenraum stand und lauschte.

»Tolle Lösung. Wirklich beeindruckend!«, rief Tom ihr nach. »Und dann? Lassen wir uns scheiden, oder wie?«

Genau in diesem Moment tauchte Valeries Mutter auf. »Scheidung? Jetzt übertreibt aber mal nicht! Solche Krisen gehören doch zum Eheleben dazu. Was meint ihr, wie viele Rolf und ich davon im Leben schon hatten?« Sie schaute in Valeries Richtung und erwartete offenbar Bestätigung.

Valerie hatte nicht die geringste Ahnung, welche Krisen ihre Eltern bereits gemeistert haben sollten. Ja, es hatte öfter mal Zoff gegeben, aber richtige Krisen? Sie konnte sich nicht entsinnen.

»Ich bin eure Streiterei jetzt auch leid«, fügte ihre Mutter hinzu. Sie strich ihre Strickjacke glatt und setzte ein Lächeln auf. »Wollt ihr noch etwas trinken?«

»Nein!«, antworteten Valerie und Tom wie aus einem Mund.

»Ist ja gut – ich dachte nur, dass wir noch mal zusammen darüber reden könnten. Vielleicht hilft euch das ja.«

»Tom wollte gerade gehen«, behauptete Valerie und kehrte ihrem Mann den Rücken zu.

»Ja, das stimmt«, bestätigte der. »Ich muss jetzt wirklich los. Die Arbeit ruft.«

»Du hast die Fahrt doch nicht auf dich genommen, um nur einen Kaffee bei uns zu trinken, Tom? Bleib doch zum Abendessen. Wir freuen uns, dich zu sehen.«

»Nein, wirklich nicht, Angelika. Die Stimmung zwischen mir und deiner Tochter ist miserabel. Ich fahre jetzt nach Hause, und dann schauen wir weiter, wenn sie wieder in Düsseldorf ist. Das bringt jetzt nichts. Tut mir leid. Ich hätte nicht kommen sollen.«

»Na gut, dann begleite ich dich noch zur Tür.« Valeries Mutter legte die Hand auf den Rücken ihres Schwiegersohns, als wollte sie ihn beschützen, und ging mit ihm in Richtung Flur.

Valerie blieb auf der Terrasse stehen. Für heute hatte sie wirklich genug. Sie hörte, wie sich ihr Vater drinnen von Tom verabschiedete. Dann kam er zu ihr nach draußen.

»Was war das denn jetzt, Valerie?«

»Sag mal, spinnst du, Papa? Du kannst doch nicht Tom gegenüber ausplaudern, dass ich euch über alles in Kenntnis gesetzt habe! Ich hab euch doch extra gesagt, dass ihr das für euch behalten sollt. Meinst du, er hat Lust, sich mit dir über sein Sperma zu unterhalten?«

»Jetzt sei nicht albern, Valerie. Wir sind doch eine Familie, und ich bin Experte auf diesem Gebiet. Ob ich nun über seinen Samen oder den Samen irgendeines Fremden spreche, ist mir völlig egal.«

»Ja, dir schon, aber ihm doch nicht, Papa! Jetzt habe ich euretwegen noch mehr Stress als vorher. Vielen Dank dafür!«

»Also, versteh einer die Jugend. Ich weiß wirklich nicht, was daran schlimm sein soll.«

»Es wird echt Zeit, dass ich abreise. Ich packe jetzt meine Sachen, und dann bin ich weg.«

»Jetzt beruhige dich doch mal, Valerie.« Ihre Mutter war wieder im Türrahmen aufgetaucht. »Tom ist völlig fertig. Was hat er denn jetzt wieder falsch gemacht?«

»Du meinst wohl, was *ihr* falsch gemacht habt, Mama! Er ist stinksauer, dass ich euch alles erzählt habe.«

»Meine Güte, der kriegt sich schon wieder ein.« Ihre Mutter schüttelte verständnislos den Kopf.

»Der wird erst mal gar nicht mehr mit mir reden, Mama. Und ich kann ihn sogar ausnahmsweise mal verstehen.« Valerie drückte sich an ihrer Mutter vorbei, lief nach oben in ihr früheres Kinderzimmer und knallte die Tür hinter sich zu. Dann ließ sie sich auf ihr Bett fallen. Warum war alles so kompliziert? Sie wollte doch einfach nur glücklich sein. War das wirklich zu viel verlangt? Bis vor Kurzem war doch noch alles in Ordnung gewesen.

Tränen stiegen in ihr hoch. Bilder vom gemeinsamen Frühstück in ihrer Wohnung, in ihrem Lieblingscafé, im Urlaub und von der Hochzeit zogen vor ihrem inneren Auge vorbei. Sie versuchte, ihre Emotionen zu unterdrücken, und blinzelte die Tränen weg. Was, wenn Tom sich nun von ihr trennte? Bei diesem Gedanken fuhr es ihr eiskalt in die Glieder. An diese Möglichkeit hatte sie bislang nie gedacht, jetzt aber war er so wütend geworden, dass sie seine Reaktion nicht mehr einschätzen konnte. War sie bereit für eine Trennung? Wohl nicht. Für eine Auszeit? Schon eher. Das neue Projekt mit der anschließenden Reise kam eigentlich wie gerufen.

Der Gedanke an die Europatour weckte neue Energien in ihr. Sie sprang auf und begann zu packen, um nicht zu spät in Düsseldorf anzukommen.

17

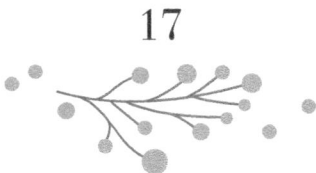

Noch eine ganze Weile hatte ihre Mutter auf sie eingeredet, während Valerie ihre letzten Sachen zusammensuchte und in die Taschen und Beutel presste, die sie zuletzt in ähnlicher Stimmung in Düsseldorf gepackt hatte.

»Bleib doch wenigstens noch zum Abendessen«, hatte sie gefleht, aber Valerie hatte genug. Die ganze Erholung der letzten Wochen war mit dem unerwarteten Auftritt von Tom dahin. Vielleicht hätte das Treffen noch einigermaßen glimpflich verlaufen können, wenn ihre Eltern ihr zugehört und die Auswirkungen ihrer Äußerungen bedacht hätten. Stattdessen hatten sie alles getan, um den Graben zwischen ihr und Tom noch zu vertiefen. Jetzt klaffte da eine Schlucht so breit wie der Grand Canyon.

»Vielen Dank!«, rief sie wütend, während sie mit ihrem Mini Cooper in Richtung A1 abbog. Was sollte in ihrem Leben eigentlich noch danebengehen? Wenn sie schon Pech in der Liebe hatte, wo war dann das große Geld? Und da ihr Mann schon nichts kapierte – hätten dann ihre Eltern nicht wenigstens einen Geistesblitz haben können, wenn es drauf ankam? Gerade ihrem Vater hätte sie wirklich mehr zugetraut. Welche Reaktion hatte er von Tom erwartet? Gut, dass du mich erinnerst, Rolf? Ich hatte total vergessen, dass du Leiter einer Kinderwunschklinik bist? Reich mir den Becher, ich geh kurz ins Bad.

Jetzt war sie unterwegs »nach Hause«, ohne ein richtiges Zuhause zu haben. Ihr eigener Mann hatte ihr gesagt, dass er sofort das Weite suchen würde, falls sie auf die Idee käme, sich in ihrer gemeinsamen Wohnung blicken zu lassen.

Aber wollte sie da überhaupt hin? Einerseits schon, weil dort noch immer ihre vertraute Umgebung war und sie ein paar Dinge von dort wirklich vermisste – ihren einzigen bequem sitzenden BH zum Beispiel und eine Armbanduhr, die sie in der Hektik der Abreise zu Hause liegen gelassen hatte. Andererseits hatte sie viele gute Freunde in Düsseldorf. Vielleicht würde es ihr auch guttun, bei einem vertrauten Lieblingsmenschen unterzuschlüpfen, zur Ruhe zu kommen und gemeinsam zu überlegen, wie es weitergehen könnte. Bei jemandem wie Stevie zum Beispiel. Die aber hätte mit ihr als Übernachtungsgast definitiv einen fürsorgebedürftigen Menschen zu viel in ihrem Haushalt gehabt. Besser wäre jemand mit weniger Verantwortung für andere. Jemand wie ... Vito!

Allerdings wohnte Vito im selben Haus, sogar gleich gegenüber. Was, wenn sie dort auf Tom stoßen würde? Andererseits hätte sie so die Möglichkeit, mal schnell rüberzuhuschen – zum Beispiel, um ihren BH, die Uhr und ein paar andere Dinge aus der Wohnung zu holen. Dann müsste sie hundertprozentig sicher sein, dass Tom nicht zu Hause war. Auf eine weitere Begegnung mit ihm konnte sie vorerst verzichten. Dazu fehlte ihr schlichtweg die Kraft.

Sie betätigte die Freisprechfunktion: »Vito anrufen«, sagte sie laut und jetzt ganz sicher, die richtige Wahl getroffen zu haben.

Ausnahmsweise antwortete Siri prompt: »Ich rufe Vito für dich an.« Freizeichen.

»Schätzchen?« Wie immer, wenn Valerie ihren Nachbarn anrief oder bei ihm klingelte, gaben Kir und Royal im Hintergrund ein kläffendes Konzert. Schon allein deswegen hätte Valerie niemals einen Hund haben wollen. Sie drehte die Lautstärke an der

Freisprechanlage herunter und hoffte, dass das Gebelle bald vorbeigehen würde.

»Hi«, grüßte sie lauter als gewöhnlich, um zu ihrem Freund durchzudringen. Sie hätte jetzt lieber in Ruhe mit ihm gesprochen.

»Kir! Royal! Ruhe jetzt! Aus! Platz!« Vito schien sich wirklich Mühe zu geben, und tatsächlich wurde es stiller im Hintergrund. »Entschuldige, Liebes. In diesem Haushalt ist der Testosteronspiegel wie immer zu hoch.«

Valerie musste lachen. Sie drehte die Lautstärke auf, während sie auf die andere Spur wechselte, um einen viel zu langsamen Peugeot mit Wackeldackel auf der Hutablage hinter sich zu lassen. »Das kannst du aber nicht allein den Vierbeinern in die Pfoten schieben!«

»Wie auch immer. Kannst du mir mal erzählen, wo du dich rumtreibst? Ich hab dich ein gefühltes Jahrzehnt nicht mehr gesehen!«

»Zwei Wochen, um genau zu sein. Ich war bei meinen Eltern. Hab ich dir doch geschrieben. Es war schön, und eigentlich hatte ich mich gut erholt, bis Tom heute Mittag unangekündigt dort aufkreuzte.« Als sie den Namen ihres Mannes erwähnte, rutschte ihr Fuß auf dem Gaspedal aus. Ihr Mini ermahnte sie, dass sie die Geschwindigkeitsbeschränkung von 120 überschritten hatte. Sie trat auf die Bremse. Ihr Fahrstil während des Gesprächs ließ zu wünschen übrig.

»Trouble in Telgte? Erzähl, Schnucki! Ich mach mir schon mal einen Drink auf.«

»Es ist Nachmittag!«, entgegnete Valerie gespielt empört.

»Ja und? Daydrinking is life!« Sie hörte, wie er nach einem Flaschenöffner kramte und wenig später einen Kronkorken in die Freiheit entließ. Dann nahm er ein paar glucksende Schlucke.

»Mein Vater hatte nichts Besseres zu tun, als am Kaffeetisch Toms Spermiogramm zu thematisieren. Du kannst dir vorstellen, dass die Begeisterung riesig war.«

»Was? Er hat Tom auf sein Spermiogramm angesprochen? Aber er wusste doch gar nichts davon?«

Jetzt erst wurde Valerie bewusst, dass ihrem Nachbarn ein Teil der Geschichte fehlte.

»Oh no – Hase, du hast doch nicht etwa …?« Vito stockte kurz. »Natürlich hast du.«

»Ja, was denkst du denn? Natürlich hab ich meinen Eltern alles erzählt! Ich war völlig am Boden, Vito. Wozu sind Eltern denn da?«

»Ja, du hast recht. Das war absehbar.«

»Und notwendig!«, rechtfertigte Valerie sich weiter. »Wir sind schließlich auf die Hilfe meines Vaters angewiesen. Aber sie sollten Tom das natürlich nicht sagen!«

»Lass mich raten: Dein Vater hat seine Hilfe angeboten, und Tom ist vor Schreck ein Ei aus der Hose gefallen?«

»So ungefähr – aus allen Wolken gefallen wäre mir lieber.«

»Stimmt. Die Eier brauchen wir vielleicht noch, am besten in voller Besetzung. Und jetzt?« Einer der Hunde fing im Hintergrund erneut an zu bellen. »Kir, du machst mich kirre. Aus!«, rief Vito.

Valerie wartete ab, bis es wieder ruhiger wurde. »Jetzt soll ich ihm Bescheid sagen, falls ich nach Hause komme, damit er noch genügend Zeit hat zu fliehen.«

»Wo ist er denn jetzt?«

»Schon vor mir abgereist. Vielleicht siehst du ihn gleich kommen.«

Sie hörte, dass Vito aufstand. Vermutlich ging er gleich ans Fenster, um nachzusehen.

»Und du? Kommst du jetzt trotzdem nach Hause?«, wollte er wissen.

»Zumindest nach Düsseldorf.«

Vito zögerte keine Sekunde. »Dann komm doch zu uns!«

»Deshalb rufe ich, ehrlich gesagt, an«, gab Valerie zu und trat aufs Gas, weil die Geschwindigkeitsbegrenzung nun endlich aufgehoben war. »Ginge das wirklich?«

»Natürlich, wir freuen uns! Also, ich freu mich – Erik ist eh gerade noch in Zürich, der kommt erst am Freitag zurück.«

»Richtet er wieder das Haus irgendeiner steinreichen Diva ein?«

»Yep.« Kir und Royal kläfften bestätigend im Hintergrund.

»Umso besser, dann leiste ich dir gerne Gesellschaft.«

»Großartig! Wann bist du da?« Vito schien sich wirklich zu freuen.

Valerie checkte die Ankunftszeit in der Navigation. »Ich hab noch etwa eine Stunde.« Sie setzte den Blinker, um bei Marl auf die A52 zu fahren.

»Dann gehen wir vorher noch mal Gassi«, beschloss Vito. »Du und ich haben schließlich Besseres zu tun, als Kir und Royal am Rhein auszuführen.«

»Ich würde den Drink gleichen Namens bevorzugen.«

Vito lachte. »Dito. Bis gleich!«

»Hast du keinen Koffer?« Etwas irritiert betrachtete Vito das Sammelsurium aus Beuteln und Tüten, das Valerie in seinem Flur abgestellt hatte.

»Mach erst mal die Tür zu«, flüsterte sie. »Nicht dass er mich noch hört.«

Sie hatte extra in der öffentlichen Tiefgarage geparkt, um sicherzugehen, dass Tom nicht gleich auf sie aufmerksam wurde. Seinen Bus hatte sie in der Straße nicht gesehen. Das hieß aber nichts. Um diese Uhrzeit war es im Grunde unmöglich, einen Parkplatz zu finden. Vielleicht hatte er etwas weiter weg Glück gehabt. Im Parkhaus jedenfalls nicht, das war ihm schon immer zu teuer gewesen, und die Einfahrt ließ sich mit dem Bus kaum passieren. Von unten hatte die Wohnung leer ausgesehen, aber sie wollte sich nicht drauf verlassen, dass Tom nicht zu Hause war. Vielleicht war er in einem der hinteren Zimmer und hatte noch nicht wie sonst als Erstes ein Fenster geöffnet.

Verständnisvoll machte Vito die Wohnungstür auf. Eine Plastiktüte stand noch im Weg. Mit seinem Birkenstock versetzte er ihr einen Tritt. Jetzt schloss die Tür viel geräuschloser, als Valerie es von ihrer eigenen Wohnungstür gleich gegenüber gewohnt war.

»Im Hyatt kämst du so nicht mal durch die Drehtür in der Lobby, geschweige denn am Concierge vorbei«, echauffierte sich Vito über Valeries Gepäck. Er selbst führte sogar zum Sport seinen Weekender von Louis Vuitton mit und wäre nie im Leben mit zwei Taschen unterschiedlicher Labels vor die Tür gegangen, geschweige denn mit Tüten verschiedener Drogeriemärkte wie in Valeries Fall. »Herrgott, Kindchen, wie sieht denn das aus?«

Er griff nach den Beuteln und schleppte sie in Richtung Gästezimmer.

Valerie ging hinter ihm her. »Mein letztes Problem sind meine Tragetaschen, Vito!« Sie war ein bisschen genervt, dass ihr Nachbar einer solchen Belanglosigkeit wie ihrem Gepäck so viel Beachtung schenkte, während sie selbst sich am Rande eines Nervenzusammenbruchs befand. »Diese Tüten sind alles, was ich noch habe. Ich trau mich nicht mal mehr in meine eigene Wohnung, um einen vernünftig sitzenden BH herauszuholen, den ich dringend bräuchte.«

»Das ist wirklich dramatisch. Entschuldige bitte«, meinte Vito kleinlaut, während er Valeries Beutelsammlung aufs Gästebett legte. »Soll ich mal nachschauen? Erik hat doch letztes Jahr zu Weihnachten in diesem Club die Marilyn Monroe gegeben. Vielleicht passt dir zufällig das Modell, das er dabei getragen hat?«

Valerie verdrehte die Augen. »Ganz bestimmt. Einen gut sitzenden BH zu finden ist wie ein Sechser im Lotto. Ich ziehe meinen einfach aus. Meine Brüste fühlen sich wie Gefangene.«

»Tu dir keinen Zwang an. Ich habe meine Pantys auch schon durch Boxershorts ersetzt. Wie sollen jemals für mich die Glocken läuten, wenn sie nicht schwingen können?«

Valerie schüttelte verständnislos den Kopf. Dass Vito seit Jahren auf einen Heiratsantrag von Erik wartete, war gerade wirklich nicht das Thema.

Vito holte eine Flasche Champagner aus dem Kühlschrank, gefolgt von einem Cassis, den er ebenfalls der gepolsterten Bar entnahm. »Ein Kir Royal gefällig?« Er hob die Champagnerflasche in die Höhe.

»Sehr gern.«

Vito schenkte ein. »Dann erzähl mal, Liebchen. Was ist passiert?«

Valerie ließ sich aufs Sofa fallen. »Kurze oder lange Fassung?«

»So kurz wie möglich, so lang wie nötig. Wir müssen uns danach schließlich noch beraten.« Vito stellte die gefüllten Champagnerkelche auf den Couchtisch.

Valerie bemühte sich zusammenzufassen, was sich in den vergangenen zwei Wochen ereignet hatte. Sie berichtete kurz von der Abiturfeier, erwähnte Manuel in einem Nebensatz, kam dann auf das Projekt zu sprechen und endete mit dem Showdown, der sich vor wenigen Stunden in ihrem Elternhaus abgespielt hatte.

»Meine Mutter wollte mich noch zum Abendessen überreden, aber ich hatte, ehrlich gesagt, auch von meinen Eltern genug.«

»Verstehe ich.« Er reichte ihr eines der Gläser. »Cheers!« Sie stießen an. »Und jetzt?«

»Jetzt werde ich meinen Job kündigen, mich scheiden lassen und nach Münster ziehen. Dann gehe ich mit dem Projekt und Manuel auf Weltreise, lasse mir unterwegs ein Kind von ihm machen und ziehe es in der Heimat groß.«

Vito fiel die Kinnlade herunter. »Echt jetzt?«

Valerie pustete eine Haarsträhne aus ihrem Gesicht. »Natürlich nicht. Ich hab keine Ahnung, was ich machen soll, Vito! Ich fühle mich völlig entwurzelt. Meine Chefin wird mich zur Schnecke machen, wenn ich morgen zurück bin. Meine eigene Wohnung darf ich nur noch betreten, wenn mein Mann vor mir Reißaus genommen hat. Und zu meinen Eltern kann ich jetzt auch nicht mehr, weil sie mich beinah genauso aufregen wie mein Mann. Sag du mir, was ich jetzt machen soll! Ich weiß es nicht!«

In diesem Moment polterten Schritte durch den Hausflur – nicht wie Boots, eher wie Stilettos.

Vito blickte auf. »Dass diese Bude so hellhörig ist, macht mich wahnsinnig. Das ist garantiert die Vermieterin, die wieder oben nach dem Rechten sehen will. Da soll immer noch dieser Messie hausen. Ich muss mal eben lauschen.«

Amüsiert sah Valerie zu, wie er in Windeseile zur Wohnungstür huschte und sein Ohr daranhielt.

»Die geht gar nicht weiter. Will die zu mir? Die Miete hab ich bezahlt und mich ansonsten auch nicht mehr danebenbenommen als üblich«, sagte er leise und schaute dann durch den Spion.

Das Kichern, das jetzt durch den Hausflur tönte, war so laut, dass auch Valerie es vom Sofa aus hören konnte. Eine Wohnungstür wurde geöffnet und sofort wieder geschlossen. Stille.

»Das war Tom«, stelle Vito verblüfft fest.

»Ich dachte, das wäre die Vermieterin!« Valerie verstand nicht. »Ist die jetzt etwa in unsere Wohnung reingegangen, oder was ist da los?«

»Das war nicht die Vermieterin, sondern eine Brünette in High Heels und Bleistiftrock.«

»Was?« Valerie sprang vom Sofa auf, um ebenfalls einen Blick durch den Spion zu werfen.

»Es gibt nichts mehr zu sehen. Die beiden sind reingegangen«, erklärte Vito.

»Rein?« Valerie war jetzt außer sich.

»Ja, natürlich rein«, wiederholte Vito. »Hab ich doch eben gesagt.«

Nervös tigerte Valerie an der Leopardenfigur vorbei durch den Flur. »Das kann doch nicht wahr sein! Tom macht heute Mittag bei meinen Eltern ein riesiges Brimborium, erzählt mir noch, dass er nach mir sehen will, und hat am Abend nichts Besseres zu tun, als eine Frau im Bleistiftrock anzuspitzen?«, brüllte Valerie so laut, als wollte sie dem Porzellanleoparden mit seinem weit aufgerissenen Maul Konkurrenz machen. »Ich muss sofort wissen, was da los ist!«

»Du meinst, ich soll rübergehen?«, fragte ihr Lieblingsnachbar.

»Auf jeden Fall!«

»Muss ich mir was anziehen?« Unsicher schaute Vito an sich herunter.

»Wozu? Du hast doch schon öfter in Boxershorts vor unserer Tür gestanden. Heute hast du immerhin ein T-Shirt und Hausschuhe dazu an – das wird Tom positiv überraschen.«

Vito schien nicht begeistert von der Idee zu sein. »Wir könnten vom Balkon aus schauen«, schlug er vor.

»Wie das denn?«

In Vitos Augen blitzte ein Hoffnungsschimmer auf. »Wir gehen einfach raus und schauen über die Brüstung!«, erklärte er und machte sich schnurstracks auf den Weg zur Balkontür.

Ungläubig folgte Valerie ihm. »Geht das?« Ihr war bislang nicht bewusst gewesen, dass sie in ihrer Wohnung beobachtet werden konnte.

Vito öffnete die Balkontür und deutete auf die Brüstung links am Balkon. »Wenn wir uns weit genug rüberlehnen, können wir sie vielleicht sehen. Kommt drauf an, wo sie sitzen.«

Valerie warf ihrem Nachbarn einen skeptischen Blick zu. »Sag mal, beobachtest du uns etwa manchmal von deinem Balkon aus?« Sie schaute in Richtung ihrer Wohnung.

»Nein!« Vito setzte eine empörte Mine auf. »Ich sehe euch nur am Esstisch sitzen, wenn ich die Blumen gieße.«

»Weil du dich beim Blumengießen einen Meter über die Brüstung hängst?« Valerie erschien das unglaubwürdig.

»Äh ja, manchmal ... wenn der Efeu zu weit rüberrankt. Dann muss ich ihn ja ... beschneiden.«

Valerie beschloss, nicht weiter darüber nachzudenken, was Vito schon alles gesehen haben könnte, seit sie hier wohnten. »Also gut, lass uns nachsehen«, sagte sie.

»Es ist kalt draußen, wir müssen uns erst was anziehen«, gab Vito zu bedenken und warf sich einen Pashminaschal über, den Erik ihm mal von einer Geschäftsreise aus Indien mitgebracht hatte. Valerie hätte ihm das Textil damals am liebsten vom Hals gerissen – so schön fand sie das Tuch aus Kaschmir und Seide in dunklem Violett. Sie flitzte ins Gästezimmer und holte einen warmen Hoodie, den sie gleich anzog.

»Bereit!«, erklärte sie wenig später.

Ein kühler Windstoß wehte ihnen entgegen. Sie atmete tief ein. Zu Hause! So sehr sie bei ihren Eltern am Landleben Gefallen gefunden hatte, so sehr genoss sie jetzt das urbane Umfeld. Die St.-Adolfus-Kirche schräg gegenüber und das Küchengeschäft an der Straßenecke – seit Jahren war das ihr Ausblick, wenn sie am Esstisch oder auf dem Balkon saß. Sie liebte ihr Viertel – noch immer.

Vito kletterte auf einen Schemel und hängte sich bäuchlings über die Balkonbrüstung.

»Bist du verrückt? Geh da runter!« Valerie eilte zu ihm und versuchte, ihn am Pashminaschal von dem Hocker herunterzuziehen.

»Lass das, Valerie – komm du lieber hoch!«

Valerie trippelte nervös um ihn herum. Sie konnte kaum mit ansehen, wie Vitos Oberkörper sich immer weiter nach vorn beugte. Was, wenn er vornüberkippte und auf ihrem Balkon oder – noch schlimmer – zwischen den Balkonen landete? Sie zwang sich, nicht nach unten zur Straße zu sehen. Sie hatte schon immer ein bisschen Höhenangst gehabt.

»Lieber nicht«, meinte sie. »Mit meinen großen Füßen passe ich da nicht mit drauf. Außerdem ist das viel zu gefährlich.«

Vito begutachtete ihre Füße. »Ein Fuß würde reichen. Ich kann Toms Arm sehen. Von der Frau keine Spur.«

»Warum soll ich dann da mit auf den Schemel steigen?«

»Vielleicht kommt sie ja gleich. Er wühlt gerade in irgendwelchen Unterlagen.«

»Ist mir lieber, als wenn er mit ihr das Bett durchwühlt.«

Ob die Frau eine andere Freelancerin war, mit der er irgendetwas Berufliches besprach? Wobei es in ihren Jobs kaum etwas gab, was man nicht auch virtuell hätte regeln können. Außerdem traf sich Tom nie um diese Uhrzeit mit Kollegen. Wer, zum Teufel, war sie?

»O nein, er steht auf!«, sagte Vito leise. »Er verlässt das Wohnzimmer! Mist. Wo ist sie denn?«

»Kannst du etwas genauer werden?«, raunzte Valerie ihn an.

»Im Erker ist Licht angegangen. Die sind im Schlafzimmer!«

Valeries Augen weiteten sich. »Was?« Ihre Höhenangst war vergessen. Sie stellte einen Fuß neben Vitos auf den Hocker und stemmte sich in die Höhe. Zusammen beugten sie sich so weit wie möglich vor.

»Am Esstisch sitzt jedenfalls niemand mehr«, stellte Vito fest. »Er hat das Licht im Wohnzimmer angelassen, kommt aber nicht zurück.«

Valerie schaute ratlos vom Tisch zur Wohnzimmertür, danach zum Erker und wieder zurück. »Jetzt ist das Licht im Schlafzimmer ausgegangen!«, stellte sie entsetzt fest. Ihr Herz schlug bis zum Hals. War das ein schlechter Film, in dem ausgerechnet sie die Hintergangene spielte? Die Angst, betrogen zu werden, bohrte sich in ihr Herz – während ihr ein Windstoß einen Bambuszweig ins

Gesicht wehte. »Kann jemand dieses Kraut hier wegschaffen? Ich sehe nichts«, fluchte sie und versuchte, mit dem Fuß den Blumenkübel beiseitezuschieben, der direkt neben ihr stand.

Vito regte sich nicht. Genervt stieg Valerie vom Hocker, um den Kübel mit Bambus wegzuräumen. Dann kletterte sie wieder auf den Schemel. Sie musste wissen, was da los war.

»Aua!« Offenbar war sie Vito auf den Fuß getreten.

»Entschuldige – ich hab doch gesagt, ich pass hier nicht drauf.« Sie konnte den Wehwehchen ihres Nachbarn jetzt keine weitere Beachtung schenken. »Tom hat zu Hause immer das Licht beim Sex ausgemacht, weil er trotz Vorhängen dachte, man könnte uns im Erker sehen«, erklärte sie kurzatmig.

»Recht hat er«, rutschte es Vito heraus.

Valerie starrte ihn an. »Jetzt sag nicht, du hast uns …?«

Vito grinste. »Eben nicht. Er hat ja immer das Licht ausgemacht.«

»Sag mal, was bist du denn für ein Spanner? Ich will auch beim Vorspiel nicht von dir beobachtet werden.« Sie gab ihm einen Stoß in die Seite.

»Aua!« Theatralisch griff er an seine Rippen. »Ich habe auf meinem Balkon gesessen! Meinst du, ich schau weg, wenn vor meinem Fenster das Moulin Rouge eröffnet?«

Valerie lachte übertrieben auf. »Ich kann mich nicht erinnern, dass wir getanzt hätten! Vom Moulin Rouge waren wir schon aufgrund meiner eingeschränkten Dessous-Auswahl Lichtjahre entfernt.«

Im Schlafzimmer war es immer noch dunkel. Und niemand kam ins Wohnzimmer zurück.

»Er schläft mit ihr, Vito! Ich fasse es nicht! Während wir zwei hier stehen, schläft er mit ihr.« Tränen stiegen in ihr hoch. Wie auch immer es um ihre Ehe stand, das hier hatte sie nicht verdient.

»Ist das Fenster offen? Womöglich hören wir sie gleich noch.«

Nun konnte sie die Tränen nicht mehr zurückhalten. So erniedrigt hatte sie sich noch nie gefühlt. Dann aber war die Wut stärker, und sie wischte die Tränen schnell wieder weg. Sie beschloss, die Umstände vor der Eskalation erst vollumfänglich zu prüfen. Dazu hielt sie sich mit beiden Händen am Balkongeländer fest und streckte das rechte Bein wie beim Ballett in einer Arabesque nach hinten, um ihr Gewicht auszugleichen – nur dass sie sich mit dem Oberkörper dabei so weit nach vorn beugte, dass ihre frühere Ballettlehrerin sich die Haare gerauft hätte. Jetzt aber war es für sie von Vorteil, dass sie vornüberhing. Dadurch sah sie, dass die Stilettofrau sehr wohl am Tisch saß.

»Die Braunhaarige sitzt im Wohnzimmer!«, informierte sie Vito, der sich nun auch weiter vorbeugte und dabei so unglücklich mit der Stirn gegen die Regenrinne stieß, dass er aufschrie.

Valerie fuhr zusammen, weil sein Schrei so laut durch die Straße hallte. Dann starrte sie weiter in Richtung ihres Esstisches. »Ich kann sie nur von hinten sehen. Glaubst du, dass sie gut aussieht?«

Vito, der sich noch immer die Stirn hielt, schaute noch einmal hin. Er zögerte.

»Du glaubst, sie sieht gut aus, oder? Sie sieht wahrscheinlich mir überhaupt nicht ähnlich. Guck dir doch mal die langen, braunen Haare an. Hättest du gedacht, dass er darauf steht? Auf ihre Figur, klar. Aber er mag doch blonde Haare wie meine!« In diesem Moment hob die schlanke Frau den Kopf. Valerie zuckte zusammen.

»Lass uns zurückgehen«, sagte sie leise. »Ich glaub, die hat uns gehört.«

Vito sah sie entgeistert an. Für ihn schien es gerade erst loszugehen. »Wieso denn? Ich will sie von vorne sehen. Vielleicht verbirgt sich hinter der beeindruckenden Mähne ja ein ganz hässliches Gesicht.«

Valerie wurde jetzt wirklich nervös. Die Vorstellung, dass ihr Mann sie in dieser Situation beim ganz offensichtlichen Spannen ertappte, stresste sie.

»Vito, bitte – lass uns reingehen!«, wiederholte sie.

In diesem Moment ging im Erker das Licht wieder an, und Valerie sah Tom ans Fenster kommen.

»O Gott, er hat dich gehört und sieht nach«, zischte sie. »Komm jetzt endlich, sonst schubse ich dich runter.«

Valerie sprang vom Schemel, hatte sich jedoch in Vitos Pashminaschal verfangen, weshalb sie ihn unweigerlich mitriss. Sie stolperte und krachte, gefolgt von ihrem Nachbarn, zu Boden.

»Au!« Vito schrie wie ein angestochenes Huhn.

»Shit«, stöhnte Valerie. »Ich hab mir das Knie aufgeschlagen!«

Vito versuchte sich hochzurappeln.

Gegenüber öffnete sich das Fenster. »Hallo? Ist da jemand?«

Schnell ließ Vito sich wieder fallen und vergrub seinen Kopf im Pashminaschal. Er schien nicht mitbekommen zu haben, dass er mit dem Bein auf Valeries Knie gelandet war.

»Mann, pass doch auf!« Valerie stöhnte vor Schmerz. »Geh runter! Das tut weh!«

»Hallo?« Wieder hallte Toms Stimme herüber. »Vito? Bist du das? Alles gut bei dir?«

Vito verharrte in der für Valerie schmerzhaften Position.

»Ich kann dich sehen, Vito! Was machst du denn da?«

Valerie hoffte trotz ihrer Schmerzen, dass Vito die Nerven behielt und sich nicht bewegte. Wenn Tom sie jetzt sehen würde, noch dazu unter Vito auf dessen Balkon liegend – er hätte endgültig den Glauben an seine Frau und ihre Ehe verloren. Und das wollte sie trotz allem nicht.

Vito blieb liegen. Endlich mal jemand, der mitdachte. »Alles gut – ich meditiere!«, rief er unter dem schalldämpfenden Pashminaschal und leider direkt in Valeries Ohr. Es fiepte.

»Ist das eine Schreimeditation?«, hörte sie Tom amüsiert fragen. »Welche Rolle spielt der Schal dabei?«

Valerie konnte sich vorstellen, wie Tom in sich hineingrinste. Er war mit Vito nie so eng gewesen wie sie, aber mochte ihn und fand seine Marotten amüsant.

»Der Schal legt sich über die Unruhen meines Tages. Ich muss jetzt ruhig weiteratmen, sonst verliere ich das gute Karma, das mich gerade umgibt.«

»Okay.«

Valerie wusste, dass Tom jetzt mit dem Kopf schütteln und wenig Verständnis für seinen Nachbarn haben würde. Diesmal konnte sie es durchaus nachvollziehen. Bestimmt dachte Tom, dass sich unter dem Schal Vitos Lover befand. Es musste eigentlich offensichtlich sein, dass mehr als eine Person unter dem zwar großen, aber auch nicht riesigen Tuch lag.

»Na dann, gute Nacht!«, hörte sie ihn sagen.

Kaum war die Tür zum Balkon nebenan zugefallen, prustete Vito los. Leider drückte er Valerie dabei noch mehr auf die Balkondielen als ohnehin schon.

»Aua!«, protestierte sie und versuchte, ihre mittlerweile völlig versteiften Gliedmaßen in richtiger Reihenfolge in die Höhe zu bringen. »Wenn der mich gesehen hätte! Ich geh sofort rein.«

Vito krümmte sich noch immer vor Lachen. »Wenn dein Mann mich nicht ohnehin schon für völlig verrückt gehalten hat, tut er es jetzt.«

»Mach dir keine Sorgen«, konterte sie. »Er hielt dich von Beginn an für komplett durchgeknallt.« Sie ging rein.

Vito folgte ihr. »Eins muss man dir lassen, Schätzchen. Langweilig wird es mit dir nicht.«

»Meinst du, Tom hat eine Affäre mit dieser Frau?«

»Mal ehrlich, Valerie. Du warst gerade mal zwei Wochen weg, und bevor dieses Kinderthema aufkam, war doch noch alles in

Ordnung zwischen euch. Meinst du ernsthaft, er schnappt sich die Erstbeste, um mit ihr fremdzugehen? In eurer gemeinsamen Wohnung? Zu einem Zeitpunkt, an dem er davon ausgehen muss, dass du gleich nach Hause kommst? Das halte ich für ausgeschlossen.«

So hatte Valerie das noch gar nicht gesehen. Könnte er recht haben? Aber was machte diese Frau dann in der Wohnung?

Vito bewegte sich in Richtung Bar. »Cuarenta Y Tres?«, fragte er vorfreudig.

Valeries Augen weiteten sich. Der Drink war zuletzt Auftakt einer Reihe katastrophaler Ereignisse gewesen. »Keinesfalls!«, lehnte sie daher ab. »Ich nehme ein Wasser.«

»Wasser?« Vito rümpfte die Nase, schenkte dann aber einen Kir Royal und ein Glas Sprudelwasser ein. »Von wegen Sekt oder Selters – hier gibt's sogar beides!« Er kam mit den Gläsern zu ihr auf die Couch, wo Valerie sich gerade mit mehreren Kissen einrichtete. Dankbar griff sie nach dem Wasserglas und trank einen Schluck.

»Aber mal ehrlich, Vito – wer ist diese Frau?«

»Ich weiß es nicht, Liebes, aber wir haben aktuell nichts gegen sie in der Hand. Wir warten jetzt, bis wir die Wohnungstür wieder hören, und dann halten wir nach weiteren Indizien Ausschau!«

»Ich stelle mich vorsichtshalber an den Spion«, erklärte Valerie, legte die Kissen wieder beiseite und eilte zur Wohnungstür.

»Wenn du meinst«, erwiderte Vito gähnend. »Ich finde es hier bequemer. Wir hören doch in dieser Bahnhofshalle, wenn nebenan die Tür aufgehen sollte.«

»Na gut, ich komm wieder zu dir.« Sie ließ sich neben ihn auf die Couch fallen. Dann zuckte sie zusammen. »Da war was! Hast du das auch gehört?« Sie sprang sofort wieder auf und presste sich an die Tür, um durch den Spion zu schauen. »Da sind sie! Sag ich doch! Aber sie steht mit dem Rücken zu mir.«

»Wirklich?« Jetzt sprang auch Vito vom Sofa auf und huschte ebenfalls zur Tür, wo er sich eng an Valerie presste.

»Warte – ich lass dich gleich gucken!«

Vito trippelte von einem Bein aufs andere. »Ich will auch mal«, nörgelte er, dem es grundsätzlich nicht passte, in der zweiten Reihe zu stehen.

»Sei leise. Die besprechen noch irgendwas.« Valerie hielt ihr Ohr an den Türspalt.

»Besser sprechen als fummeln«, stellte Vito fest.

»Pst«, machte Valerie. »Sie hat gerade gesagt: ›Denk noch mal über Leben nach.‹« Verdutzt schaute sie Vito an. »Über Leben? Meint die ›übers Leben‹ oder was?« Wieder presste sie sich gegen die Tür. Obwohl Vito vermutlich genauso viel hörte wie sie, gab sie weiter laut wieder, was ihr zu Ohren kam: »Es kann immer mal was passieren, womit man nicht rechnet. Es ist wichtig, da auf der sicheren Seite zu sein. – Abgesichert? Wovon redet die?«

»Jetzt lass mich mal schauen!« Vito wurde ungeduldig und versetzte Valerie einen kleinen Stoß, um das Guckloch in der Tür zu erobern.

»Sie geht!«, stellte er fest. Sein rechtes Auge weitete sich am Spion. »Küsschen, Küsschen und – Tschüssikowski.« Schon hörten sie die Stilettos auf der alten Holztreppe hinunterklappern. Rums – die Haustür unten fiel zu.

»Konntest du sie von vorne sehen?«, wollte Valerie wissen.

»Nur ganz kurz«, gab Vito zurück.

»Sah sie gut aus?«

»Hässlich war sie nicht, aber auch nicht superattraktiv. Sie sah ... okay aus.«

Valerie war mit dieser Antwort nicht glücklich und ging davon aus, dass er ihr zuliebe untertrieb. »Denk mal übers Leben nach ...« Grübelnd machte sie sich auf den Rückweg zum Sofa.

»Über Leben hat sie gesagt«, stellte Vito fest.

»Überleben? Was meint sie denn damit?« Ihre Gedanken kreisten, in ihrem Kopf brodelte es, doch sie wurde nicht schlau aus diesem Treffen.

»Ich bin total fertig von dem Tag«, erklärte sie und stellte ihr Wasserglas, das sie noch immer in der Hand hielt, in der Küche ab. »Wir werden das Rätsel heute nicht mehr lösen. Danke, dass ich hier sein darf. Bringst du deine Nachbarin ins Bettchen?«

Vito, der gerade die Gläser in die Spülmaschine stellte, brach seine Aufräumarbeiten sofort ab. »Aber natürlich, mein Schatz. Du machst dich jetzt bettfertig, und ich bereite das Gästezimmer vor. Du sollst hier schlafen wie eine Prinzessin auf der Erbse – nur ohne Erbse.«

Valerie drückte ihn. »Das kann ich gebrauchen.« Mit einer ihrer Plastiktüten machte sie sich auf den Weg ins Bad und kam kurz darauf im Pyjama wieder heraus. »Vito?«

Die Wohnung war plötzlich ganz still. Sie ging zu seinem Schlafzimmer und öffnete die Tür einen Spalt. Er war auf der Tagesdecke eingeschlafen.

»Dann bringe ich meinen Prinzen halt ins Bettchen«, flüsterte sie und bemühte sich, das Plaid nebst Bettdecke unter seinem Körper wegzuziehen, um ihn zuzudecken. Er grummelte. »Gute Nacht, schöner Prinz.« Sie gab ihm einen Kuss auf die Stirn. »Schlaf gut.«

Wenig später war auch sie in einem Meer aus Kissen und Decken eingeschlafen.

18

Etwas raschelte, als würden Plastiktüten über den Boden geschoben oder Papierknäuel zusammengefegt. Dann schnaubte es. Erst einmal. Dann noch mehrmals nacheinander. Die Geräusche schlichen sich in Valeries Traum und weckten sie erst, als das Schnauben immer lauter wurde. Während sie hochfuhr, landete etwas Schweres auf ihr, das sie gleich mit in die Höhe katapultierte. Kir flog, alle viere von sich gestreckt, von der Matratze und bellte vor Schreck über Valeries Reaktion.

»Raus hier«, fuhr sie den verdatterten Mops an, der noch einmal aus Protest bellte, sich dann aber umgehend aus dem Zimmer trollte. Valerie war keine besondere Hundefreundin, und schon gar keine Freundin von Tieren im Bett.

»Alles klar, Hase?«, trällerte Vito. Vermutlich war er in der Küche, denn sie hörte Geschirrklappern, und es duftete – das war das einzig Erfreuliche – nach Kaffee.

»Nichts ist klar!«, gab Valerie genervt zurück. »Mir ist gerade ein Mops auf die Möpse gesprungen.«

Vito musste lachen. »Mopsmassage ist ein Service des Hauses. Man kann ihn aber abbestellen.« Wieder klapperte Geschirr.

Valerie hoffte, dass Vito jetzt kein riesiges Frühstück servieren wollte. Es war schon kurz nach acht. Sie würde nur noch schnell duschen, dann musste sie los in die Agentur.

»Tue ich hiermit!« Valerie hievte sich von der für sie viel zu weichen Matratze. Sie warf einen Blick auf ihr Handy. Eine Nachricht von Manuel. Sie überlegte, ob sie sie öffnen sollte. Eigentlich hatte sie keine Zeit. Wenn er irgendeine Frage zum Projekt hatte, könnte sie ihm jetzt ohnehin nicht weiterhelfen. Vielleicht wollte er ihr vom zehnten Teammitglied erzählen, das mittlerweile gefunden sein müsste.

Guten Morgen in die Landeshauptstadt! Wetten, dass du heute weniger gut frühstückst als mit mir? Schön war's! Bis bald! Beijos. 🐧

Sie lächelte. »Beijos«, wiederholte Valerie noch einmal laut. Das hatte er sich wohl bei Ron abgeschaut, der das immer zu Rike sagte, wenn er sich verabschiedete. Ohne zu antworten, steckte sie das Handy in ihre Handtasche und versuchte, aus dem Inhalt der diversen Tüten und Beutel ein vernünftiges Outfit zusammenzustellen. Die Jeans von gestern gingen noch mal, dazu Stiefeletten, die Bluse, die ihre Mutter zum Glück noch gebügelt hatte, Nylons, Slip – jetzt wäre ihr Lieblings-BH gut zu gebrauchen gewesen. Sie überlegte. Ob Tom heute zu Hause arbeitete? Er arbeitete ja so gut wie immer im Homeoffice und ging nur mittags mal raus, wenn ihn der Hunger packte, es etwas einzukaufen gab oder er Lust auf Bewegung hatte. Es wäre definitiv zu riskant, jetzt hinüberzugehen.

»Vito?« Das Klappern war verstummt. »Kann ich den Marilyn-Monroe-BH von Erik vielleicht doch mal anprobieren?«

Jetzt rauschte die Kaffeemaschine. »Ja, klar, Schätzchen. Lass mich kurz schauen!«, tönte es durch die tosende Geräuschkulisse.

Schnell huschte Valerie eine Tür weiter ins Bad, um unter die Dusche zu springen. »Häng ihn mir einfach an die Türklinke, falls du ihn findest«, rief sie.

Kurz darauf genoss sie die heiße Dusche. Den BH, den sie danach wie besprochen vorfand, konnte sie ohne Anprobe verwerfen. Für die Agentur war das Modell in Spitztütenoptik eher ungeeignet. Dann also doch das olle Ding, das sie für ihre Exkursion ins Münsterland eingepackt und seither zum Leidwesen ihrer Brüste getragen hatte. Auf einen Tag mehr oder weniger kam es nun auch nicht mehr an. Nach der Arbeit würde sie sich auf der Kö einen neuen besorgen.

»Frühstück ist fertig!«, rief Vito aus der Küche.

Sie warf einen Blick auf die Wanduhr im Flur. »Ich kann nicht mehr frühstücken, Vito. Es ist schon zu spät!«

Hektisch holte sie ihren BH aus dem Gästezimmer und zog sich vollständig an.

»Ein Kaffee wird ja wohl drin sein«, versuchte Vito sie zu überreden. »Und ein Croissant schaffst du auch.«

»Ja, okay, ich beeil mich. Aua!« Valerie war auf dem Rückweg vom Gästezimmer mit dem Fuß an der Türschwelle hängen geblieben und hüpfte auf einem Bein in Richtung Flur, um ihre Schuhe zu suchen.

Da hörte sie gegenüber die Tür. Sie schoss hoch, um durch den Spion zu schauen. Im letzten Moment sah sie ihren Mann die Treppe nach unten laufen. Ob er einen Kundentermin hatte? An einem Montag? Eher ungewöhnlich für ihn. Tom ließ die Woche am liebsten ruhig angehen. Vielleicht war es nicht zu vermeiden gewesen.

Sie hielt kurz inne. Was war das nur für eine seltsame Situation? Wie konnte sie hier bei ihrem Nachbarn im Flur stehen, während ihr Mann gegenüber die Wohnung verließ, in die sie eigentlich auch mal gehört hatte? Plötzlich kam es ihr so vor, als wäre sie in etwas hineingeraten, aus dem sie allein nicht wieder herausfinden würde. Auf einmal fühlte sie sich einsam, obwohl sie Vito durchaus zu ihren Freunden zählte. Ihr war aber sehr bewusst, dass er eigene Probleme hatte und mit Erik nicht alles rundlief. Deshalb wollte sie seine Gastfreundschaft auf keinen Fall zu lang beanspruchen.

Rums. Die Haustür fiel ins Schloss und stoppte ihre Gedanken. »Ich dachte, du hast es so eilig?«, fragte Vito verdutzt.

Jetzt war es tatsächlich schon nach halb neun, aber wenn sie mit dem Fahrrad fahren würde, konnte sie es noch bis neun Uhr schaffen.

»Ich komme!« Valerie eilte zum Frühstückstisch. »Oh, wow, danke!« Sie freute sich über den großen Latte Macchiato und das Croissant, auch wenn es ein aufgebackenes war. »Tom ist grad raus.«

Vito schenkte sich einen Orangensaft ein. »Hab ich gehört. Hast du eine Ahnung, wo er hingegangen sein könnte?«

»Vielleicht ist er zum Kunden gefahren. Jetzt kann ich meinen BH holen!«, fiel Valerie ein. Schnell stand sie auf. »Ich muss die Gelegenheit nutzen, Vito. Kann ich das Croissant und den Kaffee mitnehmen?«

»Ja klar!« Vito sprang auf, griff in seinem Küchenregal nach einem To-go-Becher und füllte den Kaffee aus ihrer Tasse hinein. »Spring rüber und überleg, was du sonst noch aus der Bude brauchen könntest. Hier – geh mit Gott, aber geh mit Koffein.«

»Danke! Soll ich für heute Abend einen Schlüssel mitnehmen?« Valerie, die eher selten vorausdachte, war ein bisschen stolz, dass sie schon jetzt hatte kommen sehen, dass sie später vor verschlossener Tür stehen könnte.

»Oh, stimmt – ich will heute Abend noch ins Fitnessstudio.«

Valerie sah belustigt auf. »Ist es mal wieder so weit?« Seit sie Vito kannte, hatten sich Phasen aneinandergereiht, in denen er Sport entweder als Mord bezeichnete oder – ein paar Wochen später – für lebensnotwendig hielt.

Unbeeindruckt kramte Vito sich durch sein Schlüsselbrett und fand schließlich einen weiteren Wohnungsschlüssel. »Hier, den kannst du nehmen. Ciao!« Er hauchte zwei Küsse links und rechts in die Luft.

Valerie schob den Schlüssel in ihre Laptoptasche. »Ciao«, sagte sie und pustete ebenfalls einen imaginären Kuss herüber. »Bis heute Abend!«

Valerie verfiel in eine Art Melancholie, als sie im Flur ihrer Wohnung stand, wo der vertraute Geruch sie spüren ließ, dass ihr Mann hier gerade noch seinen Kaffee getrunken und am iPad einen Blick ins E-Paper der *Rheinischen Post* geworfen hatte. Dabei wusste sie nicht, ob sie es schön fand, in ihrer Wohnung zu sein, oder schrecklich.

Sie fühlte sich wie in Schuhen, die ihr früher einmal gepasst hatten und jetzt nicht mehr ihrem Stil entsprachen. Oder wie in einem Café, das sie liebte, aber ohne ihr Wissen den Besitzer gewechselt hatte. Sie war fehl am Platz in einem Umfeld, das sie mit ihrem Mann geschaffen hatte. Genau hier hatte sie damals mit dem italienischen Makler gestanden, als das gesamte Haus gerade saniert wurde. Trotzdem hatte sie sofort gewusst, dass sie hier einziehen und mit Tom ein unbeschwertes Leben führen wollte. Und weil es ein drittes Zimmer gab, war es von Beginn an auch die Wohnung gewesen, in der sie nicht mehr nur allein mit ihm wohnen wollte. Auf dem Balkon hatten sie viele gemeinsame Abende verbracht und im Wohnzimmer ausschweifende Partys gefeiert. So viele Erinnerungen, die meisten davon schön – erst die letzten Ereignisse in diesen vier Wänden trübten das Bild der glücklichen Beziehung.

»Kuck-Kuck!« Die Kuckucksuhr, die sie mit Tom einmal spaßeshalber aus dem Schwarzwald mitgebracht hatte, ließ sie hochschrecken. Sie musste los! »BH und Uhr«, flüsterte sie in sich hinein und machte sich schnell auf den Weg ins Schlafzimmer, wo sie beides zu finden hoffte.

Der Raum sah noch immer genauso aus, wie sie ihn verlassen hatte. Das überraschte sie nicht weiter. Schon immer hatte sie gedacht, dass Tom einfach alles liegen lassen würde, wenn sie es nicht wegräumte. Erst wenn er kein einziges sauberes Wäschestück mehr vorfand, würde er womöglich doch eine Waschmaschine starten.

Sie selbst hätte es nicht ertragen, die Sockenschublade tagelang geöffnet zu lassen. Ihrem Mann schien dies hingegen nichts auszumachen. Auch das Bett hätte sie gemacht. Schnell öffnete sie die Wäscheschublade, um ihren BH herauszusuchen, der glücklicherweise auf Anhieb zu sehen war. Ihre Uhr lag gleich darüber auf der Kommode.

»Ab durch die Mitte«, sagte Valerie laut, während sie das Armband anlegte und die sehnlichst vermisste Lingerie in ihre Tasche stopfte. Gerne hätte sie sich noch länger in der Wohnung aufgehalten – auch um Indizien für den Hintergrund des gestrigen Treffens von Tom mit der unbekannten Brünetten auszumachen –, aber sie musste jetzt wirklich schnell in die Agentur. Selbst wenn sie am Vormittag keine Termine hatte – nach zehn sollte sie keinesfalls erscheinen. Sonst würde ihre Chefin denken, dass sie in ihrer Abwesenheit den Bezug zum Business verloren hätte.

19

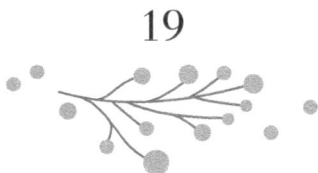

Gute zwanzig Minuten später war sie mit dem Fahrrad schon durch den Hofgarten geradelt, um auf kürzestem Weg in die Fänge ihres Arbeitgebers zu geraten. Schon die Drehtür verursachte Unwohlsein in ihr. Auch wenn sie gerade nicht genau wusste, wo ihr Zuhause war – hier wollte sie auch nicht sein. Wenn sie Pech hatte, würde ihre Chefin genau in dem Moment in der Kaffeeküche stehen, wenn Valerie vorbeikam, und irgendeinen abwertenden Kommentar zu ihrer Krankschreibung loslassen. Valerie überlegte, ob sie lieber einen anderen Weg zu ihrem Arbeitsplatz wählen sollte. Dann würde sie allerdings an weiteren Büros vorbeikommen, dabei wollte sie eigentlich nur in ihr eigenes und zu Stevie.

Augen zu und durch, dachte sie, als sie die schwere Tür zum Empfangsbereich öffnete.

Sie hatte Glück. Frau Büdesbach sortierte gerade im Nebenraum die Post und bemerkte ihre Rückkehr nicht. Auch der Gang und die Küche schienen leer zu sein. Entweder war Valerie doch früher dran als viele andere, oder der Rest war bereits schwer beschäftigt.

Sie huschte um die Ecke. Die Tür zu ihrem Büro war geöffnet. Schon von draußen sah sie, dass Stevies Jacke an dem Garderobenständer neben ihrem Schreibtisch hing.

»Valerie!«, rief Stevie, als sie ihre Freundin im Türrahmen erblickte. »Wie schön, dich zu sehen!« Sie sprang auf und kam um den Tisch herum. Die beiden drückten sich lange und fest. Valerie atmete tief ein und spürte, wie ein Grinsen sich auf ihrem Gesicht ausbreitete. Es tat gut, wieder an Stevies Seite zu sein, auch wenn die Arbeit sie wieder zusammenführte. Da hörte sie einen Aufschrei aus dem Zimmer gegenüber.

»Das kann ja wohl nicht wahr sein! Er hat doch von Beginn an gesagt, dass er die Tomate diesmal nicht in den Fokus des Etiketts rücken will. Und wo ist sie? Mitten drauf! Könnt ihr nicht einmal ein Briefing mit Hirn lesen? Und ist euch eigentlich klar, dass es allein mir an den Kragen geht, wenn Herr Knecht den Entwurf noch einmal in der Luft zerreißt? Allein mir!«

Valerie starrte Stevie mit weit aufgerissenen Augen an.

»Willkommen in Knechthausen«, bemerkte die trocken. »Mich hat's vorhin auch erwischt. Unsere Chefin ist schon wieder am Limit. Stell dich auf ein wildes Wiedersehen mit deinem Lieblingskunden ein.«

»Dafür bin ich noch nicht bereit!« Valerie ließ ihre Tasche neben den Container fallen, auf dem sich ein Berg von Post stapelte. »Wer schickt im digitalen Zeitalter noch so viele Briefe?«, stöhnte sie, während sie einen Umschlag nach dem anderen auf den Tisch blätterte.

»I don't know. Sag mal, wie geht's dir? Konntest du dich bei deinen Eltern ein bisschen erholen?«

»Ja, schon, bis ...«

Stevie griff nach ihrer Kaffeetasse und sah sie mit erwartungsvoll aufgerissenen Augen an. »Bis was?«

»Bis Tom dort unangekündigt aufkreuzte.« Valerie fuhr ihren Rechner hoch. So wie sie die jämmerliche IT ihres Arbeitgebers kannte, würde es länger dauern, bis ihre Hardware nach über zwei Wochen Abwesenheit einsatzbereit war.

»Er ist zu deinen Eltern gefahren?«, fragte Stevie ungläubig. »Ohne Vorwarnung?«

»Ich bin gerade vom Frühstück in Rikes Café zurückgekommen – da saß er bei meinen Eltern am Kaffeetisch.« Sie gab ihr Passwort ein und drückte auf Enter.

Stevie nahm einen weiteren Schluck Kaffee. Valeries Blick fiel auf den Becher, auf dem ein ausgestreckter Mittelfinger abgebildet war. »Soll das eine Message sein?«, fragte sie.

Stevie drehte die Tasse um und schüttelte erschrocken den Kopf. »Die ist für den Call mit Herrn Knecht – aber dazu später. Jetzt erzähl erst mal weiter. Habt ihr heile Welt gespielt, oder ging es hoch her?«

Valerie lehnte sich in ihrem Bürostuhl zurück, während sie immer noch darauf wartete, dass ihr Rechner hochfuhr. Offenbar hatte er sich aufgehängt.

»Eher Letzteres«, erwiderte sie und öffnete die oberste Schublade ihres Containers, um einen Müsliriegel herauszuholen. Ob der noch haltbar war? »Meine Eltern hatten nichts Besseres zu tun, als ihn darüber in Kenntnis zu setzen, dass ich sie in unser Kinderwunschthema eingeweiht habe. Als mein Vater ihm Hilfe anbot, ist er komplett aus der Tüte gehüpft und wenig später stinksauer zurück nach Düsseldorf gefahren.«

»Und du hinterher?« Stevie steckte sich gespannt einen Kaugummi in den Mund und fing hektisch an, darauf herumzukauen.

»Ich wollte sowieso zurück, um heute hier vorbeizuschauen. Eigentlich wäre ich später gefahren, aber von meinen Eltern hatte ich nach ihrem Totalausfall auch genug. Ich weiß nicht, wie oft ich ihnen gesagt hatte, dass Tom nicht über das Thema sprechen will – schon gar nicht mit Papa – und dass er deswegen auch nicht wollte, dass ich ihnen davon erzähle!«

Stevie gönnte ihrem Kaugummi eine Pause. »Und dann?«

»Bin ich auch nach Düsseldorf gefahren, aber zu Vito. Jetzt schlafe ich in Dutzenden Kissen wie eine Prinzessin und hab keine Ahnung, wie es weitergehen soll.«

Stevies Telefon klingelte. »Wunder«, meldete sie sich.

Valerie hämmerte mehrfach auf die Entertaste, weil ihr Rechner noch immer nicht hochgefahren war.

»Ja, Herr Knecht. Ich weiß. Die Grafik ist schon informiert und dran.«

Obwohl das Agenturleben als schnelllebig galt, hatten ihre Kollegen es in der Zwischenzeit offenbar nicht geschafft, das leidige Projekt von Herrn Knecht abzuschließen. Und Valerie wusste, dass das nicht an ihren Kollegen lag. Herr Knecht war einer der Kunden, deren Unzufriedenheit System hatte. Einer von denen, die meinten, dass man eine Agentur nicht loben dürfe, weil sie dann mehr abrechne oder sich auf ihren Lorbeeren ausruhe.

»Ja, Frau Wiegand ist zurück. Sie wird sich sicher bald bei Ihnen melden.« Stevie warf Valerie einen entschuldigenden Blick zu. Dann beendete sie das Gespräch: »Ja, danke, Ihnen auch. Wir melden uns dann nachher noch mit dem Update. Ciao.« Sie legte auf und schnaufte. »Ich glaub, wir müssen uns später weiter unterhalten. Der Knecht will es wieder wissen.«

Für Valerie war das okay. Sie hätte nicht die Kraft gehabt, Stevie in allen Einzelheiten vom Stand der Dinge mit Tom und von ihrer Zeit im Münsterland zu berichten.

»Willkommen bei better brands!«, vermeldete in diesem Moment ihr Rechner.

»Ich geh meine Mails durch, und dann besprechen wir uns kurz zu allem, was ansteht?«, schlug sie Stevie vor.

»So wird's gemacht. Ich bin derweil in der Grafik.« Stevie griff nach ihrem Notizblock und verließ das Büro.

Valerie starrte auf ihr überquellendes Postfach, dann in die düstere Schlucht des Atriums. Schlagartig fühlte sie sich erschöpft und ausgelaugt. Vielleicht war der urbane Lifestyle, den sie bislang lebte und auch liebte, nicht mehr das Richtige für sie.

Sie musste an Manuel denken. Ob er überhaupt schon wach war? Sein Bett stand mitten im Wohnraum. Er würde aufstehen, sich einen Kaffee machen und sich dann an das hintere Scheunenfenster stellen, wo er einen weiten Blick über die Felder hatte. Vielleicht würde er das Fenster öffnen, um einmal tief durchzuatmen, oder sich auf die Bank vor der Tür setzen, um die letzten warmen Strahlen der Herbstsonne zu genießen. Würde sie in das Leben im Münsterland passen? Wo würde sie wohnen, wenn sie tatsächlich dort hinginge? Eher in der Münsteraner Innenstadt oder eher wie Manuel auf dem Land? WG-tauglich war die Scheune nicht.

Eine eingehende Mail unterbrach ihre Überlegungen. Wäre sie nicht auf das Geld angewiesen – sie wäre am liebsten einfach gegangen, ohne jemals herausfinden zu müssen, welche Hiobsbotschaften sie in ihrem Postfach erwarteten. Schon beim Durchscrollen sah sie mehrere Nachrichten mit vermeintlich »hoher Priorität«. Oft versteckten sich Nichtigkeiten dahinter. Einige Ketchup-Etiketten sollten mit dem Zusatz »verbesserte Rezeptur« ergänzt werden, und die Tomaten am Display im Supermarkt wollte der Kunde noch »tomatiger« haben. Viele ihrer Ansprechpartner nahmen sich einfach zu wichtig. Nach einigen Jahren im Agenturgeschäft konnte Valerie vieles davon nicht mehr ernst nehmen. Ob der Aufkleber auf der Flasche nun rot oder grün war – überzuckert war das Produkt so oder so.

»Fertig?« Nach etwa einer halben Stunde steckte Stevie den Kopf wieder durch die Türöffnung. »Ich hab dir was mitgebracht.« Sie stellte Valerie eine Tasse Kaffee auf den Tisch.

»Du bist ein Schatz, den kann ich jetzt sehr gut gebrauchen. Der Knecht wütet hier ja schon wieder ganz schön. Muss das wirklich alles heute noch fertig werden?« Valerie nahm einen großen

Schluck aus dem Becher, der ausnahmsweise ganz ohne Aufdruck auskam.

»Ich fürchte schon, aber komm erst mal wieder rein. Die Grafik arbeitet. Ich hab die Lage im Griff.«

Valerie fand keine Worte, die ausgedrückt hätten, wie viel Stevies Angebot in diesem Moment für sie bedeutete. Sie hatte keine Ahnung, wie sie jemals wieder bei dem Tempo mithalten sollte, das ihre Freundin ganz selbstverständlich an den Tag legte. Ihr Aufenthalt auf dem Land schien Wirkung zu zeigen – die Entschleunigung hatte offenbar eingesetzt.

Stevie ließ sich in ihren Bürostuhl fallen. »Jetzt sag aber noch mal – wie soll es denn nun mit euch weitergehen?«

Valerie rollte mit dem Stuhl zurück, bis sie an die Wand stieß. »Ich weiß es nicht, Stevie. Ich bin kurz davor, alles hinzuschmeißen und auf dem Land neu anzufangen.«

Ihre Freundin zog die Augenbrauen in die Höhe.

»Die Wochen dort haben so gutgetan. Irgendwie sind die Leute in meiner Heimat viel entspannter, und coole Projekte gibt es da auch. Ich bin an einer echt spannenden Sache dran – ein Kulturprojekt rund um das Münsteraner Schloss. Die Stadt hat alle Kreativen zur Teilnahme aufgerufen, und ich bin über einen Kumpel ins Team aufgenommen worden!«

Stevie sah sie mit weit aufgerissenen Augen an. »Du lässt mich in diesem Haifischbecken jetzt aber nicht allein, oder? Ist da noch ein Platz frei?«

»Ich fürchte, jetzt nicht mehr. Ich frag aber gern noch mal nach.« Valerie grinste. »Das Beste kommt aber noch! Das Konzept, das wir entwickeln, soll nachher durch die wichtigen Kulturmetropolen Europas touren – und, stell dir vor, die Kreativen reisen mit.«

Stevie stand jetzt der Mund offen. »Kaum bist du ein paar Tage bei deinen Eltern, willst du alles hinschmeißen, um durch Europa zu touren? Klingt zwar nicht übel, aber was ist mit Tom, von mir mal ganz abgesehen?«

Valerie rollte wieder in Richtung Schreibtisch. »Wenn ich das wüsste. Er hatte gestern Besuch von einer Frau. Weißt du zufällig, wer das sein könnte?«

Stevie warf einen kurzen Blick auf ihren Mailaccount. Dann wendete sie sich wieder Valerie zu. »Wie bitte? Wie sah die aus?«

»Sie war brünett und trug Stilettos. Mehr konnte ich durch Vitos Spion und von seinem Balkon aus nicht sehen.«

»Habt ihr Tom gestalkt?« Stevie schmunzelte.

»Nein! Wir dachten, es sei die Vermieterin, die Vito einen Besuch abstatten wollte. Also haben wir durch den Türspion geschaut und gesehen, wie diese Frau bei Tom reinmarschiert ist. Und dann haben wir ihn nur ein wenig beobachtet, als wir auf dem Balkon standen.«

Stevie schaute sie ungläubig an. »Man kann von Vitos Balkon aus in euer Wohnzimmer gucken? Hätte ich gar nicht gedacht.«

Valerie spürte, wie sie errötete. »War mir auch nicht klar … Aber wenn man sich über das Geländer lehnt, schon.«

Stevie konnte sich ein Grinsen nicht verkneifen. »Also, die Mädels auf dem Foto mit Heiko waren beide blond. Von denen kann es also keine gewesen sein, es sei denn, eine war beim Friseur.« Stevie warf Valerie einen mitleidigen Blick zu. »Soll ich Heiko heute Abend mal fragen, ob er irgendwas weiß? Damenbesuch am Sonntagabend, noch dazu in Toms momentaner Situation, ist schon irgendwie schräg.«

»Seh ich genauso. Ja, frag ihn bitte mal.« In diesem Moment landeten gleich mehrere E-Mails auf einmal in ihrem Posteingang.

»Und wie lange willst du noch bei Vito bleiben?«, wollte Stevie wissen.

»Erik ist gerade in der Schweiz. Bis er übers Wochenende zurückkommt, sollte ich einen Plan haben, wie es weitergeht.« Valerie überflog die oberste Nachricht und klickte auf Antworten.

»Mein Postfach quillt über«, meinte Stevie und gähnte. »Meins auch, lass uns reinhauen.«

20

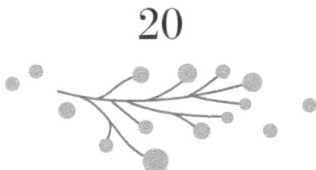

Am Abend entschied Valerie, das Fahrrad über die Kö zu schieben, um ein paar Schaufenster anzusehen und frische Luft zu schnappen. Ihr Kopf rauschte. In nur zwei Wochen hatte sie in der Agentur so viel verpasst, dass der Tag nicht gereicht hatte, um in allen Projekten auf den aktuellen Stand zu kommen. Stevie war schon vor ihr gegangen, weil Heiko am Abend einen Geschäftstermin hatte. Ob Vito schon im Fitnessstudio war? Oder half er noch im Einrichtungshaus von Erik aus? Sie hatte vergessen zu fragen, ob derzeit viel bei ihm los war. Ohnehin hatte sie ihn sehr wenig gefragt. Das wollte sie heute Abend unbedingt nachholen.

Die Fußgängerampel vor ihr wurde grün. Vielleicht sollte sie doch direkt in ihr Übergangszuhause radeln? Dann konnte sie noch ein Abendessen zubereiten, ehe Vito nach Hause kam. Sie wollte sich heute mal um seine Bedürfnisse kümmern.

Gegenüber ihrem Zuhause blieb sie stehen, um hinaufzuschauen. Tom schien da zu sein, jedenfalls brannte Licht in der Küche. Noch hatte er wohl keine Ahnung, dass sie wieder in der Stadt und sogar im Haus war. Dass ihr Fahrrad den Tag über weg gewesen war, hatte er garantiert nicht bemerkt. Er gehörte nicht zu den Menschen, denen so etwas auffiel.

Sie kettete ihr geliebtes Hollandrad an einen Laternenpfahl hinter der nächsten Straßenecke. Dann kramte sie ihren Hausschlüssel aus ihrer Tasche hervor und öffnete die schwere Tür des Altbaus. Mit einem lauten »Kawumm« knallte das schwere Ding hinter ihr zu. Valeries Blick blieb kurz an ihrem Briefkasten hängen. Wiegand. Ihr Familienname las sich in diesen Tagen wie eine andere Sprache. Sie fühlte sich mit ihm nicht mehr verbunden. Er klang fremd in ihren Ohren. Mit einem Mal störte sie auch das »Wie«. Nach dem Motto: »Wie konnte es dazu kommen?«

Sie griff nach dem Briefkastenschlüssel. Dann dachte sie an die vielen Rechnungen und das unschöne Schreiben, das sie hier zuletzt vorgefunden hatte – und ließ den Schlüssel wieder in ihre Tasche sinken. Sie musste sich beeilen. Was, wenn Tom ihr im Treppenhaus begegnete?

Während sie die Treppenstufen möglichst leise hinauflief, kramte sie Vitos Wohnungsschlüssel hervor. Den Lederherzanhänger mit der Aufschrift *Ti amo* hatte er sich im letzten Italienurlaub mit Erik garantiert selbst gekauft. Erik war kein Romantiker, dem kleine Geschenke wie diese wichtig gewesen wären. Vito beklagte sich häufig darüber, denn er hätte sich mehr kleine Aufmerksamkeiten oder auch nur ein bisschen mehr Aufmerksamkeit von seinem Partner gewünscht. Seinen Pashminaschal, um den Valerie ihn so beneidete, hatte er vor Eriks Indienreise damals aktiv einfordern müssen. Valerie beschloss, ihn später zu fragen, wie es derzeit um die Stimmung zwischen den beiden stand.

Sie öffnete Vitos Wohnungstür. Kein Licht an, kein Geräusch zu hören. Sie schloss die Tür hinter sich. »Vito?« Er war wohl noch unterwegs. Valerie warf einen Blick in den Kühlschrank. Hackfleisch war da, stellte sie erfreut fest. Im Schrank entdeckte sie passierte Tomaten und eine Packung Nudeln und begann mit den Vorbereitungen einer Spaghetti Bolognese.

Sie war gerade dabei, Zwiebeln zu schneiden, als sich ein Schlüssel im Schloss herumdrehte. Kurz drauf sprangen zwei Möpse an ihrem Bein hoch.

»Eine Frau am Herd – wer hätte das in dieser Wohnung für möglich gehalten«, rief Vito freudig, als er Valerie kochend dastehen sah.

»Hi, Schnucki!« Valerie ließ die Nudeln in das kochende Wasser fallen, rührte kurz um und holte dann einen Topf aus dem Schrank, in den sie etwas Olivenöl träufelte. »Hast du deinen Luxuskörper gestählt?«

Vito stellte seinen Louis-Vuitton-Weekender ab und stöhnte: »Ich spüre Körperteile, von denen ich nicht wusste, dass es sie gibt!« Mit schmerzverzerrtem Gesicht ließ er sich auf die Bank im Flur fallen und löste die Leinen von Kirs und Royals strassbesetzten Halsbändern.

»Tatsächlich – welches denn zum Beispiel?«, wollte Valerie wissen, während sie mit einer Gabel eine Nudel aus dem Topf fischte und probierte, um den richtigen Garpunkt nicht zu verpassen.

»Das willst du nicht wissen«, entgegnete Vito, zog seine Straßenschuhe aus und schlüpfte in seine Birkenstocks. »Wie toll, dass du mir ein Abendessen zubereitest. Sonst muss ich hier immer den Kochlöffel schwingen.« Schon war er zum Herd gehuscht, um über Valeries Schulter in die Töpfe zu schauen. »Ist das Veggie-Hack?«, fragte er, als Valerie die Zwiebeln nebst Fleisch in die Pfanne gleiten ließ.

Überrascht drehte sie sich zu ihm um. »Jetzt sag nicht, du bist unter die Vegetarier gegangen? Das Fleisch lag in deinem Kühlschrank!«

»Eher Flexitarier. Wir versuchen, unter der Woche auf Fleisch zu verzichten, und essen am Wochenende keinen Aufschnitt mehr. Aber mach dir keinen Kopf. Heute ist eine Ausnahme. Es riecht großartig!« Vito inspizierte sein offenes Küchenregal, in dem mehrere Weinflaschen lagen. »Einen Roten dazu?«

Valerie nickte und gab passierte Tomaten in die Pfanne. »Nach einem Tag in der Agentur habe ich dringenden Bedarf.«

Vito griff zum Flaschenöffner. »So schlimm?« Er öffnete die Flasche und stellte sie auf den bereits gedeckten Tisch. Dann setzte er sich.

Valerie nickte und würzte die köchelnde Sauce mit Salz, Pfeffer und Oregano. »Furchtbar schlimm. Aber jetzt erzähl du erst mal, wie es dir geht. Wir haben die ganze Zeit über meine Probleme geredet. Es tut mir leid, dass ich noch gar nicht nach euch gefragt habe.« Sie goss die Pasta ab, vermengte sie mit der Sauce und gab alles in eine Schüssel, die sie auf den Tisch stellte. Erst jetzt schaute sie wieder zu Vito, der seinen Kopf in beide Hände gelegt hatte. »Vito? Alles gut bei dir?« Kurz dachte sie, seine Schultern würden beben.

Dann aber richtete er sich wieder auf, sah sie an und atmete tief durch. »Ja, alles gut. Es ist nur – hier ist auch einiges los.« Valeries Gefühl hatte sie offenbar nicht getäuscht. Schon seit Längerem beschäftigte sie der Eindruck, dass Vito nicht mehr ganz der Alte war – für seine Verhältnisse etwas stiller und verhaltener als sonst, vor allem dann, wenn sie ihn nach Erik fragte.

»Verrat mir noch kurz, wo ich eine Nudelzange finde. Dann will ich alles wissen.«

Vito deutete auf eine Küchenschublade. Valerie griff schnell hinein, holte unterwegs zwei Weingläser aus dem Schrank und setzte sich zu ihm. »Erzähl.«

Sie tat ihrem Freund von den Nudeln auf. Den Parmesan würden sie der Einfachheit halber und wegen Vitos Sportphase heute weglassen.

»Es ist jetzt noch keine Endzeitstimmung, aber so richtig happy bin ich mit Erik nicht mehr. Er ist nur noch unterwegs für seinen Laden. Die Kunden lieben sein Interieur und seine Ideen. Er kann sich vor Einrichtungsaufträgen gar nicht retten. Also sehen wir uns, wenn überhaupt, eher bei der Arbeit als hier. Wäre ich nicht sein Angestellter – wir wären bestimmt längst getrennt. Dabei hatten wir eigentlich Zukunftspläne. Ich wollte immer schon heiraten, und eigentlich wollten wir auch ein ...« Er stockte und blickte unsicher auf seinen Teller.

Valerie überlegte, womit sie ihm auf die Sprünge helfen konnte, aber sie hatte nicht die geringste Idee, was er sagen wollte.

»... ein Kind«, vervollständigte er seinen Satz.

Damit hatte sie nicht gerechnet. Während sie ihren Freund schon zwei desaströse Abende lang mit ihrem Kinderwunsch behelligt hatte, litt er am selben Problem wie sie? Valerie ärgerte sich über sich selbst, dass sie an diese Möglichkeit noch nie gedacht hatte. Nicht einmal, als er ihr kürzlich mit leuchtenden Augen von Freunden berichtete, die so eine tolle Regenbogenfamilie abgaben, hatte sie auch nur einen Gedanken daran verschwendet. Warum das so war – sie hatte nicht die geringste Ahnung. Eines merkte sie aber sofort: Das Ganze war ihm ernst und keine alberne Spinnerei, für die Vito ansonsten bekannt war.

»Hattest du mit Erik schon konkrete Pläne? Was das Kind betrifft, meine ich?« Valerie schenkte ihnen Wein ein, den sie für das Gespräch wohl beide brauchen würden.

Vito legte sein Besteck ab. »Freunde von uns haben ein Kind, das von einer Leihmutter in den USA ausgetragen wurde. Wir hatten uns mit ihnen ausgetauscht und die Möglichkeiten für uns ausgelotet. Das sah damals gar nicht so schlecht aus, aber dann war Erik andauernd unterwegs, und ich habe mich gefragt, ob ich wohl allein mit dem Baby zu Hause sitzen würde, während er sich mit reichen Kundinnen in der ganzen Welt herumtreibt. Irgendwie haben wir den Faden verloren – nicht nur, was dieses Thema betrifft.

Ich weiß gerade nicht mehr, woran ich bin. Vielleicht war ihm die Sache mit der Leihmutter auch zu anonym. Irgendwann hatte ich jedenfalls keine Lust mehr, ihn darauf anzusprechen, obwohl er immer wieder betont hat, wie sehr auch er sich ein Kind wünscht. Nur wollte er sich um den Weg dahin nicht mehr kümmern. Ich hatte Sorge, dass das auch der Fall sein würde, wenn das Kind da ist. Ich fühle mich ja selbst schon etwas vernachlässigt, da möchte ich so einem kleinen Wesen nicht antun, dass sein zweiter Vater in der Weltgeschichte herumstreunt, während ich total überfordert hier in Düsseldorf sitze. Alleine könnte ich das Kind nicht schaukeln, so viel steht fest.« Er schnaufte. »Damit hast du jetzt nicht gerechnet, was?«

Valerie schüttelte nachdenklich den Kopf. »Komischerweise nicht. Wobei ich mich frage, warum ich nie auf den Gedanken gekommen bin.«

Vito sah sie verständnisvoll an. »Das klassische Mutter-Vater-Kind-Konzept ist noch immer fest in den Köpfen verankert – selbst in den toleranten Köpfen, die offen für neue Modelle sind. Es wird noch eine ganze Weile und viele Christopher Street Days brauchen, bis sich das ändert.«

Valerie fühlte sich unbehaglich. Sie wollte auf keinen Fall dastehen wie die konservative Heterofrau, die ihrem schwulen Freund nicht zutraute, ein Kind zu bekommen. Aber irgendwo hatte er recht. Dass sie noch nie drüber nachgedacht hatte, sprach für sich. Wobei er es ihr nicht übel zu nehmen schien.

»Ist Erik kinderlieb?«, fragte sie, um dem Gespräch eine neue Richtung zu geben.

»Ja, sehr. Ich weiß, das erwartet man nicht unbedingt von ihm. Tatsächlich aber ist er es, der kopfüber im Kinderwagen fremder Leute steckt und Mätzchen macht, wenn irgendwo Babys in seiner Nähe sind.«

Valerie war erstaunt. »Echt jetzt? Hätte ich nicht gedacht. Er wirkt manchmal … etwas schroff.«

»Harte Schale, weicher Kern, zumindest Kindern gegenüber«, kommentierte Vito.

»Wann kommt er eigentlich wieder? Schon am Freitag?«

Vito griff nach seinem Handy und scrollte durch seine Nachrichten. »Freitagabend ist er wieder da.«

Valerie stocherte in ihren Spaghetti herum. Die letzten Nudeln führten ein Eigenleben, das mit der Gabel nicht zu bändigen war. »Wirst du ihn noch mal auf das Thema ansprechen?«, fragte sie.

Vito legte sein Besteck auf den Teller und putzte sich mit einer Serviette den Mund ab. »Vielleicht«, sagte er. »Und jetzt lass uns über was anderes reden.«

Valerie hätte gerne gewusst, wie das mit der Leihmutter in Amerika genau ablief und wie schnell so etwas funktionieren konnte. Welchen Samen hätten sie beigesteuert? Wie die Betreuung des Kindes organisiert? All die spannenden Fragen mussten vorerst unbeantwortet bleiben, denn Vito schaltete den Fernseher ein.

»Prime Time! Mach's dir gemütlich. Wir streamen die letzte *Bachelor*-Folge. Relax and enjoy!«

In den nächsten Tagen bekam sie Vito kaum zu Gesicht. Ob er es bereute, ihr von seinem Kinderwunsch erzählt zu haben? Vielleicht hatte er aber auch einfach nur viel zu tun. Er war abends lange im Laden und dann meist noch verabredet oder anderweitig beschäftigt, sodass er erst nach Hause kam, wenn Valerie entweder bereits schlief oder mit ihrem Laptop im Bett saß, weil sie die Abende nutzte, um am Münsteraner Projekt weiterzuarbeiten. Die Gruppe war in der Zwischenzeit richtig in Fahrt gekommen. Sie musste dranbleiben, um nicht den Anschluss zu verlieren, und endlich mal wieder Ergebnisse liefern. Schließlich hatte sie sich mit ihrer Forderung weit aus dem Fenster gelehnt, dass man vor allem im digitalen Marketing Gas geben müsse. Nun wollten die anderen wissen, wie sie sich das vorstellte. Ein Konzept musste her. Kein guter Zeitpunkt, da auch in der Agentur viel zu tun war. Da kam ihr gelegen, dass sie schon einmal ein ähnliches Projekt betreut hatte, zu dem es später nicht gekommen war, weshalb sie einige der Ideen adaptieren konnte. Und auch der Umstand, dass Vito viel unterwegs war und sie nicht wieder mit einer Flasche Rotwein versackten oder vor dem Fernseher hängen blieben, wirkte sich positiv auf ihr Ergebnis aus.

Dennoch fiel es ihr schwer, sich zu konzentrieren. Ihre Anwesenheit bei Vito durfte kein Dauerzustand werden. So sehr sie seine Gastfreundschaft genoss, fehlten ihr doch die Gewohnheiten des Alltags. Tom und sie waren ein eingespieltes Team gewesen. Es war klar, wer welche Aufgaben im Haushalt übernahm, wann sie welche Serie schauten und dass sie am Wochenende ausschlafen und bis mindestens mittags frühstücken würden. All diese Kleinigkeiten hatten ihr gemeinsames Leben ausgemacht. Und jetzt? Lebte sie aus Plastiktüten und aß, wenn es irgendwo etwas zu essen gab.

Morgen würde Erik zurückkommen. Valerie hatte Vito eine Nachricht geschrieben, um zu klären, ob sie auch in Eriks Anwesenheit von Freitag auf Samstag ein letztes Mal hier übernachten könnte, er hatte aber noch nicht gelesen. Am Samstag wollte sie ohnehin nach Münster fahren, um sich mit dem Team im Café Malik zu treffen.

Sie hatte sich gerade einen Kräutertee gekocht und wollte ein paar Stichpunkte zur digitalen Marketingstrategie in ihren Laptop hacken – da hörte sie den Schlüssel in der Tür, gefolgt von Kir und Royal, die in die Wohnung stürmten.

»Kir! Royal! Vorsicht!« Valerie brachte ihren Laptop in Sicherheit. Das Letzte, was sie jetzt brauchte, war eine ungesicherte Präsentation, die von einer Hundepfote beendet wurde. Dann ging sie hinaus in den Flur.

»Vito? Alles gut bei dir?«, rief sie, während Kir und Royal ihr an den Beinen hochsprangen, um an ihren Händen zu schnüffeln.

Schon wieder war ihr Nachbar auf direktem Wege ins Badezimmer gegangen. Ob er genug von ihrem Besuch hatte? Valerie konnte es ihm nicht verübeln. »Fisch und Besuch fangen nach zwei Tagen an zu stinken«, pflegte ihre Mutter zu sagen. Valerie hoffte inständig, dass es für Vito nicht ganz so schlimm war, aber dass es auf Dauer ein wenig nervte, wenn immer jemand zu Hause war, der hier eigentlich nicht hingehörte, konnte sie nur zu gut verstehen.

Da trat Vito aus dem Bad, schon mit Pyjamahose und T-Shirt bekleidet. »Hallo, Liebes, ich dachte, du schläfst schon.« Er drückte sie und ging in Richtung Küche.

Valerie musste lachen. »Selbst wenn ich geschlafen hätte, wäre ich bei dieser sabbernden Mopsattacke garantiert aufgewacht.«

»Stimmt auch wieder – entschuldige. Irgendwie gewöhne ich mich nicht daran, dass jemand hier ist.« Womit sie beim Thema waren.

»Genau darüber wollte ich mit dir sprechen, Vito. Ist es okay, wenn ich noch eine letzte Nacht bleibe? Am Samstag würde ich ganz früh nach Münster aufbrechen. Dann wäre ich weg, bevor ihr zwei Nachteulen aufsteht.«

Vito schaute sie erschrocken an. »Ich meinte nicht, dass du störst!«, stellte er klar. »Du kannst so lange bleiben, wie du möchtest!«

Valerie war erleichtert. »Okay, dann bleibe ich bis Samstag früh. Danke dir, Schnucki.« Sie gab ihm einen Kuss auf die Wange. »Ich muss jetzt ins Bett. Bin todmüde von der Arbeit.«

Kurz drauf kroch Valerie ein vorletztes Mal unter die Gästebettdecke. Sie fragte sich, wie es jetzt wäre, im Bett nebenan zu liegen – als sei nichts gewesen. Oft arbeitete Tom länger als sie und kam erst ins Bett, nachdem sie schon eingeschlafen war. Wenn sie zur gleichen Zeit schlafen gingen, kuschelten sie meist noch ein bisschen. In den Armen ihres Mannes hatte Valerie sich immer wohlgefühlt. Dann schloss sie seine Arme noch fester um ihren Brustkorb, drückte ihre Kniekehlen in seine Knie und ihren Po in seine Körpermitte. Häufig schliefen sie dann so ein. Manchmal war es ihr auch zu eng geworden. Und dann gab es die Male, bei denen Reibung Wärme erzeugte, die plötzlich in Hitze umschlug.

Sie holte tief Luft und bemerkte, dass ihr auch jetzt warm unter der Bettdecke wurde. Wo war dieses Gefühl in den letzten Wochen geblieben? Warum konnten sie nicht alles ungeschehen machen und wieder neu anfangen? Trotz der Wärme zog sie die Decke noch etwas höher. Sie hatte das Gefühl, sich verkriechen zu wollen. Nie zuvor hatte sie sich dermaßen verloren gefühlt. Bislang hatten sich die Dinge in ihrem Leben meist gefügt, wenn es brenzlig wurde. Und jetzt fügte sich einfach gar nichts.

Sie wusste genau: Es war ihre Aufgabe, sich aus dem Sumpf zu ziehen. Nur hatte sie nicht mal die Kraft, sich die Gummistiefel überzustülpen, die nötig gewesen wären, um trockenen Fußes da rauszukommen.

Rums. Valerie schreckte hoch. War das die Wohnungstür gewesen? Erik wollte doch erst morgen zurückkommen. Der Lautstärke nach hätte das auch ihre eigene Tür gegenüber gewesen sein können. Leise schlich sie aus dem Gästezimmer in den Flur hinaus und beugte sich vor, um durch den Spion zu schauen.

»Das gibt's doch nicht!«, murmelte sie, als sie sah, wer den Knall an der Tür gegenüber ausgelöst hatte. Im Treppenhaus stand die braunhaarige Frau, die ihr die ganze Woche über Kopfzerbrechen bereitet hatte, und sortierte Unterlagen in ihre Businesstasche. Jetzt, da Valerie sie das erste Mal von vorn sah, fiel es ihr wie Schuppen von den Augen. Das war ihre gemeinsame Versicherungsberaterin Frau Kremer! Kurz vor ihrer Hochzeit waren sie alle Policen, über die sie zu der Zeit verfügten, mit ihr durchgegangen, hatten einige Versicherungen gekündigt und andere neu abgeschlossen. Und schon damals hatte es ihr am besten etwas später am Abend gepasst, weil sie Termine mit ihren Düsseldorfer Kunden bevorzugt im Anschluss an eine Vertriebstagung legte, die hier ab und an stattfand.

Warum sie in dieser Woche gleich zweimal zu ihrem Mann kam, war Valerie allerdings ein Rätsel. Vielleicht hatte Tom sich endlich um seine Altersvorsorge gekümmert? Ob er die Zeit ohne sie wirklich genutzt hatte, um aufzuräumen und Dinge wie diese anzugehen? Valerie wusste gar nicht, worüber sie mehr erleichtert sein sollte – darüber, dass die Frau eine alte Bekannte war, die aus ihrer Sicht keine Gefahr für sie darstellte, oder darüber, dass ihr Mann womöglich wirklich einmal auf sie gehört hatte.

Sie spürte, wie eine gewaltige Last von ihren Schultern abfiel. Ein Gefühl, wie wenn man morgens aufwacht und feststellt, dass eine furchtbare Erfahrung nur ein Albtraum gewesen war. Zugleich wunderte sie sich, dass ihre Freude darüber so groß war und sogar ein Lächeln auf ihre Lippen zauberte. War sie nicht eigentlich so sauer auf Tom gewesen, dass ihr egal sein konnte, mit wem er den Abend verbrachte? Sie horchte in sich hinein und musste sich eingestehen: So weit war sie nicht. Ganz leise, um weder Vito noch die Hunde zu wecken, schlich sie über den Flur wieder zurück ins Gästezimmer. Sie musste jetzt unbedingt schlafen. Morgen würde es in der Agentur wieder rundgehen.

21

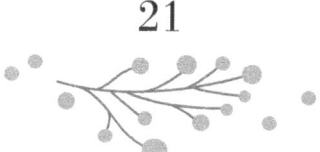

»Du glaubst nicht, Stevie, was sich gestern Abend herausgestellt hat«, platzte es aus Valerie heraus, noch bevor sie im Büro ihre Tasche abgestellt hatte. »Es war unsere Versicherungsberaterin!«
Stevie blickte auf. »Ich kann nicht ganz folgen.«
Valerie verdrehte die Augen. »Na, die Frau, die bei Tom war, ist unsere Versicherungsberaterin«, machte sie einen erneuten Anlauf.
Stevies Stirn legte sich in Falten. »Macht das irgendwas besser?«
Valerie überlegte kurz. Aus ihrer Sicht war es eindeutig, dass Frau Kremer beruflich da gewesen war. Und so attraktiv war sie nun auch wieder nicht, dass sie ihrem Mann zutrauen würde, im Beratungsgespräch zu seinen Versicherungsverträgen über sie herzufallen. Oder war sie nun diejenige, die auf dem Schlauch stand?
»Natürlich! Ich hab gesehen, wie sie Versicherungsunterlagen in die Tasche gepackt hat, als sie ging. Sie war eindeutig gekommen, um mit Tom über seine Verträge zu sprechen, Stevie! Das Thema ist also schon mal vom Tisch.«
Auf Stevies Gesicht breitete sich ein Grinsen aus. »Scheint dir ja gar nicht mal so unwichtig zu sein.« Sie warf ihrer Freundin einen prüfenden Blick zu.
Valerie spürte, wie Röte in ihrem Gesicht aufstieg. »Wir haben auch so schon genügend Baustellen. Eine Affäre hätte ich nervlich nicht auch noch verkraftet.«

Stevie nahm einen großen Schluck aus ihrer Kaffeetasse, wobei sie Valerie schon wieder den Mittelfinger zeigte. »Da wären natürlich noch die Ladys auf Heikos Foto.« Offenbar traute sie Tom einiges zu.

»Du malst ja noch schwärzer als ich«, wunderte sich Valerie. »Weißt du irgendwas, was ich nicht weiß?«

Stevie winkte ab. »Nee, alles gut. Spaß beiseite. Ich glaub wirklich nicht, dass an dem Abend was gelaufen ist. Heiko war einfach nur verkatert und konnte sich im ersten Moment nicht mal erinnern, als ich ihn darauf ansprach. Er ist nicht gut im Bluffen. Ich hätte es ihm garantiert angemerkt, wenn da irgendwas faul gewesen wäre.«

Valerie atmete durch. Dann legte sie ihren Mantel ab und schob den Bürostuhl beiseite, um das Fenster zu öffnen, auch wenn aus der Atriumschlucht nicht viel frische Luft ins Zimmer dringen würde.

»Übrigens fahr ich morgen zurück nach Münster«, erwähnte sie noch.

»Echt jetzt? Zu deinen Eltern?«

Valerie schüttelte den Kopf. »Auf gar keinen Fall! Ich muss nur für einen Tag hin, weil sich die Projektgruppe wegen des Kreativjobs trifft.«

»Wie willst du das eigentlich mit dem Job hier vereinbaren?«, fragte Stevie, ohne vorwurfsvoll zu klingen.

Valerie wusste, dass ihre Freundin es immer gut mit ihr meinte. Vermutlich war sie besorgt, dass sie sich zu viel auflud.

»Die meisten haben noch einen anderen Job nebenher«, erklärte Valerie. »Das ist momentan kein Vollzeitprojekt. Sollte es irgendwann nicht mehr gehen, muss ich mir überlegen, wie ich die Prioritäten setze. Die Arbeit hier füllt mich ohnehin nicht mehr aus.« Sie überlegte, ob sie sich auch einen Kaffee holen sollte.

Valerie merkte, wie Stevie mit sich haderte. Sie hatten beide dringende To-dos auf dem Tisch und hätten eigentlich längst arbeiten müssen.

»Die Schlossnummer wird aber nicht bezahlt, oder?«, wollte sie noch wissen.

Valerie wiegte den Kopf hin und her. »Wir bekommen eine Aufwandsentschädigung und auf der Weltreise Spesen. Ich hab ein bisschen was auf die Seite gelegt – eigentlich für den Fall, dass wir irgendwann doch noch eine Immobilie in dieser überteuerten Stadt finden sollten. Damit könnte ich mich eine Weile über Wasser halten. Hast du nicht auch das Gefühl, dass wir hier mal rausmüssen?«

Stevie nahm noch einen Schluck vom mittlerweile garantiert kalten Kaffee aus ihrer Stinkefingertasse. »Da sagst du was. Ich schaffe es nur leider nicht, mir dazu Gedanken zu machen.«

Valerie schaute auf die Uhr. Nur noch zehn Minuten bis zum ersten Call heute. »Das ist ja genau das Problem, Stevie. Solange wir nie hier rauskommen, wird sich auch nichts ändern, weil wir es nie schaffen werden, mal zu reflektieren, was in dieser Legebatterie von Agentur eigentlich mit uns passiert. Ich werde den morgigen Termin abwarten und dann sehen, wie ich weiter vorgehe. Unter drei Monaten Kündigungsfrist komme ich aus dem Schuppen hier ja ohnehin nicht raus. Wenn sie mich noch mal aus dem Homeoffice heraus arbeiten ließen, könnte ich die Dinge besser vereinbaren.«

Stevies Telefon klingelte. Sie hatte die Hand bereits auf den Hörer gelegt, als ihr eine letzte Frage einfiel: »Wo würde dein Homeoffice dann sein?«

Valerie zuckte mit den Schultern. »Ich habe nicht die geringste Ahnung.«

Als sie am Abend durch den Hofgarten zu Vito radelte, musste Valerie nochmals an das Gespräch mit Stevie denken. Sie hoffte, dass sie ihre Freundin nicht beunruhigt hatte. Jede von ihnen konnte den Job eigentlich nur ertragen, weil die andere an ihrer Seite war. Stevie sollte auf keinen Fall denken, dass Valerie sie mir nichts, dir nichts hängen lassen würde, ohne mit der Wimper zu zucken. So war es auch nicht. Wenn sie wirklich die Stadt verließ, um eine Weile in der Nähe ihrer Eltern zu leben, an dem Projekt zu arbeiten und später auf Europareise zu gehen – sie würde Düsseldorf und ganz besonders Stevie vermissen. Dennoch hatte sie das Gefühl, dass sie momentan vor allem an sich selbst denken sollte. Vielleicht war das auch reiner Selbstschutz, weil alles andere zu viel für sie geworden wäre.

Als sie vor ihrem Wohnhaus stand, brannte Licht in ihrem Wohnzimmer und auch in dem von Vito. Ob Erik schon zu Hause war? Vermutlich.

Bei diesem Gedanken kam Unbehagen in Valerie auf. Sie wusste nicht, ob er darüber informiert war, dass sie schon die ganze Woche über hier wohnte. Sie selbst hätte sich nach einer Geschäftsreise bei ihrer Rückkehr eher keinen Besuch gewünscht. Wenn es ihm auch so ging, würde er nicht gerade begeistert darüber sein, dass sie noch eine Nacht blieb.

Sie stellte ihr Fahrrad hinter der Adolfus-Kirche ab. Tom wähnte sie sicher noch immer bei ihren Eltern im Münsterland. Apropos – wo waren die eigentlich abgetaucht? Ihre Mutter hatte sich per WhatsApp erkundigt, ob sie gut in Düsseldorf angekommen sei, nach Valeries kurzer Bestätigung aber nicht mehr geantwortet. Vielleicht hatte sie beschlossen, die Sache vorerst auf sich beruhen zu lassen.

Valerie schloss ihr Hollandrad ab und ging ins Haus. Wieder überlegte sie, einen Blick in den Briefkasten zu werfen, entschied sich aber erneut dagegen. Und obwohl sie noch immer den Haustürschlüssel von Vito hatte, klopfte sie an, falls Erik tatsächlich schon da sein sollte.

»Frau Nachbarin und Mitbewohnerin, hereinspaziert!«, begrüßte er sie kurz darauf freundlich, als er die Tür öffnete und sie reinließ.

Valerie war erleichtert. »Danke dir – ich hoffe, es ist okay für dich, wenn ich noch eine Nacht bleibe?«

Erik nahm ihr die Tasche ab und deutete auf ihren Mantel. Überrascht ließ sie sich die Garderobe abnehmen. So kühl er auch manchmal wirkte – Gentleman-Qualitäten hatte er offenbar. Sie konnte sich vorstellen, dass auch Vito diese Eigenschaft an ihm schätzte.

»Absolut okay«, beruhigte er sie. »Du kannst so lange bleiben, wie du magst.«

Damit hatte sie nicht gerechnet. Zwar änderte das Angebot nichts daran, dass sie sich nach einer neuen Lösung umschauen wollte. Dennoch war es ein gutes Gefühl, dass sie, wenn alle Stricke reißen sollten, auch noch bleiben konnte.

»Das ist lieb, Erik, aber ich bin schon die ganze Woche hier und will euch zweien nicht auf die Nerven fallen. Ist Vito auch schon zu Hause?«

»Der tummelt sich mit zwei Möpsen auf den Rheinwiesen. Lust auf einen Feierabenddrink?« Erik öffnete schon den Kühlschrank und holte eine Flasche Crémant heraus. Eins musste Valerie den beiden lassen: Genuss war zu jeder Zeit ihre Stärke.

»Gern!« Sie zog ihre Schuhe aus und gesellte sich zu Erik ins Wohnzimmer. Erst jetzt fiel ihr auf, dass sie die ganze Woche über keinen einzigen Einkauf getätigt hatte. Sie musste sich etwas überlegen, womit sie die Kosten und Mühen der beiden wiedergutmachen konnte.

Erik nahm zwei Kristallkelche aus dem Vintagebüfett und schenkte ihnen Crémant ein, während Valerie es sich auf dem Sofa gemütlich machte.

»Zum Wohl!«, sagte er.

»Danke!« Valerie genoss das Prickeln an ihrem Gaumen. Der gute Geschmack ihrer Nachbarn zahlte sich wieder mal aus. Sie überlegte, über was sie mit Erik plaudern könnte.

»Und? Konntest du dich schon ein wenig erholen?«, kam er ihr da zuvor und entfernte ein Hundespielzeug aus dem Ohrensessel, ehe er sich zu ihr setzte.

Valerie fragte sich, auf welchem Kenntnisstand Erik sein mochte. »Ja, sehr. Vielen Dank, dass ich hier sein darf.«

»Weiß dein Göttergatte eigentlich davon?«, erkundigte sich Erik.

Valerie setzte ihr Kristallglas auf einem der schönen Untersetzer ab, die auch Vito immer verwendete, bis er zu betrunken war, um sein Glas mittig darauf zu platzieren. »Ich glaub nicht, aber das ist mir gerade egal.«

Erik nickte wissend. »Das leidige Kinderthema?«

»Unter anderem.« Er wusste also Bescheid.

»Kenne ich.« Erik nahm einen weiteren Schluck von seinem Crémant. Dann schaute er an Valerie vorbei, als ob er darüber nachdachte, was er als Nächstes sagen würde. »Findest du es nicht auch irgendwie merkwürdig, dass wir gerade jetzt hier zusammenfinden?«

Valerie überlegte. »Wie meinst du das?«

Erik räusperte sich. »Na ja, du möchtest unbedingt ein Kind, hast aber keinen Mann dazu, und hier sind zwei Männer, die sich ebenfalls ein Kind wünschen, aber keine Leihmutter haben. Da klingelt doch was, findest du nicht?«

Valerie starrte ihn an. Wollte Erik sie jetzt ernsthaft als Leihmutter akquirieren? Das konnte doch nicht wahr sein! »Ich wollte Mutter werden, Erik – nicht Leihmutter«, stellte sie klar. »Mein Kinderwunsch ist außerdem vorerst auf Eis gelegt. Neben der ganzen Situation mit Tom gibt es einige andere Dinge, über die ich mir klar werden muss. Zudem spannt mich ein Projekt in Münster gerade ziemlich ein. Ich wäre also die Falsche, zumal ich ein Kind ja nicht hergeben, sondern selbst großziehen will.«

Erik richtete sich in seinem Sessel auf, als wollte er für den Kanzler die Neujahrsansprache übernehmen. »Du siehst das zu konservativ, Valerie. Hast du schon mal von Co-Parenting gehört?«

Valerie überlegte. Sie hatte vor Kurzem einen Artikel über einen Mann und eine Frau gelesen, die in einer WG zusammenlebten, ohne ein Paar zu sein, und ihre beiden Kinder dort großzogen. Mit Vito und Erik wäre es allerdings eine ganz andere Situation. »Ja, klar, aber wie stellst du dir das vor? Du und Vito – ihr seid ein Paar. Soll ich ein Kind für euch bekommen und eine WG mit euch gründen? Das ist nicht wirklich dein Ernst, oder?«

Erik schüttelte den Kopf. »Nur eine fixe Idee. Entschuldige. Ich wollte dir damit nicht zu nahe treten.«

In Valeries Kopf kreisten die Gedanken. Ob er mit Vito darüber gesprochen hatte? »Wer von euch wäre denn der Vater?«, fragte sie spontan, bereute es aber sofort, weil allein die Frage den Anschein machte, als habe sie ein Interesse an der verrückten Idee.

Erik grinste. »Ich natürlich«, sagte er überheblich. »Aber keine Sorge. Du musst deswegen nicht mit mir schlafen.«

Das Gespräch wurde Valerie zunehmend unangenehm. »Du machst Witze, oder?«

»Nimm's als Denkansatz, Valerie. Manchmal ist das Unerreichbare viel näher, als man denkt – wenn man sich von konservativen Strukturen löst.«

Valerie musste an eine Bekannte denken, die über eine Samenbank schwanger geworden war. Sie hatte sich einen Mann mit südländischen Wurzeln ausgesucht, einen Lehrer mit kreativer Ader. Der Sohn durfte später mal seinen Erzeuger kennenlernen, wenn er wollte. Schon verrückt, fand Valerie. Aber wenn alle glücklich waren – warum nicht?

»Du bist mit Vito gut befreundet, und auch wir beide kennen uns schon eine ganze Weile«, fuhr Erik fort. »Wir drei würden das Kind schon schaukeln, glaub mir!«

Jetzt wurde es Valerie wirklich zu viel. Bei aller Toleranz für offene Familienmodelle – sie wollte gerade weder ein Kind noch die Gebärende für Eriks und Vitos Nachwuchs sein. Wo steckte Vito eigentlich?

In diesem Moment hörten sie einen Schlüssel in der Tür, gefolgt von zwei bellenden Möpsen, die kurz darauf hereinstürmten und sich zum Sprung auf das Sofa bereit machten.

»Aus! Sitz!«, rief Erik. Er sprang auf, um Vito zu begrüßen. »Hey Schatz, schön, dich zu sehen.«

Vitos Blick fiel auf die Crémant-Flasche »Das sieht ja gemütlich aus hier. Gibt's auch ein Gläschen für mich?«

Valerie sah ihre Chance zur Flucht gekommen. »Ich lass euch zwei Süßen jetzt mal allein. Ich muss noch packen und den morgigen Termin in Münster vorbereiten.«

Entgeistert schaute Vito sie an. »Wirklich? Heute ist unser letzter Abend!« Er eilte in die Küche, um die Hunde zu füttern.

»Vielleicht auch nicht«, entgegnete Valerie. Kurz zögerte sie, dann sprach sie es aus. »Dein Mann will eine WG mit mir gründen.«

Erstaunt fuhr Vito herum. Er schien nicht die geringste Ahnung zu haben, wovon sie redete. »Stichwort Co-Parenting, Erik erklärt dir alles Weitere.« Sie sprang von der Couch auf. »Ich mach mich schon mal bettfertig. Feiert noch schön euer Wiedersehen! Und ganz lieben Dank nochmals, dass ich hier sein durfte. Ich schleiche mich dann morgen früh einfach raus.« Sie wollte Vito umarmen.

Der aber wehrte sich gegen die frühzeitige Verabschiedung. »Wollen wir nicht erst mal was essen? Du musst doch Hunger haben!«

Valerie hatte für heute genug. »Passt schon, Vito. Ich muss wirklich noch was vorbereiten und frühzeitig ins Bett. Wir können ja morgen noch mal in Ruhe telefonieren, wenn ich im Auto nach Münster sitze, okay?«

Vito lenkte ein. »Okay, Hase – dann schlaf schön! Es war so toll, dich hier zu haben.« Sie nahmen sich in die Arme.

Während Valerie sich bettfertig machte, dachte sie noch mal an Eriks Vorschlag. Der Kinderwunsch war etwas so Essenzielles, ein so tiefes Bedürfnis, dass sie seinen Denkansatz durchaus verstehen konnte. Vermutlich hätte er sich immer gefragt, was sie zu seinem Vorschlag gesagt hätte, und hatte es deswegen einfach mal angesprochen. Zugleich war ihr klar, dass sie nicht die Lösung für Eriks und Vitos Pläne sein konnte. Ob Vito gewusst hatte, dass Erik mit ihr darüber reden wollte, und deswegen extra so spät nach Hause gekommen war? Sie konnte es sich nicht vorstellen. Eins stand aber fest: Das Thema musste noch mal mit ihm nachbereitet werden.

22

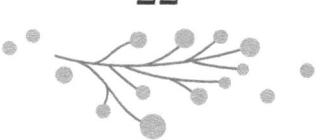

Als sie morgens aufwachte, merkte sie, dass sie am Abend nichts gegessen hatte. In ihrem Bauch tat sich ein Loch auf, das sie mit etwas Reichhaltigem stopfen musste, ehe es auf die Autobahn ging. Sie horchte in die Wohnung hinein. Alles schlief. Hoffentlich würden Kir und Royal stillhalten, wenn sie sich fertig machte und in der Küche nach etwas Essbarem Ausschau hielt. Kir hob nur kurz den Kopf, als sie sich ins Bad aufmachte, um zu duschen. Royal schnaufte ein bisschen. Die beiden Möpse hatten sich offenbar an Valeries Anwesenheit gewöhnt. Unbeachtet verließ sie in Ermangelung von etwas Gesundem kurz darauf mit einem Salamibrot in der Hand die Wohnung.

Sie beschloss, noch schnell zu der kleinen Kaffeerösterei um die Ecke zu gehen, die ihren geliebten portugiesischen Galão zubereitete. Auf dem Weg zum Auto nahm sie gerade den ersten Schluck, als ihr Handy klingelte.

»Vito? Hab ich dich geweckt?« Sie hörte dieselben Vögel durchs Telefon zwitschern, die sie auch in ihrer unmittelbaren Umgebung wahrnahm, und vermutete, dass er auf dem Balkon stand. »Hast du gut geschlafen?« An ihrem Mini angekommen, stellte sie den Einwegbecher, den sie normalerweise vermied, auf dem Autodach ab, um die Fahrertür zu öffnen und ihre Beutel auf den Beifahrersitz zu werfen.

»Leider erst viel zu spät – ich hab die halbe Nacht mit Erik diskutiert«, entgegnete Vito in aufgeregtem Tonfall. Auch er schlürfte etwas, was garantiert nicht ohne Koffein auskam.

»Was ist denn los?« Valerie hatte mittlerweile mit dem Handy am Ohr den Kaffee im Becherhalter platziert und sich angeschnallt, bis mit dem Starten des Motors endlich die Freisprechanlage aktiviert wurde. Leider hatte Vito ihre Frage genau in dem Moment beantwortet, als der Lautsprecher wechselte, sodass sie noch einmal nachhaken musste: »Ich hab dich nicht verstanden, Vito – was ist los?«

»Du sollst mir sagen, ob es wahr sein kann, was Erik mir gestern Abend erzählt hat. Er hat dich doch nicht ernsthaft gebeten, mit uns eine Familie zu gründen?«

Valerie fühlte sich bestätigt. Es hätte nicht zu Vito gepasst, Erik vorzuschicken, um sie mit einem derart brisanten Anliegen zu behelligen.

»Ich könnte ausrasten, Valerie! So was kann er dich doch nicht ernsthaft bitten – noch dazu in deiner jetzigen Situation und ohne es vorher mit mir abzustimmen. Ich muss mich wirklich sehr für ihn entschuldigen.«

Valerie versuchte, ihren Nachbarn zu beruhigen. »Meine Situation war, denke ich, gerade der Anlass, weshalb er auf diese Idee gekommen ist. Ich hab ihm gesagt, dass daraus nichts wird, und gut ist. Erik scheint die Sache mit dem Kind wirklich ernst zu sein. Sieh das positiv, er sucht nach Möglichkeiten, euren Wunsch zu verwirklichen.«

»Mir wäre lieber gewesen, er hätte das vorher mit mir besprochen. Nichts gegen dich, Schatz, aber ich möchte mit *ihm* ein Kind und nicht zu dritt in einer Art Kommune. Das ist mal wieder typisch Erik. Ich bin schockiert, Valerie! Vergiss das bitte sofort wieder. Und ich hoffe, du glaubst mir, dass das nicht auf meinem Mist gewachsen ist.«

Valerie lachte in sich hinein, während sie stadtauswärts fuhr. So sehr sie Vitos Unmut verstehen konnte, so herrlich fand sie es auch, wenn er in Rage war. Sie konnte sich bildlich vorstellen, wie er wild gestikulierend in seinem Morgenmantel von einer Balkonseite zur anderen marschierte.

»Und was habt ihr heute noch vor?«, versuchte sie das Thema zu wechseln.

»Ich muss mal sehen, wie hier die Stimmung ist. Wir sind gestern ziemlich heftig aneinandergeraten.«

»Ehrlich? Hab ich nichts von mitbekommen«, meinte sie erstaunt. »Dabei weiß ich, wie es sein kann, wenn du aus der Haut fährst.« Sie lachte.

»Ich hab mir Mühe gegeben«, erklärte er. »Aber die Stimmung wird heute nicht rosig sein. Keine Ahnung, ob wir den Tag miteinander verbringen oder eher nicht.«

Valerie wünschte ihm Ersteres. »Glaub mir, wenn dich jemand verstehen kann, dann ich. Vielleicht sollten lieber wir zwei zusammenwohnen und Erik mit Tom. Wobei ich glaube, dass Erik es wirklich nur gut meinte.«

»Wo bleibst du eigentlich heute Nacht?«, erkundigte sich Vito.

»Ich weiß es noch nicht. Erik hat mir angeboten, dass ich zurückkommen könnte, aber ihr zwei braucht auch mal Zeit für euch, jetzt erst recht. Ich werde schon was finden, mach dir keinen Kopf.« Schon wieder hörte sie im Hörer die Vögel zwitschern.

»Unser Angebot steht«, bekräftigte Vito. »Oh, Erik ist wach, ich leg lieber mal auf. Fahr vorsichtig. Und lass mal hören, wie das Treffen mit den Globetrottern gelaufen ist.«

»Mach ich, Schnucki. Habt einen schönen Tag!«

Erst als sie aufgelegt hatte, merkte Valerie, wie viel gerade in ihrem Kopf los war. Inzwischen war sie auf der Autobahn angekommen. Der monotone Blick auf die Straße tat gut, und sie genoss die Ruhe. Sie kam nicht mal auf die Idee, das Radio einzuschalten. Statt News oder Charts wollte sie nur noch Stille. Einfach fahren und nachdenken – nicht mehr und nicht weniger.

Doch mit jedem Kilometer kamen immer mehr Fragen in ihr hoch, die sie im Trubel der letzten Wochen erfolgreich verdrängt hatte: Was machte Tom jetzt wohl? Dachte er überhaupt an sie? Ziemlich genau drei Wochen war es jetzt her, dass sie von Düsseldorf aufgebrochen war. Im Affekt hatte sie damals nicht hinterfragt, wie es nach ihrer Auszeit weitergehen sollte. Dass sich die Fronten derart verhärten könnten und sie bis auf eine kurze Begegnung nun gar keinen Kontakt mehr zu ihrem Mann haben würde, hätte sie bis vor Kurzem nicht für möglich gehalten. Sollte sie mehr Kompromisse eingehen, um ihre Beziehung über die Eskalation hinweg zu retten?

Während sie ihren Gedanken nachging, verließ sie allmählich das Ruhrgebiet. Die Abstände zwischen den qualmenden Schornsteinen wurden größer. Vielleicht war jetzt doch Zeit für etwas Musik.

Als sie eine knappe Stunde später vor dem Münsteraner Schloss parkte und daran dachte, dass sie gleich auch Manuel wiedersehen würde, schlug ihr Herz einen Takt schneller. Zudem kam, während sie sich auf den Weg zum Café Malik machte, ein seltsames Gefühl von Heimatlosigkeit in ihr auf. Sie war in Münster, ohne ihre Eltern zu besuchen, ohne dass sie auch nur von ihrem Aufenthalt in der Stadt wussten – mit ein paar Beuteln und Tüten im Kofferraum. Zu allem Überfluss wusste sie nicht einmal, wo sie heute Nacht schlafen sollte. Sie hoffte einfach darauf, dass sich im Laufe des Tages eine Lösung finden würde, und empfand das Café als sichere Burg, in der sie vorerst gut aufgehoben war.

»Valerie, huhu!«, rief Ida, die bereits an dem reservierten Tisch Platz genommen hatte. Weitere Mitglieder ihrer Gruppe hängten gerade ihre Garderobe auf und gesellten sich dazu.

Valerie blickte sich in dem wuseligen Gastraum um, in der Hoffnung, auch Manuel zu entdecken. Fehlanzeige. So gern sie die anderen schon nach dem ersten Kennenlernen mochte – vertrauter fühlte sie sich, wenn auch ihr Schulfreund in der Runde anwesend war.

»Ist Manuel schon da?«, wandte sie sich an Ida, während sie sich neben sie setzte.

Die nickte bestätigend. »Grad zur Toilette.«

Valerie atmete innerlich auf. Kurz hatte sie befürchtet, dass er heute nicht kommen würde. Sie hatte ihm gestern noch schreiben wollen, es aber dann vergessen, nachdem Erik sie mit seinem Vorschlag völlig aus dem Konzept gebracht hatte. Auch ihr Pensum, das sie sich bis heute vorgenommen hatte, war unerledigt geblieben. Sie würde gleich improvisieren müssen, wenn jeder Teilnehmer die Ergebnisse seiner Arbeit präsentieren sollte. Das würde sie aber – aus leidiger Erfahrung in der Agentur – ohne Weiteres hinbekommen. Wie oft hatte ihre Chefin erst kurz vor Beginn eines Meetings gefragt, ob nicht sie an ihrer Stelle die Präsentation halten könne? Wie oft hatten Kunden nach Dingen gefragt, von denen sie keine Ahnung hatte, was sie aber keinesfalls zugeben durfte? All diese Ausflüge zu den Randgebieten ihrer Komfortzone hatten einen Vorteil: Man konnte sie im beruflichen Kontext so schnell nicht mehr aus der Ruhe bringen. Dass es im Privatleben ganz anders aussah, stellte sie fest, als Manuel von der Toilette kam. Hatte er letztes Wochenende auch schon so gut ausgesehen?

Er beugte sich über sie, um sie mit Küssen auf die Wange zu begrüßen. »Kommst du aus Düsseldorf, oder hast du wieder bei deinen Eltern eingecheckt?« Lässig winkte er der Kellnerin zu, die gerade nach dem Abnehmer des Kaffees auf ihrem Tablett suchte.

»Aus Düsseldorf«, antwortete Valerie schnell, ehe sie einen Latte Macchiato mit Hafermilch orderte. »Ich übernachte auch heute nicht bei ihnen.«

Manuels Blick blieb in seiner Kaffeetasse hängen, während er nachbohrte: »Dann ist mit deinem Mann wieder alles im Lot?« Er griff nach einem Gefäß mit Zucker – vielleicht, um die Frage möglichst beiläufig erscheinen zu lassen.

Valerie überlegte kurz, ob sie einfach Ja sagen sollte. Vermutlich hätte das vieles einfacher gemacht. Dass er sofort nach Tom fragte, erschien ihr eindeutig. Vielleicht hatte Rike recht, dass es ihm lieber gewesen wäre, wenn er sie unverheiratet bei der Abiturfeier wiedergetroffen hätte.

»Nachdem wir bei Rike frühstücken waren, ist Tom bei meinen Eltern aufgetaucht. Das Wiedersehen war eine totale Katastrophe«, sprudelte es dann doch aus ihr heraus. Sie schaute sich kurz um, doch alle anderen am Tisch schienen gerade im Gespräch zu sein oder gebannt auf ihr Handy zu starren. Sie fügte daher schnell noch mit gedämpfter Stimme hinzu: »Es gab einen riesigen Zoff. Dann ist er gleich wieder nach Düsseldorf abgehauen. Ich bin kurz darauf auch aufgebrochen – allerdings nur, um mal wieder in der Agentur aufzuschlagen. Geschlafen habe ich bei meinem Nachbarn.«

Sie hatte, während sie sprach, sehr genau Manuels Gesichtszüge beobachtet. Erst hatten sie sich entspannt, als sie den Streit mit Tom schilderte, dann riss er seine Augen genau in dem Moment leicht auf, als sie die Übernachtung bei ihrem Nachbarn erwähnte. Sie erwog, ihn im Unklaren darüber zu lassen, ob Vito mehr als nur ein Nachbar war. Dann entschied sie sich dagegen und ergänzte: »Sein Partner ist erst gestern von einer Geschäftsreise zurückgekommen.«

Schon wieder hatte sie genau gesehen, wie sich Erleichterung auf Manuels Gesicht breitmachte. Ob doch noch was passieren würde zwischen ihnen? Wie in dem Song »Tausendmal berührt«, zu dem beim Jahrgangstreffen alle getanzt hatten?

Valerie zog ihre Laptoptasche auf ihren Schoß und holte einige Unterlagen heraus. Sie hatte verschiedene Magazine gesammelt, in denen Kulturveranstaltungen beworben wurden, und eine Präsentation begonnen, in der sie die digitalen Strategien ähnlicher Projekte aufzeigen und ihre Learnings daraus herausstellen wollte. Jetzt musste sie sich konzentrieren, um auch die noch fehlenden Passagen zusammenzubekommen. Das Projekt war ihr wichtig.

Ida war die Erste, die ihre Ideen der Gruppe darlegte. Sie hatte sich viel Mühe gemacht und war in ihrer Präsentation in die Rolle eines spanischen Jugendlichen geschlüpft, der noch nie von Münster gehört hatte und nun erstmals mit dem Schloss und seiner neuen Bedeutung als Kultureinrichtung konfrontiert wurde. Wie erreichen wir diesen Jungen? Was könnte er wissen wollen? Was gefällt ihm? Mit diesen Fragen setzte sie sich beispielhaft auseinander, um aufzuzeigen, wie facettenreich das Projektteam denken musste. Der Typ danach hatte weniger vorzuweisen – nichts Schriftliches, sondern nur einige Thesen zum Design des Auftritts, die er in den Raum stellte. Aus Valeries Sicht waren sie eher old school. Dann war Manuel dran. Valerie freute sich, ihn jetzt ganz unverhohlen weiter beobachten zu können, weil nun alle ihn ansahen.

Er legte eine Arbeitsmappe auf den Tisch, öffnete sie aber nicht. Stattdessen griff er die Thesen seines Vorredners auf und stellte sie auf die Probe. »Brauchen wir ein Design *wie*?«, fragte er in die Runde. Erneut machte er eine Pause, die unweigerlich Interesse erzeugte. Valerie war erstaunt, wie gut er rhetorisch war. »Hilft es, sich am State of the Art zu *orientieren*?« Jetzt war er so laut, dass Gäste im Raum nebenan zu ihnen herübersahen. Mit seiner letzten Aussage war er aufgestanden und einige Schritte um den Tisch herumgegangen. An einem freien Platz hielt er an, blickte mit funkelnden Augen in die Runde und strich sich dann beiläufig durch die Haare, während er seinen Rundgang weiter fortsetzte. Dann hielt er inne. »Ich sage euch – es wird nicht reichen.«

Valerie konnte ihren Blick nicht von seinem Brustkorb lösen, an den sich sein Hemd schmiegte wie Neopren an das Kreuz eines

Profischwimmers. »Wir müssen der State of the Art *sein*«, fügte er hinzu.

»Und was ist aus deiner Sicht der State of the Art?«, fragte ein Kaugummi kauender Mitstreiter wenig beeindruckt.

Manuel fuhr unbeirrt fort. »Dass wir die besten Künstlerinnen und Künstler der Stadt präsentieren müssen, ist selbstverständlich. Contemporary Pieces, vielleicht im Dialog mit Klassikern – dazu können sich die Kuratoren dann noch den Kopf zerbrechen. Wir aber müssen nicht nur eine Kampagne entwickeln, die Bilder im Kopf erzeugt, sondern auch eine, die im Kopf bleibt. Und wie bleibt sie im Kopf?«

Die Runde warf sich fragende Blicke zu.

»Indem wir die sprechen lassen, um die es geht – die Kunstschaffenden selbst. Künstlerinnen und Künstler aus unserer Stadt – aber auch solche, die aus anderen Städten Europas hierhergekommen sind. Wir fotografieren sie auf einzigartige Weise. Wir lassen sie sprechen. Sie können in ihrem Heimatland und hier am besten veranschaulichen, warum Münster der neue Place to be für internationale Kunst ist. Ein Melting Pot, in dem sich viele tummeln, mit denen man hier im Münsterland gar nicht gerechnet hätte.«

Einige nickten bestätigend. Andere sahen aus, als würden sie schon weitere Ideen zu diesem Grundgedanken spinnen.

»Das wäre ein erster Ansatz, der übrigens nicht allein auf meinem Mist gewachsen ist.« Er deutete auf Valerie. Sie stand auf und klappte ihren Laptop auf. Auf dem Bildschirm war das Foto einer portugiesischen Künstlerin zu sehen. Valerie wartete einen Moment, bis alle das Bild angeschaut hatten. Dann begann sie zu sprechen.

»Darf ich vorstellen? Susana Solano, Tochter eines spanischen Eisenwarenhändlers und Bildhauerin, die ab 1974 an der Kunstakademie in Barcelona studierte und den bekannten Münsteraner Buddenturm im Rahmen der Ausstellung *Skulptur Projekte*

Münster mit einem rostigen Fortsatz versah. Eine ideale Kandidatin für unsere Kampagne. Stellt euch Susana vor dem Münsteraner Schloss vor. Darin, zur Ausstellungseröffnung, ein Werk von ihr. Wir lichten sie schwarz-weiß mit dem Schloss im Hintergrund ab. Ihre Aussage: ›Mein Barcelona in Münster. #kultour.‹«

Sie zeigte beeindruckende Bilder anerkannter Fotografen, die demonstrierten, wie sie sich die Visualisierung vorstellte. Dann legte sie beispielhaft den Slogan in einer passenden Schrift darüber, um deutlich zu machen, wie stark Foto und Gestaltung im Zusammenspiel wirken konnten. Sie spürte, dass sie die volle Aufmerksamkeit der Gruppe genoss, und beschloss, es für heute dabei zu belassen. Die Abschlussfolie hatte sie gestern ohnehin nicht mehr geschafft. Die Runde klopfte begeistert auf den Tisch.

Ida meldete sich zu Wort. »Das passt super zu einer Idee, die ich hatte. Ich dachte, wir könnten die Kampagne durch ein kulinarisches Event vor dem Schloss verstärken, bei dem die Künstlerinnen und Künstler interessante Vorträge halten und es Speisen aus ihren Heimatländern gibt.«

»Ja«, fiel ein anderer ihr ins Wort. »Vielleicht ließe sich im Schloss auch ein Ort der Begegnung einrichten. Wir würden nicht nur die Kunst selbst präsentieren, sondern auch Raum für kulturellen Austausch bieten. Das wäre doch großartig!«

Einige überschlugen sich nun regelrecht. Es dauerte eine ganze Weile, bis alle Ansätze und Ideen vorgetragen und die nächsten Schritte gemeinsam definiert worden waren. Valerie war mit ihrem Beitrag zufrieden. Den Rest würde sie noch für sich behalten.

Als die anderen nach und nach aufbrachen, beschloss sie, mit Manuel noch den Mittagstisch mitzunehmen, der – wie es sich in einer Studentenstadt gehörte – bis fünfzehn Uhr angeboten wurde. Chili con und sin carne standen zur Wahl – er nahm es mit, sie ohne Fleisch. Valerie freute sich, dass es noch einfache Entscheidungen im Leben gab.

Etwas müde nach dem langen Meeting und dem frühen Aufstehen schaute sie sich im Raum um. Bis auf die Aushänge an der Pinnwand und das Personal hinter der Theke hatte sich hier im letzten Jahrzehnt kaum etwas verändert. Noch immer standen alte Stühle im Shabby-Chic-Style an weniger alten Holztischen. An Deko war hier in keinem Winkel des Raumes gespart worden. Vielmehr musste man nach einem Ort suchen, an dem nicht etwas mehr oder minder Dekoratives stand.

Ihr Blick verfing sich an einem kleinen Tisch, an dem ein junges Pärchen auf zwei alten Kinosesseln saß. Sie beobachtete die beiden eine Weile und hatte das Gefühl, dass dies ihr erstes Date sein könnte. Ihr fiel ein, wie sie mit Tom am Tag nach der Studentenparty, auf der sie sich kennengelernt hatten, in einem Café gewesen war. Nach einem sehr kurzen, aber außergewöhnlich netten Gespräch und einem noch kürzeren Kuss, der noch netter geworden wäre, wenn Valerie nicht hätte niesen müssen, hatten sie sich für den nächsten Tag verabredet. Treffpunkt war damals nicht das Malik, sondern das Gasolin gewesen, eine ehemalige Tankstelle, die zum Café umgebaut worden war. Sie erinnerte sich noch genau, wie aufgeregt sie damals dort angekommen war und daran, dass Tom im Gegensatz zu ihr total souverän gewirkt hatte. Weil sie in dieser Situation schon die Auswahl eines Heißgetränks überforderte, hatte Tom übernommen und Kaffee und Kuchen für sie beide bestellt – Zwetschgenkuchen, wie sich herausstellen sollte, wovon Valerie schon als Kind hatte würgen müssen. Mit zittrigen Händen hatte sie auf ihrem Teller herumgestochert, ohne sich zu einem Bissen überwinden zu können. Er hingegen hatte sein Stück geradezu inhaliert und sie dann glücklicherweise gefragt, ob er ihr mit ihrem noch helfen solle. Sie hätte damals nicht im Traum daran gedacht, dass sie gerade ihrem künftigen Ehemann gegenübersaß. Valerie musste lächeln. Vielleicht würden die zwei auf den Kinosesseln ja auch eines Tages heiraten.

»Chili con carne?«

Valerie schreckte hoch, als die Kellnerin das Essen brachte. Erst jetzt bemerkte sie, dass Manuel telefonierte.

»Für ihn.« Sie deutete auf ihren Sitznachbarn und nahm die fleischlose Variante entgegen. Vito hatte ihr mit seinen vegetarischen Werktagen zu denken gegeben. Manuel zog die Schale zu sich heran und griff schon mal zum Löffel. Dann lächelte er zu ihr herüber und schnalzte mit der Zunge, was Valerie gerne auf sich bezogen hätte, auch wenn es realistisch betrachtet wohl eher dem Chili galt. Es sah auch gut aus. Sie signalisierte ihm mit einer Geste, dass sie schon mal anfangen sollten. Er zwinkerte ihr zu und konzentrierte sich wieder auf sein Telefonat, sodass sie ihn weiter beobachten konnte. War er ein Abenteuer wert? Er war schließlich gerade der Einzige, der sich überhaupt um sie scherte.

»Und was machen wir jetzt?«, fragte Manuel und legte kurz, aber deutlich für Valerie spürbar, den Arm um sie. Das Essen war verzehrt und bezahlt, die Mittagszeit selbst für Studenten bis zum Anschlag ausgedehnt. Valerie hatte ihre Unterlagen längst zusammengerafft und auch ihren Mantel schon angezogen. Einen Plan für den weiteren Tagesverlauf gab es aber noch immer nicht. »Kommst du noch mit zu mir?«

Sie kannte niemanden, der diese Frage so nonchalant in den Raum gestellt hätte wie ihr ehemaliger Schulkollege. Was andere nur zaghaft oder stotternd herausgebracht hätten, klang bei ihm wie die Aufforderung zum Tango, ohne den Tango beim Namen zu nennen. Vielleicht merkte er, dass sie das verlegen machte. Jedenfalls fügte er hinzu: »Wir könnten auch zu Rike gehen.«

In Valerie machte sich Erleichterung breit. Wenn sie nicht zu ihm in die Scheune, sondern zu Rike ins Café gingen, hatte sie noch Zeit zu entscheiden, was sie in Zweisamkeit mit Manuel anstellen würde – oder auch nicht. Außerdem könnte sie Rike fragen, ob sie vielleicht ein Zimmer für sie hatte.

Einziger Haken: Rike könnte ihrer Mutter erzählen, dass sie da war, oder sie konnte im Café womöglich auf ihre Mutter stoßen. Der würde es gar nicht gefallen, nichts vom Aufenthalt ihrer Tochter in der Heimat erfahren zu haben. Wenn Rike heute im Café arbeitete, würde sie sie bitten, ihrer Mutter nichts von ihrem Besuch zu verraten.

»Gute Idee«, antwortete sie daher und sprang von der Bank auf. Zu schnell, wie sie merkte. Ihre Beine waren vom langen Sitzen eingeschlafen. Sie musste sich erst einmal strecken. »Bist du mit dem Bus hier? Dann kann ich dich mitnehmen.«

Manuel nickte bestätigend. »Gerne, cool.«

Wenig später kreuzten sie die Fußgängerampel gegenüber vom Malik.

»Mein Auto steht da drüben.« Valerie deutete auf den Parkplatz vor dem Schloss.

Manuel nahm den Mini ins Visier. »Heißer Flitzer«, kommentierte er ihren Wagen. »Poolfahrzeug oder deiner?«

»Firmenwagen, aber schon meiner«, gab Valerie zurück und wunderte sich, dass das für ihn von Interesse war.

Wobei auch Tom manchmal spaßeshalber neidisch war, vor allem auf ihre Tankkarte. Sie fuhren daher so viel wie möglich mit ihrem Wagen und eher selten mit dem Bulli, der so viel Benzin schluckte, dass sie es eigentlich nicht mehr verantworten konnten. Ein Leben ohne den Bus mochten sie sich trotzdem nicht vorstellen.

Während Manuel einstieg, musste sie an die letzte Reise denken, die sie mit dem VW California unternommen hatten. Sie waren übers Wochenende nach Noordwijk gefahren, hatten am Strand gecampt und erst dann die Zelte abgebrochen, als sie sich nach einer Dusche sehnten. Fast hätte sie geseufzt. Sie hatten auch gute Zeiten gehabt, viele sogar, bis das leidige Kinderthema alles zerstörte.

23

»Valerie! Was machst du denn hier?« Rike, die gerade einen Tisch eindeckte, war überrascht, als Valerie ihr Café betrat. »Deine Mutter war heute Mittag noch da. Sie hat mit keiner Silbe erwähnt, dass du zu Besuch kommst.«

Valerie war froh, dass sie sich mit Manuel zum Mittagessen im Malik entschlossen hatte. Eine unerwartete Begegnung mit ihrer Mutter hätte ihr heute gerade noch gefehlt.

Rike nahm sie in den Arm und drückte sie.

Da es draußen nach Gewitter aussah, war Manuel noch schnell in die Scheune gegangen und hatte ein Fenster geschlossen, das auf Kipp stand. Als er nun das Café betrat, war von draußen der erste Donner zu hören.

»Na, da sehe ich ja den Grund deines Besuchs«, stellte Rike mit Blick auf Manuel fest. »Und ihr zwei Turteltäubchen? Was darf es zu trinken sein?«

Valerie spürte, wie sie errötete. Dass Rike sie »Turteltäubchen« nannte, war ihr nicht recht. Vermutlich dachte sie, Manuel sei der Grund, warum Valerie ihrer Mutter den Besuch in Telgte verschwiegen hatte. Sie musste das irgendwie richtigstellen.

»Nix da Turteltäubchen. Wir hatten ein Meeting zu dem Kulturprojekt in Münster. Jetzt wollten wir noch was bei dir trinken, ehe ich ...« Sie stockte. Ehe sie was? Sie hatte noch immer keine

Ahnung, wo sie den Abend, geschweige denn die Nacht verbringen sollte. Hilfe suchend sah sie zu Manuel.

»Ehe sie mit unserer genialen Kampagnenidee im Gepäck in ihren Mini Cooper steigt und wieder zurückbraust«, erklärte er. Glaubte er wirklich, dass sie noch zurückfahren würde, oder wollte er ihr nur aus der Patsche helfen? Sie wusste es nicht.

»Schaust du gar nicht mehr bei deinen Eltern vorbei?«, wollte Rike von ihr wissen.

Valerie verfluchte sich innerlich, dass sie sich auf diese naheliegende Frage nicht vorbereitet hatte. »Ich weiß es noch nicht genau«, behauptete sie. »Ich bin morgen in Düsseldorf zum Kaffee eingeladen und hab viel zu tun. Ich komme lieber ein anderes Mal, wenn ich mehr Zeit habe. Mama weiß auch gar nichts von dem Treffen in Münster heute. Wäre nett, wenn du dichthalten würdest, sonst ist sie noch enttäuscht.«

Rike nickte. »Okay, mache ich – aber nur, wenn du bald wiederkommst. Hattet ihr mir schon gesagt, was ihr trinken wollt?«

»Ich nehme ein Bier«, entschied Manuel.

»Für mich einen Prosecco«, ergänzte Valerie und freute sich, den Samstagnachmittag zu begießen.

»Aber nur einen – du musst ja noch fahren«, warnte Rike. »Wenn du doch bleiben willst, gib Bescheid. Ich hätte sogar eine Unterkunft für dich. Aber du würdest sicher dein Kinderzimmer vorziehen.«

Valerie horchte auf. »Falls ich mal länger bleibe, wäre das sicher eine gute Option«, meinte sie. »So toll ist die Matratze bei meinen Eltern nicht. Keine Ahnung, wie wir das Mama erklären würden, aber sie muss ja nicht alles gleich wissen. Ist es ein Zimmer hier auf dem Hof?«

»Eher ein Appartement«, erwiderte Rike. »Es liegt im früheren Kükenstall weiter hinten am Haupthaus. Das Bad ist erst vor Kurzem fertig geworden. Ich wollte es demnächst zur Miete anbieten.

Es kommen ja immer mehr Touristen ins Münsterland, und mir würde es Spaß machen, Gäste aus anderen Städten oder gar Ländern hier zu beherbergen. Aber wenn du das Zimmer brauchst, ist mir das natürlich noch lieber.«

Valerie konnte ihr Glück kaum fassen. In der jetzigen Situation war es ideal, wenn sie eine weitere Übernachtungsmöglichkeit hatte. Und Rike würde ihr sicher einen guten Preis machen.

»Ein Pils, ein Prosecco – wohl bekomm's«, sagte Rike und stellte die Getränke auf der Theke ab, ehe sie sich daran machte, die restlichen Tische fürs Frühstück am nächsten Tag einzudecken.

»Danke«, sagte Manuel und reichte Valerie das Sektglas. »Auf das Projekt. Cheers, Valli!« Sie prosteten sich zu.

Da war er wieder – der Spitzname, den nur er verwendete. Valerie fühlte sich wie ein Teenie, der auf jedes Signal achtete – mit dem Unterschied, dass sie damals beinah jedes Signal des anderen Geschlechts fehlgedeutet hatte. Mit ihrer jetzigen Lebenserfahrung war sie sich aber sicher, dass Manuel Annäherungsversuche machte. Warum musste er jetzt auch noch so schelmisch grinsen?

»Kann ich mir das Zimmer mal ansehen?«, erkundigte sie sich, als Rike wieder hinter der Theke stand.

»Du bist ja Feuer und Flamme. Brauchst du so dringend eine neue Bleibe?«, erwiderte Rike und lachte.

Valerie überlegte kurz, was sie sagen sollte. »So ein doppelter Boden wäre in meiner jetzigen Situation nicht schlecht, aber sag's Mama nicht. Es ist gerade … alles etwas kompliziert. Da wäre es ab und an schön, einen Ort ganz für sich zu haben.«

»Du kannst auch bei mir wohnen«, schlug Manuel grinsend vor.

»Schon vergessen? Valerie ist verheiratet!« Rike schlug mit ihrem Geschirrtuch auf seinen Oberarm. »Casanova«, fügte sie kopfschüttelnd hinzu, während sie sich wieder hinter dem Tresen zu schaffen machte. »Ich mach hier noch schnell alles fertig, und dann gehen wir rüber, Valerie.«

»Super!« Valerie führte ihr Glas zum Mund und streifte dabei Manuels Arm. Durch den dünnen Stoff ihrer Bluse spürte sie die Kühle seiner Lederjacke. Fühlte sich irgendwie gut an. Plötzlich sehnte sie sich danach, dass er den Arm um sie legen würde.

»Überlegst du, hier zu bleiben?«, fragte Manuel. Dabei schaute er ihr so tief in die Augen, dass es ihr schwerfiel, den Blick zu erwidern. Dann legte er seinen rechten Arm tatsächlich um ihre Schulter.

Valeries Herz schlug jetzt bis zum Hals. Weil das üblicherweise Konsequenzen für ihre Gesichtsfarbe hatte, starrte sie in ihr Glas und beobachtete, wie die Bläschen in ihrem Prosecco aufstiegen. »Vielleicht heute, ja. Vielleicht auch morgen und ... einfach ab und zu, wenn ich aus Düsseldorf rauswill oder mein Mann sich auch auf Dauer als Idiot erweisen sollte.«

Manuel schwieg. Sie suchte seinen Blick. Eine kurze Weile schauten sie sich tief in die Augen.

»Die Ratte verlässt das sinkende Schiff«, stellte er fest.

Empört boxte Valerie ihm in die Seite. »Maus, bitte schön.«

Manuel grinste. »Die süße Maus verlässt den absaufenden Kahn. Besser so?«

Valerie presste die Lippen aufeinander und tat so, als würde sie überlegen. »Ich weiß nicht, ob das Schiff, auf dem ich bislang unterwegs war, nur vom Kurs abgekommen ist oder wirklich absäuft.« Sie kippte den restlichen Prosecco auf ex. »Ich wäre so weit«, rief sie Rike zu.

»Ich auch«, sagte Rike und wandte sich dann Manuel zu. »Wartest du kurz hier, oder kommst du mit?«

Manuel warf einen Blick auf sein Handy. Sein Bier war noch beinah voll. »Ich bleib hier.« Offenbar warteten noch unbeantwortete Nachrichten auf ihn.

Valerie kam das gelegen. Sie freute sich, kurz mit Rike unter vier Augen sprechen zu können. Die kramte schon in einem Schränkchen hinter der Theke und nahm einen Schlüssel mit einem großen Filzanhänger heraus, auf dem in Großbuchstaben *ESCAPE* stand. Das gefiel ihr schon mal. Eine Zuflucht war genau das, was sie brauchte. Draußen donnerte es schon wieder.

»Ich hoffe, wir werden nicht nass«, sagte Rike. »Lass uns vorsichtshalber einen Schirm mitnehmen.« Sie griff in den Schirmständer an der Tür.

Inzwischen war es richtig ungemütlich geworden. Windstöße fegten das letzte Herbstlaub von den Bäumen, und die ersten Tropfen kamen herunter.

»Komm, wir rennen – es ist ein Stück«, meinte Rike, spannte den Schirm auf und hakte sich bei Valerie unter. Zusammen liefen sie an der Scheune und am Haupthaus vorbei. Rike öffnete die Seitentür eines kleinen Gebäudes, das noch gut in Stand war, wenn man bedachte, dass sich hier einmal Hunderte gefiederte Bewohner getummelt hatten. Als die Tür sich öffnete, verschlug es Valerie fast den Atem. Dahinter verbarg sich ähnlich wie in der Scheune ein beinah loftartiger Raum mit Balken und Streben, die ihm einen ganz besonderen Charme verliehen. Den Boden hatte Rike offenbar neu gießen lassen. Er sah aus wie Zement, war aber frisch versiegelt und sicher nicht mehr der Untergrund, auf dem die Kükenscharen ihr Zuhause gehabt hatten. Wenige Vintage- und Designstücke wie ein Schaukelstuhl, ein Doppelbett, eine Couch und eine große Bogenlampe ergaben einen außergewöhnlichen Look. Unter der langen Fensterreihe befand sich eine moderne Küchenzeile. Draußen donnerte es erneut. Der Regen prasselte nun gegen die Scheiben.

»Das glaube ich jetzt nicht«, platzte es aus Valerie heraus. »Wie toll ist das denn?«

Rike freute sich sichtlich über das Kompliment.

»Hast du mal Innenarchitektur studiert?«, fragte Valerie.

»Hätte ich gerne«, erwiderte Rike. »Magst du dich setzen?«

Sie nahmen an dem langen Holztisch Platz, der in der Mitte des Raumes stand. »Mein Onkel war Architekt. Ich habe es als Kind geliebt, ihm über die Schulter zu schauen, wenn er seine Entwürfe auf Papier zeichnete. Als ich nach der Schule tatsächlich überlegte, Architektur zu studieren, hab ich ihn gefragt, ob er das für eine gute Idee hielt. Er wollte wissen, ob ich gut in Mathe sei. Ich verneinte. Und er riet mir ab.« Rike zuckte mit den Schultern. »Heute frage ich mich, ob das tatsächlich ein K.-o.-Kriterium war Auf Drängen meiner Eltern musste ich dann Hotelfachfrau lernen. Erst viel später hab ich begriffen, dass sie aus dem Hof eine Pension machen wollten, die ich leiten sollte. Daraus ist dann nichts mehr geworden.« Sie räusperte sich.

Valerie wusste von ihren Eltern, dass Rikes Mutter schon früh verstorben war. Ihr Vater war sehr viel älter gewesen als sie. Im Ort hatte jeder damit gerechnet, dass er zuerst das Zeitliche segnen würde. Valerie wusste, dass er erst vor einigen Jahren im Pflegeheim nach langjähriger Krankheit gestorben war.

»Schlecht war die Idee mit der Ausbildung zur Hotelfachfrau bestimmt nicht«, meinte Valerie. »Dass das Hofcafé so gut läuft, kommt ja nicht von ungefähr. Und mit der Vermietung von Zimmern kennst du dich auch schon aus. Dazu noch dein offensichtliches Faible für Interieur – die perfekte Mischung!«

Ein bisschen beneidete sie Rike – auch wenn sie wusste, dass der Weg hierher für sie kein Spaziergang gewesen war. Sie hatte sich ihr eigenes kleines Reich geschaffen. Die Dinge, die sie am besten konnte und am meisten liebte, zu ihrem Beruf gemacht.

Was machte sie selbst eigentlich am liebsten? Sie hätte das noch nicht mal auf Anhieb beantworten können. Ihr Beruf machte ihr grundsätzlich Spaß, und sie war auch gut darin. Schade nur, dass es immer andere waren, die von ihren Ideen profitierten, mit ihren Texten Produkte verkauften und unter der Marke, die sie mit ihren Kollegen kreierte, Geschäfte machten. Wie toll musste es sein, in eigener Sache zu handeln? Sie brauchte unbedingt eine Unternehmensidee – eine richtig gute.

Draußen flackerte ein Wetterleuchten, als wolle ihr jemand sagen: Geistesblitz für dich – mach was draus! Sie hatte aber gerade keinen.

»Da sind immer noch viele Dinge, die ich nicht kann«, stellte Rike fest. »In Vermarktung bin ich zum Beispiel gar nicht gut. Seit Jahren bräuchte ich eine Website für das Café und für die Vermietung wohl auch ein Instagram-Profil. Ich hab aber keine Ahnung von so was. Vielleicht kannst du mir mit Manuel zusammen dabei helfen.«

Valerie strahlte und konnte gar nicht glauben, dass sie selbst noch nicht darauf gekommen war. Natürlich brauchte Rike ein richtiges Logo, eine Internetseite und auf jeden Fall auch das Instagram-Profil. »Ich helfe dir da gerne«, versicherte sie. »Pass mal auf – ›Bei Rike‹ wird noch im ganzen Land bekannt.«

Sie lachten beide.

»Wenn du das Zimmer also mal haben willst, kannst du es haben«, erinnerte Rike daran, warum sie eigentlich hier waren.

Valerie überlegte. Das Appartement war perfekt. Am liebsten hätte sie es ab sofort gemietet. Sie hatte nur gar keine Ahnung, was Rike dafür nehmen würde. Natürlich hatte sie immer noch ihre Miete in Düsseldorf. Zu teuer durfte die Unterkunft also nicht sein.

»Hast du dir schon einen Preis für die Übernachtung überlegt?«, fragte Valerie.

»Nein, die Sanierung hat mich neben dem Café komplett in Anspruch genommen. Das Bad ist wie gesagt gerade erst fertig geworden. Willst du es mal sehen?«

Valerie überlegte keine Sekunde. »Klar!«

Etwas irritiert folgte sie Rike zur Tür. Draußen regnete es noch immer in Strömen.

»Das ist der einzige Nachteil«, erklärte Rike. »Um ins Bad zu kommen, muss man einmal nach draußen. Die Leitung ließ sich leider nicht verlegen, sodass nur dieser Ort dafür infrage kam. Lass uns schnell rüberhuschen.«

Valerie folgte ihr nach draußen. Zwar war der kurze Weg zur Badezimmertür mit Wellblech überdacht, aber es schüttete jetzt dermaßen, dass der Regen seitlich darunter peitschte und ihre Beine dennoch nass wurden. Wenn sie nachts zur Toilette müsste, war das nicht gerade ideal – schon gar nicht, wenn das Wetter so war wie heute. Sie wusste aber, dass dies nicht der richtige Zeitpunkt im Leben war, um pingelig zu sein. Und ein Hauch von Camping – oder in diesem Fall eher Glamping – hatte schließlich noch nie geschadet.

Valerie wartete, bis Rike die Badtür aufgeschlossen und das Licht eingeschaltet hatte. Dann folgte sie ihr mit einem großen Satz ins Trockene.

Das Badezimmer hatte so viel Charme, wie Valerie es nur selten gesehen hatte. Auch hier war der Boden aus Zement gegossen, und die Wände überraschten mit modernen Fliesen in Fischgrätoptik.

»In Rosa – wow!« Valerie war hin und weg. Schon immer hatte sie von rosa Fliesen im Bad geträumt, aber weil sie in einer Mietwohnung lebten, ließ sich das Bad nur eingeschränkt umgestalten. »Das ganze Appartement ist ein absoluter Traum, Rike. Ich würde am liebsten schon heute für eine Nacht auf Probe bleiben«, platzte es aus ihr heraus. »Was bekämst du dafür?«

Rike lachte überrascht auf. »Ernsthaft? Du willst das Appartement ab sofort?«

Betreten schaute Valerie zu Boden. »In meinem Leben ist grad so viel los. Ich brauche einen Ort, an dem ich alles mal sacken lassen und in mich gehen kann – allein. Und Mama merkt doch nicht, ob ich hier oder in Düsseldorf bin.«

Rike nickte verständnisvoll. »Wenn du meinst. Dann behalte ich es für mich, dass du da bist, aber auf Dauer kann ich das deiner Mutter nicht verschweigen.« Sie legte eine Hand auf Valeries Arm. »Was immer da zwischen euch los ist – klärt es lieber. Glaub mir, man kann es sonst nachher bereuen.«

»Da hast du recht.« Valerie nickte. »Also, was kostet das Appartement?«

Rike bedachte sie mit einem prüfenden Blick. »Mit Website und Instagram-Profil oder ohne?«

»Wie?«, fragte Valerie verwirrt, während sie das Badezimmer verließen und Rike die Tür abschloss. Der Regen prasselte nicht mehr ganz so heftig unter das Wellblechdach. Das Donnern war nur noch von ferne zu hören.

»Du bist auch nicht für Deals geboren, oder?«, stellte Rike fest.

Tatsächlich war es Valerie schon oft so gegangen, dass ihr Radar aussetzte, wenn ihr jemand ein Angebot unterbreiten wollte. Beim Kauf des VW-Busses zum Beispiel hatte der Händler, den Tom von früher kannte, angedeutet, dass er beim Preis was machen könne, wenn sie ihm bei einer Anzeige helfen würden, die er – wie sich später herausstellte – in der Lokalzeitung schalten wollte. Während Tom ihr schon in die Seite stieß, damit sie endlich Ja sagte, hatte sie sich gefragt, welche Anzeige er an dem Fahrzeug meinte, und zwischen Tanknadel und Drehzahlmesser nichts entdeckt, wobei sie ihm hätten helfen können.

»Nicht wirklich. Sag schon, was stellst du dir vor?«, fragte sie, um nicht auf Glatteis zu geraten.

»Na, das, was ich sage!«, erwiderte Rike sichtlich begeistert über ihre Idee. »Du kümmerst dich um meine Website und mein Instagram-Profil und bekommst derweil das Appartement. Falls du es danach immer noch brauchst, sprechen wir noch mal darüber, wie es weitergeht.«

Valeries Herz schlug bis zum Hals vor Freude über dieses unschlagbare Angebot.

»Deal?«, fragte Rike und streckte ihr die Hand hin.

Valerie zögerte nicht und schlug ein. »Deal!«

Die Website würde sie mit einer befreundeten Screendesignerin hinbekommen, deren Mann Programmierer war. Sie hatte bei den beiden ohnehin noch etwas gut, nachdem sie ihnen kürzlich einen sehr lukrativen Auftrag vermittelt hatte. Und das Instagram-Profil war auch kein Problem. Das würde sie mit ein bisschen zeitlichem Vorlauf selbst hinbekommen.

»Komm, wir müssen zurück«, riss Rike sie aus ihren Gedanken. »Manuel erwartet dich sicher schon sehnsüchtig.«

24

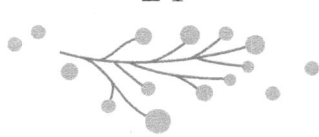

Als sie das Café betraten, saß Manuel nicht mehr allein da. Eine Frau hatte sich zu ihm an die Theke gesellt. Valerie spürte, dass ihr das nicht gefiel. Sie waren nur kurz weg gewesen, und schon lachte er sich die Nächstbeste an?

Doch dann drehte sich die Frau um, und Erleichterung machte sich in ihr breit. »Barbara! Was machst du denn hier?«

Verdutzt sah Rike die beiden an. »Ihr kennt euch? Barbara ist öfter hier.«

»Ja klar«, erklärte Valerie. »Wir haben zusammen Abitur gemacht. Barbara war auch auf der Party neulich.«

»Klein ist die Welt«, stellte Rike fest. »Trinkst du einen Prosecco mit, Barbara?«

Barbara nickte. »Gern!«

Während Rike zwei Gläser mit Prosecco füllte und ihnen brachte, stand Manuel auf und gab Valerie ein Zeichen, sich auf seinen Barhocker zu setzen. »Ich verlasse den Hühnerhaufen hier mal kurz. Muss noch einen Anruf erledigen.«

Valerie war sicher, dass ihm der Frauenanteil mit Barbara einfach nur zu groß geworden war.

»Hier sind die Schlüssel, Valerie«, sagte Rike und reichte ihr den Schlüsselbund mit dem Filzanhänger. »Und du willst wirklich schon heute hier übernachten?«

Manuel blieb in der Tür stehen.

»Ich denke schon«, antwortete Valerie. »Aber nur, wenn du Mama nichts davon sagst.«

Rike hob eine Hand und streckte Zeige- und Mittelfinger in die Höhe. »Indianerehrenwort. Aber wie gesagt – lange kann ich das nicht durchziehen.«

Verwirrt schaute Manuel von einer zur anderen. »Kann mich mal jemand aufklären, was hier los ist?«

»Das würde mich jetzt auch interessieren«, warf Barbara ein.

»Ich brauche hier ab und zu eine Bleibe, die nicht mein Elternhaus ist«, erklärte Valerie knapp. »Rike hat ein Appartement, das ich für einige Zeit nutzen darf. Ich kümmere mich im Gegenzug um ihre Website und den Instakanal.« Sie schaute zu Manuel herüber, der erstaunt aufsah.

»Du kannst doch auch bei uns übernachten«, meinte Barbara.

»Bei mir auch!«, ergänzte Manuel und sah Valerie dabei so durchdringend an, dass es auch Barbara nicht entging.

»Davon träumst auch nur du«, behauptete Valerie, obwohl sie – wenn sie ehrlich mit sich war – auch ein klein wenig davon träumte. »Lad mich lieber mal zum Essen ein.«

Schon auf dem Rückweg vom Appartement hatte Valerie gemerkt, dass sie riesigen Hunger hatte. Das Chili im Malik war ewig her.

»Wird gemacht!«, meinte Manuel. »Meine Nudeln mit Pesto sind weit über die Grenzen von Telgte hinaus bekannt. Du wirst danach jeden Italiener in Düsseldorf verschmähen.«

Auch wenn Valerie sich nicht erinnern konnte, jemals bei einem Italiener Nudeln mit Pesto bestellt zu haben, nahm sie das Angebot an. »Wann kann ich reservieren?«

Manuel sah auf die Uhr. »In dreißig Minuten wird ein Tisch frei. Ich erwarte dich.« Er sah zu Rike und Barbara. »Sorry, Ladys, ist leider nur ein Tisch für zwei Personen. Tschö!« Er verließ das Café.

Barbara und Rike warfen sich einen vielsagenden Blick zu. Valerie war es unangenehm, dass Manuel sie vor den beiden so offensichtlich hervorgehoben hatte.

»So, das war der letzte Drink, gleich mache ich Feierabend«, erklärte Rike und verschwand in der Küche, um letzte Vorbereitungen für den morgigen Tag zu treffen.

»Schön, dich so schnell wiederzusehen«, sagte Barbara. »Bist du allein hier?«

Valerie überlegte kurz, was sie sagen sollte. »Manuel hat mich beim Jahrgangstreffen auf ein Projekt aufmerksam gemacht, an dem wir jetzt beide arbeiten«, erzählte sie dann. »Wir hatten heute ein Meeting in Münster. Weil ich so spät nicht mehr allein nach Hause fahren wollte, hat Rike mir den Schlüssel für ein Appartement hier auf dem Hof gegeben.«

»Gehört das Dinner for Two auch zu dem Projekt?« Barbara grinste.

»Wir haben einfach Hunger. Es gab bei dem Treffen heute Mittag nur eine Kleinigkeit.« Valerie nahm einen Schluck Prosecco. »Warum guckst du jetzt so?«

»Ich gucke, wie du guckst«, erklärte Barbara, »und denke mir meinen Teil.« Sie leerte ihr Glas und griff nach Schal und Handtasche. »Du hast Glück, ich muss jetzt los. Wollte nur auf einen Feierabenddrink vorbeischauen. Mein Verlobter ist bestimmt schon zu Hause. Aber ich melde mich noch mal bei dir – verlass dich drauf.«

»Geht's dir denn gut?«, wollte Valerie noch wissen.

»Und wie!« Barbara strahlte. »Im Gegensatz zu dir habe ich einen Nine-to-five-Job, der mir genug Freiraum lässt, um Dinge zu machen, die mich ausfüllen – meine Hochzeit planen zum Beispiel. Wir feiern im kommenden Jahr in der Christuskirche in Wolbeck und haben unsere Familien und Trauzeugen danach in die Kiepe eingeladen. Ich freu mich schon so.«

Valerie stellte fest, dass sie Barbara bei der Party kürzlich gar nicht nach ihren Hochzeitsplänen gefragt hatte, obwohl sie ja wusste, dass sie verlobt war. Manuel hatte offenbar ihre volle Aufmerksamkeit beansprucht ...

»Und hast du schon ein Kleid?«, fragte sie daher nun – auch weil es sie wirklich interessierte.

»Ja klar!« Barbara scrollte sofort in ihrem Handy, um ihr ein Bild von der Anprobe zu zeigen. »Da ist es.«

Valerie lächelte. Auch wenn es nicht ihrem Geschmack entsprach – das Brautkleid in A-Linie schmeichelte ihrer Schulfreundin. Sie würde eine schöne Braut sein, schon allein, weil sie von innen so strahlte.

»Denkt ihr über Kinder nach?« Noch im selben Moment ärgerte sich Valerie darüber, dass ihr diese Frage rausgerutscht war. Schließlich hasste sie es selbst, danach gefragt zu werden.

»Unser Kind hat vier Beine«, entgegnete Barbara lächelnd. »Mein Verlobter und ich lieben Collies und haben uns kürzlich einen zugelegt. Das genügt uns vorerst. So, und jetzt muss ich los, Süße. Hab noch einen späten Physiotermin für meinen Tennisrücken und muss dann wirklich nach Hause. Lass uns bald telefonieren. Ich will wissen, was bei dir los ist.«

Rike machte das Licht hinter der Theke aus. »So, Mädels, jetzt ist wirklich Schluss.«

Valerie stand ebenfalls vom Barhocker auf. Zusammen mit Barbara ging sie hinaus. Durchs Fenster der Scheune sah sie Manuel, der in der Küche stand. Gerade griff er nach einem Topf mit Basilikum, zupfte einige Blätter ab und begann sie zu hacken.

»Ciao«, sagte sie zu ihrer Freundin. »Ich geh jetzt in die Trattoria da drüben.«

»Na dann, buon appetito«, erwiderte Barbara verschmitzt. »Denk dran, das Amuse-Gueule ist oft das Beste.« Sie ging zu ihrem Auto, das vor dem Hoftor stand.

Manuel hatte sie kommen sehen und stand nun in der offenen Scheunentür.

»Meinst du, ich sollte meine Sachen schon mal aus dem Auto holen?«, fragte Valerie. »Jetzt regnet es gerade nicht.«

»Ja, mach das doch«, entgegnete Manuel. »Wenn du zurück bist, steht ein Glas Wein für dich auf dem Tisch. Weiß oder Rot?«

»Rosé«, gab sie zurück und machte sich in Richtung ihres Minis auf.

Auf dem Weg dorthin atmete sie tief durch. Ihre Sachen waren ihr gar nicht so wichtig. Vielmehr brauchte sie einen Moment, um die Dinge sacken zu lassen. Was passierte gerade? Bis morgen konnte sie hier auf dem Hof bleiben, aber dann? Am Montag musste sie wieder in der Agentur sein. Oder sollte sie sich wieder abmelden? Sie war nicht der Typ, der sich krankschreiben ließ, ohne krank zu sein. Momentan aber fühlte sie sich derart überfordert vom Leben, dass sie das Gefühl hatte, andere Geschütze auffahren zu müssen, um durchzukommen. Sonst würde sie nachher noch wirklich krank.

»Du holst jetzt deine Tasche, isst Nudeln mit Pesto, trinkst ein Glas Wein, und dann gehst du in dein Appartement, als ob es ein Zimmer in einem Hotel wäre. Sieh es als Geschäftsreise«, flüsterte sie sich zu, während sie vorsichtig zwischen die Pfützen trat, um nicht schon wieder nass zu werden.

Ihr Mini Cooper stand jetzt, da Barbara losgefahren war, allein vor dem Hoftor. Sie beschloss, ihn hinter die Scheune zu fahren, damit ihre Mutter das Auto nicht sehen konnte, falls sie morgen wieder ins Café käme.

Als Valerie den Motor anließ, lief im Radio »Good Life« von One Republic. Sie fuhr zusammen. Zu dem Song hatten sie und Tom ihren Hochzeitstanz aufs Parkett gelegt – mehr schlecht als recht, aber den Gästen hatte es gefallen. Sie selbst waren beinahe im Erdboden versunken, als am Folgetag Handyvideos von ihrer

Darbietung eingingen. Es war wirklich nicht immer von Vorteil, dass heute jedes Ereignis dokumentiert und weitergeleitet wurde. Ihre Erinnerung war weitaus glamouröser gewesen als der Filmmitschnitt. Zum Glück war Social Media damals noch nicht so etabliert gewesen wie heute. Sie mussten immerhin nicht befürchten, dass der missratene »Bauchstreichler« beim Discofox viral gehen würde, bei dem Valerie trotz der vorangegangenen Übungsstunden in Richtung Hose abgerutscht war.

Erinnerungen an einen wunderschönen Tag wurden wach. Das Wetter, die Feier – beinahe alles war genauso gewesen, wie sie es sich gewünscht hatten, von einem Klecks Bratensauce auf Valeries Brautkleid, den ihre Trauzeugin glücklicherweise mit einer Batterie Feuchttücher entfernen konnte, und dem DJ, der die Playlist eines anderen Paares dabeihatte, mal abgesehen. Es war eine runde Sache gewesen. Zufrieden und glücklich hatten sie am nächsten Tag gemeinsam das Hotel verlassen. Selbst dass Valerie beim Versuch, das Tor der Tiefgarage zu öffnen, auf beide Knie stürzte und Tom wenig später mit dem Seitenspiegel die Parkhauswand touchierte, hatte ihre Stimmung nur wenig beeinträchtigt. Valerie fragte sich bis heute, ob im Hotel jemand die Aufzeichnung des videoüberwachten Parkhauses angesehen und sich gefragt hatte, was mit dem Brautpaar los war. Sie waren mit der Ausfahrt an diesem Tag einfach heillos überfordert gewesen.

Sie trat auf die Bremse. In Gedanken an den vielleicht sogar schönsten Tag im Leben hätte sie hinter der Scheune beinahe den Trog gerammt. Warum konnte ihr Leben nicht so einfach wie das ihrer früheren Schulfreundin sein? Barbara hatte einen ganz gewöhnlichen Job mit ganz gewöhnlichen Arbeitszeiten, einen Verlobten, der daheim auf sie wartete, und ein Leben auf dem Land ohne große Höhen und Tiefen – so jedenfalls war Valeries Eindruck. In diesem Moment beneidete Valerie sie um dieses einfache Leben, in dem alles klar und geregelt war. Dann riss sie sich aus ihren Gedanken. Sie hatte jetzt keine Zeit, sich selbst zu bemitleiden, stattdessen würde sie Manuels Nudeln auf die Probe stellen und vielleicht noch ein bisschen mehr.

Valerie entschied sich, ihre Beutel angesichts des nun erneut einsetzenden Regens doch noch im Auto zu lassen. Sie stieg aus und klopfte kurz darauf ans Scheunentor.

Als Manuel ihr öffnete, hatte sie das Gefühl, ein italienisches Restaurant zu betreten. Er selbst hatte sich umgezogen und trug ein weißes Hemd zu einer schwarzen Jeans. Das Licht war gedimmt, auf dem Tisch standen Kerzen, und im Hintergrund gab Gianna Nannini »Bello e impossibile« zum Besten, als wolle sie das Letzte, was ihre Stimmbänder hergaben, dazu nutzen, eine Message an sie zu richten. Valerie beschloss, nicht weiter auf sie zu hören. Zu schön war das Ambiente. Sie hatte mit einem Mal das Gefühl, zu einem Date eingeladen zu sein.

»Ciao Bella«, begrüßte sie Manuel. Er durfte jetzt nicht zu dick auftragen, sonst würde sie sich in ihrem neuen Escape einigeln.

»Ciao Bello«, entgegnete sie nur knapp, um gleich an ihm vorbeizugehen und ihren Mantel abzulegen. »Hoffe, es ist okay, dass ich hinter der Scheune geparkt habe. Meine Mutter könnte das Auto sonst sehen, falls sie hier morgen schon wieder aufkreuzt.«

»Natürlich ist das okay«, erklärte Manuel. »Rosé ist übrigens aus. Darf's auch ein Montepulciano sein?«

Schon wieder eine Erinnerung – diesmal an den Italienurlaub mit Tom. Auf ihrer Fahrt durch die Toskana hatten sie halt in Montepulciano gemacht. Der Gedanke daran versetzte ihr einen Stich, der nicht mehr ganz so weh tat, als ihr die karierten Bermudas einfielen, die Tom an diesem Tag aus ihr unerklärlichen Gründen getragen hatte.

»Gern«, antwortete sie und schaute zu, wie Manuel galant und auch ein bisschen sexy den Wein einschenkte. »Das riecht hier so gut – ist das die weltbeste Pasta mit Pesto?«

Manuel schmunzelte. »Yep – here you go!« Er servierte ihr einen großen Teller davon.

»Parmesan?« Valerie setzte sich.

»Im selbst gemachten Pesto bereits enthalten, aber wenn du noch mehr möchtest?«

»Gern.«

Manuel nahm ihr gegenüber Platz und griff nach einem Stück Grana Padano und einer Reibe.

»Viel oder wenig?«

»Viel!«, gab Valerie gleich zurück. Das Verhältnis von Nudeln und Parmesan musste bei ihr im Idealfall eins zu eins sein – Pesto hin oder her.

Es fühlte sich gut an, von Manuel verwöhnt zu werden. Sie beobachtete, wie er den Käse ohne viel Mühe auf und ab gleiten ließ. Sie selbst war beim Reiben schon öfters abgerutscht und hatte sich beim letzten Mal übel geschnitten.

Ihr Hunger war so groß, dass sie sich förmlich auf die Nudeln stürzte, nachdem Manuel endlich die angemessene Menge Parmesan auf ihrem Teller abgeladen hatte, der jetzt aussah wie die Schneedecke des heiligen Bergs Fuji-san in Japan. Sie drehte sich ein paar Nudeln auf und war froh, die etwas zu groß geratene Pastaspindel noch in einem Rutsch in den Mund befördern zu können.

»Mmm!«, machte sie.

Manuel amüsierte sich. »Hast du so einen Kohldampf?«

»Ja, total – du etwa nicht? Ich hab das Gefühl, als hätten wir ewig nichts mehr gegessen. Vielleicht bist du vom Bier satt geworden.«

»Mag sein.« Langsam füllte auch Manuel seinen Teller, machte sich dann erst ein weiteres Bier auf und begann in Ruhe zu essen.

In diesem Moment rutschte Valerie eine Nudel von der Gabel und fiel herunter.

»Mist, wo ist die hin?« Sie rückte den Stuhl zurück, um auf den Boden sehen zu können.

»Warte, ich hab sie gleich.« Manuel stand auf und kam um den Tisch herum. »Hier!« Er griff nach einer Spaghetti, die in Valeries Schoß gefallen war, und ließ sie über ihrem Gesicht hin und her baumeln. »Fass!«

Valerie beschloss, das Spielchen mitzuspielen, und schnappte mit dem Mund nach dem Ende der Nudel. Dann spitzte sie die Lippen, um sie in einem Rutsch einzusaugen – wie sie es als Kind immer gern getan hatte.

Aber Manuel ließ nicht los, sondern steckte sich das andere Ende der Pasta in den Mund.

»Ey, das ist meine«, zischte Valerie durch die Zähne, ohne die Nudel loszulassen. »Wir sind hier nicht bei *Susi & Strolch*!« Sie musste lachen und hätte beim Gedanken an die Szene im Disney-Film, in der sich die Hunde beim Essen von Spaghetti auf gleiche Weise annäherten, die Nudel beinahe verloren. Sie saugte daran, um ein weiteres Stückchen für sich zu gewinnen.

Doch Manuel tat es ihr gleich und blickte sie so siegessicher an, als wolle er im nächsten Moment die Macht über die Nudel ergreifen.

Valerie wurde langsamer, weil sie merkte, dass er nicht nachgeben würde. Sie hätte nur abbeißen müssen – dann wäre alles erledigt gewesen. Stattdessen hielt sie an der Nudel fest. Der bis zum Anschlag gespannten Spaghetti kam plötzlich viel mehr Bedeutung zu als in ihrer herkömmlichen Funktion – sie trennte Gut von Böse, Treu von Untreu, Verzicht von Sünde ...

»Jetzt oder nie, Valerie Wiegand«, meldete sich das Teufelchen in ihr. »Er ist doch echt süß, du kennst ihn seit Ewigkeiten, und wer sonst kümmert sich schon um dich?«

»Stevie! Rike! Du hast viele gute Menschen in deinem Leben, und eine Affäre macht jetzt alles nur komplizierter«, vermeldete derweil das Engelchen und verstummte kläglich, als Valerie mit ihrer Zunge eine weitere Schlinge der Nudel für sich gewann.

Manuel tat es ihr gleich. Sie sahen sich in die Augen. Ihre Blicke verschmolzen wie vorher der Käse mit Spaghetti. Konnten zehn Zentimeter Nudel über ihr Schicksal entscheiden? Das Blut pulsierte in Valeries Körper, ihr Hunger war vergessen, der Appetit auf viel mehr als Pasta geweckt.

Manuel beugte sich noch näher, um die Spannung der Nudel zu lösen. Sofort schnappte sich Valerie ein weiteres Stück, ohne abzubeißen. Mit Siegermiene funkelte sie ihn an. Wenn er noch einmal nachlegte, könnte es passieren.

Er tat es. Ihre Lippen waren jetzt ganz nah.

Valerie schloss die Augen und überließ ihm die Entscheidung. Er biss ab und knabberte dann ganz sanft an ihrer Unterlippe. Valerie durchfuhr ein Schauer. So überwältigend war das Gefühl, begehrt zu werden. Ohne ihren Zyklus im Hinterkopf, ohne Gedanken an ein Kind, ohne Zwang. Sie verspürte pure Lust, und Manuel schien es genauso zu gehen. Er atmete hörbar, als er sich langsam aufrichtete und nach ihrer Hand griff.

Ganz langsam folgte sie seiner Bewegung, stand auf und trat direkt vor ihn. Sie schmiegten sich aneinander und nutzten den kurzen Moment, um die Nudel herunterzuschlucken, auf der sie immer noch herumkauten.

»Na los, schnapp ihn dir«, flüsterte das Teufelchen in ihrem Kopf.

»Du sollst nicht Ehe brechen«, meldete sich das Engelchen.

Doch Manuel wiederholte den Lippenbeißer noch einmal. Valerie bekam eine Gänsehaut, so zärtlich war seine Berührung.

»Ich weiß nicht, ob das eine gute Idee ist«, brachte sie leise hervor.

Da drückte Manuel sie schon an sich und küsste sie so intensiv, dass sie sich nur noch ergeben konnte. Es war der Moment, in dem sie auf alles pfiff, was sie irgendwem irgendwann mal versprochen hatte. Es fühlte sich so gut an – vielleicht gerade deshalb, weil es verboten war. *Er* fühlte sich gut an. Seine Haare, seine Haut, seine Finger verschränkt in ihren. Sein Atem wurde noch schwerer, seine Hände glitten an ihrer Taille hinunter. Sie würden doch nicht wirklich miteinander ...?

Valerie schnappte nach Luft, bevor Manuel sie wieder küsste und dabei in Richtung des großen Bettes schob. Es gab keine Vorhänge. Ob irgendjemand hereinschauen könnte? Aber wer sollte hier abends noch unterwegs sein?

Am Bett angekommen, öffnete Manuel den obersten Knopf seines Hemdes und machte sich dann schon an ihrer Bluse zu schaffen. Sie wehrte erst ab, ließ sich dann aber aufs Bett fallen. Er beugte sich über sie, küsste sie am Hals und dann ihr Dekolleté. Es prickelte auf ihrer Haut. Körperstellen, die noch unberührt waren, sehnten sich nach Berührung.

Wie weit war sie bereit zu gehen? Sie verschaffte sich Zeit, indem sie ihn noch mal küsste. Seine Hand glitt an ihr herunter. Sie hatte das Gefühl, sich nicht mehr unter Kontrolle zu haben und zugleich ganz bei sich zu sein. Die Endorphine schwappten über. Ihre Gefühle spielten verrückt. Sie würde sich gehen lassen und, wenn sie Glück hatte, nicht damit auffliegen.

Da klingelte ihr Handy.

»Mein Telefon«, flüsterte sie.

Das Klingeln hörte nicht auf.

»Ist doch egal«, sagte Manuel leise. »Wir sind wichtiger.«

Kurz hörte es auf zu klingeln. Dann meldete sich das Handy gleich wieder. Das war ungewöhnlich. Mal nicht erreichbar zu sein, war bei ihr normal. Ihre Freunde und auch die Familie wussten das. Entweder warteten die Anrufer, bis sie zurückrief, oder sie schrieben ihr in dringenden Fällen eine Nachricht.

»Ich schau lieber kurz nach«, sagte sie.

Es klingelte weiter, bis ihre Mailbox ansprang.

Valerie löste sich von Manuel und eilte zum Tisch, wo das Handy in ihrer Handtasche gerade zum dritten Mal zu klingeln begann.

Sie schaute auf ihr Display. »Meine Mutter.« Ihr Herz begann zu rasen. Sie rief zurück.

»Mama? Was ist los?«

»Endlich erreiche ich dich. Papa hatte einen Unfall. Du musst sofort kommen.«

25

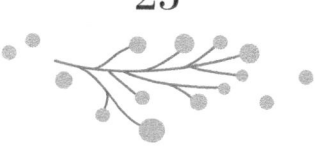

Es war, als wäre von jetzt auf gleich eine riesige Glasglocke über sie gestülpt worden, die sie von allem abschirmte, was in diesem Raum gerade noch geschehen war. All ihre Themen, Tom, Manuel, ihre Arbeit, die vielen To-dos und Pläne waren dahinter verborgen. Ihr Fokus lag nur noch auf ihrem Vater.

»Was ist passiert?«, stammelte sie und spürte, wie die Tränen in ihr aufstiegen, ohne zu wissen, wie schlimm es um ihn stand. Die Stimme ihrer Mutter war ihr durch Mark und Bein gegangen. Sie klirrte noch immer in ihren Ohren. So verzweifelt hatte sie sie noch nie erlebt. »Was ist passiert, Mama?«

Valerie hörte ihre Mutter weinen. Während sie sich auf einen von Manuels Esstischstühlen sinken ließ, begann sie zu erzählen.

»Papa ist joggen gegangen, obwohl doch das Unwetter vorausgesagt war. Ich hab mich noch aufgeregt, weil ich das zu gefährlich fand. Und jetzt hab ich gerade einen Anruf aus dem Krankenhaus erhalten, dass er von einem herabgestürzten Baum erfasst wurde und auf der Intensivstation liegt. Er muss gleich operiert werden, Valerie. Ich weiß gar nicht, was ich machen soll. Ich bin wie gelähmt. Ich kann auf keinen Fall Auto fahren, aber ich muss jetzt sofort in die Klinik.«

Gedanken schossen durch Valeries Kopf. Von einem Baum erfasst – das konnte alles heißen …

»Haben sie irgendwas gesagt, Mama? Warum operieren sie ihn?«

»Sie haben von einem Schädelhirntrauma gesprochen, wollten mir alles Weitere aber in der Klinik sagen, weil die Zeit knapp war. Was, wenn sein Gehirn geschädigt oder er lebensgefährlich verletzt ist, Valerie?«

Manuel war zu ihr gekommen. Er musste gemerkt haben, dass etwas wirklich Schlimmes passiert war. Dass er so nah bei ihr stand und ihr jetzt die Hand auf die Schulter legte, löste mit einem Mal Unbehagen in ihr aus. Mit voller Wucht spürte sie, dass er nicht unter ihre Glasglocke gehörte. Sie machte eine kleine Bewegung mit dem Oberarm, um zu signalisieren, dass sie die Berührung störte. Manuel setzte sich ihr gegenüber an den Esstisch.

»Ich bin in fünf Minuten da, Mama. Bleib, wo du bist, dann fahren wir zusammen in die Klinik.« Valerie stand auf, um nach ihrer Strickjacke und ihrem Mantel zu suchen. Während sie das Handy in der einen Hand hielt, knöpfte sie sich mit der anderen die Bluse wieder zu und schlüpfte in ihren Mantel, weil sie die Strickjacke partout nicht fand.

»Du bist in der Nähe?« Die Stimme ihrer Mutter klang erleichtert, aber auch ein wenig verärgert, weil sie nicht informiert war. »Wieso weiß ich davon nichts?«

Valerie griff nach ihrer Handtasche, kramte den Autoschlüssel heraus und deutete Manuel per Handzeichen an, dass sie gehen musste.

Der blickte sie fragend an. »Was ist denn los?«, wisperte er.

Valerie umarmte ihn kurz und flüsterte in sein Ohr: »Mein Vater hatte einen Unfall. Ich muss mit meiner Mutter ins Krankenhaus. Ich melde mich.« Schon war sie draußen.

»Hörst du mich, Valerie?«, meldete sich ihre Mutter wieder zurück. »Wo kommst du denn her, dass du so schnell hier sein kannst?«

Valerie stieg ins Auto und startete den Motor. »Ich war wegen einer Projektsitzung hier, Mama. Bis gleich!« Dann beendete sie das Gespräch.

Am Tor musste sie kurz aussteigen, um es zu öffnen. Zum Glück war es nicht abgeschlossen. Ihr fehlte die Zeit, es hinter sich zu schließen. Rike und Manuel würden es überleben, wenn es mal eine Nacht offen stand.

Sie stieg wieder ins Auto ein und fuhr so schnell an, dass die Reifen auf dem Kiesweg kurz durchdrehten. Hoffentlich hatte Rike das nicht gehört. Sie würde sich sicher Sorgen machen, wenn sie Valerie mitten in der Nacht auf diese Weise aufbrechen sah. Aber darauf konnte sie jetzt keine Rücksicht nehmen.

Sie konzentrierte sich, um die Spur des kleinen Feldwegs zu halten, der erst nach etwa einhundert Metern zur nächstgelegenen Straße führte. Hier war Tempo-30-Zone. Valerie trat dennoch aufs Gas – um die Zeit war in Telgte ohnehin niemand mehr unterwegs. Sie zitterte, als sie den Blinker setzte und in Richtung ihres Elternhauses abbog.

Überall lagen Zweige, Blätter und größere Äste. Der Sturm hatte es in sich gehabt. Dass er so gefährlich sein könnte, hätte auch sie nicht kommen sehen. Die Straße war von großen Bäumen gesäumt. Daneben befand sich ein Weg, den sie früher auch manchmal als Joggingstrecke gewählt hatte, als ihre Kondition noch nicht so zu wünschen übrig gelassen hatte wie heute. Wo mochte ihr Vater entlanggelaufen sein? Vielleicht an der Ems, wo die schönen Wege auch durch kleine Waldabschnitte führten? Valerie schauderte es bei der Vorstellung, dass er vielleicht eingeklemmt unter einem Baum gelegen hatte und warten musste, bis ihn jemand fand. Hier war ja nichts los.

Im Radio liefen die Nachrichten. »Ein Sturmtief mit Böen von bis zu hundertsechzig Stundenkilometern hat in den Abendstunden das Münsterland erfasst. Schäden und Unfälle brachten die

Kapazitäten der Feuerwehr in weiten Teilen des Landes an ihre Grenzen.«

Valerie schüttelte den Kopf. Dass sie bei Rike auf dem Hof rein gar nichts vom Ausmaß des Sturms mitbekommen hatten, war nicht zu glauben. Als in Düsseldorf einmal an Pfingsten ein Unwetter wütete, waren die Sirenen die ganze Nacht über in der Stadt zu hören gewesen. Da hier auf dem Land in der Nacht ohnehin kaum Verkehr war, waren die Notärzte und Feuerwehrwagen vermutlich mit Blaulicht ausgekommen. Oder war sie so abwesend gewesen, dass sie die Martinshörner überhört hatte?

Sie parkte am Gehweg vor dem Haus ihrer Eltern, weil das Auto ihres Vaters auf der Auffahrt stand. Ein sicheres Indiz dafür, dass er heute nicht nach Hause gekommen war, denn er würde niemals schlafen gehen, bevor er seinen geliebten Volvo in der Garage geparkt hatte. Ob er im Koma lag? Ansprechbar war er ja offenbar nicht, sonst hätte er doch selbst bei ihrer Mutter angerufen. Vielleicht wurde er jetzt operiert. Oder war schon wieder aus dem OP gekommen. Sie mussten schnellstens dorthin.

Als Valerie ausstieg, stand ihre Mutter schon in der Tür. Der Schock stand ihr ins Gesicht geschrieben.

»Was für ein Glück im Unglück, dass du in der Nähe warst!«, rief sie und kam ihr entgegen. Sie fielen sich in die Arme.

»Lass uns gleich losfahren!«, sagte Valerie, während sie zusammen zum Auto gingen. »Hast du noch mal im Krankenhaus angerufen?«

»Sie haben mir gesagt, dass ich kommen soll. Einmal habe ich es trotzdem noch versucht, aber da ist niemand drangegangen.« Ihr Handy klingelte. »Das ist Vincent – den hatte ich eben noch nicht erreicht.«

Valerie stieg ins Auto und wartete ab, bis auch ihre Mutter telefonierend an ihrer Seite saß und sich angeschnallt hatte. Dann fuhr sie nach einem rasanten Start weiter Richtung Hauptstraße.

»Welche Klinik denn überhaupt?«, fiel ihr jetzt ein. »Hiltrup oder Münster?«

Ihre Mutter unterbrach kurz die Berichterstattung an ihren Bruder. »Hiltrup.« Dann wusste Valerie Bescheid. In Hiltrup gab es nur die eine Klinik, in der sie auch geboren worden war. Sie drückte das Gaspedal durch.

»Kannst du kommen, Vincent?«, fragte ihre Mutter. »Okay, gut. Wir erwarten dich dann im Krankenhaus und geben dir noch durch, wo wir uns genau befinden. Bis gleich. Fahr vorsichtig.« Sie legte auf und schaute zu Valerie hinüber. »Er kommt auch. Ich bin so froh, euch zu haben.«

Jetzt brach sie in Tränen aus. Valerie hätte gern ihre Hand auf die ihrer Mutter gelegt, aber das Fahren bei überhöhter Geschwindigkeit erforderte einen festen Griff am Lenkrad.

»Er ist stark, Mama. Er läuft Marathon. Was immer es ist – er wird es schaffen«, versuchte sie sich beiden Mut zu machen.

Wenig später war Valerie nicht mehr sicher, ob sie an ihre eigenen Worte glauben konnte. Ihre Mutter war beim Anblick ihres Mannes zusammengebrochen. Valerie war so beschäftigt damit gewesen, ihr wieder auf die Beine zu helfen, dass der Zustand ihres Vaters für einen kurzen Moment verdrängt war. Dann erst stürzte sie zur Toilette und beugte sich über das Waschbecken, weil sie meinte, sich übergeben zu müssen.

Er sah verheerend aus, als er aus dem OP kam und an ihnen vorbei auf die Intensivstation gebracht wurde. Gerade in diesem Moment war auch Vincent in der Klinik eingetroffen. Das Verhältnis zu ihrem Bruder war nicht mehr allzu innig – und dennoch freute sich Valerie nun sehr, ihn an ihrer Seite zu haben.

Der operierende Arzt war kurz zu ihnen gekommen, um einen Zwischenstand zu geben. Aus dem Bericht des Notarztes war hervorgegangen, dass ein großer Ast eines umstürzenden Baumes ihren Vater von hinten erfasst hatte, woraufhin er nach vorn auf das Gesicht gestürzt sein musste, was jetzt über und über geschwollen und von Hämatomen gezeichnet war. Diagnose: Schädelhirntrauma, begleitet von einer Gehirnblutung, weshalb er sofort operiert und vorläufig in ein künstliches Koma gelegt werden musste. Die OP war laut Aussage der Ärzte gut verlaufen, dennoch konnte ihnen niemand sagen, ob das Gehirn Schaden genommen hatte. Das Fazit aller Gespräche: Es galt abzuwarten, bis er zurückgeholt würde, voraussichtlich nach etwa drei Tagen. Erst dann würde sich zeigen, welche Auswirkungen der Sturz hatte.

Nachdem ihr Vater auf sein Zimmer gebracht worden war, wo er an unzählige Kabel und Maschinen angeschlossen wurde, durften sie zu ihm. Der Raum hatte keine Fenster. Valerie hatte keine Ahnung, ob es noch Nacht oder schon Morgen war. Sie hatte kein Zeitgefühl mehr.

Sie warf einen Blick aufs Handy. Es war 1.02 Uhr. Vor zwölf Stunden hatte sie im Café Malik gesessen und sich gefragt, wo sie die Nacht verbringen sollte. Von allen Orten der Welt war das hier der letzte, den sie sich gewünscht hätte.

Ein Pfleger sah nach dem Rechten. Er deutete auf zwei Hocker an der Tür, die Valerie an das Bett stellte. Ihre Mutter setzte sich. Sie war blass, und ihre Hände zitterten, als sie vorsichtig nach den Fingerspitzen ihres Mannes tastete. Valeries Blick fiel auf ihren Ehering. Sie stellte fest, dass man ihrem Vater den Ring abgenommen hatte, vermutlich aus hygienischen Gründen, und hoffte, dass ihre Mutter es nicht bemerkte. Bestimmt würde ihr das nicht gefallen.

Vincent bot ihr den zweiten Hocker an, aber Valerie wollte lieber stehen. Er setzte sich auf die andere Seite des Bettes, während Valerie sich ans Fußende stellte. Abgesehen von den vielen Schwellungen und blauen Flecken, sah ihr Vater aus, als ob er schliefe. Die Schläuche und Maschinen um ihn herum ließen vermuten, dass sein Leben nun in den Händen von Medizin und Technik lag. Valerie versuchte sich auf sein Gesicht zu konzentrieren, auch wenn ihr der Anblick zu schaffen machte. Sein Kreislauf schien stabil zu sein, was aber war in seinem Kopf los? Zum jetzigen Zeitpunkt konnte ihnen das niemand sagen. Es blieb ihnen nichts anderes übrig, als einfach nur da zu sein und zu warten.

Die Stimmung war gespenstisch. Niemand sagte etwas – was hätte man in dieser Situation auch sagen sollen? Es war so schlimm, dass ihr Vater zur falschen Zeit am falschen Ort gewesen war. Und zusätzlich schlimm, dass er neben dem Schädelhirntrauma auch noch diese verdammte Hirnblutung erlitten hatte.

»Wir müssen uns daran festhalten, dass er am Leben ist«, brach Valeries Mutter das Schweigen am Krankenbett, als hätte sie die Gedanken ihrer Tochter gelesen.

»Klinik ist sein Business«, stellte Vincent fest. »Wenn einer weiß, wie er hier heil wieder rauskommt, dann Papa.«

Jetzt mussten sie alle ein wenig schmunzeln. Vincent hatte recht. Ihr Vater war schon immer ein zäher Hund gewesen. Seinen ersten Marathon hatte er nahezu unvorbereitet absolviert, wenn er sich auch nur mit Mühe und Not über die letzten zehn Kilometer gequält hatte. Was er sich vornahm, schaffte er auch. Und wenn es Probleme gab, löste er sie – ob in der Klinik oder privat.

Bei diesem Gedanken fuhr Valerie der Schreck in die Glieder. Was, wenn er …? Sie verbot sich weiterzudenken und schämte sich dafür, dass sie in diesem Moment ihr eigenes Thema im Kopf hatte, bei dem er ihr nun vielleicht nicht mehr helfen konnte. Sie dachte an Tom. Sollte sie ihn informieren? Er war immer noch Teil der Familie und verstand sich sehr gut mit ihrem Vater.

»Vincent?«

Ihr Bruder schreckte hoch. »Ja?«

Die Worte klangen anders in dieser klinischen Umgebung, in der der Herzfrequenzmesser in regelmäßigen Abständen Pieptöne von sich gab. Kurz beschleunigte sich der Herzschlag ihres Vaters. Ob er die Stimmen seiner Familienangehörigen wahrnehmen konnte?

»Kannst du Tom informieren, dass Papa einen Unfall hatte?«, fragte Valerie.

Vincent und ihre Mutter starrten sie irritiert an.

»Das wirst du doch wohl machen?«, meinte ihre Mutter.

»Wir haben uns noch nicht wieder gesprochen, seit Tom bei euch abgehauen ist, Mama. Da kann ich ihn jetzt nicht aus heiterem Himmel mit dieser Nachricht kontaktieren.«

Ihre Mutter ließ die Hände ihres Mannes los und richtete sich mit einem Ruck auf. »Wenn du das jetzt nicht kannst, wann denn dann, Valerie? Er ist dein Mann. Er muss doch von seiner Frau erfahren, wenn sein Schwiegervater in Lebensgefahr ist!« Ihre Stimme brach.

Valerie ärgerte sich, das Thema im Beisein ihrer Mutter angeschnitten zu haben. Es war doch völlig egal, ob Tom von ihr oder Vincent von dem Unfall erfuhr. Oder?

»Findest du nicht, dass dies ein guter Zeitpunkt wäre, eure Streitigkeiten ad acta zu legen und euch zusammenzuraufen?«, fuhr ihre Mutter fort. »Papa wäre es sicher nicht recht, dass ihr euch immer noch nicht vertragen habt.« Sie griff wieder nach der Hand ihres Ehemanns.

Valerie krallte sich an das Fußteil des Krankenbettes und hatte einen Moment lang das Gefühl, dass ihr schwarz vor Augen werden könnte. Dass ihre Mutter das Koma des Vaters für ihre Zwecke instrumentalisierte, machte sie wütend. Sie wollte um jeden Preis Harmonie in der Familie – mit der Situation ihres Vaters hatte das gar nichts zu tun. Der hingegen trug die Konflikte aus, wenn es nicht anders ging. Aber das konnte er ja nun nicht mehr.

»Ich muss mal hier raus«, sagte Valerie und verschwand aus dem Krankenzimmer.

Im Flur herrschte reges Treiben. Kein Anzeichen davon, dass es mitten in der Nacht war. Valerie fragte sich, ob das immer so war. Mit einem gewöhnlichen Bürojob hatte sie sich bislang gar nicht bewusst gemacht, wie viele Berufe es gab, die während der Nacht genauso funktionieren mussten wie tagsüber. Sie versuchte sich zu orientieren, hatte aber nicht die geringste Ahnung, wo sie vorhin hereingekommen waren. Dann sah sie ein Hinweisschild zum Aufzug. Sie beschloss, nach unten zu fahren und sich vor dem Haupteingang auf eine der Bänke zu setzen, die sie noch aus der Zeit kannte, als ihre Mutter in diesem Krankenhaus mal an der Gebärmutter operiert worden war.

Als sie nach draußen auf den Vorplatz trat, kam es ihr vor, als würde sie von einer Welt in eine andere wechseln. Die Beleuchtung war nicht mehr so kalt. Ein lauer Wind wehte leicht durch die vielen Bäume vor dem Gebäude. Das letzte Laub raschelte – eher am Boden als an den größtenteils bereits kahlen Ästen. Valerie atmete tief ein und setzte sich auf eine Parkbank, die etwas heller beleuchtet war als die anderen.

Warum kamen die großen Veränderungen im Leben oft geballt? Über lange Zeit ging alles seinen Gang – und dann kamen Phasen, in denen kein Tag dem anderen glich, Routinen ausgehebelt wurden und sich alles ins Gegenteil verkehrte. Sie fühlte sich hilflos. Wem konnte sie sich anvertrauen? Stevie? Vito? Ja klar, aber sie kannten ihren Vater nur vom Hörensagen. Hinzu kam, dass beide ein eher schlechtes Verhältnis zu ihren Vätern hatten und nicht wirklich verstehen würden, wie sie sich fühlte. Manuel? Mit ihm war sie nicht vertraut genug, um sich mit ihm hierzu auszutauschen. Von Berno hatte sie ewig nichts mehr gehört, was nicht ungewöhnlich war. Sie sprachen sich eigentlich nur bei ihren regelmäßigen Treffen und schrieben zwischendurch die ein oder andere Nachricht. Das Gleiche galt für Katharina und Karsten, wobei Katharina ohnehin die letzte Person war, bei der sich Valerie ausweinen würde. Bis heute hatte sie nicht mit ihr über die peinliche Szene im Wohnungsflur gesprochen. War wohl auch besser, wenn die von allen Beteiligten einfach verdrängt wurde. Ihre Schwägerin? Auch sie zählte nicht gerade zu ihren engsten Vertrauenspersonen. Tom war der Einzige, dem sie sich unter normalen Umständen hätte anvertrauen wollen. Bei ihm hätte sie sich früher fallen lassen können. Er hätte sie aufgefangen, aufgebaut und die Sache mit ihr durchgestanden – wie er schon andere, wenn auch weitaus weniger schlimme Phasen mit ihr gemeistert hatte.

Sie zog ihr Handy aus der Tasche und checkte die Anrufliste. Sonst war Tom immer unter den ersten Kontakten gewesen, weil sie beinahe täglich wegen irgendetwas mit ihm telefonierte – und sei es nur, weil er im Supermarkt stand und vergessen hatte, was er besorgen sollte. Sie scrollte nach unten, bis sie bei ihm angekommen war. Sollte sie ihn anrufen? Jetzt und hier, mitten in der Nacht, einfach so? Sie bezweifelte, dass Vincent das für sie übernehmen würde. Er würde es albern finden, als Sprachrohr der Familie zu fungieren. Sie überlegte noch kurz. Dann wählte sie seine Nummer. Es klingelte. Ihr Puls stieg an. Sie hatte nicht eine Sekunde überlegt, was sie sagen würde, wenn er tatsächlich dranginge. Es klingelte nochmals und noch ein drittes Mal.

26

»Valerie? Was ist los? Es ist mitten in der Nacht! Ich schlafe.«
»Mein Vater hatte einen Unfall. Er liegt in Hiltrup auf der Intensivstation. Meine Mutter, Vincent und ich sind bei ihm«, brachte Valerie mit zitternder Stimme hervor.
»Ach, du Scheiße.« Tom schien sich im Bett aufzusetzen. Sie hörte die knatschende Matratze, die sie schon seit Jahren nervte, und das Rascheln der Bettdecke. »Was ist passiert?«
Seine Frage ließ alle Dämme in ihr brechen. Sie versuchte, die Tränen im Zaum zu halten, um weitersprechen zu können, aber es brauchte einen Moment, ehe sie genügend Luft dafür hatte. Dann berichtete sie vom Unfall ihres Vaters.
»Er ist im künstlichen Koma, Tom«, endete sie. »Niemand kann uns sagen, ob er jemals wieder der Alte sein wird.« Sie schluchzte und ließ ihren Kopf in die linke Hand fallen. Der linke Ellbogen auf ihrem Knie gab ihr Halt.
»Soll ich kommen?« Tom hatte keinen Moment gezögert.
»Das würdest du tun?«, fragte sie ungläubig. Sie war überwältigt von der Selbstverständlichkeit, mit der er seine Hilfe anbot. Es machte das Geschehene zwar nicht besser, aber doch deutlich erträglicher. Plötzlich spürte sie, was Familie bedeutete.
»Ja klar – ich kann direkt losfahren. Soll ich?« Tom schien es ernst zu meinen. Valerie hörte, wie er aufstand.

Sie überlegte. Wie würde es sein, ihn wiederzusehen? War es richtig, im Rausch der Emotionen um ihren Vater alles andere beiseitezuschieben und sich wieder auf ihren Mann einzulassen?

Sie hörte auf ihren Bauch. »Wenn du nicht zu müde zum Fahren bist, gern. Ich würde mich freuen.«

Ein bisschen ärgerte sie sich, dass sie so deutlich signalisiert hatte, dass er ihr in dieser Situation fehlte. Zugleich erforderten besondere Umstände besondere Maßnahmen. Dass ihr Vater wieder gesund wurde, hatte jetzt oberste Priorität. Und sie wusste, dass sie den Weg, der vor ihnen lag, nicht allein schaffen würde – auch wenn Vincent und ihre Mutter an ihrer Seite standen.

»Okay. Ich zieh mir was an und fahre los. Um die Zeit werde ich nur eine gute Stunde brauchen. Hiltruper Krankenhaus, hast du gesagt?« Valerie hatte Tom selten so entschlossen erlebt.

»Ja, genau. Fahr vorsichtig. Es ist nicht schlimm, wenn du länger brauchst.« Sie wollte auf keinen Fall, dass er rase. Ein Unfall war mehr als genug.

»Mache ich. Bis gleich!« Sie legten auf.

Valerie sah sich um. Ein Arzt verließ gerade das Krankenhaus, ansonsten hatte sich nichts an ihrer Umgebung verändert. Und trotzdem nahm sie ihre Welt anders wahr. Auch wenn nichts geklärt war, hatte sie mit einem Mal das Gefühl zu wissen, wo sie hingehörte: zu ihrer Familie.

Ihr Handy blinkte auf. Eine Nachricht von Manuel erschien auf dem Display:

Wollte mal hören, wie es läuft?

Plötzlich kam er ihr vor wie ein Fremdkörper. Seine Frage wirkte so lapidar. Valerie wusste, dass sich nichts an ihm verändert hatte und dass er noch immer ein netter und noch dazu attraktiver Kerl war, der nicht wissen konnte, was hier gerade vorging. Aber sie musste sich jetzt fokussieren. Zugleich wollte sie ihn nicht im Unklaren lassen und schrieb schnell zurück:

Leider nicht gut. Schädelhirntrauma mit Hirnblutung. Er liegt im künstlichen Koma. Werde vermutlich hierbleiben und, falls ich zurückkomme, in Rikes Appartement übernachten. Gute Nacht.

Sie sah, dass er gleich zurückschrieb. Aber sie steckte ihr Handy sofort in die Tasche, weil sie jetzt schnell zurück zum Zimmer ihres Vaters wollte.

Kurz musste sie überlegen, wo sie hergekommen war. Dann entdeckte sie wieder das Schild zum Aufzug und wusste, dass sie in der zweiten Etage ausgestiegen waren. Sie ließ einem Krankenbett mit zwei Pflegern den Vortritt. Dann rief sie den Aufzug noch einmal und fuhr nach oben. Als sie ausstieg, stand Vincent gleich gegenüber an einem Kaffeeautomaten.

»Ziehst du mir auch einen?«, fragte sie ihren Bruder.

Er nickte. »Zwei Euro habe ich noch. Geht also nur schwarz – ist das okay?«

Valerie hätte lieber einen Latte Macchiato gehabt, aber hatte kein Geld dabei. »Ja gern.« Sie setzte sich auf einen der Plastikstühle auf Chrombeinen, die in einer Reihe neben dem Kaffeeautomaten an der Wand standen. »Und? Hat sich irgendwas getan?« In der Maschine war zu hören, wie ein Kaffeebecher in Position gebracht wurde. Dann signalisierte ein monotones Geräusch, dass er sich füllte.

»Bei Papa nicht, aber Mama dreht völlig am Rad«, erwiderte Vincent und reichte Valerie den Kaffeebecher.

»Was ist passiert?«, fragte sie überrascht. »Soll ich lieber gleich zu ihr gehen?« Valerie machte sich Sorgen. Ihre Mutter war mental nicht die stabilste, und sie befürchtete, dass sie womöglich noch einen Kreislaufkollaps oder gar Schlimmeres erleiden würde.

»Nee, sie wollte mal alleine mit ihm sein«, entgegnete Vincent. »Ich glaube, sie muss einfach mal in Ruhe heulen. Es ist hart, ihn so zu sehen. Sie ist völlig neben der Spur.«

Valerie pustete in den Becher und nahm einen ersten Schluck. »Ich dachte vorhin auch kurz, ich könnte zusammenklappen. Deshalb bin ich raus.«

Vincent setzte sich zu ihr. »Ich glaube, sie macht sich Vorwürfe, dass sie ihn nicht vom Joggen abgehalten hat. Aber wir kennen Papa. Wenn er sich etwas vorgenommen hat, lässt er sich von niemandem abhalten. Wir müssen unbedingt diese Last von ihren Schultern nehmen.«

Valerie nickte und nahm einen weiteren Schluck Kaffee. Schmeckte gar nicht so schlecht, wie sie erwartet hatte. »Tom kommt gleich«, bemerkte sie möglichst emotionslos.

Vincent stellte seinen Kaffeebecher auf dem Stuhl neben sich ab und wandte sich zu ihr. »Echt jetzt? Hast du ihn angerufen?«

»Ja, als ich eben kurz draußen war, um frische Luft zu schnappen, hab ich ihm Bescheid gegeben.«

Vincent griff wieder nach seinem Becher. Ein Pfleger kreuzte den Flur und grüßte sie knapp.

»Gut so. Was immer da gerade zwischen euch los ist – er muss von Papas Unfall wissen. Johanna weiß es ja schließlich auch.«

Sie starrten eine Weile auf den Fußboden. Valerie überlegte, ob sie Vincent in die Details ihrer Geschichte einweihen sollte, entschied sich dann aber dagegen, um Tom nicht gleich noch mal in den Rücken zu fallen.

»Was sagt Johanna?«, fragte sie stattdessen, obwohl die Antwort vorhersehbar war.

»Was soll sie sagen, sie ist erschüttert«, entgegnete Vincent.

Valerie stand auf und ging einige Schritte auf und ab. »Erschüttert ist das richtige Wort«, stellte sie fest. »Ich kann auch nicht glauben, dass das wirklich passiert ist.«

»Bei dir scheint ja auch darüber hinaus einiges los zu sein«, meinte Vincent. »Mama hat mir erzählt, dass du wegen eines Projekts ohnehin schon in der Stadt warst? Und sie wusste gar nichts davon?«

Valerie fragte sich, ob ihre Familie am Krankenbett ihres Vaters nichts Besseres zu tun hatte, als über sie zu sprechen.

»Ja, das stimmt«, bestätigte sie knapp. »Ich geh mal wieder rein.« Sie setzte sich in Richtung der Zimmertür in Bewegung.

»Könntest du dir vorstellen, wieder hier in Telgte zu leben?«, fragte Vincent aus heiterem Himmel.

Valeries Schritt stockte. Wie kam er jetzt darauf?

»Ich kann mir vieles vorstellen, Bruderherz, aber nicht jetzt«, antwortete sie und betrat das Krankenzimmer.

Ihre Mutter hatte ihre Stirn auf die Hand ihres Mannes gelegt. Ein Anblick, der so erschreckend und rührend zugleich war, dass Valerie die Tränen in die Augen schossen.

»Hey, Mama«, sagte sie leise und setzte sich auf den Hocker, auf dem Vincent zuvor gesessen hatte. »Möchtest du etwas trinken? Draußen ist ein Wasserspender und auch ein Kaffeeautomat.«

Ihre Mutter richtete sich auf. Ihr Gesicht war tränenüberströmt. Sie sah blass und schwach aus. Ihre Augen waren von dunklen Schatten gezeichnet. »Nein, danke«, erwiderte sie leise. »Hast du Tom informiert?«

Valerie nickte. »Er ist sofort losgefahren und müsste bald da sein.«

Ihre Mutter lächelte. »Das hast du gut gemacht. Wir müssen jetzt alle zusammenhalten.«

Valerie nickte, obwohl sie noch nicht genau wusste, wie das für sie und Tom funktionieren konnte.

Dann saßen sie eine ganze Weile schweigend da. Erst jetzt merkte Valerie, wie müde sie war. Sie legte ihren Kopf neben den zugedeckten Beinen ihres Vaters auf die Matratze. Die Geräusche um sie herum waren so monoton. Sie driftete ab und verlor sich in einem Halbschlaf. Darin wurde das Geräusch der Maschinen zu dem eines fahrenden Zugs, in dem sie mit Manuel saß. Sie unterhielten sich miteinander und lachten. Er legte einen Reiseführer auf den Tisch: Frankreich! Der Zug war sehr modern, aber laut. Ein TGV konnte es nicht sein. Plötzlich öffnete sich die Abteiltür.

»Hallo?«, sagte eine bekannte Stimme.

Valerie schreckte hoch.

»Val, bist du wach?« Es war Tom, der in der Tür zum Krankenzimmer stand.

»Ja, bin ich«, erwiderte Valerie.

Jetzt wurde auch ihre Mutter wach und rappelte sich hoch. »Wie lieb, dass du gleich gekommen bist, Tom«, sagte sie, während Valerie noch nach Worten suchte.

In Toms Rücken erschien Vincent. Zusammen kamen sie herein. Tom starrte seinen Schwiegervater an. Vielleicht hatte er sich dessen Zustand nicht ganz so schlimm vorgestellt. »Wie geht es ihm?«, fragte er.

Valerie stand auf, hielt aber Abstand von ihm, weil sie nicht wusste, wie sie ihren Mann begrüßen sollte. »Seit unserem Telefonat hat sich nichts verändert.«

»Was ist da an seinem Kopf?« Tom deutete auf einen Stab, der aus dem Kopf von Valeries Vater herausragte und sehr beängstigend aussah.

»Das ist eine Hirndrucksonde zur Beobachtung«, erklärte Valerie. »Es wird überprüft, ob der Druck in seinem Gehirn in Ordnung ist.«

Tom nickte mit sorgenvollem Blick. »Verstehe.« Dann kam er auf sie zu und drückte sie.

Valerie stand einfach nur da. »Sollen wir kurz rausgehen?«, schlug sie vor.

Die Situation in dem Zimmer mit ihrer Mutter und Vincent fand sie unerträglich. Sie musste mit Tom unter vier Augen sprechen. Er schien froh über den Vorschlag zu sein. »Okay!« Er drehte sich um und ging zur Tür. Valerie folgte ihm. Schon wieder ging sie zum Aufzug, fuhr ins Erdgeschoss und folgte den Schildern in Richtung Ausgang – diesmal jedoch nicht allein.

Draußen hatte sich nichts verändert. Der Vorplatz der Klinik war leer, und noch immer wehte ein leichter Wind. Das Gefühl aber war diesmal anders. Plötzlich war da ein Mann an ihrer Seite, ihr Mann. Unter normalen Umständen nichts Ungewöhnliches, erst recht in dieser Situation, aber die Situation war eben nicht gewöhnlich.

Tom deutete auf dieselbe Parkbank, auf der sie vorhin gesessen und mit ihm telefoniert hatte. »Sollen wir uns hinsetzen?«

Er ließ sie zuerst Platz nehmen. Dann setzte er sich mit etwas Abstand neben sie. »Und? Wie geht's dir?«

Hätte sie ihn doch bloß zuerst nach seinem Befinden gefragt! Nun hatte sie nicht die geringste Ahnung, was sie in wenigen Worten antworten könnte. Wie sollte es ihr auch schon gehen, wenn ihr Vater auf der Intensivstation lag? Oder bezog sich Toms Frage auch auf die Zeit vor dem Unfall?

»Gerade nicht so gut«, antwortete sie. »Was, wenn Papa nicht mehr wie früher wird, nicht mehr sprechen oder nicht mehr laufen kann?« Verzweifelt schaute sie Tom an.

Der wirkte etwas verunsichert, dann legte er seinen Arm um sie und versuchte zu trösten. »Wenn es einer schafft, dann dein Vater. Du weißt, wie er ist – zäh und unkaputtbar.«

Valerie horchte in sich hinein, wie sich das anfühlte: zugleich vertraut und fremd, nah und distanziert, warm und etwas fröstelnd. Sie konnten jetzt nicht einfach so tun, als sei nichts gewesen – auch dann nicht, wenn ein Schicksalsschlag alles andere in den Schatten stellte.

»Wie geht es dir?«, fragte Valerie und war gespannt, was er antworten würde.

Er nahm seine Hand von ihrer Schulter und rückte wieder ein Stück zur Seite. Erst blickte er sie an und dann zu Boden. »Nicht so gut«, sagte er in die nächtliche Stille hinein. Dann sah er sie wieder an – mit einer Tiefe, die Valerie selten an ihm erlebt hatte.

Sie erwiderte seinen Blick. »Warum?«, fragte sie liebevoller, als sie geplant hatte.

Er zögerte. »Weil ich allein in der Bude hocke und nicht verstehen kann, wie es so weit kommen konnte. Wir waren doch mal gut zusammen, Val. Das können wir doch nicht einfach so wegschmeißen.«

Valerie merkte, dass ihr das Gespräch nicht guttat. Es war an diesem Tag schlichtweg zu viel für sie. Eine Sache duldete für sie aber keinen Aufschub ...

»Hast du irgendwas an deinen Versicherungen geändert?«, fragte sie Tom.

Der starrte sie entgeistert an. »Wie kommst du darauf?«

Valerie überlegte, ob sie zugeben sollte, dass sie bei Vito zu Besuch gewesen war. »Ich war bei Vito und hab Frau Kremer aus der Wohnung kommen sehen«, erklärte sie dann.

Tom runzelte die Stirn: »Wie das denn? Hast du mich ausspioniert, oder wie?«

»Nein!«, bestritt sie vehement. »Wir dachten, das sei die Vermieterin. Vito hatte durch den Spion geschaut und gesagt, dass da jemand an unserer Tür war. Da hab ich halt auch mal geguckt. Was wollte sie denn?«

Tom zog die Augenbrauen hoch, als wollte er fragen: Bin ich jetzt hergekommen, um über meine Versicherungsverträge zu sprechen? »Wir sind die Krankenversicherung durchgegangen, weil ich mal wissen wollte, was so übernommen wird und was nicht«, erklärte er.

Valerie stutzte. Was meinte er damit? Er hatte diese Versicherung seit Jahren. Sie zog ihren Mantel enger um sich. Nachts wurde es jetzt schon richtig kalt. Lange würde sie es nicht mehr hier draußen aushalten.

»Okay. Und was wird so übernommen?«, hakte sie nach.

»Ich wollte nur wissen, ob diese ganzen Untersuchungen, die ich habe machen lassen, von der Kasse übernommen werden und ob …« Er stockte.

Valerie schaute ihn fragend an. Irgendwas war da noch, was er ihr mitteilen wollte.

»Na ja … ob die Kasse auch irgendwelche weiteren Maßnahmen zahlen würde.«

Sie schluckte. Auf diesen Gedanken wäre sie nie gekommen. Natürlich nicht – hatte Tom doch bisher eine künstliche Befruchtung oder was er sonst mit den »weiteren Maßnahmen« meinte, gänzlich für sich ausgeschlossen. Dass er sich informiert hatte, erleichterte, rührte und verwirrte sie zugleich. Warum kamen Männer so oft erst dann in die Puschen, wenn es eigentlich schon zu spät war? Sie konnte sich gerade beim besten Willen nicht mehr vorstellen, mit Tom eine Kinderwunschklinik zu besuchen.

»Und würde sie zahlen?«, fragte sie dennoch.

Tom schloss den Reißverschluss seiner Jacke und rieb sich die Arme. »Ja, das würde sie«, antwortete er, ohne Valerie anzusehen. »Komm, lass uns reingehen. Du zitterst ja.«

Sie standen auf und gingen zurück in die Klinik.

»Meinst du, dass wir die ganze Nacht hierbleiben sollten?«, fragte Tom.

Die Uhr am Empfang zeigte fast halb vier.

»Ich werde meiner Mutter vorschlagen, dass ich sie nach Hause bringe. Dann kann sie wenigstens ein paar Stunden schlafen.« Vincent würde sicher hierbleiben wollen. Und sie selbst? Das musste sie sich gleich noch überlegen.

Als sie wenig später mit Tom das Krankenzimmer betrat, unterhielt sich Vincent gerade leise mit ihrer Mutter. Erwartungsvoll sahen die beiden auf, als würden sie die große Versöhnung erwarten. Valerie ahnte, dass sie gleich irgendetwas gefragt werden würde, worauf sie keine Antwort wusste.

»Soll ich dich erst mal nach Hause bringen, Mama?«, schlug sie daher gleich vor. »Oder wollen wir alle zusammen heimfahren?«

Vincent nickte bestätigend. »Darüber hatten wir auch gerade gesprochen. Ich bleibe hier. Papa spürt bestimmt, wenn jemand von uns bei ihm ist. Ihr könnt dann nach Hause fahren und ein paar Stunden schlafen.«

Dies war einer der Momente, in denen es toll war, einen großen Bruder zu haben. Valerie war sehr dankbar dafür, ein bisschen Schlaf zu bekommen, hätte sich aber auch nicht vorstellen können, ihren Vater in der Klinik alleinzulassen. Trotzdem war da immer noch die Frage, wo sie übernachten sollte. Sie konnte doch nicht wie sonst mit Tom in ihrem alten Kinderzimmer schlafen.

»Kann Tom dann dein Zimmer nehmen, Vincent?« Valerie warf ihrem Bruder einen flehenden Blick zu, den Tom nicht sehen konnte, da er in ihrem Rücken stand.

Ihre Mutter schaute irritiert auf. »Ihr schlaft doch sonst immer zusammen in deinem Zimmer, Valerie.«

»Lass gut sein, Mama«, meinte Vincent. »Klar kann Tom mein Zimmer haben.«

Valerie war erleichtert, dass er jede weitere Diskussion zu diesem Thema unterbunden hatte.

»So, und jetzt lass uns gehen, Mama«, sagte sie. »Du musst dringend ein bisschen schlafen.«

27

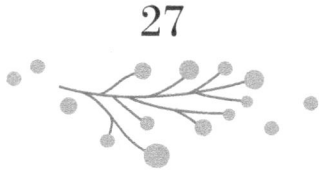

Wenig später saß Valerie mit ihr im Auto auf dem Weg nach Telgte. Toms VW-Bus fuhr unmittelbar hinterher.

»Ist das nicht etwas übertrieben, dass ihr nicht in einem Zimmer schlaft?«, wollte ihre Mutter wissen.

»Du warst doch dabei, als wir uns zuletzt bei euch gesehen haben! Wir hatten seitdem keinen Kontakt mehr. Da können wir uns jetzt schlecht in ein ohnehin viel zu kleines Bett legen und so tun, als sei nichts gewesen, Mama.« Sie versuchte, ruhig zu bleiben, auch wenn es ihr schwerfiel. »Wir befinden uns in einem Ausnahmezustand. Und das ist der einzige Grund, warum wir gerade überhaupt wieder miteinander sprechen.«

»Dann überleg doch bitte mal, ob diese Ausnahmesituation nicht auch Anlass sein sollte, sich zusammenzuraufen, Valerie. Es geht hier jetzt vor allem um Papa. Ihm zuliebe könntet ihr eure Streitigkeiten doch wohl ad acta legen.«

Das war zu viel. Valerie spürte, wie ihr Puls hochging. »Ad acta?«, brach es aus ihr heraus. »Du hast wirklich gar nichts verstanden, Mama! Es lässt sich nicht einfach ad acta legen, dass mein Mann vergessen hat, mich über seine beinahe vollständige Unfruchtbarkeit zu informieren. Und ein Kinderwunsch lässt sich auch nicht mal eben ad acta legen. Aber weißt du was? Vielleicht wäre es wirklich das Beste, einen großen Haken an die ganze Sa-

che zu machen. Das würde aber auch bedeuten, dass Tom gleich wieder nach Düsseldorf fährt. Willst du das? Oder willst du, dass wir uns hier jetzt zusammenreißen, um an Papas Seite zu sein? Das können wir machen, aber nicht in einem Bett.« Sie trat auf die Bremse, weil vor ihr ein Lkw auf die Bundesstraße einscherte.
Ihre Mutter brach in Tränen aus. Das hatte Valerie gerade noch gefehlt. Ein schlechtes Gewissen machte sich in ihr breit. »Hör doch bitte auf zu weinen, Mama. Es tut mir leid, aber so ist es nun mal. Wir können uns jetzt nicht mir nichts dir nichts versöhnen. Dafür ist zu viel passiert.«

Kurz darauf fuhr sie auf die Auffahrt vor ihrem Elternhaus. Tom parkte am Bürgersteig davor.

Ihre Mutter schloss die Tür auf. »Soll ich euch noch was zu essen machen?«, fragte sie, als sie das Haus betraten.

»Du machst jetzt gar nichts mehr, Mama, außer eine Schlaftablette nehmen und dich hinlegen.«

Ihre Mutter sah elend aus. Valerie hatte sie noch nie so schwach erlebt. Jetzt schämte sie sich noch mehr, dass sie sie im Auto so attackiert hatte.

»Gute Nacht, Mama!« Sie gab ihrer Mutter einen Kuss auf die Stirn.

»Gute Nacht«, wünschte ihr auch Tom.

»Nacht, ihr zwei.« Sie machte sich auf den Weg in ihr Schlafzimmer.

Valerie wandte sich Tom zu. »Lass uns nachsehen, ob die Betten oben bezogen sind. Dann können wir im Wohnzimmer ja noch was trinken, ehe wir uns hinlegen. Ich werde ohnehin kein Auge zubekommen.«

»Gute Idee, mir geht es genauso.«

Sie stellten fest, dass die Betten in den beiden Kinderzimmern im ersten Stock frisch bezogen waren. Als sie wieder nach unten gingen, hörte Valerie, dass ihre Mutter noch im Bad war. Sie fragte sich, ob sie zu ihr gehen sollte. Es musste furchtbar für sie sein, gleich ohne ihren Mann im Bett zu liegen.

»Jetzt brauche ich einen Drink«, stellte Tom fest. »Willst du auch was?«

Seine Gabe, zu jeder Tages- und Nachtzeit mit einem Drink alles etwas besser machen zu können, schätzte Valerie an ihrem Mann.

»Schau mal, was Papa in der Bar hat«, schlug sie vor. »Wenn es Korn gibt, nehme ich einen.«

Erstaunt schaute Tom sie an. »Korn?«

»Wir sind im Münsterland. Ich brauch nach diesem Tag was Stärkeres.«

»Ährensache – ist das ein Korn?«

Valerie nickte. »Ja, der ist gut – den hat der Sohn von Papas Freund selbst gebrannt. Trinkst du einen mit?«

»Wenn du meinst.« Tom suchte in dem alten Büfett ihrer Eltern zwei Schnapsgläser heraus, schenkte ein und reichte ihr ein Glas. »Wohl bekomm's.« Sie nippten. »Oh, der ist schön mild«, musste Tom zugeben.

»Sag ich doch«, meinte Valerie. »Papa trinkt wirklich nicht oft Korn, aber wenn, dann nur den hier.«

Sie wusste nicht, ob es der Alkohol war, der auf ihre Seele einwirkte, oder das Wort »Papa«. Jedenfalls kam plötzlich alles in ihr hoch, was sich den Tag über angestaut hatte. Die Tränen liefen ihr übers Gesicht. Sie musste sich setzen und erst mal durchatmen. »Meinst du, er wird wieder gesund?«, fragte sie schluchzend, auch wenn sie wusste, dass dies nur eine rhetorische Frage sein konnte.

Tom setzte sich in den Sessel, in dem sonst ihr Vater zu sitzen pflegte. »Wie gesagt – ich denke, wenn es einer schafft, dann er.«

Während sie wieder an ihren Gläsern nippten, hörten sie, wie Valeries Mutter die Tür von ihrem Schlafzimmer schloss. Sicher würde sie zu ihnen kommen, wenn sie es allein im Bett nicht mehr aushielt. Valerie entschied, sie jetzt nicht mehr zu stören, und hoffte, dass sie eine der Schlaftabletten genommen hatte, die sie, verschrieben von ihrem Vater, immer im Haus hatten.

»Mama ist fix und fertig. Ich hoffe, sie kommt etwas zur Ruhe.«

Tom nahm noch einen Schluck Korn. »Was ist mit dir, solltest du nicht auch mal ins Bett? Da kommen heftige Tage auf dich und uns alle zu. Du darfst jetzt nicht schlappmachen.«

Valerie wusste, dass er recht hatte, aber sie würde ohnehin nicht schlafen können. Dann fiel ihr wieder ein, was Tom auf der Bank vor dem Krankenhaus zu ihr gesagt hatte.

»Wie geht es denn jetzt mit uns beiden weiter? Wir können ja trotz allem nicht so tun, als sei nichts gewesen.«

Er exte den letzten Schluck. »Wir wissen, was war, Val, aber wir wissen auch, was jetzt ist. Und jetzt geht es um deinen Vater. Alles andere wäre zu viel. Es ist übrigens trotz der widrigen Umstände schön, wieder bei euch zu sein, bei dir.« Er sah ihr in die Augen. »Ich bin an eurer Seite, wenn ihr mich braucht. Wenn ihr aber lieber unter euch sein wollt, verstehe ich das genauso.«

Auch das schätzte sie so an Tom. Er hatte eine Fähigkeit, die Valerie völlig abging – in den emotionalsten Situationen rationale Gedanken zu fassen. Er hatte recht: Sie hatten schlichtweg nicht die Kraft für irgendwelche Auseinandersetzungen. Und alles, was in diesem Moment zählte, war die Gesundheit ihres Vaters und dass sie selbst an der Situation nicht zugrunde gingen.

Valerie fiel jetzt wieder auf, wie hundemüde war. Es war schon nach fünf Uhr, und sie musste wirklich versuchen zu schlafen. Schließlich wollten sie Vincent in ein paar Stunden ablösen.

»Du hast recht, lass uns ein anderes Mal reden. Ich schreibe Vincent noch mal, bevor wir ins Bett gehen.« Sie tippte in ihr Handy:

Mama hat sich hingelegt. Wir gehen jetzt auch ins Bett. Wie ist die Lage?

Vincent schrieb sofort zurück.

Alles unverändert. Legt euch hin und stresst euch morgen früh nicht. Mir wurde hier gerade ein Bett bezogen. Ich halte die Stellung. Gute Nacht!

Wenig später lag Valerie unter der Bettdecke in ihrem früheren Kinderzimmer. Im Haus herrschte eine seltsame Stimmung. Sie dachte an ihre Mutter, die gerade ganz allein im Ehebett schlief. Tom nebenan in Vincents Kinderzimmer zu wissen, war zusätzlich surreal. Valerie stand auf und ging ins Bad, um auch für sich eine der Schlaftabletten zu holen, auf die die gesamte Familie in Ausnahmesituationen schwor. Kurz darauf merkte sie, wie das Melatonin ihre Sinne besänftigte. Ihre Gedanken drifteten in die Ferne, verloren sich.

Sie schlief ein.

»Papa? Bist du das?«

Ihr Vater stand mit dem Rücken zu ihr, bekleidet mit einem weißen OP-Hemd. Sie konnte erkennen, dass er nichts darunter trug.

»Valerie!« Er drehte sich zu ihr um. Sein Gesicht war wieder unversehrt. Nur die Hirndrucksonde ragte noch immer aus seinem Kopf. »Wo sind die Kinder?« Suchend sah er sich um.

»Opa!« Paul und Sophia kamen aus der Ferne auf ihn zugerannt. Sophia sprang ihm in einem weißen Kleid in die Arme. Paul trug einen schwarzen Anzug und hüpfte um ihn herum. »Was hast du da auf dem Kopf, Opa?«, fragte er.

»Ach das – nur ein Überbleibsel von einem leidigen Vorfall«, antwortete ihr Vater.

»Und wo sind deine?«, fragte er Valerie.

»Meine was?« Valerie verstand nicht.

Ihr Vater guckte verdutzt. »Na, deine Kinder – es hatte doch alles so gut geklappt.« Er ging suchend umher.

»Was meinst du, Papa?« Valerie spürte die Sorge, dass sein Gehirn nicht in Ordnung sein könnte. Er schien alles durcheinanderzubringen, sich nicht mehr zu erinnern, sogar zu fantasieren.

Da kam Tom von der Seite, mit einem Kinderwagen. Ihr Vater beugte sich darüber. Die Hirndrucksonde stieß an die Abdeckung und wurde aus seinem Kopf gerissen. Er ging zu Boden. Aus dem Kinderwagen kamen laute Schreie. Tom starrte Valerie an, sie lief los ...

»Val? Val, wach auf, wir müssen los«, rief jemand. Die Stimme kannte sie.

Valerie lief weiter. Wer brauchte ihre Hilfe zuerst? Das Kind? Ihr Vater?

»Val, dein Bruder hat gerade angerufen«, sagte die Stimme, die ihr so bekannt vorkam.

»Du musst ihm aufhelfen. Hilf ihm hoch!«, rief Valerie. »Hilf ihm doch! Ich kümmere mich um das Baby!«

Dann riss sie die Augen auf. Tom stand vor ihr und starrte sie erschrocken an.

Ihr Herz raste. Sie war schweißgebadet. »Tom! Was machst du hier?«

»Du hast geträumt. Atme erst mal tief durch.« Tom legte die Hände auf ihre Schultern.

Der Traum war so real gewesen. Valerie hatte das Gefühl, gerade noch mit ihrem Vater gesprochen zu haben. Und das Baby – sie hätte es gerne noch gesehen.

»Wie spät ist es? Hat Vincent sich gemeldet?«, fragte sie.

»Halb zehn – er hat gerade angerufen. Deshalb wecke ich dich.«

Valerie zog die Bettdecke höher. Ihr war es unangenehm, dass sie so schwitzte. Alles an dieser Situation fühlte sich falsch an. »Und? Was hat er gesagt?«

Tom schien zu spüren, dass ihr die Nähe nicht angenehm war. Er stand auf und öffnete das Fenster.
»Es ist alles unverändert. Gerade war Visite. Er wird weiter im künstlichen Koma gehalten. Vincent konnte ein wenig schlafen und will sich jetzt gleich auf den Weg hierher machen.«
Valerie rappelte sich hoch. »Ist Mama schon wach?«
Tom schaute aus dem Fenster. »Ja, ich hab sie informiert. Sie ist schon losgefahren. Wir sollen nachkommen.«
Valerie sprang aus dem Bett. Sie mussten los. »Gib mir eine Viertelstunde.« Sie stürmte ins Bad.

28

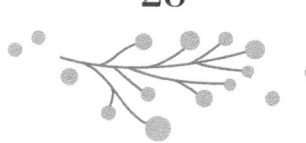

Vincent kam ihnen entgegen, als sie vom Parkplatz aus zur Klinik gingen. Er sah müde aus.

»Es gibt nichts Neues. Mama erwartet euch oben«, sagte er. »Ich muss mich zu Hause mal hinlegen, die Matratze hier war der Horror.«

Das Tageslicht machte die Stimmung auf der Station etwas erträglicher, und es war noch mehr Leben auf den Fluren. Die Hämatome im Gesicht ihres Vaters sahen schlimmer aus als am Tag zuvor – vielleicht hatte sie in ihrer Erinnerung auch einen Filter zum Selbstschutz darübergelegt.

»Hi, Mama.« Valerie drückte ihre Mutter kurz. Dann zog sie einen dritten Hocker heran, den offenbar jemand ins Zimmer gestellt hatte, und setzte sich mit Tom auf die andere Seite des Bettes.

»Na, Papa, wie geht es dir heute?«, sagte Valerie zu ihrem Vater. Sie hatte das starke Gefühl, mit ihm sprechen zu müssen. Wie sonst sollte er merken, dass sie hier waren?

»Guten Morgen, Rolf, ich bin auch hier. Schön, dich zu sehen«, meinte Tom.

Valerie schaute zu ihrer Mutter. »Ich denke, wir sollten mit ihm reden. Sag du doch auch mal was.«

Ihre Mutter sah sie hilflos an. Offenbar fiel es ihr schwerer, als Valerie gedacht hatte.

»Hallo, mein Schatz«, stammelte Valeries Mutter nach einer langen Pause. »Ich hab dich letzte Nacht vermisst. Du musst jetzt bald aufwachen, damit ich im Haus nicht so allein bin. Die Kinder sind aber bei mir. Wir haben wirklich tolle Kinder. Du kannst stolz auf sie sein.«

Valerie musste an ihren Traum zurückdenken, in dem Tom den Kinderwagen schob. Ihr wurde mit einem Mal bewusst, wie tragend ihre und Vincents Rolle in diesem Kontext war. Und wie allein ihre Mutter wäre, wenn sie in dieser Situation keine Kinder hätte. Wie hatte Rike das alles nur alleine geschafft? Wieder einmal stellte sie fest, wie stark sie gewesen sein musste, die ganze Lage mit ihren Eltern und dem Hof ohne weitere Angehörige zu meistern.

Sie beobachtete Tom, der ganz nah bei Valeries Vater saß und die Hand auf seinen Arm gelegt hatte. Ganz natürlich, als ob es sein eigener Vater wäre. Valerie wusste, dass ihrem Vater das recht war. Er hatte Tom vom ersten Augenblick an gemocht. Die zwei hatten lange Abende mit Johnny-Cash-Platten verbracht und sich gern über Politik und Fußball ausgetauscht. Da war eine starke Bindung. Was würde ihr Vater davon halten, wenn sie sich tatsächlich trennten? Was, wenn er wüsste, was zwischen ihr und Manuel gestern Abend in der Scheune passiert war?

Mit einem Mal schämte sie sich abgrundtief. Ihr war nicht bewusst gewesen, dass sie mit einem Seitensprung nicht nur ihren Mann, sondern auch ihre Familie betrog – die Familie, die jetzt so eng zusammenhielt. Gab es etwas Wichtigeres im Leben?

Sie konnte ihren Blick nicht von Tom lösen. Er sah immer noch genauso aus wie damals, als sie sich in ihn verliebt hatte. Er gehörte zu der Kategorie Mann, die einmal ihren Haarschnitt gefunden und dann nie wieder geändert hatte. Auch sein Kleidungsstil war schon immer so sportlich wie jetzt gewesen. An der Hand, die auf Rolfs Arm lag, trug er seinen Ehering. Auch sie hatte den Ring nie abgelegt. Bei ihrem Aufbruch von Düsseldorf war sie kurz davor gewesen, hatte dann jedoch festgestellt, dass er so eng geworden war, dass sie ihn nicht mir nichts dir nichts ablegen konnte. Jetzt war sie froh, dass sie ihn immer noch trug. Sie brauchte solche Zeichen der Verbundenheit in diesen Stunden und dachte an ein Kinderbuch, dass sie Paul einmal geschenkt hatte. Darin ging es um die Liebe, die in dem Buch durch eine Schnur symbolisiert wurde, die das Kind, um das es ging, mit seinen Verwandten und Freunden verband. Die Mutter erklärte in der Geschichte, dass die Schnur immer da sein würde – auch wenn sie mal nicht beieinander waren. Valerie stellte sich vor, wie eine solche Schnur sie jetzt alle verband – auch Vincent, der hoffentlich schon bald zu Hause im Bett lag und schlief.

Ihr Magen knurrte. Sie hatten vor der Abfahrt nicht mehr gefrühstückt. »Sollen wir uns einen Kaffee holen und mal schauen, ob wir irgendwas Essbares finden?«, fragte sie in Toms Richtung.

Der schaute zu ihrer Mutter. »Ist es okay, Angelika, wenn wir dich kurz allein lassen?«

Valeries Mutter legte ihre Hand auf die ihres Mannes. »Ich bin nicht allein«, sagte sie bestimmt. »Geht ihr nur.«

»Meinst du, hier gibt es so etwas wie eine Kantine?«, fragte Valerie, während sie zum Aufzug gingen.

»Bestimmt. Ich meine, ich hätte unten sogar einen kleinen Cafébereich gesehen.«

»Das wäre ein Traum.«

In Valeries Magen klaffte ein Loch. Zuletzt hatte sie – daran mochte sie gar nicht denken – mit Manuel an einer Nudel gekaut. Die Pasta musste längst verdaut sein. Schon immer hatten sich Emotionen rasant auf ihren Stoffwechsel ausgewirkt. Sie brauchte jetzt Ballaststoffe, am besten ein Müsli oder ein Körnerbrötchen, und natürlich Koffein.

Tatsächlich befand sich im Erdgeschoss ein abgetrennter Bereich, in dem es eine kleine Theke mit Getränken, belegten Brötchen und Teilchen gab.

»Sieht doch gar nicht schlecht aus! Ob wir uns hier kurz hinsetzen können?«, überlegte Valerie.

»Ich glaube, das ist für deine Mutter okay. Wir müssen ja nicht zu lange bleiben.«

Der Tapetenwechsel schien ihnen beiden gutzutun. Sie entschieden sich für einen Fensterplatz. Dafür, dass sie sich in einem Krankenhaus befanden, war es richtig nett.

»Ich hol uns was«, schlug Tom vor.

»Sehr gern.« Valerie fühlte sich so schlapp und erschöpft. Da überforderte sie schon die Auswahl an der Theke. Tom kannte ihren Geschmack. Er würde schon etwas Passendes für sie aussuchen.

Der Cafébereich hatte etwa fünfzehn Tische, von denen nur eine knappe Hand voll besetzt war. Manche schienen mit Patienten hier zu sitzen. Andere erholten sich vielleicht wie sie von einem Besuch am Krankenbett. Gleich neben ihnen saß eine alte Dame, die sehr traurig aussah. Ob ihr Mann auch einen Unfall gehabt hatte? Valerie versuchte, nicht weiter darüber nachzudenken. Sie war auch so schon angeschlagen genug.

Kurz drauf biss sie in ein Körnerbrötchen mit Käse und nahm einen großen Schluck von dem Latte Macchiato, den Tom ihr hingestellt hatte.

»Das tut gut«, stellte sie fest. Sie hätte vorher nicht für möglich gehalten, dass man in ihrer Situation einen solchen Appetit haben könnte.

»Freut mich«, erwiderte Tom. »Es gab Zeiten, da konntest du vor mir nicht so beherzt zubeißen.« Er grinste.

Spielte er tatsächlich auf ihr erstes Date an? Valerie legte den Kopf schräg und schaute ihn an. »Die Zeiten ändern sich«, erwiderte sie.

Tom packte ein Sandwich aus, das er für sich mitgebracht hatte. »Wie meinst du das?«, fragte er und nahm einen Bissen.

»Na ja, wir wollten immer ehrlich zueinander sein, aber du warst es nicht. Wir wollten Kinder, aber es hat nicht geklappt. Wir wollten eine glückliche Ehe, und was ist jetzt aus uns geworden?«

In ihrem Kopf ging alles durcheinander. Sie schaffte es einfach nicht, ihren Streit in eine Schublade zu packen, die sie erst dann wieder öffnete, wenn es ihrem Vater hoffentlich bald besser ging.

Tom schien zu überlegen, ob er das Spiel mitspielen sollte. Er kannte seine Frau gut genug, um zu wissen, dass es wenig Chancen gab, sie jetzt noch vom Thema abzubringen.

»Valerie, ich ...«, setzte er an und rührte in seiner Kaffeetasse, obwohl er den Kaffee schwarz trank. »Was ich gemacht habe, war völlig bescheuert. Ich hab das Thema einfach falsch eingeschätzt und gedacht, wir würden das schon irgendwie hinbekommen. Natürlich hätte ich dir das Ergebnis der Untersuchung mitteilen müssen. Aber ich hab mich, ehrlich gesagt, auch geschämt und dachte, dass du den Tag verfluchen würdest, an dem wir uns kennengelernt haben, weil du lieber einen fruchtbaren Mann an deiner Seite gehabt hättest. Das ganze Thema ist als Mann ...« Er vergewisserte sich, dass niemand zuhörte, bevor er weitersprach. »... nicht so einfach. Außerdem wusste ich ja, wie wichtig dir die ganze Sache ist.«

Valerie hatte sich fest vorgenommen, ihn nicht zu unterbrechen, aber jetzt musste sie zum ersten Mal intervenieren. »Die ganze Sache?«

Tom beugte sich noch weiter vor. »Na, der Kinderwunsch halt. Du weißt doch, was ich meine. Jedenfalls dachte ich, dass du dich ganz sicher von mir trennen würdest, wenn du erfährst, dass ich fast ... du weißt schon ... zeugungsunfähig bin. Ich hab echt gedacht, dass es mit der Zeit schon klappen würde. Du bist ja noch jung, und wenn wir es oft genug versucht hätten ...«

Valerie holte Luft. Sie konnte nicht glauben, dass ihr Mann so naiv war, und wollte dazwischengehen, doch Tom kam ihr zuvor.

»Das war natürlich Blödsinn. Mir ist dann auch klar geworden, dass es für uns nur den Weg über eine Klinik gibt, aber da warst du schon weg und irgendwie alles ...« Er suchte nach Worten.

»Zu spät?«, beendete Valerie seinen Satz.

Toms Kopf senkte sich in Richtung seiner Kaffeetasse. »Wenn du meinst«, sagte er geknickt. »Ich kann mich entschuldigen, aber die Zeit nicht zurückdrehen.«

Er sah auf und Valerie direkt ins Gesicht. Es war ein Blickkontakt auf Augenhöhe. Zum ersten Mal seit Langem fühlte sie sich in dieser »Sache«, wie er sie nannte, von ihrem Mann ernst genommen. Abgesehen davon, war er nicht der Einzige, der sich entschuldigen musste. Vielleicht hätte sie letzte Nacht mit Manuel geschlafen, wenn da nicht der Anruf ihrer Mutter gewesen wäre. Geküsst hatte sie ihn – sogar mehrmals – und sich umso öfter küssen lassen. Wenn sie Tom vorwarf, sie hintergangen zu haben – müsste sie ihm dann nicht auch ihren Ausrutscher beichten?

Sie nahm noch einen Schluck Kaffee und schaute aus dem Fenster. Draußen schien nun die Sonne. Es war viel freundlicher als am Vortag.

»Sollen wir mal wieder hochgehen?« Sie schaffte es einfach nicht, Tom in die Ereignisse des gestrigen Abends einzuweihen. In diesem Moment hätte ein Geständnis vermutlich alles zerstört. Und so viel war nun auch wieder nicht mit Manuel passiert – wenn auch mehr, als man sich in einer glücklichen Ehe wünschen würde. Wenn sie sich vorstellte, dass Tom mit Frau Kremer an einer Nudel gekaut und sie dann geküsst und aufs Bett geworfen hätte ... Bei allem, was zwischen ihr und Tom schiefgegangen war – an der Seite einer anderen wollte sie sich ihn ganz und gar nicht vorstellen.

Tom sah sie irritiert an. »Ist das alles?«

Valeries Handy vibrierte. Eine Nachricht aus der Kreativgruppe.

An alle, die am Montag (noch) in Münster sind. Wir hätten die Gelegenheit zu einer Besprechung mit dem Projektverantwortlichen der Stadt Münster. Treffen um zehn Uhr vor dem Rathaus. Danach könnten wir zum Lunch wieder ins Malik gehen. Gebt kurz Bescheid, ob ihr dabei sein könnt. LG Ida

Valerie stöhnte. »Mist. Ich muss kurz antworten.«
Sie begann zu schreiben und war froh, dass Tom anscheinend auch eine Nachricht bekommen hatte. Er schaute kurz auf sein Handy, steckte es dann aber zurück in seine Hosentasche.

Hallo zusammen, ich muss mich für die nächsten Tage abmelden. Mein Vater hatte einen Unfall. Ich kann noch nicht sagen, was das für mich und das Projekt bedeutet. Manuel kann mich vielleicht vertreten. Ich stimme mich dazu noch mal mit ihm ab. Liebe Grüße und bis bald, Valerie.

»So, wir können gehen.« Sie standen auf.
»Soll ich eigentlich noch bleiben?«, fragte Tom auf dem Rückweg nach oben. »Morgen hätte ich ohnehin einen Termin in Münster. Aber noch eine Nacht im Kinderzimmer deines Bruders brauche ich ehrlich gesagt nicht.«
Valerie überlegte. Bestimmt musste er zu diesem Landschaftsgärtner, für den er mal eine Website designt hatte. Es hatte für ihn wenig Sinn, nach Düsseldorf zurückzufahren, wenn er morgen schon wieder hier sein wollte. Ob Rike etwas dagegen haben würde, wenn er für eine Nacht oder ein paar Tage in das Appartement zog? Wie groß war das Risiko, dass er Manuel begegnete? Sie entschied, dass die Wahrscheinlichkeit eher klein war, dass die

beiden sich ausgerechnet morgen auf dem Hof trafen, ehe Tom zu seinem Termin aufbrach, ins Gespräch kamen und dabei auch noch feststellten, dass sie eine »gemeinsame Bekannte« hatten.

»Ich habe in Telgte ein Zimmer angemietet, vielleicht könntest du da unterschlüpfen«, schlug Valerie vor, als sie am Aufzug ankamen.

Erstaunt schaute Tom sie an. »Wie bitte?«

»Ich wollte einen Rückzugsort, Tom. Ich war so sauer auf meine Eltern, dass sie mit dir über unseren Kinderwunsch gesprochen hatten. Also brauchte ich eine Bleibe, um zur Ruhe zu kommen«, rechtfertigte sie sich. »Außerdem arbeite ich gerade an einem Projekt in Münster, das war also ideal.« Die Aufzugtür öffnete sich. Sie ließen einem Pfleger den Vortritt und betraten ebenfalls den Lift.

»Für die Agentur?«, fragte Tom, während sie nach oben fuhren.

Valerie hatte keine Lust, ihm in Gegenwart des Krankenpflegers alle Einzelheiten von der Kreativgruppe zu erzählen. »Nein, nicht für die Agentur. Ein freies Projekt, erzähle ich dir später mal. Auf jeden Fall wäre es auch dafür gut, eine Unterkunft in Telgte zu haben. Das Appartement ist wirklich schön und liegt auf dem Hof von Rike, einer Bekannten von Mama. Soll ich sie anrufen? Sie hätte bestimmt nichts dagegen.«

Tom überlegte. Die Aussicht auf eine Unterkunft abseits ihres Elternhauses schien auch ihm zu gefallen. »Gern. Schlimmer als das Bett im Kinderzimmer deines Bruders kann es ja nicht werden. Ich hab mich gewundert, dass er über die Matratze hier im Krankenhaus gestöhnt hat. Eine unbequemere als die in seinem Zimmer kann ich mir gar nicht vorstellen. Gibt's auf diesem Hof auch ein Frühstück?« Die Aufzugtür öffnete sich. Sie traten in den Gang.

Auf dem Weg zum Zimmer blieb Valerie stehen und holte ihr Handy wieder hervor. »Ja, im Café, richtig lecker. Ich ruf schnell dort an.«

Sie berichtete Rike in knappen Worten, was passiert war.

»Das ist ja furchtbar«, sagte Rike mitfühlend. »Ich wünsche deinem Vater von Herzen gute Besserung. Drück deine Mutter auch ganz fest von mir. Und natürlich kann Tom das Appartement haben. Tut Manuel vielleicht auch mal ganz gut, wenn sich die beiden begegnen. Ich glaub ja immer noch, dass er es auf dich abgesehen hat. Kann ich sonst irgendetwas für euch tun?«

Valerie wurde jetzt doch ein bisschen nervös. Ob Rike etwas bemerkt hatte? Sie dachte an das Frühstück mit Manuel in Rikes Café zurück. Wenn sie von der Theke aus unter ihren Tisch geguckt hatte, wusste sie Bescheid, dass mehr zwischen ihnen lief als ein gemeinsames Projekt ...

War es doch ein Fehler, Tom so nah bei Manuel einzuquartieren? Ach, Quatsch, sagte sie sich dann und beschloss ihre Anmerkung zu ignorieren. Dass er im Appartement übernachtete, war einfach pragmatisch.

»Das würde uns schon genug helfen – danke dir«, sagte sie zu Rike und warf Tom einen bestätigenden Blick zu. »Vielen Dank und bis bald.« Dann beendete sie das Gespräch. »Du kannst einziehen, Tom«, erklärte sie. »Ich schick dir die Adresse per WhatsApp. Hier hast du den Schlüssel.« Sie kramte aus ihrer Handtasche den Schlüsselbund hervor.

»Escape«, las Tom vor. »Klingt schon mal gut.«

»Du hast keine Ahnung, wie schön es da ist. Glaub bloß nicht, dass du diese De-luxe-Unterkunft für immer haben kannst. Sie ist wirklich ein Traum.«

Wenig später standen sie wieder vor dem Krankenzimmer.

»Jetzt haben wir Mama gar nichts mitgebracht«, fiel Valerie ein.

»Sie geht bestimmt auch ganz gern runter ins Café«, meinte Tom. Er lag richtig. Sobald sie hereinkamen, machte sich ihre Mutter für einen Gang nach unten bereit.

Der Tag kam Valerie wie eine halbe Ewigkeit vor. Erst am Abend kam die erlösende Nachricht, dass ihr Vater am nächsten Morgen zurückgeholt werden sollte. Der betreuende Arzt schlug vor, dass die Familie nach Hause fuhr, etwas schlief und am nächsten Morgen wiederkam. Daraufhin fuhren sie nach Telgte – Tom mit dem Bulli zum Appartement, die anderen ins Elternhaus. Valeries Mutter und ihr Bruder, der am Nachmittag wieder in die Klinik gekommen war, hatten wenig Verständnis, warum Tom nicht einfach mitkam, aber Valerie und Tom hielten es nicht für nötig, sich in Erklärungen zu verstricken. Sie brauchten ein wenig Abstand – fertig.

Tom hatte am nächsten Morgen seinen Termin in der Stadt und würde vielleicht später ins Krankenhaus nachkommen. Womöglich war für Valeries Vater selbst die engste Familie schon zu viel, wenn er aus dem Koma erwachte.

»Ich halte dich auf dem Laufenden«, versprach Valerie ihm.

Dann rief sie noch schnell Stevie mit der Bitte an, sie am Montag in der Agentur abzumelden. Sie versprach, auch selbst noch eine Nachricht an ihre Chefin zu schreiben und notfalls länger Urlaub zu nehmen, wenn sie noch mehr freie Tage bräuchte. Stevie war völlig außer sich vor Sorge und hätte am liebsten noch länger mit ihr gesprochen, aber Valerie war zu müde. Alle wollten nur noch ins Bett. Die Anspannung mit Blick auf den folgenden Morgen war zu groß. Richtig schlafen konnte wohl niemand in dieser Nacht, aber ein wenig Ruhe tat trotzdem gut.

29

Es war halb acht, als sie am nächsten Morgen ein Klappern aus der Küche hörte. Valerie war sofort hellwach. Heute war der Tag, an dem ihr Vater zurück ins Leben kommen und hoffentlich noch er selbst sein würde.
Sie griff nach ihrem Handy. Manuel hatte eine Nachricht geschrieben.

> Hey, ich gehe gleich zu dem Treffen im Rathaus. Soll ich die Kampagnenidee im Detail erläutern? Der Typ muss doch wissen, wie weit wir schon sind.

Valerie fiel ein Stein vom Herzen. Sie hatte sich schon geärgert, dass sie nun ausgerechnet an dem Termin nicht teilnehmen konnte, bei dem ein Vertreter der Stadt mit dabei war. Gerade da war es aus ihrer Sicht besonders wichtig, mit Vorschlägen zu glänzen. Und es gab noch weitere Folien, die sie am Samstag absichtlich nicht gezeigt hatte, um noch etwas in petto zu haben. Von ihrer Culture-Castle-Club-Idee alias »CCC« wusste auch Manuel noch nichts. Sie wollte ein übergreifendes Event zur Kampagne initiieren, das dann europaweit Schlösser zu Clubs umfunktionierte, in denen nicht nur Werke von Münsteraner Künstlerinnen und Künstlern präsentiert wurden, sondern auch die von Künstlerinnen und Künstlern der jeweiligen Stadt. Sie hoffte, dass er es hinbekommen würde, dies packend rüberzubringen.

Schnell schrieb sie zurück:

Ich schick dir gleich die komplette Präsentation. Schau mal, ob du sie selbsterklärend findest. Sonst ruf mich gern noch mal an. Danke dir!

Sie überlegte, ob sie ein Kuss-Emoji hinzufügen sollte, entschied sich aber dagegen. Manuel sollte nicht denken, dass sie dort anknüpfen könnten, wo sie am Samstagabend aufgehört hatten – und jetzt erst recht nicht mehr, da Tom sein Nachbar geworden war.

Schnell leitete sie die Präsentation an Manuel weiter. Schon wieder war sie überrascht, wie alle zusammenhielten. Selbst Manuel schien sie unterstützen zu wollen, obwohl er nicht einmal ein Teil der Familie war. Sie fühlte sich ein bisschen leichter, da sie nun trotz allem einen Beitrag zum heutigen Treffen leisten konnte. Rasch ging sie ins Bad, um zu duschen, weil sie hörte, dass auch Vincent bereits unten in der Küche war.

»Die Klinik hat schon angerufen«, empfing ihre Mutter sie aufgeregt. »Wir müssen in spätestens einer Stunde da sein, dann sollte er langsam zu sich kommen.«

Vincent saß am Esstisch und aß ein Müsli mit Obst.

»Willst du auch noch was frühstücken oder wenigstens einen Kaffee?«, fragte ihre Mutter.

Valerie überlegte. Ein Frühstück hätte ihr gutgetan, aber sie hatte jetzt keine Ruhe. »Ich nehme mir einen Kaffee to go mit. Dann kann ich mir in der Klinik noch ein Brötchen holen.«

Wenig später saß sie neben ihrem Bruder im Auto, ihre Mutter hatte hinten Platz genommen. Valerie konnte sich nicht erinnern, dass sie jemals so zusammen gefahren waren.

»Habt ihr ein Gefühl?«, fragte sie in die Stille hinein, die nach dem Schließen der Autotüren eingetreten war.

Vincent schaute in den Rückspiegel, ob seine Mutter antworten wollte. Aber sie schwieg.

»Er schafft es«, sagte er dann bestimmt und fuhr wortlos weiter.

Als sie ankamen, waren die Narkosemittel bereits reduziert worden. Die Ärzte hatten am Morgen keinen erhöhten Hirndruck festgestellt. Alles hatte dafür gesprochen, das künstliche Koma zu beenden. Sie nahmen wieder am Bett Platz – Vincent und Valerie auf der einen und ihre Mutter auf der anderen Seite. Irgendetwas hatte sich verändert, fand Valerie. Sie spürte, dass ihr Vater ihr nähergekommen war. Dennoch überwog die Sorge um seinen Zustand. Wie würde er sein, wenn er aufwachte? Wenn das hier überstanden war, wollte Valerie so schnell kein Krankenhaus mehr von innen sehen. Es sei denn ... sie versuchte, den Gedanken zu unterdrücken.

»Sein Augenlid hat gezuckt«, bemerkte Vincent.

Alle starrten nun auf sein Gesicht. Tatsächlich, jetzt bewegte sich auch das andere Lid.

»Er kommt zurück. Ich rufe den Arzt.« Vincent betätigte die Klingel.

Ein Arzt und eine Schwester kamen herein und machten sich am medizinischen Equipment zu schaffen.

»Ruhige Atmung«, stellte der Arzt fest. »Sieht alles gut aus.«

Sie entschieden, den Patienten zu extubieren. Er würde ohne künstliche Beatmung auskommen.

»Herr Dr. Hartmann, Guten Morgen! Haben Sie gut geschlafen?«, fragte der Arzt, um eine Reaktion hervorzurufen.

Und wirklich – Valeries Vater reagierte, indem er ganz leicht nickte. Er schien tatsächlich aufzuwachen.

»Sie sind im Krankenhaus, Herr Hartmann. Ihre Familie ist da, alles ist gut, kommen Sie ganz langsam zu sich.«

Die Atmung von Valeries Vater veränderte sich. Er begann zu nuscheln. Valerie versuchte angestrengt zu erraten, was er sagen wollte.

»Du hattest einen Unfall, Papa. Aber du hast Glück gehabt«, behauptete sie, ohne zu wissen, ob das stimmte. »Wir sind alle bei dir. Werde ganz langsam wach.«

Vincent und ihre Mutter nickten bestätigend. Die Krankenschwester überprüfte die Lage ihres Patienten, optimierte die Kopfhaltung und kontrollierte die Eingänge aller Schläuche.

»So, Herr Dr. Hartmann, jetzt wachen Sie mal in aller Ruhe auf. Lassen Sie sich die Zeit, die Sie brauchen«, meinte der Arzt und verabschiedete sich.

Wieder hörte Valerie ihren Vater etwas nuscheln. Es traf sie bis ins Mark, dass seine Stimme so schwach und zerbrechlich klang. Sie war den Tränen nahe.

Schweigend warteten sie eine gefühlte Ewigkeit lang. War er doch wieder eingeschlafen? Oder nicht ganz bei Sinnen? Er hatte doch eben schon reagiert. Jetzt lag er wieder einfach nur da ... Die Angst vor dem Zustand nach dem Erwachen war spürbar. Valerie hatte Sorge, dass ihr Vater das wahrnehmen könnte.

»Vielleicht sollten wir uns lieber mal unterhalten«, schlug sie vor. »Dann möchte er vielleicht mitreden.«

»Gute Idee«, meinte Vincent. »Was machen wir denn als Erstes mit Papa, wenn er hier rauskommt?«

Valerie überlegte. »Ihn nach Hause bringen und ein großes Stück Bienenstich servieren«, schlug sie vor.

»Das wird ihn freuen«, meinte ihre Mutter und tätschelte seine Hand. »Oder was meinst du, Rolf? Ein Stück Kuchen wäre fein, oder?« Sie mussten lachen.

»Ja«, kam es da ganz leise.

Ihre Mutter hatte es gar nicht bemerkt und unterhielt sich einfach weiter mit Vincent über den Lieblingskuchen ihres Mannes.

»Seid mal ruhig, er hat was gesagt«, rief Valerie aufgeregt. »Papa, kannst du uns hören?«

»Ja«, sagte ihr Vater ein wenig lauter.

Jetzt hatten es alle mitbekommen. Die Erleichterung darüber, dass er die Frage verstanden und sogar darauf geantwortet hatte, war grenzenlos. Allen kamen die Tränen. Die Anspannung löste sich.

»Mach ganz langsam, Papa«, fuhr Valerie fort. »Wir haben heute nichts mehr vor und bleiben hier.«

»Okay«, sagte er da ganz zaghaft.

»Ob ich den Arzt noch mal rufen soll?«, fragte Vincent.

Das hielten sie alle für eine gute Idee. Als der Arzt und eine Krankenschwester kamen, war Valeries Vater noch etwas wacher. Sie entschieden, ihn für einige Untersuchungen mitzunehmen, ein CT zur Kontrolle der Blutung und Schwellung, dann ein EEG zum Messen der Gehirnströme. Es dauerte lange, sicher zwei Stunden.

Valerie hatte kein Zeitgefühl mehr, obwohl eine große Wanduhr im Raum hing. Als er zurückgebracht wurde, wirkte ihr Vater schon wieder lebendiger.

»Hallöchen«, grüßte er leise.

Das passte so gar nicht in die Situation, gab ihnen aber dennoch das Gefühl, dass es ihm gut ging und er keine Schmerzen hatte. Die Ergebnisse der Untersuchungen waren beinahe einwandfrei. Nur sein rechtes Bein schien etwas weniger gut zu reagieren. Das Sprechen strengte ihn noch an. Er suchte nach Worten, aber das würde sich legen, versicherten die Ärzte. Weiter bei ihm zu bleiben, war alles, was seine Familie nun für ihn tun konnte.

Am Abend entschieden sie gemeinsam, dass er die Nacht ohne sie im Krankenhaus verbringen sollte. Die Ärzte hielten die Ruhe für sinnvoll. Am nächsten Tag könne man sich dann bestimmt schon viel besser mit ihm unterhalten.

Erst als sie draußen waren, merkte Valerie, wie erschöpft sie war. Die Aufregung, der emotionale Stress – das alles hatte sie völlig fertiggemacht. Sie warf einen Blick auf ihr Handy. Es war schon halb sechs.

»Ich muss mich dringend bei Tom melden«, sagte sie. »Er hat mir schon mehrere Nachrichten geschrieben, und ich habe noch keine davon beantwortet.«

Doch als sie Tom anrief, nahm er nicht ab.

»Sag ihm doch, dass er zu uns kommen soll«, meinte Valeries Mutter, während sie ins Auto stieg. »Wir könnten zusammen essen. Ich verstehe noch immer nicht, warum er sich ein Appartement gemietet hat.«

»Weil wir nicht unter einem Dach schlafen möchten, Mama. Versteh doch bitte, dass wir ohnehin schon keine einfache Zeit haben. Der Unfall von Papa macht das nicht besser. Wir schaffen es nicht, die ganze Zeit so zu tun, als sei nichts gewesen.«

Valerie war es leid, sich für die Umstände zu rechtfertigen, die nicht auf ihrem Mist gewachsen waren, und hatte jetzt selbst keine Lust mehr auf einen Abend in ihrem Elternhaus.

»Ich schaue nachher mal bei ihm vorbei«, meinte sie. »Bestimmt ist er da und hört nur sein Handy nicht.«

Wobei sie fand, dass er es in dieser Situation hätte hören sollen.

30

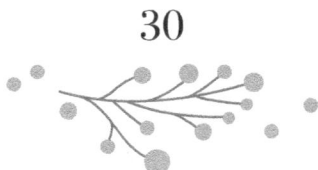

Als Valerie auf den Hof fuhr, war es schon dunkel geworden. Rike hatte das Café bereits geschlossen. Bei Manuel in der Scheune brannte Licht und hinten im Appartement auch. Hatte sie doch geahnt, dass er da war! Wie konnte er nur nicht ans Telefon gehen?

Weil das Hoftor geschlossen war, parkte sie davor. Ein paar Schritte würden ihr guttun. Ihr ganzer Körper tat vom langen Sitzen auf dem unbequemen Hocker in der Klinik noch weh. Sie schaute durch die Fenster der Scheune. Von Manuel war nichts zu sehen. Dann ging sie weiter. Das Appartement war nicht weit entfernt.

Da vorne war etwas. Sie sah die Umrisse von zwei Personen und hörte Stimmen. Erst dachte sie, es könnten letzte Cafébesucher sein, aber eine der zwei Silhouetten stand direkt vor dem Appartement, in dem Tom jetzt wohnte.

Als sie weiterging, sah sie, dass es Tom war, der offenbar gerade die Tür aufschließen wollte. Die andere Person ging auf ihn zu. Es schien ebenfalls ein Mann zu sein. Er hob die Hand und deutete auf das Appartement, als hätte er eine Frage, die sie nicht verstehen konnte. Jetzt erkannte sie seine Statur und Körperhaltung. Das war Manuel!

Valerie rettete sich hinter einen Traktor. Es roch nach Gülle. Und wie! Valerie erinnerte sich, dass Rike noch immer zwei Kühe hielt, die für den Geruch hier verantwortlich sein mussten. Sie hoffte, dass sie nicht allzu lange hier verweilen würde, und zog ihren Schal über die Nase. Dann beobachtete sie, was vor sich ging. Was um alles in der Welt machten die zwei da? Sie atmete flach und versuchte zu verstehen, was sie sagten.

»Natürlich wohne ich hier, was denkst du denn, woher ich den Schlüssel habe?«, hörte sie Tom sagen.

»Das ist aber Valeries Appartement.«

»Das weiß ich.« Toms Stimme klang jetzt misstrauisch. »Was willst du von ihr?«

»Ich wohne hier auch«, sagte Manuel und deutete auf die Scheune.

Toms Blick wurde noch finsterer. »Aha, aber was habt ihr miteinander zu tun?«

»Valerie ist auch im Projekt. Sie war heute nicht da, und ich wollte sie kurz auf den aktuellen Stand bringen.«

Tom nickte. »Ich hab mir schon gedacht, dass sie auch im Projekt ist.«

Valerie verstand kein Wort. Warum erzählte Manuel ihrem Mann von dem Projekt? Sie war verwirrt.

»Also, was machst du hier in ihrem Appartement?«, wollte Manuel wissen.

»Sie wird vorerst nicht mehr hierherkommen. Ihr Vater hatte einen Unfall. Sie hat mir das Appartement in der Zwischenzeit überlassen.«

»Ich weiß, dass ihr Vater einen Unfall hatte. Das hat sie uns ja in der Gruppe geschrieben. Du bist da doch jetzt auch drin.«

»Hab ich noch nicht gesehen«, gab Tom zurück. »Wusste eh schon Bescheid, da ich ihr Mann bin.«

Valerie stutzte und runzelte die Stirn. Es gefiel ihr, wie Tom das gesagt hatte. Als sei er richtig stolz darauf, mit ihr verheiratet zu sein. Aber warum war er in der WhatsApp-Gruppe des Projekts?

»Daher weiß ich auch, dass die Folien, die du präsentiert hast, nicht von dir waren, sondern von Valerie«, fuhr Tom fort. »Übrigens mit meinen Grafiken«, fügte er mit Nachdruck hinzu.

Valerie traute ihren Ohren nicht. Tom war tatsächlich auch beim Projektmeeting mit der Stadt gewesen? Das war der Termin in Münster, den er erwähnt hatte? War er etwa das zehnte Teammitglied, von dem immer die Rede gewesen war? Sie konnte Manuel nach wie vor nur von hinten sehen. Der schien für einen Moment lang wie versteinert. Dann hielt er dagegen: »Ja, und? Sie hat mich darum gebeten, weil sie zu ihrem Vater musste.«

»Ihr scheint euch schon gut zu kennen, wenn sie dich darum bittet. Sie würde normalerweise nie zulassen, dass jemand anderer unsere Ideen präsentiert.« Tom schien die offenbar engere Verbindung zwischen seiner Frau und Manuel nicht zu gefallen.

»Wir sind zusammen zur Schule gegangen und haben uns kürzlich auf dem Jahrgangstreffen wiedergesehen«, erklärte Manuel. »Ich hab sie ins Projekt reingeholt. Sie kannte Rike, der hier das Café und auch das Appartement gehört, und dann ... hat sich das halt so ergeben.«

Auch das noch! Valerie hätte am liebsten dazwischengefunkt, damit Manuel nicht noch mehr ausplauderte, hatte aber keine Ahnung, wie sie erklären sollte, warum sie im Dunkeln hinter einem Traktor hervorkam, der noch dazu bestialisch nach Gülle stank, genau wie sie selbst vermutlich mittlerweile auch.

»Und weil sie dich um Hilfe gebeten hat, tust du vor der Stadt und allen anderen so, als seien die Kampagnenideen auf deinem Mist gewachsen? Das muss ich jetzt nicht verstehen, oder?« Tom stellte eine Mistgabel zur Seite, die an der Hauswand lehnte und, wenn es dumm gelaufen wäre, auf ihn hätte fallen können. Dann schien er der Meinung zu sein, dass dies auch kein guter Standort war, und nahm die Mistgabel wieder in die Hand.

»Sie hat einfach hingeschrieben, was ich ihr gesagt habe«, behauptete Manuel. »Und dann hatte sie noch diese Grafik, die ich eigentlich nicht so dolle fand. Aber na ja – passte inhaltlich ja ganz gut.«

Valerie war fassungslos, dass er so dreist und zugleich so dumm war. Tom hatte doch schon gesagt, dass er die Ideen erkannt hatte. War auch kein Wunder, da wirklich einiges aus einem früheren Konzept stammte, an dem sie mal gemeinsam mit Tom gearbeitet hatte. Aber kopiert war es nicht! Das hätte sie am liebsten auch gleich richtiggestellt. Völlig unverständlich war für sie, wie Manuel denken konnte, dass er damit durchkommen würde. Es war doch klar, dass sie von den anderen Gruppenmitgliedern erfahren würde, dass er ihre Ideen als seine verkaufte. Und er selbst hatte keinen Handschlag an dieser Präsentation getan.

»Einige der Ansätze hat sie mal mit mir für einen anderen Kunden entwickelt«, erklärte Tom. »Das Event, die Pressekonferenz – ich weiß, dass das alles von ihr stammt. Und diese Grafik kam in anderer Version damals sehr gut an. Also hör jetzt bloß auf, dich rauszureden! Das war eine absolute Sauerei, so zu tun, als wärst du der kreative Kopf dahinter!« Tom hob die Mistgabel an und stieß sie hörbar auf den Asphalt.

Valerie sah, wie Manuel zusammenzuckte. Die Mistgabel machte auch ihr Sorge. Tom sah aus, als könnte er damit im nächsten Moment auf ihn losgehen. Aber so war er nicht, jedenfalls bislang.

»Ich bin schon gespannt, was sie dazu sagt, wenn ich ihr davon erzähle.«

Manuel trat von einem Fuß auf den anderen. Es war kühl um diese Zeit. Auch Valerie hatte schon kalte Füße und fragte sich, wie lange sie hier noch ausharren musste.

»Das wird ihr egal sein, solange sie bald wieder von meiner Pasta kosten darf«, gab Manuel zurück. Er baute sich breitbeinig vor Tom auf und verschränkte die Arme.

Valerie schnappte nach Luft. Was war nur in ihn gefahren? Warum tat er das?

»Kennst du die Nudelszene bei Susi und Strolch?«, fuhr er fort. »Kannst du dir ja mal ansehen! Hat gut geklappt mit ihr, war richtig schön. Solltest dich ein bisschen mehr um ihre Wünsche kümmern. Ach nee, sorry – kannst du ja nicht. Hab's grad vergessen.«

Valerie war fassungslos. Was, zum Teufel, war los mit diesem Kerl? Am liebsten wäre sie aufgesprungen, um alles zu erklären. Nur wie? Leider stimmte es ja auch noch, was er eben gesagt hatte ... Sie duckte sich noch tiefer. Wenn Tom sie jetzt hier entdeckte – sie hatte keine Ahnung, was dann passieren würde. Auf jeden Fall nichts Gutes.

Tom lehnte sich mit der Mistgabel in der Hand noch etwas nach vorn. »Noch so eine Nummer und du lernst mich mal richtig kennen«, sagte er.

Manuel wich so weit wie möglich zurück. »Lass mich in Ruhe.« Er kickte einen Stein mit dem Schuh weg und trat den Rückzug in Richtung Scheune an.

Valerie vergrub ihr Gesicht im Mantel, damit Manuel sie nicht sehen konnte. Zum Glück ging er auf der anderen Seite des Traktors an ihr vorbei. Sie dachte an die Szene zurück, die sie soeben beobachtet hatte, und musste zugeben, dass sie Toms Auftritt beeindruckend fand. Eigentlich war ihr Mann nur schwer aus der Ruhe zu bringen, aber wenn es um das geistige Eigentum von Kreativen ging, konnte er zum Tier werden. Erst recht, wenn es von ihm selbst oder seiner Frau stammte.

Ihr Handy klingelte, als die beiden gerade hinter ihrer jeweiligen Tür verschwunden waren. Eine Nachricht von Tom.

Shit, Val! Jetzt hab ich dich verpasst. Kannst du herkommen? Ich will wissen, wie es deinem Vater geht, und außerdem muss ich mit dir reden.

Damit hatte sie nicht gerechnet. Sollte sie abwarten, damit er glaubte, sie käme erst jetzt von ihren Eltern? Oder einfach losgehen und zugeben, dass sie die beiden belauscht hatte? Sie entschied sich für Letzteres. Jetzt war ohnehin schon alles egal. Mit schmerzenden Knien stand sie auf, lief die paar Schritte zum Appartement und klopfte.

Die Tür öffnete sich sofort. »Du? Schon hier? Bist du geflogen?«

Valerie hatte keine Lust, ihre Anreise im Detail zu schildern. »Nein, ich war schon hier und ... hab euch gehört«, sagte sie knapp. »Soll ich dir kurz sagen, wie es Papa geht, ehe ich dir den Rest erkläre?«

Tom nickte. »Komm erst mal rein.«

Während sie Tom vom sich bessernden Zustand ihres Vaters erzählte, ging er zum Kühlschrank und nahm eine Flasche Bier heraus. »Das klingt ja schon mal beruhigend«, kommentierte er. »Willst du auch eins? Ich hab mir vorhin ein Sixpack an der Tanke geholt.«

Valerie nickte. »Gern.«

Er öffnete beide Flaschen und reichte ihr die eine. »Cheers. Auf Rolf. Und jetzt will ich wissen, was du mit dem komischen Kauz von nebenan getrieben hast. Ist dir klar, dass der deine Präsentation heute als seine verkauft hat?«

Valerie zog ihren Mantel aus, hängte ihn an einen Garderobenhaken und setzte sich.

»Mich würde erst mal interessieren, was du in dem Meeting gemacht hast«, stellte sie klar und sah ihn herausfordernd an.

Tom setzte sich ihr gegenüber an den Tisch und überlegte kurz. »Ich habe mich auch da beworben – an dem Tag, als du von Düsseldorf abgehauen bist«, klärte er sie auf. »Es ist ein Megaprojekt, das durch alle Designmagazine gegangen ist. Mich hat die Reise am meisten gereizt – dich wahrscheinlich auch?«

Valerie war überrascht. »Wirklich? Ich habe hier zum ersten Mal davon erfahren. Aber ja, es ist toll.« Sie blickte auf ihre Flasche und kratzte mit dem Zeigefinger am Etikett. Dass Tom ebenfalls auf Reisen gehen wollte, zeigte ihr, dass ein Kind momentan keine Rolle mehr für ihn spielte. Warum hatte er dann überhaupt bei Frau Kremer wegen seiner Versicherung nachgefragt?

»Interessant, dass jeder von uns wegwollte und die Reise offenbar auch allein angetreten hätte«, stellte sie fest.

Tom starrte in den Raum hinein. »Besondere Umstände«, sagte er.

»Dann bist du also der zehnte Mann in dem Projekt, der ewig nicht feststand?«

Tom nahm einen Schluck Bier und leckte sich mit der Zungenspitze den Schaum von den Lippen. »Na ja, ich fand das logistisch ein bisschen herausfordernd. Schließlich kann ich nicht ständig nach Münster fahren. Aber als ich ohnehin hier war, habe ich gestern spontan entschieden, am Meeting teilzunehmen. Und dann trampelt dieser Idiot da rein und präsentiert deine Folien. Ich wusste sofort, dass die von dir waren.«

Valerie fühlte sich ertappt. Aus Zeitnot hatte sie ein paar Folien aus einer alten Präsentation übernommen, die sie vor ewigen Zeiten für die Agentur zusammengestellt hatte. Damals war einer ihrer Kunden an einem Kulturevent interessiert gewesen, aus dem aber letztlich nichts geworden war. Sie hatte sich mit Tom über den Fall ausgetauscht, weil er mit Kulturprojekten mehr Erfahrung hatte als sie. Deshalb waren ihm die Folien bekannt vorgekommen, zumal auch eine Grafik von ihm stammte.

»Ich hatte mit Manuel ausgemacht, dass er mich vertritt«, erklärte Valerie ihm.

»Vertreten? Ich lach mich kaputt! Der hat sich aufgeführt wie der große Creative Director. Du wurdest mit keinem Wort erwähnt. Und dann hab ich mir dies gedacht und das entwickelt und hier noch mal genau recherchiert – so ging das die ganze Zeit. Der Typ von der Stadt fand es großartig. Dein Culture-Castle-Club-

Event wird kommen. Er fand die Idee super, Kunst und Clubbing europaweit in Schlössern zu vereinen, denkt jetzt nur leider, der Einfall sei von Manuel, so wie alle anderen auch.«

Valerie spürte, wie Wut in ihr hochstieg. Konnte sie sich so in Manuel getäuscht haben? Sie war so froh gewesen, dass er ihr angeboten hatte, sie zu vertreten, dass sich alles fügte und sie unterstützt wurde. Und jetzt das? Gleichzeitig spürte sie, dass sie keine Kraft hatte, sich damit auseinanderzusetzen. Ihr Vater war jetzt wichtiger – und vor allem wollte sie Tom erklären, dass Susi den Strolch nicht haben wollte.

Ihr Mann machte sich schon das nächste Bier auf. Er schien sich betrinken zu wollen. »Und so einem Vollpfosten erzählst du beim Pastalutschen auch noch, dass es bei uns wegen mir nicht klappt, oder wie?« Er knallte die Bierflasche so heftig auf den Tisch, dass sie überschäumte. »Hast du noch eine Pressemitteilung rausgegeben? *Mein Mann kann nicht, dabei wünsche ich mir so sehr ein Kind!* Ganz ehrlich, Valerie, was ist verkehrt mit dir? Das ist privat! Sehr privat!«

Valerie saß einfach nur da. Sie war so erschöpft, dass ihr Puls nicht einmal hochging, als Tom ihr an den Kopf warf, wie respektlos und illoyal sie sei. Sie konnte einfach nicht mehr. Tom hatte doch selbst gesagt, dass im Moment nur ihr Vater zählte. Sie fühlte sich schlecht und hatte noch dazu ein so schlechtes Gewissen. Die Opferrolle war nicht schön, aber in gewisser Weise leichter gewesen. Jetzt hatte auch sie keine weiße Weste mehr.

»Es tut mir leid«, sagte sie schließlich, stand auf und verließ ohne ein weiteres Wort das Appartement. Vor der Tür brach sie in Tränen aus. Was hatte sie verbrochen, dass sich alles gegen sie wendete? Wo war der Weg aus diesem heillosen Durcheinander? Alles wurde immer verworrener. Jetzt stand sie nicht nur ohne Kind da, sondern auch ohne Mann und sogar ohne Lover. Für das Projekt, das eine Flucht hätte sein können, wurde ihre Munition von jemand anderem verschossen. Nur ihre engste Familie hielt noch zusammen, aber ein wichtiger Teil davon lag auf der Intensivstation. Müde und vollkommen am Ende ging sie zu ihrem Auto.

»Valerie?«

Sie schreckte hoch.

Rike trug einen Korb mit Wäsche in Richtung des Appartements. »Dein Mann braucht Handtücher!« Sie lachte und entdeckte erst, als sie näher kam, die Tränen auf Valeries Wangen. »Hey, was ist los?«

Im ersten Moment hätte Valerie am liebsten die Flucht ergriffen. Doch Rike stellte den Wäschekorb sofort ab und nahm sie in den Arm. »Was hast du denn? Ist es wegen deinem Vater?«

Jetzt gab es kein Halten mehr. Die Tränen strömten nur so über Valeries Gesicht.

»Papa geht es schon besser«, schluchzte sie. »Aber alles andere geht den Bach runter. Und ich hab keine Ahnung, warum.«

Ihr Körper bebte. Rike hielt sie einfach nur fest. Nach einer Weile löste sie die Umarmung. »Ich bring ihm nur kurz den Wäschekorb, und dann reden wir beide, okay?«

»Kann ich mich ins Café setzen?«, fragte Valerie. Nach der Auseinandersetzung eben war es ihr lieber, wenn sie Tom nicht gleich wieder gegenüberstand.

»Klar – ich komme nach.« Rike verschwand mit dem Wäschekorb in der Dämmerung.

Valerie betrat den leeren Gastraum, der in gedämpftes Licht getaucht war. Sie setzte sich an die Theke und wartete.

Wenig später kam Rike nach und nahm auf dem Barhocker neben ihr Platz.

»Jetzt erzähl mal. Was ist los?«

Aus Valerie brach alles heraus. Sie berichtete von dem schlimmen Unfall ihres Vaters, aber auch vom Zusammenhalt in ihrer

Familie, den sie gespürt hatte – selbst von Tom. Dann erzählte sie vom Nudelessen bei Manuel und davon, dass er in dieser Kreativgruppe auf Tom gestoßen war, wo er nichts Besseres zu tun hatte, als ihre Ideen als seine zu verkaufen. Sie redete und redete, während Rike Wasser aufsetzte und zwei Becher mit Teebeuteln versah.

»Der wird dir guttun«, sagte sie, während es in dem Kessel zu brodeln begann, und warf ihr einen prüfenden Blick zu.

»Was ist?«, fragte Valerie.

»Ich überlege, was ich dir raten soll«, meinte Rike und goss das siedende Wasser in die beiden Becher. »Willst du wissen, was ich denke?«

Valerie nickte.

»Ich habe dir schon einmal gesagt, dass es für niemanden einfach ist, sich mit seiner Unfruchtbarkeit auseinanderzusetzen, selbst dann, wenn es keine hundertprozentige ist. Für mich war es damals auch verdammt schwer zu akzeptieren, dass ich nicht schwanger werden konnte. Es war sicher keine böse Absicht, dass er dir nichts davon erzählt hat. Ich denke, er hat einfach gehofft, dass es irgendwann doch noch funktionieren würde. Als du weg warst, hat er selbst erkannt, wie idiotisch er sich benommen hat, und dann hat er sich einfach schon mal erkundigt, was die Krankenkasse für Kosten übernimmt. Als dein Vater den Unfall hatte, war das für ihn in gewisser Weise eine Chance, alles wiedergutzumachen. Deswegen ist er hiergeblieben. Und dann erfährt er, dass du mit einem Typen, der deine Ideen klaut, Susi und Strolch spielst und über sein Fortpflanzungsproblem sprichst.«

Valerie nippte an ihrem Tee und dachte nach. »Ich wäre auch wütend«, sagte sie schließlich.

»Versetz dich mal in ihn hinein. Wenn du dich doch entschlossen hast, mit einer Frau ein Kind zu zeugen, sogar auf künstlichem Wege, was du eigentlich nie wolltest – würdest du sie dann verlassen, nur weil sie einem dahergelaufenen Typen von ihrem unerfüllten Kinderwunsch erzählt?«

Valerie schnäuzte sich. »Nicht unbedingt. Aber vielleicht, weil sie mit dem dahergelaufenen Typen über seine Unfruchtbarkeit gesprochen und danach mit ihm rumgeknutscht hat?«

Rike lächelte. »Ich glaube nicht. Mein Vorschlag: Kümmere du dich jetzt erst mal um deinen Vater, und ich kümmere mich um deinen Mann. Glaub mir, den fange ich schon wieder ein.«

31

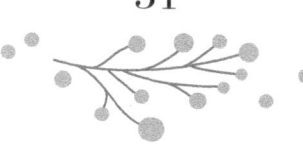

Die nächsten Tage waren herausfordernd. Valerie hatte Urlaub genommen, aber Stevie war in der Agentur so überlastet, dass sie sie nicht ganz im Stich lassen wollte und ab und zu aushalf, etwas gegenlas oder schnell nachrecherchierte, wenn sie ohnehin gerade am Bett ihres oftmals schlafenden Vaters saß. Sein Zustand verbesserte sich zusehends. Die Ärzte vermuteten, dass sie ihn in einer Woche in die Tages-Reha entlassen könnten. Dann würde er in Münster ambulant an seinen sprachlichen Defiziten und der Schwäche seines rechten Beines arbeiten, durfte aber zu Hause wohnen. Er war noch schlapp, man konnte sich aber schon ganz gut mit ihm unterhalten, fand Valerie. Die Ärzte sagten, die Chancen stünden sehr gut, dass er wieder ganz der Alte würde.

»Wie geht es dir und Tom?«, fragte er, als sie ihn am Donnerstag allein besuchte, weil Vincent zurück nach Essen gefahren war und ihre Mutter ein paar Besorgungen machen wollte. Sie selbst musste später von der Klinik aus zu einem weiteren Meeting der Kreativgruppe aufbrechen, die heute den Termin im Rathaus nachbereiten wollte. Das Projekt nahm mehr Zeit in Anspruch, als sie gedacht hatte. Und es fühlte sich komisch an, dass jetzt auch Tom daran mitwirkte. Sie hatte keine Ahnung, wie es sein würde, ihm zu begegnen. Sie schaute auf die Uhr. Lange würde sie nicht mehr bleiben können.

»Ehrlich gesagt, nicht so gut«, antwortete sie. »Er war sehr wütend auf mich, dass ich euch in die Kinderwunschthematik eingeweiht habe. Jetzt hat er zwar eingesehen, dass wir nur mit medizinischer Hilfe ein Kind bekommen können, ist aber noch wütender auf mich – daher wird daraus wohl nichts mehr.«

Ihr Vater sah sie irritiert an. »Aber ein Kind willst du immer noch?«

Valerie schaute zu Boden. Die konkrete Frage erwischte sie kalt. »Eigentlich schon. Aber ich hätte schon gern einen Vater dazu.«

Ihr Vater tätschelte ihre Hand. »Die ganze Sache ist sicher nicht einfach für ihn. Ich habe Hunderte dieser gedemütigten Männer bei mir in der Klinik gesehen. Offenbar hat es ihn sehr getroffen, dass wir in unserer Familie über dieses Thema gesprochen haben. Aber glaub mir – er wird darüber hinwegkommen, spätestens dann, wenn alles geklappt hat. Sprich noch mal mit ihm, und sorg dafür, dass mein Kollege zumindest mal einen Blick drauf werfen kann. Mit mir muss er sich in der Klinik derzeit ja ohnehin nicht auseinandersetzen. Das macht es für ihn sicher leichter. Du musst ihn nur dort hinbekommen. Alles andere macht mein Team. Verliert nur nicht zu viel Zeit. In meinem Beruf ist die Zeit unser schlimmster Gegner.«

Noch vor ein paar Wochen hätte sie diese Bemerkung auf die Palme gebracht. Aber mittlerweile sah Valerie die Dinge rationaler. Leider nahm die Wahrscheinlichkeit, schnell oder überhaupt schwanger zu werden, mit zunehmendem Alter ab. Das galt erst recht für Paare mit medizinischer Indikation.

Sie schnaufte. Dann entschied sie sich, das Thema zu wechseln und ihren Vater auf positive Gedanken zu bringen. Sie unterhielt sich mit ihm über seinen letzten Marathon, über den Garten und was darin zu tun sein würde, wenn er zurückkam, und dann über das Essen in der Klinik, das ihm so gar nicht schmeckte, da es entweder zu fett, zu kalt oder zu laff daherkam.

Als sie überlegten, wann es das nächste Mal Essen geben würde, fiel Valeries Blick wieder auf die Uhr im Krankenzimmer. »Schon kurz nach halb vier?« Sie sprang auf. Bei ihrem Gespräch hatte sie die Zeit völlig aus den Augen verloren. Wenn sie nicht sofort aufbrach, würde sie zu spät kommen! Das Treffen fand heute in einem Seminarraum im Schloss statt. Von Hiltrup aus brauchte sie dorthin mit dem Auto etwa eine Viertelstunde.

»Sorry, Papa, ich muss ganz schnell los!«, verabschiedete sie sich und drückte ihrem Vater einen Kuss auf die Stirn. Sie lief in Richtung Ausgang und saß wenig später in ihrem Mini, um zügig in die Stadt zu kommen. Eigentlich hätte sie lieber abgesagt, aber sie hatte seit dem Gespräch mit Rike viel nachgedacht und eine Entscheidung getroffen, die sie nur verkünden konnte, wenn sie tatsächlich vor Ort war. Und sie wollte unbedingt klarstellen, dass die Ideen, die Manuel präsentiert hatte, von ihr stammten. Ob er nach der Begegnung mit Tom überhaupt kommen würde? Sicherlich konnte er sich Angenehmeres vorstellen, als heute sie, Tom oder gar beide zu sehen … Seit dem Vorfall Vorfall mit Tom vor dem Appartement hatte Manuel sich nicht mehr bei ihr gemeldet.

Als sie auf dem Schlossplatz vorfuhr, war es kurz nach vier. Gut, dass man hier beinahe immer einen Parkplatz bekam. Sie schloss schnell ab und rannte Richtung Hauptportal. Die Tür ließ sich heute, ohne Regenschirm, viel besser öffnen. Ihr Blick fiel auf ein Hinweisschild: *CCC-Meeting, 2. OG, 1. Tür rechts.* CCC – wer sich die Abkürzung wohl ausgedacht hat?, fragte sich Valerie, während sie die Treppen hinaufeilte und rechts abbog. An der Tür des angegebenen Raums hing ein weiteres Schild mit der Aufschrift *CCC*.

»Hi zusammen«, sagte sie, als sie den Raum betrat. Schnell verschaffte sie sich einen Überblick. Tom war gekommen und stand an seinem Platz, als hätte er sich für einen Beitrag vom Stuhl erhoben. Nach Manuel suchte sie vergebens.

»Ah, wenn man vom Teufel spricht«, sagte Tom in einem amüsierten Tonfall, der Valerie nicht gefiel, und deutete in ihre Richtung. Er sah aus wie ein Dozent, trug ein kariertes Hemd, eine Jeans und seine Brille, die er eigentlich nur am Rechner aufsetzte oder wenn er besonders intellektuell wirken wollte.

»Wie meinst du das?« Valerie schnaufte noch immer vom hastigen Treppenaufstieg. Ihr war warm. Sie befreite sich von dem Wollschal und legte ihren Mantel auf einem leeren Stuhl ab.

Tom fuhr fort: »Ich war gerade dabei zu erklären, dass die Ideen, die beim Treffen mit der Stadt vorgestellt wurden, eigentlich von dir stammen.«

Die Gruppe sah irritiert von einem zum anderen, erstauntes Gemurmel setzte ein.

»Kennt ihr euch schon?«, fragte Ida verwundert.

Valerie nickte. »Nur flüchtig, wir sind verheiratet«, bemerkte sie trocken.

Ein Raunen ging durch die Gruppe, und Ida lachte. »Interessant!«, rief sie.

Valerie blieb stehen. Wenn sie schon mal eine wichtige Entscheidung in ihrem Leben getroffen hatte, konnte sie sie auch sofort verkünden.

»Wir sind alle ein Team«, sagte sie. »Ob die Ideen nun von mir, von Manuel oder einem von euch sind – am Ende müssen sie überzeugen. Ich bin der Meinung, dass wir alle unseren Beitrag leisten müssen. Es geht nicht, dass die einen Gas geben, während andere nur mitlaufen. Nehmt meine Unterlagen gerne und arbeitet damit weiter. Ich muss mich für diesen Monat leider abmelden, um mein Leben auf die Reihe zu bekommen. Mein Mann und ich wussten gegenseitig nichts von unseren Bewerbungen. Was das über unsere Ehe aussagt, bleibt jetzt mal dahingestellt ... Wie ich euch schon in der Gruppe geschrieben habe, hatte mein Vater vor einigen Tagen einen Unfall, und ich will jetzt an seiner Seite sein.« Sie stockte und schaute zu Tom hinüber. Es war ein Jetzt-oder-nie-Moment. Vielleicht spürten es auch die anderen Anwesenden, die sie erwartungsvoll ansahen. »Hinzu kommt, dass es noch andere Dinge gibt, um die ich mich kümmern will ...«, fügte sie hinzu. Und ergänzte dann in Toms Richtung: »... wenn du es zulässt.«

Valerie war überrascht, wie souverän sie alles, was sie sich vorgenommen hatte, artikulieren konnte. Üblicherweise war sie gerade vor Gruppen darin eher schlecht. Alle schauten jetzt zu Tom. Niemand schien nachvollziehen zu können, was sie meinte. Niemand außer Tom.

»Soll das jetzt heißen, dass du das Projekt verlassen willst?«, wollte Ida ungläubig wissen. »Ich verstehe ja, dass du dich um deinen Vater kümmern möchtest, Valerie, aber vielleicht finden wir einen Kompromiss, bei dem du weniger an den Meetings teilnehmen musst und uns trotzdem noch etwas zuarbeiten kannst? Die Ideen, die Manuel vorgetragen hat, waren super. Jetzt erfahren wir gerade, dass sie von dir sind, und dann willst du gehen. Das finde ich schade.«

Valerie wollte die Gruppe nicht im Stich lassen, konnte sich aber gerade wirklich nicht vorstellen, wie sie alles unter einen Hut bekommen sollte.

»Ich brauche eine Auszeit«, erklärte sie. »Wie lange, weiß ich gerade nicht. Kann sein, dass ich bald wieder mitmachen kann. Gebt mir einen Monat Zeit. Ich finde, dass wir so oder so auf einem sehr guten Weg sind.« Sie griff nach ihrer Tasche. »Macht's gut und bis bald«, sagte sie und ging Richtung Tür.

»Überleg es dir doch noch mal«, sagte Ida. »Ich bin mir sicher, dass sich für alles eine Lösung findet. Was ist denn eigentlich mit Manuel?«

»Keine Ahnung«, erwiderte Valerie. »Ruft ihn doch mal an. Ich muss jetzt wirklich los.«

Als sie die Tür hinter sich zuzog, sah sie noch einmal zu Tom, der noch immer wie angewurzelt dastand und dann eine Hand zum Abschied hob. Draußen angekommen, blieb sie stehen und schnaufte durch. Es hatte so gutgetan, Klarheit zu schaffen. Wenn schon alles andere im Chaos war, brauchte zumindest sie selbst eine klare Linie. Und wenn Tom auch nicht wusste, was er wollte – sie wusste es jetzt ganz genau und wollte es ihm zumindest mitteilen. Nichts wäre schlimmer, als sich nachher vorwerfen zu müssen, dass sie sich nicht erklärt hatte – und sich dann zu fragen, ob sonst alles ganz anders gekommen wäre.

Ihre Schritte hallten durch das Gebäude, als sie die lange Wendeltreppe zurück nach unten ging. Sie fühlte sich erleichtert – weil sie eine Entscheidung getroffen hatte: Wenn Tom ihr verzeihen konnte, dann würde sie einen neuen Versuch mit ihm wagen. Und wenn er es wollte, dann würde sie auch noch mehr versuchen. Und wenn nicht? Dann würde sie sich nach ihrer Auszeit in dieses Kulturprojekt stürzen und so lange wie eben möglich damit durch Europa reisen. Ein guter Plan B, wie sie fand. Er machte die Situation erträglicher für sie.

Am Fuß der Wendeltreppe schaute sie nach oben und ließ das Gebäude auf sich wirken. Das Schloss war beeindruckend. Sie sah das Culture-Castle-Club-Event schon vor sich, stellte sich Banner vor, die hier und in den Metropolen Europas in Kulturstätten hängen würden, im Castelo de São Jorge in Lissabon zum Beispiel oder im Schloss Amalienborg in Kopenhagen. Jetzt, da Tom an Bord war, konnte sie sicher sein, dass die Gestaltung einzigartig werden würde.

Da hörte sie, wie sich oben eine Tür öffnete. Schritte hallten durch das Treppenhaus, die immer näher kamen. Sie fuhr herum. Es war Tom. Ob er wütend war? Sie hatte keine Kraft mehr, sich Vorwürfen auszusetzen. Sie war es leid, zu diskutieren und die Vergangenheit wieder und wieder zu analysieren. Das war neu.

Zuvor hatte sie sich nicht aus ihrer Opferrolle lösen können und Tom immer wieder vorgeworfen, dass er sie hintergangen habe. Jetzt aber hatte sie genug davon. Sie verstand, dass man auch loslassen und sich in die Lage des anderen hineinversetzen musste. Rike hatte ihr das zuletzt sehr klar gemacht.

Tom nahm langsam Stufe für Stufe, bis er die letzte hinter sich ließ und auf sie zukam. Sie konnte seinen Blick nicht deuten. Würde gleich das nächste Donnerwetter über sie hereinbrechen? Bitte nicht!

Er blieb vor ihr stehen, inmitten des kreisrunden Fußbodendekors, für das dieses Schloss unter anderem berühmt war. Über ihnen prangte ein Kronleuchter – wie im Schloss von Eiskönigin Elsa, dessen Freund Olaf, der Schneemann, ihren Neffen derzeit begeisterte. Am liebsten wäre sie auch vorübergehend zu Eis erstarrt, um der erneuten Konfrontation mit ihrem Mann zu entgehen.

»Was meintest du vorhin mit dem Nachsatz: wenn du es zulässt«?, brach Tom das Eis und bedachte sie mit einem prüfenden Blick. Er war jetzt so nah, dass Valerie sein Parfum riechen konnte. Es war noch immer der Duft, den sie mal gemeinsam in einem Duty-Free-Shop entdeckt und für gut befunden hatten. Er roch nach Urlaub und Heimat und war doch so fremd in diesem Moment, als würde sie ihm zum ersten Mal so nah gegenüberstehen. Sie atmete einmal tief durch und traute sich nicht, ihn erneut anzusehen.

»Ich meinte, dass …« Sie zögerte. Sollte sie ihm sagen, wie sie empfand? Würde er ihren Sinneswandel nachvollziehen können oder sie endgültig für verrückt halten? Zu verlieren hatte sie nichts mehr. »Ich meinte, wenn du es dir noch immer vorstellen kannst, mich als Frau zu haben …« Sie unterbrach sich noch einmal, um seine Reaktion zu prüfen. Er schaute sie ruhig und keineswegs vorwurfsvoll an. »… oder dir sogar vorstellen könntest, mit dieser Frau ein ... Kind zu bekommen, dann würde ich mich jetzt lieber darauf konzentrieren, als auf anderen Hochzeiten zu tanzen.«

Sein Gesichtsausdruck war ihr vertraut. Diesen Blick hatte er sonst, wenn er sich leicht amüsiert fragte, wie er nur diese Frau hatte heiraten können. Wenn er sie übertrieben emotional, völlig unüberlegt oder tollpatschig fand, aber trotzdem wusste, dass er nur sie an seiner Seite haben wollte. Sie liebte diesen Blick, weil er bislang ein klares Bekenntnis gewesen war. Aber war er das auch jetzt?

»Kann man eigentlich gleichzeitig Mutter und Leihmutter werden?«, fragte er.

Damit hatte sie nicht gerechnet. »Leihmutter? Hat Erik dich angesprochen?«, fragte sie überrascht. »Ich hab ihm gesagt, dass das nichts für mich ist!«

Tom zog sie zu sich heran. Sie fühlte sich wohl in seiner Nähe. Es war, als würde sie nach langer Zeit nach Hause kommen. »Vito hat mir erzählt, dass Erik das vorhatte. Bei den beiden kriselt es wohl. Scheinbar unüberwindbare Differenzen.«

Valeries Augen weiteten sich. »Was? Wirklich? Ich muss Vito unbedingt anrufen! Der Arme ...«

Tom zog sie noch näher zu sich. Sie spürte seine Hände auf ihren Hüften. Es fühlte sich gut an.

»Du musst jetzt gar nichts ...«, sagte er mit der leicht belegten Stimme, die Valerie von Beginn an geliebt hatte.

Beinahe berührten sich ihre Lippen – als die Tür des Haupteingangs aufflog. Manuel!

»Oh, die große Versöhnung? Sorry, wollte nicht stören.«

»Tust du aber«, gab Tom knapp zurück.

Valerie war die Situation mehr als unangenehm. Auch wenn sie sauer darüber war, dass Manuel ihre Entwürfe als seine verkauft hatte – er war aus ihrer Sicht im Grunde kein schlechter Kerl.

»Macht ihr mal«, sagte Manuel und ging in Richtung Treppe. Dann drehte er sich zu Valerie um und fügte hinzu: »Und bitte mich bloß nicht noch mal um Hilfe.« Er stampfte die Stufen hinauf.

Sie warteten, bis seine Schritte verhallt waren.

»Du hast aber nicht ernsthaft mit diesem Typen an einer Nudel gekaut?«, fragte Tom grinsend.

Valerie errötete. »Ich war durcheinander.«

»Hast du ihn geküsst?«

»Ja«, gab sie zerknirscht zu. Hoffentlich würde er jetzt nicht wieder ausflippen.

Tom sah sie skeptisch an. »War da noch mehr …?«

»Nein!«, sagte Valerie vehement und war froh, dass sie nicht lügen musste.

»Na, immerhin. Geschmack scheint der Idiot ja zu haben«, bemerkte Tom, und seine Augen funkelten. Das war der Blick, in den sie sich damals verliebt hatte.

Er gab ihr einen Kuss, erst vorsichtig, dann entschlossener. Sie bekam Gänsehaut. War das ein Neubeginn? Hoffentlich.

Dann vergaß sie alles andere. Sie erwiderte seinen Kuss, erst zaghaft, dann leidenschaftlicher. Er fühlte sich so vertraut an. Und gut.

Oben ging eine Tür auf. Laute Schritte polterten die Wendeltreppe herunter und hallten durch den Eingangsbereich.

»Der schon wieder«, stellte Tom fest. »Hat er immer noch nicht genug?«

Da stampfte Manuel auch schon an ihnen vorbei. »Seid ihr hier festgewachsen?«, fragte er genervt. »Die gucken mich da oben mit dem Arsch nicht mehr an – vielen Dank dafür! Sollen die ihre Scheißreise doch allein machen.« Er würdigte sie keines weiteren Blickes und stieß die schwere Schlosstür auf. »Hasta la vista!«

»Baby«, fügte Tom hinzu und zog Valerie näher zu sich.

»Ich will den aber nicht wiedersehen«, sagte sie empört.
»Ach, ich glaube nicht, dass er das wörtlich gemeint hat«, erwiderte Tom grinsend.

32

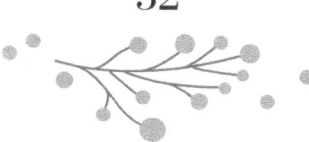

»Herr Wiegand, bitte.«

Tom zuckte zusammen, als wäre er der Nächste in der Schlange zum Fegefeuer.

Valerie gab ihm einen Klaps auf den Oberschenkel. »Los geht's«, sagte sie, aber ihr Mann blieb einfach sitzen.

»Herr Wiegand – kommen Sie?«, schallte es da noch einmal in Richtung Wartebereich.

Tom rappelte sich hoch und drehte sich zu ihr um. »Kannst du nicht mitgehen?«

»Wenn du meinst«, sagte sie ein wenig verwundert und stand ebenfalls auf. Sie hätte nicht gedacht, dass er sie dabeihaben wollen würde.

Wenig später betraten sie zusammen das Arztzimmer.

»Herr Wiegand, Frau Wiegand, Markwart mein Name – setzen Sie sich. Was kann ich für Sie tun?«

»Na ja, es ist so ... meine Frau wünscht sich ein Kind. Ich meine, *wir* wünschen uns ein Kind«, stammelte Tom. »Und das ... na ja ... schon eine ganze Weile. Deshalb haben wir uns gefragt, ob alles in Ordnung ist.« Er schnappte nach Luft und sah Hilfe suchend zu Valerie.

Sie griff ihm unter die Arme. »Und es ist nicht alles in Ordnung, wie ein Kollege von Ihnen schon festgestellt hat.«

Dr. Markwart sah auf. »Wer war das?«, fragte er.

»Dr. Schmitthausen, ein Urologe in Düsseldorf«, antwortete Tom.

»Ah ja, den kenne ich gar nicht«, antwortete Dr. Markwart. »Ich bin hier als Reproduktionsmediziner tätig und würde mich, sofern wir eine Kinderwunschbehandlung durchführen dürfen, mit meinem Team um Sie beide kümmern.« Er sah freundlich von einem zum anderen.

»Sie wissen vermutlich schon, dass Rolf Hartmann mein Vater ist«, meinte Valerie. »Er hat sich den Befund angesehen und meint, dass wir ein klassischer Fall für eine ICSI-Behandlung seien.«

»Ach, Sie sind das. Ja, dann weiß ich natürlich Bescheid. Wie geht es denn Ihrem Vater?«, wollte Herr Markwart wissen.

»Ganz gut«, erwiderte Valerie knapp. »Er ist seit einer Woche in Münster in der Tages-Reha und macht schnell Fortschritte.«

»Das freut mich zu hören. Richten Sie ihm gute Besserung aus.« Dr. Markwart wandte sich wieder an Tom: »Die ICSI-Methode sagt Ihnen etwas?«

»Ganz grob«, antwortete Tom kleinlaut. Die Sache war ihm noch immer nicht geheuer.

»Bei einer ICSI wird eine Ihrer Samenzellen mit einer sehr feinen Nadel direkt in eine Eizelle Ihrer Frau eingeführt«, erläuterte Dr. Markwart so gelassen, als ginge es darum, Ostereier zum Ausblasen anzustechen. »Vorher entnehmen wir Ihrer Frau Eizellen. Für die Befruchtung brauchen wir nur eine einzige Samenzelle von akzeptabler Qualität. Diese Methode hilft Paaren wie Ihnen, bei denen der Mann in seiner Fruchtbarkeit beeinträchtigt ist.«

Valerie nickte bestätigend. Sie war Feuer und Flamme, jetzt endlich loszulegen und ihrem Traum ein gutes Stück näher zu kommen.

»Machen Sie sich doch bitte einmal unten herum frei, Herr Wiegand«, sagte Dr. Markwart in einem Tonfall, mit dem er vermutlich auch ein Schnitzel mit Pommes bestellen würde.

»Wie bitte?« Tom sah erst ihn und dann Valerie entgeistert an. Valerie fragte sich, ob sie nicht lieber gehen sollte.

»Ich würde Sie bitten, Hose und Unterhose auszuziehen«, erklärte Dr. Markwart und tat so, als hätte Tom ihn eben akustisch nicht verstanden.

»Und dann?« Tom stand die blanke Panik ins Gesicht geschrieben.

»Dann taste ich Sie ab, Herr Wiegand – das ist reine Routine. Sicherlich nicht angenehm, aber so schlimm nun auch wieder nicht.«

Valerie schaute sich um. Zum Glück gab es eine kleine Umkleide mit einem Hocker. »Ich setz mich mal kurz da rein«, sagte sie und bereute, dass sie nicht einfach im Wartezimmer geblieben war. Durch einen Spalt im Vorhang sah sie, wie Tom sich widerwillig seiner Jeans und Boxershorts entledigte. Er stand da wie ein Kind, das sich in die Hose gemacht hatte und darauf wartete, dass seine Mutter Wechselkleidung brachte.

»So, dann schauen wir doch mal.« Dr. Markwart schlüpfte in Einmalhandschuhe aus Latex. Valerie fühlte sich an eine Tierarztdokumentation erinnert, die sie einmal zusammen mit Tom gesehen hatte. Darin war ein Veterinär mit einem längeren Handschuh dieser Art bei einer Trächtigkeitsuntersuchung bis zur Schulter im Mastdarm der betreffenden Kuh verschwunden. Ihr lief ein Schauer über den Rücken. Dr. Markwart würde doch nicht etwa auch ...?

»Hoden, Nebenhoden und Samenleiter machen auch auf den Ultraschallbildern des Kollegen einen guten Eindruck«, fasste Dr. Markwart fachmännisch zusammen und tastete weiter ab. »Wie ich sehe, haben Sie den Anamnesebogen auch bereits ausgefüllt. Kein Hodenhochstand, keine Entzündungen der Geschlechts- und Beckenorgane, keine Verletzungen oder Operationen. Das sieht doch alles sehr gut aus. Wann haben Sie zum letzten Mal ejakuliert?«

Valerie riss die Augen auf. »Ich geh mal kurz raus«, sagte sie und verschwand durch den Vorhang in Richtung Tür.

Im Wartebereich fiel ihr Blick auf den Zeitschriftenstapel. Hoffentlich gab es etwas Nettes zu lesen. Als sie die Zeitschriften genauer in Augenschein nahm, stellte sie fest, dass es hauptsächlich Männermagazine wie *GQ* und *Men's Health* waren. Selbst ein *Playboy* war dabei. Sie war hier offenbar nicht die Zielgruppe.

Draußen am Empfang wurde laut gesprochen. Valerie versuchte zu verstehen, worum es ging.

»Möchten Sie es nicht noch mal versuchen?«, schlug die Arzthelferin vor.

Verzweifelt stand ein Patient mittleren Alters mit schütterem Haar und leerem Becher vor der attraktiven jungen Frau. »Nein, wirklich, ich kann das nicht. Es tut mir leid.«

»Sie können den Becher auch mit nach Hause nehmen. Vielleicht fällt es Ihnen dann leichter? Wichtig ist dann nur, dass Sie unmittelbar nach der Ejakulation mit der Probe zu uns kommen. Wie lange brauchen Sie bis zur Praxis?«

»Etwa zehn Minuten«, antwortete der Patient gedämpft, dem es verständlicherweise unangenehm war, dieses Thema für alle hörbar im Empfangsbereich zu besprechen.

»Perfekt!« Die Arzthelferin benahm sich, als hätten sie soeben einen Deal zu ihren Gunsten ausgehandelt. Sie drückte ihm den Becher in die Hand. »Free Refill«, meinte sie lachend und schien nicht zu bemerken, dass ihr vielleicht gut gemeinter Scherz bei ihrem Gegenüber keinen Anklang fand.

Valerie schüttelte den Kopf. Diesen seltsamen Humor kannte sie auch von ihrem Vater und seinen früheren Kollegen. Menschen, die im medizinischen Umfeld arbeiteten, hatten naheliegenderweise ein anderes Verhältnis zum Körper als ihre Patienten. Untersuchungen, die die Betroffenen meist nur einmal im Leben machten, fanden hier am Fließband statt. Vermutlich war den Angestellten gar nicht mehr bewusst, was dies für den einzelnen Patienten bedeutete. Zugleich kam auch Valerie nicht um ein Grinsen herum. Zu skurril war es, dass in diesen Arztzimmern und Laboren Dinge passierten, die üblicherweise eher ins Schlafzimmer gehörten. Da machte es ein bisschen Galgenhumor an der ein oder anderen Stelle vielleicht auch leichter.

Die Tür des Behandlungsraums öffnete sich. Dr. Markwart ging zum Empfang und sagte etwas zu der hübschen Arzthelferin. Die schaute auf. »Herr Wiegand?«

Tom kam nun ebenfalls aus dem Behandlungszimmer. »Bin schon da«, sagte er.

»Meine Assistentin gibt Ihnen den Becher für eine weitere Probe und wird Sie in den Raum begleiten«, erklärte Dr. Markwart.

Tom stand der Angstschweiß ins Gesicht geschrieben.

»Begleiten?«, fragte er schockiert.

»Sie wird Ihnen das Zimmer zeigen, Herr Wiegand«, erklärte Dr. Markwart. »Keine Sorge, den Rest schaffen Sie sicher allein. Wir sehen uns dann in der kommenden Woche zur Besprechung der aktuellen Ergebnisse, und dann stellen wir Ihren gemeinsamen Behandlungsplan auf. Den Termin dafür machen Sie bitte gleich noch aus. Auf Wiedersehen, Herr Wiegand. Viel Erfolg!«

Valerie streckte den Kopf aus dem Wartebereich. »Viel Erfolg auch von mir«, flüsterte sie ihrem Mann zu und konnte sich ein Grinsen nicht verkneifen.

»Sehr witzig«, grummelte Tom und trottete der Arzthelferin hinterher, die ihm den Weg wies.

Als sie von der Klinik zum Appartement bei Rike fuhren, in dem Tom jetzt schon eine ganze Woche lang wohnte, war er noch immer ein wenig unter Schock. »Da standen die Top Fifty der deutschen Pornoindustrie«, erzählte er fassungslos. »Gibt es wirklich Männer, die auf diese schäbigen Streifen stehen?«

Valerie konnte sich das zwar auch nicht vorstellen, vermutete aber, dass die Klinik ihre Gründe hatte, solche Filme bereitzustellen. »Vielleicht braucht der ein oder andere etwas Anschub. Kann ja nicht jeder so schnell sein wie du.«

Tom war keine fünf Minuten später wieder aus dem Raum gekommen, was die Kolleginnen am Empfang sichtlich gefreut hatte.

»Sie haben alle Zeit der Welt, Herr Wiegand. Machen Sie es sich bequem, entspannen Sie sich«, hatte die schöne Blonde noch gesagt, aber Valerie wusste gleich, dass Tom nicht lang fackeln würde. Wenn es drauf ankam, konnte er schnell schießen. Das war auch früher schon so gewesen.

Auf dem Hof angekommen, sahen sie Rike und Ron, die an der Ladefläche ihrer kleinen Ape standen und Kisten mit Lebensmitteln für das Café entluden. Rike lachte, als die beiden ausstiegen und Tom sofort den Arm um Valerie legte.

»Sag ich doch, dass sie gar nicht so schlimm ist«, rief sie zu Tom herüber und zwinkerte Valerie zu.

»Hat er etwa gesagt, ich sei schlimm?«, fragte Valerie übertrieben entrüstet.

»Nur ein bisschen, aber ich hab ihn eines Besseren belehrt. Habt einen schönen Abend, ihr zwei!«, rief sie, während sie durch den Hintereingang die Küche des Cafés betrat.

Valerie und Tom gingen weiter in Richtung Appartement. »Ich bin echt froh, dass Rike dich bei deinem Sinneswandel unterstützen konnte«, stellte Valerie fest und schmunzelte.

Tom lachte. »Glaub mir, dafür musste sie einige Biere über die Theke schieben.«

Das Ergebnis war etwas besser als bei der Untersuchung in Düsseldorf. Toms Versuche, weniger zu rauchen und sich gesünder zu ernähren, von denen er Valerie erst jetzt erzählt hatte, fruchteten offenbar buchstäblich.

Es änderte jedoch nichts daran, dass sie auf medizinische Unterstützung angewiesen waren. Auf jeden Fall mussten sie erst einmal wieder zurück nach Düsseldorf.

Als sie vor ihrem Haus ankamen, war eine Halteverbotszone wegen Umzug eingerichtet.

»Wer zieht denn jetzt schon wieder aus?«, maulte Valerie, weil sie so schnell wie möglich in ihre geliebte Wohnung zurückwollte. Sie tippten darauf, dass der alte Mann von ganz oben nun doch ins Pflegeheim kam. Der Aufzug ging nur bis in die dritte Etage. Da er im Dachgeschoss wohnte, musste er eine Treppe bewältigen, was ihm zuletzt kaum noch möglich gewesen war.

Dann aber sahen sie Erik, der gerade mit einem Umzugshelfer sprach. Valerie blickte über die Schulter zurück, während Tom versuchte, sich in eine Parklücke hinter der nächsten Straßenecke zu quetschen.

»Ich glaube, Erik zieht aus«, sagte sie erschrocken. »Guck doch mal, der stellt gerade noch was in den Sprinter.«

Jetzt sah sie auch Vito auf dem Balkon stehen. Er rauchte – ein sicheres Indiz dafür, dass er emotional überlastet war. Sie beobachtete, wie Erik zurück ins Haus ging. Sie würde Vito lieber schreiben, als bei ihm zu klingeln.

Tom kurbelte noch immer. Valerie bezweifelte allmählich, dass ihr Mini in diese Parklücke passte, obwohl er ja wirklich mini war. Den Bulli hatten sie in Telgte auf Rikes Hof stehen lassen. Ron wollte ihn sich ausleihen, um für ein paar Tage mit der Band nach Holland zu fahren. Sie brauchten ihn in der Stadt vorerst nicht.

»Ich schick Vito mal kurz eine Nachricht«, sagte Valerie und tippte in ihr Handy:

Bin zurück und seh den Umzugswagen. Zieht Erik aus? Gib Bescheid, wenn du Hilfe brauchst. Ich bin für dich da!

Kaum war die Nachricht gesendet, sah sie, dass Vito zu schreiben begann. Kurz drauf erhielt sie seine Antwort.

> Er hat sich total in das Kinderthema verrannt. Mir wurde alles zu viel. Er geht in die Schweiz. Obwohl es richtig ist, heule ich. Melde mich, wenn ich die Dinge ein wenig sacken lassen konnte. Schön, dass du wieder da bist.

Tom hatte es endlich in die Parklücke geschafft.
»Du hattest recht«, meinte Valerie. »Es ist aus zwischen den beiden.«
»Sag ich doch«, entgegnete Tom. »Ist ja jetzt auch nicht *so* ungewöhnlich für ihn. Da kommt bestimmt bald der nächste Lover durch die Tür.«
Valerie fand es unfair von Tom, so zu tun, als hätte Vito so einen heftigen Männerverschleiß. Die Beziehung mit Erik war etwas Ernstes gewesen. Nun schien es aber tatsächlich so, als würde die Haustür für ihn bald nicht mehr aufgehen.

33

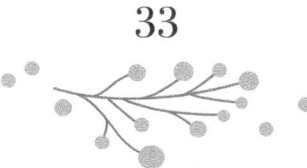

Es tat so gut, heimzukommen, die Tüten auszupacken und wieder einen Kleiderschrank zu haben. Das Leben war endlich wieder geordnet. Beinahe hatte Valerie vergessen, wie schön es hier war, wenn die ersten Sonnenstrahlen die Küche durchfluteten, die Kirchturmglocken ihren geliebten Kiez beschallten und die Dielen unter ihren Füßen knarzten. Jeder Winkel roch nach Zuhause. Das war der Ort, an dem sie jetzt sein wollte – und vorerst nicht in den Metropolen Europas.

Auch in ihrem Körper fühlte sie sich seit Langem mal wieder angekommen. Sie ging in den folgenden Wochen wieder regelmäßig joggen. Anfangs war Vito an ihrer Seite. Das Laufen und ihre Gespräche hatten ihm nach der Trennung von Erik trotz Schnappatmung dabei gutgetan. Anders als nach seinen letzten Trennungen wollte er sich diesmal nicht gleich wieder ins Nachtleben stürzen, um nach dem nächsten potenziellen Partner – und Kindsvater – Ausschau zu halten. Vielmehr plante er die Phase zu nutzen, um sich noch mehr für Kinder zu engagieren, denen es schlecht ging. Daher hatte er sich für zusätzliche Schichten bei der Kindertafel eingetragen und arbeitete derzeit weniger im Laden, der jetzt nicht mehr von Erik, sondern einem Kollegen geleitet wurde, mit dem er sich zum Glück gut verstand. Dann kamen die Lebkuchen in die Regale, und Vitos sportliche Phase war wieder vorbei.

Zwölf lange Monate später hatte Valerie wieder einmal das Gefühl, als würde die Weihnachtszeit, verglichen zum Vorjahr, noch früher beginnen. Diesmal hatte sie gemischte Gefühle, obwohl sie im Herzen ein Weihnachtsfan war, Treffen auf Weihnachtsmärkten liebte und gar nicht genug von Zimtsternen und Dominosteinen bekommen konnte. Das Ende des letzten Jahres war für sie und Tom nicht einfach gewesen. Noch vor dem Fest hatten sie in der Klinik den ersten Versuch unternommen, eine künstliche Befruchtung durchzuführen – erfolglos. Die ganzen Untersuchungen, Medikamente, schlaflosen Nächte – umsonst. Das Weihnachtsfest danach war eine Katastrophe gewesen. Sie hatten sich entschieden, zu zweit in Düsseldorf zu bleiben und nicht wie sonst in Telgte mit Valeries Familie zu feiern, weil sie sich emotional nicht dazu in der Lage sahen, Vincent und Johanna mit den Kindern um sich zu haben, die strahlenden Gesichter bei der Bescherung zu sehen, die stolzen Großeltern ... all das war für sie im letzten Jahr undenkbar gewesen.

Im Januar dann waren sie nach Thailand geflogen, um auf Koh Phangan Abstand von den Ereignissen zu gewinnen, die sie so belastet hatten. Zu groß war die Enttäuschung gewesen, als der Anruf aus der Klinik kam. Zwar hatte Valerie im Vorfeld versucht, sich nicht zu viel Hoffnung zu machen – doch der negative Bescheid kam mit einer solchen Wucht, dass es ihr den Boden unter den Füßen wegriss. Der lange Urlaub danach konnte die Wunde zwar nicht heilen, aber doch neue Kräfte in ihr wecken.

Ohne Stevie hätte sie es nicht geschafft, sich zurück ins Leben zu kämpfen. Sie war die ganze Zeit über an ihrer Seite gewesen, zu jeder Tages- und Nachtzeit für sie erreichbar. Valerie wusste nicht, wann sie ihrer Freundin all das je zurückgeben sollte. Die aber war sicher, dass der Tag kommen würde.

Im Sommer war ein weiterer Versuch gescheitert, bevor sie sich überhaupt Hoffnungen machen konnten. Von den wenigen Eizellen, die ihr entnommen wurden, konnte nicht eine einzige befruchtet werden. Valerie war am Boden zerstört und verzweifelt – auch weil Tom nun hinterfragte, ob ihr Vorhaben wirklich sein sollte. Er schlug vor, das Familienprojekt auszusetzen und sich auf ihr gemeinsames Kreativprojekt zu konzentrieren. Die Kampagne stand Mitte des Jahres in den Startlöchern. In den kommenden Monaten mussten die Drucksachen und digitalen Maßnahmen produziert werden, sodass wer wollte zum Jahreswechsel mit der Gruppe aufbrechen konnte, um Münster als kulturellen Hot Spot in Europa bekannt zu machen. Valerie spürte, dass sie wenig entgegenzusetzen hatte, wusste aber auch, dass sie auf gar keinen Fall auf Reisen gehen konnte, ohne es noch einmal versucht zu haben. Stevie und Heiko waren auch jetzt wieder für sie da. Das war gut so, da Heiko schon immer ein wichtiger Vertrauter von Tom gewesen war.

Heiko war der Meinung, dass aller guten Dinge drei seien. »Noch ein Versuch in diesem Jahr – und wenn der scheitert, habt ihr die Reise als vorläufigen Plan B«, hatte er bei einem gemeinsamen Essen vorgeschlagen.

Danach hatten sie noch einige Wochen gebraucht, um ihre Kräfte zu bündeln. Valerie war jetzt wirklich strikt, was ihre Ernährung betraf. Sie aß nur noch Gesundes, trank gar keinen Alkohol mehr, ging zur Akupunktur und bemühte sich, möglichst stressfrei durch den Alltag zu kommen. Im Job versuchte sie einen Gang, wenn nicht zwei, runterzuschalten. Dr. Markwart hatte gesagt, dass Stress ein Risikofaktor bei der Kinderwunschbehandlung sei. Im CCC-Projekt blieben sie beide dennoch. Nun, da die Reise so kurz bevorstand, konnten sie unmöglich aussteigen.

Jetzt allerdings wurde es auch in ihrem persönlichen Projekt ein drittes Mal ernst. Bislang war alles gut verlaufen. Valerie hatte sich erneut einige Wochen lang Hormone gespritzt, um die Reifung von Eizellen anzuregen. Bei einer Untersuchung, für die sie im Schneegestöber nach Münster in die Kinderwunschklinik gefahren waren, stellte sich heraus, dass ihre Eizellen die Gunst der Stunde jetzt wieder erkannt und sich gleich in Scharen zum Sprung bereit gemacht hatten. Eine ganze Fußballmannschaft an Eizellen hatte man ihr daraufhin entnommen und in zwei davon die tauglichen Schwimmer von Tom injiziert.

Die darauffolgenden Tage, die sie wieder in Düsseldorf verbrachten, waren wie schon beim ersten Versuch seltsam – als ob etwas fehlte, was eigentlich zu ihnen gehörte. Wenn Valerie abends im Bett lag, konnte sie an nichts anderes denken. Das war schließlich ihre DNA, die da in irgendeinem Kühlschrank lag!

Nach einigen Tagen dann die erlösende Nachricht. Beide Eizellen konnten erfolgreich befruchtet werden und hatten sich gut weiterentwickelt. Man empfahl ihnen, sie daher auch beide zu transferieren, um die Chance auf eine Schwangerschaft zu erhöhen.

Heute endlich war der Tag gekommen, an dem ihr Erbgut in Münster dahin gebracht werden sollte, wo es hingehörte – in ihren Unterleib. Valerie schlotterte am ganzen Körper, als sie sich im Wartebereich der Klinik von Tom verabschiedete und den Behandlungsraum betrat.

Das Ärzteteam um Dr. Markwart war gut gelaunt und unterhielt sich über die anstehende Weihnachtsfeier. Für alle anderen Anwesenden schien der Embryonentransfer gewöhnlicher Alltag zu sein – für Valerie aber einer der wichtigsten Momente in ihrem Leben. Dr. Markwart erklärte, dass die Embryonen gleich in den Gebärmutterhals eingeführt werden sollten. Anfangs hatte man Valerie eine fünfunddreißigprozentige Chance in Aussicht gestellt, schwanger zu werden. Nicht viel, wie sie fand, aber genug, um optimistisch zu sein. Müsste es dann nicht rein rechnerisch beim dritten Versuch klappen? Sie hoffte so inständig, dass es diesmal gelingen würde, und verkrampfte dabei noch mehr.

»Das war's schon, Frau Wiegand!«, sagte Dr. Markwart wenig später. »Und jetzt bleiben Sie bitte fünfzehn Minuten ruhig liegen.«

Oh, bitte nicht wieder fünfzehn Minuten! Das war ihr schon beim allerersten Versuch wie eine Ewigkeit vorgekommen. Hinzu kam, dass sie beim Gedanken daran schlagartig zur Toilette musste. Ihr wurde heiß und kalt. Konnte es wirklich wahr sein, dass sie ausgerechnet in diesem Moment Durchfall bekam? Valerie wäre gerne in sich gegangen, hätte Kontakt zu den Lebewesen aufgenommen, die da soeben in ihrem Körper angekommen waren, und was machte sie? Kniff die Pobacken zusammen und konzentrierte sich auf ihren Darmtrakt. Fünfzehn Minuten ... wie viele davon mochten schon um sein? Vielleicht zwei? Valerie presste zusammen, was sie zusammenpressen konnte, und versuchte, sich auf etwas anderes zu konzentrieren. Es ging nicht! Sie atmete tief durch – einmal, zweimal, immer wieder.

Dann öffnete sich die Tür. »Alles gut bei Ihnen?« Die freundliche Arzthelferin warf einen prüfenden Blick auf sie.

Valerie wurde rot. »Nein!«

»Was ist denn los?«

»Ich habe das Gefühl, sehr dringend auf die Toilette zu müssen ...«

»Es ist gleich geschafft. Ich stelle Ihnen für den Fall der Fälle eine Schale unter.«

Die Dame machte sich noch an irgendwelchen Utensilien im Raum zu schaffen, warf hier ein Tuch in den Mülleimer und desinfizierte dort noch ein Instrument.

»So, dann können Sie sich wieder anziehen und gehen«, sagte sie dann.

Und obwohl Valerie seit fünfzehn Minuten auf diesen Moment gewartet hatte, stand sie ganz langsam auf, in der Sorge, dass die Embryonen den Weg zurückfinden könnten, wenn sie zu schnell in die Höhe kam. Schwachsinn, dachte sie, fühlte sich aber in vielerlei Hinsicht wie auf rohen Eiern, als sie in ihre Jeans und Schuhe stieg und sich auf den Weg zurück in den Wartebereich machte.

Jetzt aber musste sie wirklich zur Toilette. Sie legte an Tempo zu und schoss an Tom vorbei, der dort seelenruhig wartete. »Hey Val, alles gut?«, rief er ihr hinterher, doch sie rannte weiter.

Nach zwei Wochen in Düsseldorf, in denen Tom sich keine Nervosität hatte anmerken lassen, Valerie jedoch angespannter denn je war, brach der Tag an, auf den sie lange gewartet hatten. Am Vorabend hätte sie eigentlich einen Girl's Glow gebraucht, um schlafen zu können, aber ihren Lieblingsdrink, der ihr in der alkoholhaltigen Variante einfach am besten schmeckte, hatte sie schon seit Langem nicht angerührt. Selbst ihr Vater wirkte, trotz seiner jahrzehntelangen beruflichen Erfahrung, ziemlich nervös. Ihre Mutter, ihr Bruder – die ganze Familie wusste Bescheid, was die Aufregung nicht gerade minderte. Von ihren Freunden waren nur Stevie und Heiko eingeweiht. Eine aufgeregte Katharina hätte Valerie jetzt gerade noch gefehlt, und Berno würde sie erst informieren, wenn es auch wirklich etwas zu berichten gab.

Sie waren schon am Vorabend zu Rike in das Appartement gefahren. Nach einer Blutabnahme am Morgen in der Klinik versuchten Valerie und Tom sich die Wartezeit bei einem Bummel über die Münsteraner Weihnachtsmärkte zu verkürzen – erfolglos. Gerade überlegten sie, ob sie einen alkoholfreien Glühwein bestellen sollten, als Valeries Handy klingelte. Sie erschrak so heftig, dass sie glaubte, es könne ihrer Schwangerschaft schaden, sofern eine Schwangerschaft vorhanden gewesen wäre.

»Das ist die Klinik«, sagte sie hektisch zu Tom, drückte ihm ihren Bratapfel in die Hand und ging mit klebrigen Händen dran. Sie versuchte, ihren Puls zu beruhigen, indem sie tief durchatmete. »Wiegand«, meldete sie sich kleinlaut.

»Frau Wiegand, hallo! Wie ist das Befinden?« Die Empfangsdame klang fröhlich. Wäre sie so fröhlich, wenn sie schlechte Nachrichten überbringen müsste? Alle Spekulation half nichts. Sie musste abwarten, was sie zu sagen hatte.

»Sie waren heute Morgen zur Blutabnahme hier, richtig?«

Was für eine Frage – natürlich! Sonst würde sie ja nicht anrufen ...

»Ja, war ich«, gab Valerie zurück, obwohl ihre Antwort wohl überflüssig war.

»Ihr HCG-Wert ist sehr gut. Ich spanne Sie nicht lange auf die Folter, Sie sind schwanger, Frau Wiegand!«

»Das ist nicht Ihr Ernst?«, entfuhr es Valerie. Sie stieß Tom mit ihrer freien Hand so heftig in die Seite, dass der beinahe den Bratapfel fallen ließ. Dann starrte sie ihn mit weit aufgerissenem Mund an. Er schien keine Ahnung zu haben, was ihre Aussage bedeutete, und setzte einen fragenden Gesichtsausdruck auf.

»Sicher?«

Jetzt veränderte sich Toms Blick, da er die Erleichterung in Valeries Augen wahrnehmen konnte.

»Ganz sicher«, erwiderte die Dame am anderen Ende. »Wir erwarten Sie in zwei Wochen zum Ultraschall. Den genauen Termin schicke ich Ihnen gleich noch. Genießen Sie die Vorweihnachtszeit, Frau Wiegand. Alles Gute und bis bald!«

Valerie stand immer noch mit dem Handy am Ohr da, obwohl ihre Gesprächspartnerin aus der Klinik längst aufgelegt hatte. Sie brauchte mehrere Atemzüge, bis sie sagen konnte: »Ich bin schwanger.« Noch immer stand sie wie angewurzelt da, nur die Hand mit dem Handy sank langsam herab.

»Ernsthaft?« Auch Tom schien es nicht glauben zu können.

»Ich bin schwanger!«, rief sie da noch einmal ganz laut in die Menge der Weihnachtsmarktbesucher, von denen einige sich irritiert umdrehten und andere lachten.

»Ihr Kinderlein kommet«, bemerkte ein vorbeigehender Mann. »Passt zur Saison.«

Valerie und Tom fielen sich in die Arme. Er küsste sie auf den Mund. »Hi, Glückwunsch Mama«, sagte er.

»Dito Papa!«, erwiderte sie. Dann zuckte sie zusammen. »Ich muss meinen Vater anrufen!«

»Wollen Sie nicht mal hinschauen?« Dr. Markwart glitt mit dem Ultraschallgerät auf und ab. »Gucken Sie doch mal!«

Valerie starrte noch immer geradeaus. Was, wenn er sagen würde, dass sie zwar schwanger war, aber es irgendeine Komplikation gab? Oder nichts mehr zu sehen war? Am liebsten hätte sie einfach nur dagelegen und Tom alles Weitere machen lassen. Der aber saß stumm daneben.

»Na los, es gibt einiges zu sehen«, ermutigte Dr. Markwart sie noch einmal.

Widerwillig schaute Valerie auf den Bildschirm. Da war ein großer Kreis mit Löchern. Sie hatte keine Ahnung, was das bedeutete.

Dr. Markwart schien überrascht zu sein, dass sie nicht reagierte. »Erkennen Sie das nicht? Was meinen Sie, was das ist?« Er lachte.

Auch die Arzthelferin, die an einem Schreibtisch im Raum saß, konnte sich ein Grinsen nicht verkneifen.

»Ich weiß es nicht«, sagte Valerie etwas genervt. »Zwei Augen, die mich ansehen?« Es war ja nicht ihre Aufgabe zu beschreiben, was man auf einem Ultraschallbild sehen konnte. »Erklären Sie es mir doch.«

»Nun gut.« Dr. Markwart versuchte, die Position des Ultraschallgeräts noch zu perfektionieren. »Das hier, Frau Wiegand, ist eine Fruchthöhle.« Er deutete auf einen der schwarzen Kreise.

Valerie folgte seinem Zeigefinger. »Okay«, sagte sie und hätte noch immer am liebsten weggeschaut.

»Und das hier«, fuhr Dr. Markwart fort, »ist noch eine Fruchthöhle.«

Valerie starrte von einem Kreis zum anderen. »Okay«, erwiderte sie erneut.

»Was sagt Ihnen das?« Dr. Markwart warf seiner Assistentin einen belustigten Blick zu.

»Dass ich zwei Fruchthöhlen habe?«, fragte Valerie. »Ist das ungewöhnlich?«

Jetzt lachte der Arzt so laut, dass es Valerie unangenehm war. Sie kam sich vorgeführt vor. Sollte er ihr doch einfach sagen, was los war.

»Es ist ganz und gar nichts Ungewöhnliches, Frau Wiegand.«

Valerie atmete auf. Schon mal gut.

»Wenn man Zwillinge erwartet«, fügte Dr. Markwart hinzu.

In Valeries Kopf ging alles durcheinander.

»Wie jetzt?«, fragte sie, obwohl langsam durchsickerte, was er gesagt hatte.

»Zweieiige Zwillinge«, freute sich Dr. Markwart. »Da schlägt das eine Herzchen und hier das andere.« Er deutete noch mal auf die beiden schwarzen Flecken, in denen etwas Weißes flackerte.

Valerie beugte sich vor. Tatsächlich, sie konnte eine kleine Bewegung erkennen! Da schlugen jetzt schon zwei Herzen? Das konnte nicht wahr sein!

»Das gibt's ja nicht«, rutschte ihr heraus.

»Doch Frau Wiegand, das gibt's«, versicherte Dr. Markwart. »Was sagen Sie denn dazu, Herr Wiegand?«

»Zwillinge?«, fragte Tom ungläubig. Dann nahm er Valeries Hand. »Dich mal zwei?« Seine Gesichtszüge drückten gleichermaßen Freude und Schrecken aus. »Ich bin mir nicht sicher, ob ich das schaffe.« Er schmunzelte.

»Du hast keine andere Wahl«, gab Valerie lachend zurück.

Danke

meiner Familie, die als Quell für Energie und Inspiration auch jeden Irrsinn mit mir mitmacht.

meiner Mutter und Autorin Gisa Pauly, die mir das Schreiben ans Herz gelegt, mir Mut gemacht und mich immer unterstützt hat.

meiner Agentin Monika Kempf dafür, dass sie an dieses Projekt geglaubt hat – du hast dem Glück die Farben gegeben.

meinen Lektor*innen Janina Dyballa, Dr. Krummacher und Oskar Rauch für eure wertvollen Hinweise, euer Gespür und euren Perfektionismus.

meiner Freundin Dr. Julia Borell, die mir in medizinischen Fragen und als Erstleserin zur Seite stand.

dem Team der Bar La Paillette, das mit mir den Drink zum Buch entwickelt hat.

Auf euch!

Girl's Glow
aus der Bar La Paillette, Düsseldorf

Für zwei Drinks:

etwas Rohrzucker
4 cl Orangensirup
½ Limette
10 Blätter Basilikum
5 Blätter Minze
4 cl Gin (für Virgin alkoholfrei)
2 cl Şalgam (türkischer Steckrübensaft, mild oder scharf nach Geschmack)
1 cl Ingwershot
Eiswürfel
Physalis und Cocktailspieß zum Dekorieren

- Rand von zwei größeren Likör- oder kleineren Cocktailgläsern anfeuchten und in Rohrzucker tunken.
- 2 cl vom Orangensirup auf die beiden Gläser verteilen.
- Limette vierteln, mit Basilikumblättern zerstoßen. Minzblätter zufügen.
- Gin, Şalgam, Ingwershot und weitere 2 cl Orangensirup hinzugeben, mit Eiswürfeln shaken, durch Sieb abseihen.
- Flüssigkeit (für Farbverlauf) über Barlöffel (Teardrop) langsam einfüllen. Einen Eiswürfel hineinlegen.
- Physalis auf einem Cocktailspieß anrichten und über das Glas legen.

Cheers!